Une secouriste amoureuse

*

Conquise par un Italien

*

Le médecin aventurier

MARION LENNOX

Une secouriste amoureuse

Traduction française de
FRANÇOISE PINTO-MAÏA

BLANCHE

HARLEQUIN

Collection : Blanche

Titre original :
HER OFF-LIMITS SINGLE DAD

HARPERCOLLINS FRANCE
83-85, boulevard Vincent-Auriol, 75646 PARIS CEDEX 13
Service Clients — www.harlequin.fr
ISBN 978-2-2804-9931-6 — ISSN 0223-5056

Édité par HarperCollins France.
Composition et mise en pages Nord Compo.
Imprimé en mars 2024 par CPI Black Print (Barcelone)
en utilisant 100% d'électricité renouvelable.
Dépôt légal : avril 2024.

FSC www.fsc.org MIXTE Papier issu de sources responsables FSC® C159065

Pour limiter l'empreinte environnementale de ses livres, HarperCollins France s'engage à n'utiliser que du papier fabriqué à partir de bois provenant de forêts gérées durablement et de manière responsable.

1

C'était une mission pour le Secours aérien, pensa Jennifer Roden en contemplant la scène de l'accident. Leur base la plus proche était celle de Sydney-Sud, mais leur unité était en intervention.

Gary et elle étaient donc seuls. Le camion accidenté qui gisait à flanc de falaise avait été stoppé dans sa chute par un eucalyptus, semblait-il. De là où elle se trouvait, Jenny évalua qu'il était à une bonne dizaine de mètres, et à la même distance environ des rochers déchiquetés battus par les vagues en contrebas. Posé en équilibre précaire en travers du tronc d'arbre, le véhicule pouvait basculer dans la mer à tout instant, et il n'existait aucun moyen de l'atteindre en toute sécurité.

— Vous êtes sûr qu'il y a quelqu'un à l'intérieur ? demanda-t-elle.

Son collègue grimaça, la mine sombre.

— Il y a de fortes chances.

Gary et elle, les deux ambulanciers de Willhua, avaient été appelés sur cet accident par Chris, l'unique policier de la ville. Mais celui-ci était retenu par une affaire de cambriolage au moment où il avait reçu l'appel affolé d'un témoin. Il l'avait donc transmis au service d'ambulance. Raison pour laquelle Gary et elle étaient les premiers sur place.

La première chose à faire était de vérifier qu'il ne s'agissait pas d'un délestage sauvage, pensa Jenny. Comme cela arrivait trop souvent quand on voulait se débarrasser d'un tas de ferraille sans s'acquitter de la taxe sur les épaves... Mais ce scénario ne collait pas ici.

— Deirdre McConachie l'a vu tomber, déclara Gary. Comme elle n'avait pas son téléphone, elle s'est rendue en ville pour appeler Chris. Elle a raconté que le camion roulait devant elle quand il s'est mis à zigzaguer, et elle s'est dit que le conducteur était peut-être ivre. Le véhicule a plongé juste ici. Elle a supposé qu'il avait fini dans la mer et qu'il n'y avait plus d'espoir. Elle avait trop peur de regarder en bas et elle a foncé en ville. D'après elle, ce serait le camion de Charlie Emerson.

— Qui est-ce ? demanda Jenny.

Elle n'était à Willhua que depuis deux jours, tandis que Gary travaillait ici depuis trente ans et connaissait tout le monde.

— Un vieux fermier. Bon sang ! Je rappelle Chris. Il nous faut de l'aide. Des policiers, des urgentistes de Whale Head et l'hélico de Sydney...

Tandis qu'il parlait, un coup de vent vint frapper la falaise, faisant osciller le pick-up. Jenny aperçut alors quelque chose par la vitre latérale. La tête... d'un chien ?

Oui, il y avait un chien. De couleur fauve, avec de longues oreilles blanches, et il regardait désespérément vers eux. Que s'était-il passé ? Un accident ? Son maître avait-il tenté de se suicider ?

— Quel âge a Charlie ? s'enquit-elle. Il doit être à l'intérieur, à moins qu'il n'ait été éjecté dans la mer.

— Au moins quatre-vingts ans. Mon Dieu ! Il est peut-être coincé derrière le volant.

— Je vais descendre.

— Vous plaisantez ? Nous devons attendre les secours.

— Le temps qu'ils arrivent, le camion sera peut-être tombé. J'ai mon équipement dans mon sac à l'arrière de l'ambulance. Je vais descendre en rappel.

— En rappel ? Vous ? s'exclama Gary.

— Je pratique l'escalade pendant mon temps libre, répondit-elle en esquissant un sourire furtif. Vous n'avez pas lu mon CV, n'est-ce pas ?

— En fait, nous étions un peu désespérés, avoua son collègue. Avec Pete en arrêt pour plusieurs mois, il ne restait plus que Chris et Doc Pearson pour m'aider en cas d'urgence. Comme la première page de votre candidature mentionnait que vous étiez jeune et que vous aviez les qualifications requises, vous avez été embauchée d'office.

Jenny lâcha un rire bref.

— Wouah, je suis flattée.

On était samedi soir. Elle était arrivée à Willhua deux jours plus tôt et ne commençait officiellement son travail que le lundi suivant. Mais Gary avait eu le temps, la veille, de lui expliquer leur fonctionnement, et elle devait reconnaître que jusque-là tout lui plaisait. Quant à Gary, même s'il avait la soixantaine, il semblait très pro, plein de bon sens et sympathique. À mille lieues du dernier patron qu'elle avait eu, un manipulateur de la pire espèce !

Mais ce n'était pas le moment de ressasser l'humiliation qui l'avait poussée à quitter Sydney. La priorité, c'était l'homme du pick-up accidenté. Le soir tombait, et si elle devait entreprendre une descente, c'était maintenant.

— Je ne suis pas capable de descendre sur une pente aussi abrupte, dit Gary en soupirant. Et comme je suis votre patron, je me demande si je dois vous y autoriser. C'est Pete qui se chargeait des missions d'escalade. Je préviens Doc Pierson. Il saura quoi faire.

— Appelez qui vous voulez, mais moi, j'y vais. Pas le choix. Si Charlie a fait un infarctus ou qu'il saigne abondamment…

— Vous pouvez faire ça sans risques ?

C'était une bonne question. S'il y avait une chose qu'on vous apprenait dès le début de la formation d'ambulancier, c'était bien la sécurité. « Ne jamais se mettre en danger, inutile d'ajouter son nom à la liste des victimes… », récita mentalement Jenny. Mais presque tous les secouristes rencontraient des situations où le facteur risque était à considérer.

C'était ce qu'elle tâchait d'évaluer à présent. La descente en rappel ne présentait pas de difficultés, puisque le côté du conducteur du pick-up était orienté vers elle et que la portière semblait intacte. Elle ne voyait pas l'automobiliste et elle supposa qu'il était affaissé sur le côté.

Deirdre avait dit que le camion zigzaguait. Pourquoi ? Conduite en état d'ivresse ? AVC ? Hypoglycémie diabétique ? En attendant, il pouvait basculer à tout instant. Alors oui, le danger était là, mais cela valait la peine de prendre quelques risques.

— Je m'écarterai si ça bouge, dit-elle pour rassurer Gary. Mais je serai aussi à même de prodiguer les premiers soins, comme libérer les voies respiratoires ou stopper une hémorragie. Et si vous me faites parvenir la civière, je l'attacherai à l'arbre et peut-être que j'arriverai à sortir Charlie.

— Toute seule ? Vous n'y pensez pas ! Il faudrait d'abord stabiliser le camion au moyen d'un engin de levage. Mais nos pompiers sont mobilisés dans l'État de Victoria pour combattre les incendies là-bas. Jodie Adams a la seule dépanneuse du coin, mais le samedi, elle dîne chez sa mère à Whale Head. Et si on utilisait les cordes pour attacher le camion à... ?

Gary regarda autour de lui, mais il n'y avait aucun arbre à proximité, juste la route étroite et, de l'autre côté, la falaise qui se dressait à la verticale.

— À l'ambulance ? suggéra-t-il.

— Ça pourrait se tenter, mais je doute que les cordes tiennent pour hisser cette carcasse jusqu'ici.

Bon sang ! Dans quoi s'était-elle fourrée ? Elle venait d'un important centre de secours de Sydney qui comptait une équipe aguerrie et des moyens considérables. Ici, il n'y avait personne d'autre que Gary et elle.

Willhua était une minuscule ville côtière qui attirait des retraités, ainsi que des surfeurs et des parapentistes, qui appréciaient de voler le long des falaises spectaculaires. Et si la bourgade disposait d'un petit hôpital, c'était juste parce qu'elle était très retirée.

Jenny se trouvait là en remplacement de Pete, le coéquipier habituel de Gary, qui s'était brisé la cheville. Cet emploi temporaire lui avait semblé une solution idéale. À Willhua, elle consolerait son cœur brisé – ou du moins son orgueil blessé. Mais en cet instant, elle aurait surtout voulu compter sur la grande équipe de secouristes dont elle avait fait partie à Sydney.

— Un tracteur ? dit-elle pensivement. Mais le temps qu'il arrive ici… Avec ce vent, on ne peut pas attendre davantage. Et une fois la nuit tombée, je ne pourrai plus descendre. Alors, appelez qui vous voulez, Gary. J'y vais maintenant.

— Jenny, je suis votre supérieur. Qu'est-ce que les gens vont penser si je vous laisse faire ?

— On dira que j'ai tous mes certificats d'aptitude pour la descente en rappel jusqu'au niveau le plus avancé, et donc que la décision était tout à fait raisonnable.

Elle eut quelques scrupules à faire cette petite tromperie. Car, à sa connaissance, il n'existait aucun titre de ce genre, ni au niveau avancé, ni à quelque niveau que ce soit, d'ailleurs.

— Je ne monterai pas à bord, promit-elle. Et mon matériel est prêt à servir.

C'était aussi la possibilité de pratiquer l'escalade sur les falaises environnantes qui l'avait poussée à venir dans ce coin perdu, reconnut-elle. Et comme le site était très populaire auprès des véliplanchistes et parapentistes, elle s'était dit que ses talents de grimpeuse pourraient aussi lui servir sur le plan professionnel.

Mais secourir quelqu'un bloqué dans un camion suspendu au-dessus de la mer, c'était une première.

— Je ferai attention, Gary. On ne peut pas rester là sans rien faire, d'accord ?

— J'aimerais mieux que vous attendiez Doc et Chris. Nous avons besoin de monde pour gérer ça.

— Mais Charlie ne peut pas attendre, lui, répondit-elle tandis qu'un nouveau coup de vent faisait osciller le pick-up. Vous voulez ouvrir le coffre ?

Il était 20 heures, et Rob Pierson venait de mettre fin à sa conversation téléphonique avec l'hôpital Central de Brisbane. Leur réponse avait été la même que celle qu'il recevait chaque soir depuis quatre ans.

— Aucun changement, docteur. Nous veillons à ce que votre épouse soit le plus à l'aise possible.

Rob soupira. Pourquoi refusaient-ils de la laisser partir ? Il regarda la cheminée vide. Il faisait assez frais pour allumer un feu, mais il n'avait pas envie de prendre cette peine. Il allait plutôt se servir un verre avant d'aller se coucher. Ou jeter un dernier coup d'œil dans la chambre de Jacob, puis passer directement dans l'hôpital et faire une dernière tournée de ses patients.

La résidence de fonction qu'il occupait avait été conçue pour faciliter la vie du médecin. Dans le vestibule, il y avait une porte qui menait à l'arrière du poste des infirmières de l'hôpital. Rob avait aussi installé une vidéosurveillance. Ainsi, si son petit garçon de quatre ans appelait la nuit ou tombait de son lit, le personnel de service ou lui-même pouvait être auprès de lui en quelques secondes.

Ce système n'était pas parfait – et ses beaux-parents n'avaient pas manqué de le souligner devant le tribunal comme preuve supplémentaire qu'il ne pouvait pas élever son fils – mais le juge était de son côté. Comme Willhua tenait désespérément à garder son médecin, les infirmières, mais aussi presque tous les habitants, étaient prêts à accourir, toute affaire cessante, pour s'occuper de Jacob en cas d'urgence. Donc, cette organisation fonctionnait.

Et les urgences n'étaient pas si fréquentes à Willhua, en dehors de parapentistes occasionnels qui se blessaient. Les victimes étaient généralement évacuées par hélicoptère vers Sydney, si bien que l'hôpital de Willhua servait plutôt de maison médicalisée pour les retraités qui constituaient la moitié de la population locale. Aujourd'hui cependant, Rob avait fait admettre un fermier qui se remettait d'une morsure de serpent, et une jeune mère atteinte d'une infection mammaire.

Ce n'était pas de la médecine de pointe, mais il aimait cette façon d'exercer son métier. Si seulement le conflit qui l'opposait à sa belle-famille ne l'accaparait pas autant... Peut-être ferait-il mieux de céder et de retourner à Brisbane, se dit-il, déprimé. Et de rester au chevet d'Emma pendant toutes les années qu'elle pourrait vivre dans cet état ? Non, ce ne serait pas bon pour Jacob. Ni pour lui-même.

Ses pensées avaient pris un tour si sombre qu'il fut presque soulagé d'entendre la sonnerie de son téléphone.

— Doc ?

Il connaissait bien la voix de Gary Drummond et, à son intonation, il sut immédiatement qu'il y avait un problème sérieux.

— Quelque chose de grave ? s'enquit-il aussitôt.

— On peut dire ça. Un camion bloqué presque en bas du col du Diable. On pense qu'il s'agit de Charlie Emerson. Deirdre McConachie a donné l'alerte en disant qu'il conduisait comme s'il était ivre. Le pick-up a plongé dans le vide et se trouve à flanc de falaise, mais il n'est pas stable. Chris est retenu à l'autre bout de la vallée, les pompiers sont toujours mobilisés dans l'État de Victoria, comme vous le savez, et la dépanneuse de Jodie n'est pas disponible. Pendant ce temps-là, Charlie est prisonnier de son camion...

Bon sang ! Rob se mit à réfléchir à toute vitesse. « Sécurité » était le maître-mot ici. À une époque, il aurait pris tous les risques, mais le fait d'élever seul un enfant vous faisait remettre les choses en perspective. À cause des parents d'Emma qui épiaient ses moindres gestes, presque paranoïaques dans leur désir de protéger leur petit-fils, son goût du risque s'était considérablement émoussé.

Pete, l'ambulancier en convalescence, avait été le spécialiste du sauvetage dans les falaises, mais pas Gary. Et cette femme qu'il venait d'engager ? Pouvait-elle l'aider ou serait-il obligé d'intervenir seul ?

— Appelez le Secours aérien de Sydney-Sud et réclamez un hélicoptère, répondit-il.

— Déjà fait, Doc. Ils sont sur une autre mission, et on ne peut pas les attendre. Mais notre Jenny, la nouvelle… Si ce n'est pas une spécialiste de la descente en rappel ! Elle est en train d'enfiler un baudrier et s'apprête à…

— Il n'en est pas question ! coupa Rob.

— Elle dit qu'elle en est capable, et je la crois, Doc. Elle m'a assuré qu'elle ne prendrait pas de risques inutiles. Charlie est sûrement mal en point. Pouvez-vous demander à quelqu'un d'appeler à la ronde pour obtenir un tracteur et quelques gars avec des cordes solides ? Et venir vous-même ?

Rob comprit qu'il n'avait pas le choix.

— Je trouve d'abord quelqu'un pour veiller sur Jacob. Ensuite, je me mets en route et j'utiliserai le téléphone de ma voiture. Retenez-la jusqu'à ce que j'arrive. C'est un ordre !

— La demoiselle a du caractère, répondit Gary avec une note d'admiration dans la voix. À la façon dont elle vérifie le matériel, je pense qu'elle en connaît un rayon.

La progression le long de la falaise avait été relativement facile. Le plus délicat était d'atteindre le conducteur sans causer plus de d'instabilité au camion. Le chien aussi représentait un problème.

La portière avant était presque à l'horizontale, si bien que Jenny pouvait voir l'intérieur de la cabine. Charlie – si c'était bien lui – était affaissé en travers des sièges. Son visage et sa poitrine étaient couverts de sang, et sa chemise déchirée laissait voir une vilaine blessure au bras gauche.

En l'entendant, le chien se jucha sur son maître, impatient d'arriver jusqu'à elle.

Un corgi, le pelage taché de sang… Était-il blessé ou s'agissait-il du sang de son propriétaire ? Une chose était sûre : elle devait écarter l'animal pour atteindre la victime.

— Jenny, comment ça se présente ? cria Gary depuis la route.

— Je fais sortir le chien.

Puis s'adressant au blessé, elle ajouta :

— Ne bougez pas. Les secours arrivent.

C'était du moins ce qu'elle espérait. Les jambes solidement calées contre la paroi rocheuse, elle s'attaqua à la portière. Étant donné la position du véhicule, c'était comme soulever un poids mort. Elle avait beau être en bonne forme physique, cela représentait un défi, d'autant qu'à l'instant où elle y parvint, elle reçut le chien en plein visage.

— Hé ! Du calme, mon beau. Reste tranquille, dit-elle avec fermeté.

Contre toute attente, le corgi obéit et resta campé sur le corps de Charlie. Bon, au moins, il ne cherchait pas à mordre. Jenny repoussa la portière jusqu'à ce qu'elle se rabatte contre le plateau arrière du camion. Ceci fait, elle prit un moment pour se stabiliser, puis entreprit de rassurer le corgi.

— Allez, viens, mon vieux, dit-elle en l'attirant vers elle.

Il poussa une longue plainte au moment où elle le hissait hors du camion. Elle vit alors que son flanc était lacéré.

— Désolée de te faire mal. Tu es une brave bête.

Elle se déplaça le long du véhicule, en tirant le chien vers la rambarde métallique du plateau. Il se mit à hurler de douleur. Dès qu'il fut un peu calmé, elle l'attacha à un montant au moyen d'une corde. Évidemment si le camion basculait, le chien serait entraîné avec. Mais encore une fois, avait-elle le choix ?

Avec précaution, elle revint vers la cabine. Le chien écarté, elle pouvait se pencher à l'intérieur, avec une extrême prudence cependant, car son poids risquait de faire chavirer le camion. Cherchant une bonne prise sur la falaise, elle se suspendit aux cordes pour ne pas utiliser la carrosserie comme appui.

Charlie avait le visage gris, et son expression était affreuse.

— J'ai mal…, murmura-t-il. C'est… insupportable !

D'où venait sa douleur ? Impossible de le savoir. L'urgence était de stopper le saignement. Combien de sang avait-il perdu ? Là encore, c'était difficile à dire, et il faisait de plus en plus sombre.

— Vous êtes bien Charlie ? demanda-t-elle en enfilant une paire de gants.

— Oui… C'est moi.

— Je suis Jenny, la nouvelle ambulancière de Willhua. Je viens vous sortir de là, mais avant, je vous fais quelques soins.

Tout en parlant, elle fit une compression sur son bras blessé et tâcha d'évaluer la situation. Comment évacuer un homme qui souffrait à ce point et qui respirait difficilement ? Avait-il eu un problème cardiaque au volant ? Il était hors de question de lui donner de l'aspirine, surtout quand elle n'avait aucun moyen d'identifier une éventuelle hémorragie. Mais l'extraire du camion sans soulager sa douleur risquait de le tuer. Une faible dose de morphine semblait la meilleure option.

— Je vous donne quelque chose contre la douleur. Nous attendrons que cela fasse de l'effet avant de vous sortir d'ici.

Dès que j'aurai trouvé comment ! ajouta-t-elle en elle-même.

Elle fit l'injection. La terreur dilatait le regard de Charlie, et Jenny lui prit la main et la garda dans les siennes. Le pick-up continuait d'osciller, constata-t-elle. L'arbre qui le supportait pouvait céder à tout moment. Tant pis ! Il fallait tenter quelque chose.

Et sans plus attendre, elle se faufila à l'intérieur de la cabine. Le côté du passager était très endommagé. La portière avait été arrachée et, à la place, il n'y avait que des débris de tôle et la paroi rocheuse.

— Charlie, y avait-il quelqu'un avec vous ? demanda-t-elle, saisie d'une brusque inquiétude.

L'expression de terreur s'accrut dans les prunelles du vieil homme, et il essaya désespérément de regarder autour de lui.

— Mon chien… Mon compagnon, Bruce…

Jenny se détendit légèrement.

— Bruce est votre chien ? Il est en sécurité. Je l'ai sorti de la voiture. Maintenant, c'est votre tour.

Mais comment procéder ? Se retirant de l'habitacle, elle saisit sa radio.

— Gary ? Apparemment, Charlie était seul à bord avec son chien. Il n'est pas coincé à l'intérieur, mais il faut vite l'évacuer. Saignement, douleur intense et des blessures internes possibles peut-être antérieures à l'accident.

Elle entendit son collègue ravaler son souffle. Mais en bon professionnel, il réagit de façon pragmatique.

— Doc est ici. Il va descendre avec la civière.

À cette information, Jenny sentit une forte poussée d'adrénaline dans ses veines. Au-dessus d'elle, les puissantes lumières de l'ambulance défiaient la pénombre. Quelqu'un se mouvait là-haut, cherchant des prises sur la muraille, et tout indiquait que cet homme pratiquait l'escalade. Resté sur la route, Gary faisait descendre une civière spécialement conçue pour le sauvetage vertical et l'hélitreuillage. Pour cette opération, Jenny aurait préféré compter sur l'hélicoptère de Sydney, mais c'était déjà une aide précieuse.

Elle se pencha vers la cabine.

— Charlie..., appela-t-elle en reprenant la main du vieil homme. Doc est en route. Doc Pierson, vous le connaissez ? Il paraît que c'est un bon médecin. Il amène une civière et nous allons vous sortir de là.

— Mais...

Son regard apeuré fouillait de nouveau l'habitacle.

— Votre chien est en sécurité, répéta-t-elle. Tout va bien, sauf que vous avez peut-être quelques côtes cassées. On vous conduira à l'hôpital.

Le vieil homme ferma les paupières. Jenny prit peur et tâta immédiatement son poignet. Ouf ! Le pouls était là, faible et filant, mais constant.

— Hé !

Elle faillit sursauter en entendant la voix grave au-dessus d'elle. Levant les yeux, elle le vit. Rob Pierson, le médecin qu'elle avait rencontré brièvement, une semaine plus tôt, lors de son entretien d'embauche.

C'était Gary qui l'avait reçue, mais le Dr Pierson s'était trouvé là aussi. Cependant, au bout de quelques minutes, il avait eu un appel de l'hôpital. Il s'était excusé brièvement avant de partir sur-le-champ.

— Il faudra vous habituer, avait dit Gary. Willhua est une petite ville et, au moindre coup dur, il faut tout laisser tomber. Heureusement, ça n'arrive pas tous les jours.

Mais ça tombe juste aujourd'hui, pour ma première intervention, pensa Jenny. Elle se demanda ce que le médecin avait dû laisser en plan pour accourir jusqu'ici.

Mais c'était sans importance, et elle était rudement contente de le voir. Il descendait avec une rapidité incroyable, comme s'il avait l'habitude de ce genre de sauvetages. La trentaine, des cheveux noirs, le teint hâlé et un corps long et souple, il était dans une forme physique parfaite.

Arrivé près d'elle, il rencontra son regard, les sourcils levés, et Jenny comprit immédiatement les interrogations contenues dans ses yeux sombres. État de la victime ? Cas d'urgence ? C'était un message silencieux entre deux professionnels face à une situation critique. Elle lut aussi une confiance tacite dans ses prunelles.

L'expression qu'elle lui renvoya dut le renseigner, car Rob Pierson regarda à l'intérieur du camion - brièvement, car la cabine était sombre déjà - puis il se tourna de nouveau vers elle. Sa décision semblait prise.

— Voici le harnais. Je vous laisse encorder la victime.

Jenny respira profondément. Non sans mal, elle réussit à passer le harnais autour de Charlie et poussa un petit soupir de satisfaction. Restait à le hisser hors du camion.

— Maintenant, sortez et reculez-vous, dit Rob Pierson.

Bien que ce ton autoritaire lui déplût, Jenny obéit sans discuter. Le médecin semblait avoir un plan en tête. Avec précaution, elle émergea du pick-up.

— À mon signal, tirez de toutes vos forces sur mes cordes,

dit-il. Vous contrôlerez celle de Charlie en le levant autant que vous pourrez.

Puis Rob Pierson se pencha pour parler au vieil homme.

— Charlie, c'est Doc Pierson. Vous me reconnaissez ? Nous allons vous sortir de là, mais il faut nous aider. Je vais passer mes mains sous vos épaules. Pourrez-vous pousser un peu sur vos jambes ? Ça va être douloureux, je sais, mais une civière confortable vous attend.

Il comptait le lever à la verticale ? C'était impossible ! Néanmoins, Jenny régla ses cordes et se tint prête à saisir le vieil homme.

Elle n'en crut pas ses yeux quand, moins d'une minute plus tard, Rob se redressa en portant Charlie dans ses bras. Ma parole ! Cet homme possédait une force prodigieuse...

Aussitôt, elle agrippa les jambes de Charlie et aida à le manœuvrer vers la civière suspendue au plateau arrière. Ensemble, ils eurent vite fait de le sangler.

— Remontez-nous, Gary ! cria Rob vers le haut de la falaise.

Il devait y avoir du monde sur la route, car les cordes se tendirent instantanément. Rob stabilisa la civière, puis la remontée des deux hommes s'amorça.

Tout s'était passé si vite que Jenny en était hébétée. Les pieds en appui sur la roche, elle s'immobilisa, le temps de recouvrer une respiration normale.

Un gémissement la fit tressaillir soudain. Mon Dieu, elle avait presque oublié le chien ! Il était couché sur la rambarde métallique et il était hors de question de l'abandonner.

— Envoyez-moi un autre harnais ! cria-t-elle vers ceux qui se tenaient sur la route.

— Il y a quelqu'un d'autre ? répondit Gary, alarmé.

— Le chien. Il est trop grand pour que je le porte. Mais avec un harnais, ça devrait aller.

L'équipement arriva au bout d'une corde, et elle entreprit de sangler le corgi. Paralysé par la douleur et la peur, il se laissa faire et leva sur elle un regard limpide et débordant de confiance qui la fit fondre.

— Courage, mon brave Bruce. Je te ramène à ton maître.

Le chien calé contre elle, Jenny se laissa hisser le long de la falaise. Enfin, elle retrouva la route. Le décor avait complètement changé en l'espace de quoi… une demi-heure ? Il y avait des gens partout. Gary et Rob Pierson étaient penchés au-dessus de Charly. Un policier – Chris peut-être ? – remontait les cordes. Autour d'eux, une demi-douzaine d'habitants cherchait à aider.

Jenny se laissa tomber à terre, Bruce dans les bras, essayant de se persuader que le drame était terminé. Puis elle se releva et s'approcha de la civière.

Le vieil homme avait plus mauvaise mine encore que tout à l'heure. Gary essayait de lui poser un masque à oxygène, pendant que Rob préparait une seringue, mais Charlie s'agitait.

— Bruce…, appela-t-il, haletant.

— Nous l'avons récupéré, dit Jenny en s'agenouillant pour qu'il puisse voir le corgi. Le voici.

Charlie écarquilla les yeux.

— Elle, je la connais… C'est Stumpy, murmura-t-il en levant une main tremblante vers l'animal. Mais où… où est Bruce ?

— Qui est Bruce ? demanda Rob d'une voix pressante.

— Mon… meilleur ami…

La voix de Charlie s'éteignit. Il avait cessé de respirer.

2

Ils firent leur possible pour réanimer Charlie, alternant massage cardiaque et défibrillation. Tout en s'activant, Jenny eut vaguement conscience du silence qui régnait autour d'eux. Chacun retenait son souffle. Peut-être priait-on aussi, comme elle.

Oh ! qu'il vive... Ils avaient été si près de réussir ce sauvetage. Elle s'était même sentie soulagée. Mais maintenant...

Enfin au troisième choc du défibrillateur, ils perçurent un pouls. Faible, certes, mais il battait bel et bien ! L'espoir était donc permis, même si Charlie restait inconscient.

— Nous devons le transporter à l'hôpital au plus vite, dit Rob Pierson. Gary, actionnez la sirène et le gyrophare.

— Mais... Et Bruce ? dit Jenny.

Tous les regards se tournèrent vers elle.

— Dans le camion, Charlie appelait Bruce, expliqua-t-elle. Et j'ai pensé qu'il s'inquiétait pour son chien. Mais je me demande si...

Sur une impulsion, elle se redressa et alla droit vers l'homme à qui elle avait confié le corgi. Le chien était couché à ses pieds, terrifié, les flancs blessés.

— Hé, mon beau, dit-elle en s'agenouillant pour le caresser derrière les oreilles.

Ce faisant, elle tourna vers elle le collier qu'il portait. Un nom était gravé sur la plaque en métal : « Stumpy ». Jenny promena vivement ses mains sur le chien et eut la confirmation de ce qu'elle soupçonnait.

— Qu'y a-t-il ? Jennifer ?

Le Dr Pierson était près d'elle. Il avait dû remarquer sa pâleur.

— J'ai supposé que Bruce était ce chien-là, répondit-elle, bouleversée. Mais... c'est une femelle et elle s'appelle Stumpy. Charlie n'a pas dit expressément que Bruce était un chien, il a juste dit... « mon compagnon ».

Le médecin comprit immédiatement ce que cela impliquait.

— Donc, Bruce, homme ou chien, est porté disparu ?

Il lui agrippa les épaules.

— Jennifer, vous avez vu l'intérieur du camion. Est-il possible que quelqu'un ait été éjecté ?

Il parlait d'une voix sobre, lui enjoignant de redevenir professionnelle. Jenny se ressaisit.

— Oui, peut-être. L'autre portière avait disparu. Arrachée.

Elle ferma les yeux, essayant de se souvenir avec précision.

— La ceinture de sécurité... Elle n'était pas détachée, ajouta-t-elle en rouvrant les yeux.

— Donc, ce Bruce ne la portait pas.

Instinctivement, ils regardèrent vers le bas de la falaise. Mais la paroi était noyée d'ombre, et on ne distinguait rien.

— Il faut agir, dit Rob Pierson. Laissons de côté la culpabilité pour l'instant. D'ailleurs, il n'y a aucune raison de se sentir coupable. Même si nous avions su qu'il y avait quelqu'un d'autre, nous n'aurions pas pu faire plus.

Là-dessus, il héla le policier.

— Chris ! Il se peut qu'il y ait une autre victime en bas, un homme ou un chien. Inutile de descendre, il fait trop sombre. Mais voulez-vous interroger les voisins de Charlie pour savoir s'ils connaissent ce Bruce ? Nous emmenons Charlie à l'hôpital. Venez, Jennifer, allons-y.

— Doc, je la mets dans l'ambulance, dit l'homme qui gardait Stumpy. Sur le siège avant ? Charlie voudra voir son chien quand il se réveillera, et cette pauvre bête a sûrement besoin de points de suture.

— Est-ce que je suis vétérinaire ? répondit Rob d'un ton sec. Désolé, Macca, nous ne pouvons pas la prendre.

— Elle est faible, elle ne posera pas de problème. Et je ne sais pas quoi faire avec un chien qui saigne.

— C'est bon, dit Rob avec lassitude. Gary, si vous êtes d'accord...

— Je vais devoir nettoyer l'ambulance, de toute façon. Et la seule alternative, c'est votre belle voiture propre, Doc. D'ailleurs, je vais demander qu'on vous la ramène. Quoi qu'il en soit, on ne peut pas laisser ce chien ici.

Rob soupira, mais ce n'était pas le moment de discuter. Gary s'installa au volant et engagea l'ambulance, sirène hurlante, sur la route sinueuse.

À l'arrière, Rob surveillait chaque respiration du blessé. Jenny lui prêterait main-forte en cas de défaillance, mais pour le moment, elle pouvait récupérer un peu. Pour sa première mission, elle avait l'impression d'avoir échoué lamentablement. Car en matière de secours, la règle numéro 2, après la sécurité, c'était de déterminer le nombre de victimes.

La radio se mit à grésiller.

— Sûrement le Secours aérien qui vient aux nouvelles, leur annonça Gary. Voulez-vous prendre la communication, Jenny ? Avec ces virages en épingle à cheveux, je dois me concentrer.

Jenny alluma sa radio. Comme elle la réglait sur le canal principal, une voix résonna.

— Centre de secours de Sydney-Sud à Willhua ambulances, vous m'entendez ?

Son équipe ! C'était là-bas qu'elle aurait dû être. Mais ça ne servait à rien d'avoir des regrets, et on avait besoin d'elle ici aussi.

— Willhua ambulances, j'écoute, répondit-elle aussitôt. Vous voulez un point sur la situation ?

— Hé ! Mais c'est notre Jen !

Au même instant, Jenny reconnut la voix de Donna, la régulatrice.

— Tu es toujours sur la falaise du col du Diable ? poursuivit celle-ci.

— Non, Donna, je transfère un cas critique vers l'hôpital de Willhua.

— L'hélico revient dans une demi-heure, répondit son ex-collègue. Nous avons les coordonnées du lieu de l'accident. Tu veux que je leur demande de changer d'itinéraire et qu'ils prennent la direction de l'hôpital pour évacuer ton blessé ?

Rob, qui ajustait le masque à oxygène de Charlie, intervint.

— Dites-leur qu'il devra effectivement être transféré à Sydney, mais que la priorité est de retrouver ce Bruce.

Jenny acquiesça.

— Donna, il est probable qu'il y ait quelqu'un d'autre sur la falaise ou sur les rochers, voire dans la mer. Notre blessé a parlé d'un certain Bruce avant de perdre connaissance. Le camion est couché sur le côté. Y a-t-il une personne coincée dessous ? Nous n'en savons rien.

— Bien reçu. J'envoie l'hélico sur place dès que possible. Prends soin de ton blessé et ne t'inquiète pas du reste.

— Donna ? Nous aurons aussi besoin d'une évacuation pour Charlie.

— Dès qu'il sera stabilisé, ajouta Rob suffisamment fort pour que la régulatrice l'entende. L'équipage de l'hélicoptère a sans doute le temps de fouiller la falaise d'ici là.

— Compris, dit Donna. Bonne chance à vous.

Pendant l'heure qui suivit, les compétences médicales que Jenny avait acquises par le passé furent mises à contribution. Ce fut aussi pour elle l'occasion de constater que Rob Pierson était un excellent praticien, aussi doué que les meilleurs urgentistes avec lesquels elle avait travaillé.

Elle avait toujours eu la passion de soigner. Elle n'avait que quatorze ans quand sa grand-mère, chez qui elle vivait, avait fait un AVC majeur. Ses parents, des aventuriers qui parcouraient la planète, avaient pris l'avion pour rentrer auprès de la malade.

Cependant, au bout d'un mois, ils étaient repartis, ayant décidé que Jen pouvait très bien s'en sortir seule. Ce qu'elle avait fait, pendant quelques années, en jonglant entre l'école et la routine de la vieille dame fragile. C'est en regardant les infirmières du district prodiguer les soins à sa grand-mère que Jenny avait eu la certitude d'avoir trouvé sa vocation. Sa chère grand-mère était décédée, alors qu'elle commençait ses études d'infirmière. Plus tard, engagée aux urgences d'un hôpital de Sydney, elle avait ressenti le désir de devenir secouriste, en observant le travail des ambulanciers. Retenue pour suivre une formation spécifique, elle n'avait jamais regretté son choix.

Voilà pourquoi, à leur arrivée à l'hôpital de Willhua, quand elle ne vit qu'une infirmière de nuit, et que celle-ci, Cathy, était débordée, Jenny n'hésita pas à mentionner ses qualifications et à offrir son aide. Elle assista Rob du mieux qu'elle put, tandis qu'il tentait le tout pour le tout afin de sauver la vie du vieil homme.

Hélas, cela ne servit à rien, car Charlie finit par succomber. Quand Rob s'écarta de la table d'opération, la mine défaite, Jenny eut envie de pleurer et de serrer contre elle ce médecin qui s'était tant battu. Bien entendu, elle n'en fit rien. Elle ne connaissait pas cet homme. Elle voulait... Quoi au juste ? Qu'il y eût un monde où le ciel ne s'écroulerait pas sur votre tête ? Où des patrons manipulateurs ne vous trahiraient pas de la pire façon ? Où Charlie ne serait pas mort ? Où ce Bruce inconnu serait sain et sauf ?

La tension de cette journée menaçait de la submerger, sans parler des émotions de ces dernières semaines.

— Je suis sincèrement désolée, dit-elle à voix basse.

Rob ferma les yeux, et elle vit ses épaules s'affaisser.

— Tout ça pour rien... Pour rien ! s'écria-t-il.

Jenny sentit redoubler son envie de le prendre dans ses bras. Qu'avait-il de particulier, cet homme ? En le voyant descendre en rappel, elle l'avait comparé à un héros de cinéma. Grand, brun, le corps souple, c'était un grimpeur expérimenté, parfaitement maître de lui. Mais maintenant, il avait l'air sonné, abattu, comme si la mort de Charlie le touchait personnellement. Le vieil homme avait-il été pour lui un ami proche ?

Brusquement, elle se souvint d'une parole que Gary avait prononcée pendant son entretien, quand Rob Pierson avait été appelé pour une urgence.

« Doc travaille trop. Nous avons de la chance de l'avoir, c'est un très bon médecin. Mais ce drame terrible au sujet de sa femme... Lui et le petit... On peut dire que la vie vous réserve de ces coups durs. »

Sa femme était-elle morte dans un accident de voiture, elle aussi ?

— Quel gâchis ! dit Rob en rouvrant les yeux. Mais son sauvetage, c'est à vous qu'on le doit, Jenny. Vous étiez là quand il était encore conscient, vous avez soulagé sa douleur, et il a su qu'on s'occupait de lui. Et vous m'avez aidé ici... Vous avez fait du bon travail. On peut être fier de vous avoir à Willhua.

On peut surtout être fier d'avoir un médecin comme vous... Mais elle ne formula pas cette pensée à voix haute. Le souvenir de Darren la couvrant de compliments était encore trop vif, et elle sentit son cœur se serrer.

— Je n'ai fait que mon travail, répondit-elle d'un ton un peu abrupt. J'aurais seulement aimé...

Elle se tut et regarda le visage de Charlie. Dans la mort, il avait l'air si paisible. Rob posa une main sur son épaule. Une pression très légère, mais Jenny eut l'impression qu'il avait besoin de ce contact autant qu'elle.

— Charlie a vécu en solitaire une grande partie de sa vie, dit-il. J'ignore s'il a de la famille ou même des amis dans le coin. Depuis cinq ans que j'exerce ici, je ne l'ai vu qu'à deux reprises. La dernière fois, c'était il y a un an, pour une plaie à la jambe qui s'était infectée. Il s'était coupé sur des barbelés et n'avait pas nettoyé la blessure. J'avais donc insisté sur l'hygiène de base. Sa tension artérielle atteignait aussi des sommets. Je lui avais prescrit des médicaments et je lui avais donné un rendez-vous pour le suivi, mais je pense qu'il a tout laissé tomber.

Jenny sentit la pression sur son épaule se raffermir. En signe de réconfort ? Pour donner plus de poids à ses paroles ?

— Tout ce que je peux dire, Jenny, continua-t-il, c'est que nous avons fait le maximum pour lui, mais que certains choix étaient les siens.

— Mais ce Bruce ? J'aurais dû...

— Vous avez pris toutes les bonnes décisions en fonction des informations que vous aviez. L'hélicoptère prend le relais maintenant.

Par un accord tacite, ils quittèrent la salle. Il fallait s'occuper du corps de Charlie, mais cela ne pressait pas. Ils pouvaient s'accorder une pause et un peu d'espace.

— Ils auront sûrement des nouvelles à présent, dit Rob en consultant sa montre. Au sujet de Bruce. En attendant, qu'est-il arrivé au chien que vous avez sauvé ?

Jenny ébaucha un sourire triste, essayant de dissiper l'accablement qui les submergeait.

— Stumpy ? C'est notre prochain patient, docteur. Gary n'a pas pu la ramener chez lui, car sa femme est allergique. Alors, il l'a déposée à la blanchisserie de l'hôpital. Cette chienne doit recevoir des soins. Demain matin, je suppose ? Il y a un vétérinaire à Willhua ?

Rob soupira.

— Non. En cas d'urgence, les gens m'appellent. Je vais l'examiner, mais elle ne peut pas rester ici.

— Dans ce cas, je vais la recueillir jusqu'à ce qu'on la réclame, dit-elle sur une impulsion. Un peu de compagnie me fera du bien.

— Vous vous sentez seule ? Connaissez-vous quelqu'un ici ?

— Pas un chat.

De nouveau, elle essaya de sourire, même si le cœur n'y était pas.

— Ma logeuse n'a pas l'air commode, reprit-elle, mais mon studio dispose d'un jardin, et elle m'autorise à l'utiliser. Stumpy pourrait m'aider à me sentir bien chez moi.

Comme il la regardait avec curiosité, Jenny ajouta :

— On continue ?

Il acquiesça.

— Allons voir Stumpy.

— Gary m'a dit que vous aviez un petit garçon, dit-elle en notant ses traits fatigués. Ça ne le gêne pas de rester seul ?

— Il n'est pas seul. J'ai mis en place tout un système de vidéosurveillance, alarme et détecteur de mouvement dans sa chambre. C'est relié au poste des infirmières qui se trouve presque de l'autre côté du mur. Et si le problème persiste, je peux compter sur Minnie.

— Minnie ?

— Mme Minnow, une infirmière à la retraite qui habite à côté. Elle est notre ange gardien, à Jacob et à moi. J'occupe la résidence de fonction du médecin. C'est très grand. Quand la maison a été construite, mon prédécesseur avait une famille de cinq enfants. J'ai aménagé une des chambres pour Minnie, où elle est exactement comme chez elle. Elle s'occupe de Jacob pendant la journée, mais aussi la nuit quand je dois m'absenter. En un rien de temps, elle enfile ses chaussons et sa robe de chambre, prend sa bouillotte et traverse la pelouse avant même que je parte. Jacob est habitué à ce manège, et je pense qu'il est secrètement ravi de la trouver à la maison en se réveillant.

— Ça semble idéal comme mode de garde.

— Certains le pensent, d'autres..., dit-il d'un ton étrangement grave tout à coup. Il y a des personnes qui n'admettront jamais que je puisse prendre soin de mon fils.

Ils se séparèrent au bout du couloir. Rob et Cathy devaient organiser le transfert de la dépouille de Charlie à la morgue, régler les formalités et prévenir les proches, une fois qu'on les aurait trouvés.

Jenny n'avait plus rien à faire ici. Du reste, elle n'était même pas en service puisqu'elle ne devait commencer officiellement que le surlendemain. Elle allait rentrer chez elle, dans le studio qui lui tenait lieu de chez-soi. La maison de Lorna, sa logeuse, n'était qu'à quelques blocs de l'hôpital.

Mais d'abord... Le chien.

Comme elle se rendait à la blanchisserie, elle s'arrêta au milieu du couloir, en entendant son téléphone sonner.

Frankie !

Au Secours aérien de Sydney, Frankie avait été sa meilleure amie. Elle l'était toujours. C'était elle qui l'avait soutenue quand Jenny avait vu sa vie basculer. Elle l'avait même poussée à se venger, mais Jenny avait fait valoir que cela n'effacerait pas son humiliation. Et finalement, Frankie avait accepté sa décision de s'éloigner.

Son amie se trouvait-elle à bord de l'hélicoptère ? Si Frankie lui passait un appel privé, c'était bon signe. Pour toute mauvaise nouvelle, elle aurait choisi la voie officielle.

S'adossant au mur du couloir, Jenny demanda aussitôt :

— Alors, qu'est-ce que ça donne ?

— Tu ne vas pas le croire, Jen. Bruce est un chien !

— Un chien...

Jenny eut l'impression que tout son corps se liquéfiait, tant elle était soulagée. Elle avait été hantée par la vision d'un homme affreusement mutilé sur les rochers. Quelqu'un qui aurait pu être sauvé si seulement elle avait posé les bonnes questions...

— Oui, un grand chien à poils longs, poursuivit Frankie. Nico et Mozzie essayent de le sécher.

Jenny connaissait Mozzie. Mais Nico ?

— Où était-il ? Pourquoi je ne l'ai pas vu ?

— Il était recroquevillé sur une anfractuosité et caché par des broussailles, pas très loin de l'arbre qui retenait le pick-up. Il est noir et blanc, c'est justement grâce à son pelage blanc que je l'ai repéré. Mais du camion, il devait être totalement invisible. À propos, comment va le gars que vous avez sorti ?

— Il vient de mourir, répondit Jenny.

Cette annonce brutale parut résonner dans le couloir. Elle entendit Frankie ravaler son souffle.

— Oh non ! Je suis tellement désolée, Jen. Pour ton premier jour dans ta nouvelle équipe…

— Mon premier jour aurait dû être lundi.

— Toi qui voulais une vie tranquille…

— Avec nos métiers, la tranquillité n'existe pas. Comment va ton toutou rescapé ?

— Pas très bien. Nico et Mozzie sont en train de l'examiner.

— Qui est Nico ? demanda Jenny, ressentant brusquement le besoin de poser cette question.

— Ton remplaçant à la Red Watch.

Jenny accusa le coup. Elle avait adoré travailler avec cette équipe. Cependant, quelque chose dans la voix de son amie piqua sa curiosité.

— Il est sympa ? demanda-t-elle.

— Il est italien…

Comme si ça voulait tout dire !

— Ah…

— Revenons-en à nos rescapés… Sais-tu si un vétérinaire est disponible pour prendre la relève ? demanda Frankie.

— Il n'y en a pas à Willhua. Je vais m'occuper de Stumpy, le chien que j'ai récupéré blessé. Mais Frankie, je ne peux pas gérer les deux bêtes. Tu crois que tu pourrais t'occuper de Bruce ? L'emmener à la Red Watch, et ensuite, vous avisez ?

En apercevant Rob au bout du couloir, elle mit son amie en attente quelques secondes

— Rob, Bruce est un chien ! Et il est sain et sauf.

— Voilà au moins une bonne nouvelle, répondit-il.

Elle reprit l'appel.

— Alors, tu es d'accord pour prendre le chien ?

— Je vais voir ce que je peux faire…

— Merci, Frankie. Je dois te laisser maintenant, dit-elle au téléphone. Stumpy a beaucoup de plaies, et Rob va m'aider à le soigner.

— Qui est Rob ?

Jenny perçut la note d'intérêt dans la voix de son amie. Un intérêt qui serait autrement plus grand si celle-ci pouvait voir l'homme en question, pensa-t-elle. Il semblait épuisé, mais tellement... *sexy* ? Oui, absolument.

Il y avait certainement d'autres qualificatifs pour décrire ce médecin qui s'était battu avec l'énergie du désespoir afin de sauver une vie, mais c'était le seul qui lui venait à l'esprit sur le moment.

— C'est... Oh ! je t'expliquerai une autre fois. Tu peux te charger de Bruce alors ?

— Oui, si je parviens à convaincre Mozzie d'embarquer un chien à bord de l'hélico...

— Fais appel à toute ta force de persuasion ! Je compte sur toi, Frankie. Et si on découvre que ce chien a une famille dans les parages, je te fais signe.

— Jen...

— Je dois y aller, désolée. Je t'adore, ma belle !

3

— Elle ressemble aux corgis de la reine Elizabeth, fit remarquer Cathy, l'infirmière de nuit, en voyant Rob porter Stumpy vers la salle d'opération.

Jenny acquiesça. La chienne était jeune. Son pelage fauve et blanc se terminait par une queue touffue, mais qui pendait de façon pitoyable, et ses oreilles démesurées retombaient tristement. L'expression de détresse dans ses yeux était un autre indice de la gravité de son état.

Sous la lampe puissante du bloc, tous trois constatèrent que son flanc était affreusement déchiqueté et qu'une longue plaie courait de l'épaule jusqu'à la base des côtes. La pauvre bête avait dû être projetée contre la vitre brisée, pensa Jenny, horrifiée. Dire qu'elle l'avait tirée sans ménagement du camion pour l'attacher, avant de la hisser le long de la falaise… Puis, trop occupés par l'état de Charlie pour s'intéresser vraiment à elle, ils l'avaient laissée seule dans la blanchisserie.

Mais, bien que souffrante et perdue dans cet environnement inconnu, la chienne restait calme et les regardait avec ce qui ressemblait à de la confiance. Pendant que Rob l'examinait, Jenny la caressa en lui parlant doucement, et Stumpy se laissa faire. Elle releva même le museau pour lui donner un coup de langue.

— Oh ! elle est adorable, murmura Jenny en sentant son cœur fondre.

— Pas vu sous cet angle, dit Rob d'un air sombre. Son côté est une vraie bouillie incrustée de morceaux de verre.

— Où se trouve le vétérinaire le plus proche ?

— À Whale Head, à plus d'une heure d'ici. Et Ross est âgé et surchargé de travail. Ce sera à moi d'opérer, et il me donnera les instructions par téléphone. Il m'a déjà aidé ainsi.

— Il n'y a personne d'autre ? demanda Jenny, sidérée.

— Vous savez à quel point c'est difficile de trouver des médecins pour travailler hors des grandes villes ?

— C'est pour ça que je suis là, dit-elle en essayant de prendre un ton léger.

— Et nous avons de la chance de vous avoir, dit Cathy qui les avait rejoints et se tenait à la porte. Rob, Mike O'Connor est réveillé, et sa jambe est très enflée. Pourrais-je avoir une prescription d'antalgiques ?

— J'arrive. Jenny, assurez la garde ici. Je reviens.

À moi de tenir le fort, pensa-t-elle en se demandant dans quel genre d'endroits elle avait atterri. Elle repensa brièvement à son travail au centre de Sydney-Sud. Là-bas, son rôle était clairement défini : après un appel d'urgence, se rendre sur les lieux à bord de l'ambulance ou de l'hélicoptère, puis soigner sur place et pendant le trajet vers l'hôpital. Une fois le patient amené au-delà des portes des urgences, il n'était plus sous sa responsabilité. Quant aux horaires, elle assurait des services de huit heures qui se prolongeaient un peu parfois, mais rien à voir avec la situation présente.

Comme elle attendait là, tout en parlant à la chienne et en caressant ses oreilles douces, une vague d'émotion la frappa, et cela ressemblait curieusement à de l'enthousiasme. Ces dernières semaines avaient été marquées par la confusion et l'humiliation. À chaque minute, elle avait ressassé la trahison de Darren qui l'avait poussée à fuir. Mais aujourd'hui, on avait eu besoin d'elle, et ses compétences avaient été appréciées. Et il y avait ce médecin… Un excellent praticien, charismatique et séduisant…

Du calme, ma fille. Mais elle avait beau se morigéner, un sourire involontaire lui montait aux lèvres. Après Darren, elle s'était fait la promesse de ne plus jamais regarder les hommes. Et voilà qu'au bout de quelques semaines seulement...

Bah, ça ne faisait pas de mal de se dire qu'en tant qu'ambulancière elle allait travailler avec le Dr Rob Pierson. Au contraire, cette perspective rendait plus léger le souvenir de ces semaines désastreuses, chose qu'elle n'aurait pas crue possible.

Était-ce parce qu'il était séduisant ? *Sexy même*, lui souffla de nouveau une petite voix intérieure.

Oublie ça !

Elle l'entendait approcher justement. Il se tenait à l'extérieur de la salle, après la visite à son patient, et il parlait au téléphone. Avec le vétérinaire de Whale Head, devina-t-elle. Elle l'écouta décrire l'état de Stumpy, puis répéter les instructions que le Dr Ross lui donnait.

Cet homme était bon, pensa Jenny. Déterminé, prudent et... attentionné ? Sûrement, pour rester soigner un chien, alors qu'il était plus de minuit. Elle repensa à la demande de prescription de Cathy. Apparemment, c'était chose normale pour lui. Les coups de téléphone au milieu de la nuit, les visites. Et personne pour le seconder. Était-il jamais en repos ?

Serait-ce le même rythme pour elle ? Elle commençait à réaliser que la vie à Willhua ne se déclinait pas en journée de huit heures. Mais au lieu de la déprimer, cette pensée l'emplit d'un sentiment d'anticipation qui dominait toutes ses autres émotions.

Puis Rob entra et se pencha un peu pour faire face au chien blessé.

— Bien, ma belle, nous allons te soigner. Tu nous fais confiance pour ça ?

Le corgi lui donna un grand coup de langue sur la joue. Pour la première fois, Jenny vit Rob sourire.

Bien joué, Stumpy.

Jenny redoutait de ne pas être à la hauteur, car elle n'avait pas de compétences en anesthésie-réanimation.

— C'est vous ou personne, avait déclaré Rob en devinant ses craintes. Ross nous a donné les instructions et les dosages à respecter. Nous ne pouvons pas laisser ces morceaux de verre dans son flanc.

Jenny l'assista donc du mieux qu'elle put pendant l'heure qui suivit. Elle surveilla le niveau de l'anesthésie, la respiration, le rythme cardiaque, tandis qu'il retirait un à un les éclats de verre des plaies.

C'était un travail long et méticuleux. Les débris minuscules étaient presque invisibles, et les perforations étaient masquées par des blessures plus importantes. Mais Rob était aussi consciencieux que s'il opérait un enfant. Il fouillait les chairs, nettoyait, recommençait. Et quand le haricot fut rempli de tous les éclats qu'il ait pu trouver, il lava encore et encore toute la zone jusqu'à ce qu'il fût presque satisfait.

— Elle aura besoin d'une surveillance constante au cours des prochains jours, dit-il d'un air grave en recousant les déchirures. Si jamais j'en ai oublié...

— Vous avez fait de votre mieux, dit Jenny.

Il lui jeta un regard bref.

— Vous savez aussi bien que moi que parfois le mieux ne suffit pas. Bon, il est temps de la panser.

Il hésita avant d'ajouter :

— Jenny, elle ne peut pas rester ici.

— Je sais.

Il était impossible de garder un chien blessé et sous anesthésie dans un hôpital et d'attendre d'un médecin qu'il s'occupe de la surveillance postopératoire.

— Elle va rentrer avec moi.

— Et où habitez-vous ?

— Chez Lorna Dumet. Je loue un studio dans son jardin.

Il fronça les sourcils.

— Mme Dumet. Hmm... je ne suis pas sûr que...

— Moi non plus, dit Jenny avec un sourire réticent.

Lorna lui avait fait l'impression d'être une femme revêche et maniaque, mais le studio était indépendant avec un jardinet privatif.

— Elle acceptera que vous ayez un chien ? demanda Rob.

— Il n'y avait pas de clause interdisant les animaux de compagnie dans le bail. Mais je passerai la prévenir demain pour que tout soit clair.

Rob lui jeta un regard sceptique.

— Je suppose que ça règle le problème pour ce soir au moins, dit-il finalement. Vous êtes prête à la ramener chez vous maintenant ?

— Bien sûr.

Puis elle eut une hésitation. La maison de Lorna se trouvait à quatre ou cinq pâtés de maisons de l'hôpital. Trop loin pour faire le trajet à pied en portant un chien blessé. Sa voiture était restée au centre d'ambulance, et la distance à parcourir était à peu près la même.

— Je peux peut-être aller chercher ma voiture et revenir chercher Stumpy ? dit-elle.

Mais il était 2 heures du matin, et cette perspective n'était pas vraiment engageante.

— Je vais vous emmener, dit Rob. Gary a fait le nécessaire pour qu'on me ramène ma voiture. Si vous acceptez de prendre soin de Stumpy, c'est le moins que je puisse faire. Laissez-moi quelques minutes, le temps de vérifier que tout va bien pour Jacob et Minnie, et je reviens vers vous.

Ils traversèrent la ville endormie, et Jenny gardait Stumpy, toujours endormie, bien calée sur ses genoux. Un transport qui n'était absolument pas réglementaire, évidemment.

— Surtout, n'ayez pas d'accident, dit-elle. On aurait dû l'installer à l'arrière et en toute sécurité. Avez-vous une assurance pour le transport des patients ?

— Ça ne m'inquiète pas, répondit Rob d'un ton moqueur. Si quelqu'un porte plainte contre nous, Willhua perdra les soignants dont elle a besoin. Il y a des avantages à être irremplaçable.

— Vous n'avez aucun collègue pour vous seconder ?

— Si. L'ancien généraliste de Willhua vit toujours ici. Angus a plus de soixante-dix ans. Il est à la retraite et passe tout son temps à cultiver ses légumes. Mais en cas d'urgence ou quand je dois prendre un congé, il me remplace.

Percevant une note étrange dans sa voix, Jenny se risqua à demander :

— Quand vous devez prendre un congé ? Vous voulez dire, des vacances ?

— J'aimerais bien. Je dois me rendre régulièrement à Brisbane. Ma...

Il eut une hésitation et se reprit.

— Jacob doit passer du temps avec ses grands-parents, les parents de ma femme. Et moi...

Il ne termina pas sa phrase, et Jenny vit ses mains se crisper sur le volant.

De toute évidence, il y avait un mystère derrière tout ça. Mais ce n'était pas le moment de chercher à en savoir davantage, et cela ne la regardait pas de toute façon.

La voiture s'arrêtait déjà devant chez Lorna. De style pseudo-classique, la façade était d'une propreté méticuleuse. Sur la pelouse impeccablement tondue, aucun brin d'herbe ne dépassait. Des pensées et des pétunias s'alignaient comme de bons petits soldats le long de l'allée. Quant aux rosiers, ils restaient à l'état de bourgeons, la propriétaire taillant systématiquement les fleurs, de peur qu'un pétale ne tombe à terre.

Comme la lumière du perron s'allumait, Jenny s'attendait presque à voir surgir Lorna Dumet, son sécateur à la main, pour couper net les boutons de rose qui auraient l'audace de fleurir. Cette pensée la fit sourire et, devant l'air interrogateur de Rob, elle lui raconta la manie de sa logeuse.

Il laissa échapper un rire bref.

— Oui, j'imagine très bien. Vous savez, Lorna a... quelques problèmes. Elle est assez instable. Si elle vous cause des ennuis, prévenez-moi.

— Je préfère éviter cette dame. Comme je dois emprunter l'allée qui contourne la maison pour rejoindre le studio, je vais me faufiler sans bruit.

— D'accord. Laissez-moi vous aider. Je vais porter Stumpy.

À peine avaient-ils atteint l'allée latérale que les lumières de sécurité s'allumèrent. Quelques secondes plus tard, comme Jenny s'escrimait sur la serrure de son studio, Lorna apparut, enveloppée dans un peignoir oriental, et courut vers eux.

— Pour qui vous prenez-vous ? cria-t-elle d'une voix suraiguë. J'avais dit « Pas d'hommes ». C'est écrit dans votre bail. Pas d'hommes, mademoiselle ! Je ne tolérerai pas ça.

Jenny soupira. Son opinion de Lorna se confirmait, hélas. Mais avant qu'elle puisse répondre, Rob intervint :

— Bonsoir, madame Dumet, dit-il d'un ton aimable.

Lorna s'arrêta net.

— Dr Pierson ? Que faites-vous ici ?

— Je raccompagne Mlle Roden. Elle va s'occuper d'un de mes patients cette nuit.

Il se tenait un peu en retrait, attendant que Jenny ouvre la porte. Elle y parvint et alluma la lumière. Le porche s'illumina, et Lorna demeura bouche bée.

— Un chien !

— Le chien de Charlie Emerson, dit Rob. Charlie est décédé dans la soirée, et Stumpy est blessée. Mlle Roden a gentiment offert d'en prendre soin, le temps que nous puissions contacter les proches de Charlie.

S'il avait espéré gagner la sympathie de Lorna Dumet, il se trompait. Jenny vit le visage de sa propriétaire passer de l'indignation à la colère.

— Et vous pensiez l'amener ici ! À 2 heures du matin, me tirer du sommeil avec votre comportement ! Je vous prenais pour une jeune femme célibataire, calme et posée, et c'est la seule raison pour laquelle j'ai accepté de vous louer le studio de ma mère. Il est vide depuis son décès, et je ne supporterai pas de grabuge...

— Par « grabuge », vous voulez dire vivre, tout simplement ? demanda Rob en s'avançant vers la femme sur la pelouse. Lorna, nous avons déjà parlé ensemble des réactions de colère. La colère est injustifiée ici. Jenny est notre nouvelle ambulancière, et nous avons besoin d'elle. Ce soir, elle a fait de son mieux pour sauver une vie.

— Il est 2 heures du matin ! Toutes les lumières de sécurité se sont allumées devant la fenêtre de ma chambre.

— Si vous voulez que Jenny reste, il faudra vous y habituer. Il y aura des appels en dehors des horaires de travail. C'est formidable que vous ayez pu lui fournir un logement.

Mais le ton placide qu'il avait employé n'eut aucun effet sur l'humeur de Lorna. Les mains aux hanches, elle fixait Jenny d'un œil courroucé.

— Quelle effronterie ! Venir ici avec vous et un chien... Pas question qu'elle garde ce chien ici !

— Madame Dumet, je dispose d'une cour privative à l'arrière du studio, dit Jenny en s'avançant à son tour.

Car même si c'était noble à Rob de prendre sa défense, c'était avant tout son combat.

— Je n'avais pas l'intention d'avoir un animal quand je me suis présentée chez vous, poursuivit-elle. Mais il n'y a aucune interdiction de ce genre dans mon bail. Stumpy est blessée, son maître est mort, et elle a besoin de soins de courte durée. Si vous êtes allergique ou si vous détestez absolument les chiens, je m'arrangerai pour trouver une solution demain.

— Trouvez-la maintenant ! Et amener un homme ici... Docteur, vous devriez avoir honte.

Cela tournait au ridicule, pensa Jenny. Qu'est-ce que cette

femme insinuait ? Qu'elle et Rob se rendaient dans le studio pour une partie de sexe torride ?

Comme elle allait répliquer, Rob l'arrêta du regard et prit la parole.

— Nous sommes désolés de vous avoir réveillée, Lorna. Je laisse Jenny et le chien ici et je retourne voir Jacob. Mais pourrions-nous parler demain ?

Mais il était clair qu'elle n'avait pas l'intention de capituler.

— Je n'aurais jamais dû vous accepter comme locataire. Ce studio est libre depuis la mort de ma chère mère, et il n'est pas question que vous souilliez sa mémoire. Le chien de Charlie Emerson !… Il doit être plein de puces et Dieu sait quoi d'autre. Mettez-le dehors ou j'appelle la police.

— Je doute que Chris soit compatissant, répondit Rob. En ce moment, il s'occupe du camion accidenté de Charlie.

— Ça m'est égal. Sortez-le de chez moi ! Et vous aussi, cria-t-elle à Jenny, avec rage. Faites vos valises et partez.

— Jenny…

La voix basse de Rob contenait un avertissement, et elle comprit immédiatement. Face à cette femme qui devenait incontrôlable, le bon sens commandait de la laisser se calmer.

— Je vais vous ramener chez moi, vous et Stumpy, reprit-il à mi-voix, tandis que le visage de Lorna prenait une teinte violacée. Désolé, j'aurais dû vous en parler avant. Lorna souffre de problèmes mentaux. Je la verrai demain matin et j'essaierai de lui trouver un traitement, mais pour cette nuit… Préparez un sac et venez avec moi.

— Il y a suffisamment de place chez vous ? demanda Jenny.

Elle regardait Lorna et réalisait que, dans son état, les mots d'apaisement ne serviraient à rien.

— Oui. Il faudra juste faire attention. Il y a des raisons. Mon petit garçon… le chien…

— Compris. Je veillerai à ce qu'ils ne soient pas en contact.

— Merci, répondit Rob avec gratitude. Au fond de la maison,

il y a une chambre avec une salle de bains attenante, que nous n'utilisons pas. La buanderie est juste à côté. Allez chercher ce qu'il vous faut, mais faites vite. Nous avons besoin de sommeil et, dans son état, Lorna ne vous laissera pas dormir ici.

Se tournant vers Lorna, Rob retrouva son rôle de médecin :

— Tout va bien, Lorna. Je ramène Jenny et le chien à l'hôpital pour la nuit.

— Espèce de débauchée ! lança celle-ci d'une voix sifflante.

— Elle n'est pas ce que vous dites. Jenny fait partie de notre équipe médicale, et je pense qu'elle est indispensable à notre communauté de Willhua.

4

Jenny s'éveilla pour découvrir qu'un petit garçon se tenait sur le seuil de la chambre et qu'il la regardait avec curiosité.

Immédiatement, elle posa une main sur le collier de Stumpy. *Oups !* Elle qui avait promis de les tenir à l'écart l'un de l'autre, c'était raté.

Elle était arrivée chez Rob un peu après 2 heures du matin.

— Gary aurait dû vous prévenir, lui avait-il dit pendant le trajet. Lorna est traitée depuis des années pour schizophrénie. Parfois, son état nécessite une hospitalisation. Tant qu'elle prend son traitement, ça peut aller. Chaque fois qu'elle vient me voir en consultation, je m'arrange pour qu'une infirmière soit présente. Si un patient est susceptible de me poursuivre en justice, c'est bien Lorna. Là, elle a l'air au bord du gouffre, et il va falloir que je modifie son traitement.

Jenny avait soupiré, à la fois mortifiée et confuse. Ce studio lui avait paru parfait.

— Le jour de l'entretien, j'ai vu une annonce à l'épicerie pour la location. L'agent immobilier de Willhua m'a dit qu'il n'avait rien à me proposer. Lorna semblait satisfaite de m'avoir comme locataire, et je n'ai même pas posé la question à Gary.

Voilà qu'elle se retrouvait sans toit, même si Rob l'hébergeait chez lui pour une nuit. Et sa maison ne ressemblait pas vraiment à un chez-soi. En y entrant au milieu de la nuit, elle avait été saisie par cet intérieur immense et désespérément vide. Ils avaient traversé un salon caverneux au mobilier strict, aux tableaux sans âme sur les murs. Les seuls objets personnels étaient des photos posées sur la cheminée en marbre. Il y en avait beaucoup, et toutes représentaient la même personne. Une jeune femme.

L'épouse de Rob avant la tragédie ?

Mais il ne s'était pas arrêté pour lui fournir d'explications. Il avait porté Stumpy dans la buanderie, et ensemble ils l'avaient couchée sur une pile de serviettes avant de régler le radiateur pour qu'elle reste au chaud. Puis il avait conduit Jenny jusqu'à la chambre dont il lui avait parlé – là encore, une pièce terriblement impersonnelle – et il lui avait souhaité une bonne nuit.

Au bout d'une heure, Stumpy avait poussé des gémissements sourds et angoissés. Jenny était allée la voir. Elle caressait longuement ses oreilles, quand Rob entra dans la buanderie.

Il portait un caleçon noir, rien d'autre. Jenny ne put s'empêcher de ravaler son souffle. Cet homme était de la testostérone pure, songea-t-elle. N'importe quelle femme y serait sensible.

— Je suis désolée, je ne voulais pas vous réveiller.

— Ce n'est pas votre faute, répondit-il en s'agenouillant. Pauvre bête… Aucun chien ne devrait vivre ce qu'elle endure depuis hier.

— Je vais la prendre dans ma chambre si ça vous va, dit Jenny en s'attendant à ce qu'il se montre réticent.

Au lieu de cela, il souleva Stumpy avec sa couchette et porta le tout dans la pièce que Jenny occupait.

— Vous voulez bien la poser juste en bas du lit de façon que je puisse la toucher ? ajouta-t-elle.

Il parut quelque peu perplexe, mais fit ce qu'elle demandait et sortit en lui souhaitant de nouveau une bonne nuit. Jenny se rendormit, la main sur le pelage doux de la chienne.

Et maintenant, le fils de Rob se tenait sur le seuil de la chambre. Le petit garçon était une version miniature de son père. Brun, les yeux sombres, la mine sérieuse, il portait un pyjama bleu orné de dinosaures et tenait un vieux doudou qui ressemblait à un épouvantail.

— Pourquoi as-tu un chien ? demanda-t-il.

— Elle s'appelle Stumpy, répondit Jenny. Elle a été blessée hier soir. Ton père et moi, nous l'avons soignée et nous l'avons amenée ici.

— Pourquoi tu es venue aussi ?

— Il faut quelqu'un pour s'occuper d'elle.

Le bambin réfléchit, puis hocha la tête avec gravité.

— Mon père est dans son bureau à l'hôpital avec quelqu'un qui a eu le pied écrasé par une vache. Minnie fait des pancakes. Elle m'a dit que tu étais là et m'a demandé de ne pas te réveiller. Mais j'ai pensé que tu aimerais manger des pancakes.

Il fit deux pas dans la chambre. Avant qu'il n'approche davantage, Jenny fut hors du lit, penchée vers lui pour lui bloquer la route.

— Jacob... Tu es bien Jacob, n'est-ce pas ?

— Oui. Et lui, c'est Eric l'Épouvantail, dit-il en montrant son jouet. Minnie dit que tu es Jenny et que tu conduis une ambulance avec des sirènes et tout.

— C'est ça. Jacob, Stumpy ne va pas très bien. On pourrait la laisser se réveiller toute seule.

Mais la chienne était réveillée. Son museau émergeait du tas de serviettes et, en les voyant, elle agita faiblement la queue. Quels souvenirs gardait-elle de la veille ? Elle avait dû souffrir le martyre en quittant le pick-up, sans parler de la suite. Pourtant, elle n'avait montré aucune agressivité, juste de la détresse résignée. Et en se réveillant dans un lieu inconnu parmi des personnes étrangères, la brave bête trouvait encore la force d'agiter la queue. Jenny sentit son cœur se serrer.

— Je peux la caresser ? dit Jacob. Elle a l'air de vouloir une caresse.

Mais Rob l'avait mise en garde, se rappela Jenny. « Il y a des raisons. Mon petit garçon... le chien... » Une allergie ? C'était la raison qui lui semblait la plus plausible.

— Jacob, parfois les chiens font éternuer les enfants et peuvent les rendre malades. Je dois vérifier auprès de ton père que tu n'as pas d'allergie avant de te laisser la caresser. Si nous allions voir Minnie pendant que Stumpy termine de se réveiller ?

— Les chiens ne me font pas éternuer, dit Jacob d'un air dédaigneux. Mes amis, Ella et Toby, sont allergiques. Ella éternue tout le temps à cause des chiens et des chats, et Toby ne peut pas manger de beurre de cacahouète. Mais moi, je n'ai pas de problème. Minnie a une chatte chez elle, et je la caresse tout le temps. Tu veux bien que je caresse Stumpy maintenant ?

— Nous verrons ça une fois que ton père l'aura examinée, d'accord ? répondit-elle pour gagner du temps. Je vais la mettre dans le jardin pour le moment, elle a sûrement besoin de sortir. Je te retrouverai à la cuisine.

— Moi et Eric, on va la regarder faire pipi, déclara de Jacob, catégorique. Mais je ne la toucherai pas pour ne pas la blesser.

Et moi, je ne veux pas qu'il t'arrive quoi que ce soit. Car allergie ou pas, Rob devait avoir ses raisons pour refuser que son fils soit en contact avec un chien inconnu.

— D'accord. Veux-tu aller dire à Minnie que j'aimerais bien quelques pancakes aussi ? Puis tu pourras sortir sur la terrasse et regarder Stumpy. Mais ne t'approche pas d'elle avant que ton père ne t'en donne la permission.

— Super ! s'exclama Jacob, tout heureux.

Là-dessus, il détala vers la cuisine.

Cet enfant avait exactement le même sourire que son père. Un sourire magnifique… à faire fondre les cœurs ?

Rob venait de passer une heure à soigner le pied blessé de la jeune Rebecca Ireland. Une génisse de bonne taille lui avait écrasé le pied, et la jeune fille n'était pas correctement chaussée. Comme elle en voulait beaucoup à ses parents de la faire travailler à l'étable le dimanche matin, elle avait refusé d'enfiler des bottes de ferme. Pour faire la traite, elle avait gardé ses nouvelles baskets à la mode. Une imprudence qui lui avait coûté cher…

— C'est cassé ! avait-elle jeté en pleurnichant alors que sa mère l'aidait à entrer dans le cabinet de consultation. Et mes jolies baskets sont fichues. C'est ta faute ! Tu ne devrais pas m'obliger à traire.

Faute... Ce mot avait fait frémir Rob. Puis il avait fait les soins. Le pied de Rebecca n'était pas cassé, mais il était meurtri, écorché et souillé.

— Tu garderas une petite cicatrice à la cheville, Rebecca. Je vais faire de mon mieux pour qu'elle soit la plus discrète possible. J'espère que tu auras plus de bon sens à l'avenir.

— Je ne trairai plus les vaches !

— Il se pourrait pourtant que tu y sois obligée.

Rob avait jeté un regard à Mme Ireland. Rhonda souffrait de rhumatismes, mais elle se démenait pour faire face aux besoins de sa famille nombreuse. Malheureusement, la laiterie ne leur rapportait, au mieux, qu'un revenu marginal.

— Tes parents sont si fatigués qu'ils n'auront peut-être pas d'autre choix que de vendre la ferme. Ton père me l'a dit il y a quelques jours. Sans ferme, pas de revenus et pas d'argent pour des chaussures et des vêtements à la mode.

Rebecca avait écarquillé les yeux, sous le choc. Rob en était resté là et avait pansé le pied de la jeune fille. Mais Rhonda lui avait serré le bras avec chaleur.

— Merci, docteur, avait-elle murmuré avec émotion.

Puis Rebecca avait donné la main à sa mère pour retourner à la voiture.

Rob les avait suivies du regard en repensant à ce mot qui le hantait : faute. Il était sorti sur la terrasse qui donnait sur l'arrière de la résidence. Jenny et Stumpy étaient sur la pelouse, et Jacob les observait de loin avec intérêt. Un autre mot résonnait dans sa tête : *conséquences*.

Le pauvre Charlie était mort, et à cause de cela, une jolie jeune femme se tenait sur sa pelouse. Elle portait un pyjama en flanelle délavé. Ses cheveux châtains, qui la veille avaient été relevés en chignon, cascadaient à présent sur ses épaules en une masse de boucles emmêlées. Elle était grande et élancée, d'allure plus sportive qu'élégante peut-être.

C'était le genre de commentaire qu'Emma avait souvent fait sur elle-même, pensa-t-il en souriant à ce souvenir. « Je suis une vraie catastrophe. Habille-moi en haute couture, et tout le monde pensera que je porte une combinaison chauffante dessous ! »

Emma... Pourquoi ne la laissaient-ils pas partir ? se demanda-t-il pour la millième fois. En tout cas, le fait d'avoir invité Jenny et le chien chez lui aurait des conséquences.

À cet instant, Jenny le vit. Elle sourit en agitant la main dans sa direction, et Rob sentit que ses pensées sombres s'atténuaient. Simplement parce qu'il y avait une femme en pyjama dans son jardin et un chien qui reniflait sa pelouse ?

Puis Jacob l'aperçut à son tour et, criant de joie, il courut le long de la terrasse pour le rejoindre.

— Papa, Jenny a une chienne qui s'appelle Stumpy ! Mais elle dit que je ne peux pas la caresser sans te demander la permission. Oh ! s'il te plaît...

— Les pancakes sont prêts, lança Minnie depuis la cuisine.

Une autre bouffée de plaisir envahit Rob.

Je suis de retour à la maison, pensa-t-il.

Ils prirent le petit déjeuner tous ensemble. Ravie de voir que ses pancakes étaient si appréciés, Minnie se mit à table avec eux pour les encourager à se resservir.

Jenny regrettait de ne pas s'être habillée, mais elle n'en avait tout simplement pas eu le temps. Elle avait dû emmener Stumpy dehors, puis Rob était rentré et les pancakes de Minnie étaient prêts.

— Je vais ramener Stumpy dans la buanderie, avait-elle annoncé.

Mais la chienne avait poussé un gémissement avant de frotter son museau contre sa jambe, et Jacob avait regardé son père d'un air suppliant.

— Papa, elle veut être avec nous.

Rob ne semblait plus aussi réservé au sujet de Stumpy, nota Jenny. Peut-être avait-il craint que la chienne soit agressive. Quoi qu'il en soit, il s'agenouilla près de son fils et lui montra la bonne façon de la caresser juste derrière les oreilles. Et Stumpy, blessée, choquée, mais ne souffrant plus grâce aux calmants qu'il lui avait administrés, était presque béate sous ces cajoleries. Et quand Rob autorisa Jacob à lui donner un morceau de crêpe, la dévotion de la chienne parut sans limites.

À présent couchée sous la chaise de Jenny, elle frottait son flanc sain contre ses pieds nus, tandis que la petite main de Jacob la nourrissait en douce.

On se sentait bien ainsi, délicieusement bien même, pensa Jenny. La veille, cette maison lui avait paru immense et vide, et le salon inutilisé. Mais cette cuisine, immense comme les autres pièces, était tellement plus chaleureuse.

Une grande cuisinière à bois, placée dans la cheminée colossale, donnait un air de tradition et d'authenticité qui faisait du bien. Tout comme la vieille table bien astiquée, les chaises garnies de coussins en vichy rouge et le canapé défraîchi mais douillet qui occupait une extrémité de la pièce. Un petit poste de télévision était fixé au mur. Des livres étaient rangés sur presque toutes les surfaces, et un édifice en cubes en cours de construction était abandonné sur le tapis.

Il régnait aussi un désordre pittoresque. Le manteau de la cheminée était surchargé de bibelots divers, de coquillages, d'un vieux nid d'oiseau, d'un sujet en poterie réalisé par une petite main malhabile et... *d'un piège à rat ?*

Rob, assis en face d'elle, dut suivre son regard, car il sourit avant d'expliquer :

— Oui, un piège à rat. Minnie a emmené Jacob au marché local pour la fête des Pères. Il avait économisé juste assez et il a décidé que c'était le cadeau dont j'avais le plus besoin. Il pense que nous pourrions avoir des rats et qu'il vaut mieux être prêt.

— Bien sûr, dit Jenny en souriant. Excellent choix, Jacob.

— Je savais que papa l'aimerait, dit le petit garçon avec fierté. J'ai aussi rapporté tous les coquillages, et le nid est tombé de l'arbre quand les petits oiseaux se sont envolés. Et là, c'est mon père et ma maman.

Car au milieu de cette collection hétéroclite se trouvait une photo. Jenny avait déjà vu des clichés de cette femme. Il y en avait plein dans le salon si austère : des portraits d'elle, adolescente, d'autres pris à l'âge adulte, la montrant à ses débuts professionnels et des photos de mariage. Le salon ressemblait à un sanctuaire dédié à sa mémoire.

Cette photo, cependant, était différente. Dans son cadre en bois tout simple, elle représentait Rob et sa femme en train de faire une randonnée, apparemment. Ils se tenaient près d'un ruisseau au milieu d'un bois. La jeune femme regardait Rob en riant, et il souriait en la tenant contre lui. Elle était jolie et semblait enceinte.

— Je suis sur la photo, déclara Jacob d'un air important. La bosse dans le ventre de maman, c'est moi. Papa dit qu'elle me caressait tout le temps quand j'étais dans son ventre, mais elle n'a pas pu me prendre dans ses bras quand je suis né. Ça nous rend très tristes.

Puis sans transition, le petit garçon ajouta :

— Papa, tu dois travailler ce matin ou on peut emmener Jenny au terrain de jeux ? Et Stumpy viendrait avec nous.

— Je suis sincèrement désolée pour votre femme, déclara Jenny sentant qu'elle devait dire quelque chose.

— Elle fait toujours partie de nous, répondit Rob. Et je suis sûr que, si elle était ici, elle dirait : « Allez au parc ».

Il eut une hésitation avant de reprendre :

— L'un de nous devra peut-être emmener Stumpy chez Ross à Whale Head, un peu plus tard. Elle a besoin d'antibiotiques, et j'aimerais qu'un vétérinaire l'examine. J'ai parlé à Chris tout à l'heure, il n'arrive pas à trouver des proches de Charlie. Il semble donc que nous soyons le dernier recours pour Stumpy. Je viens aussi d'appeler Ross, il est occupé avec un vêlage. Pour l'instant, laissons-la dormir ici et allons au parc.

Puis il ajouta, s'adressant directement à son fils cette fois :

— Mais Jenny a peut-être d'autres choses à faire ?

— Il faut que je me mette à la recherche d'un logement. Mais je doute que je puisse faire quoi que ce soit un dimanche. Cela vous dérangerait si… si Stumpy et moi restions une nuit supplémentaire ?

— Oh ! super ! s'exclama Jacob, tandis que Minnie ébauchait un large sourire en apportant d'autres pancakes.

Cependant, Jenny nota que Rob restait pensif, le front plissé. Puis il laissa échapper un sourire.

— Bien sûr que vous pouvez rester. Désolé pour cette hésitation. Je me disais que vous n'auriez pas tellement le choix.

— Je peux retourner chez Lorna, dit Jenny sans conviction. J'ai réglé un mois de loyer d'avance. Seulement… Je ne pense pas pouvoir prendre Stumpy.

— Non. Le traitement de Lorna doit être ajusté, mais malgré ça… Il doit y avoir une autre solution.

— Je l'espère. Mais si vous me permettez de rester chez vous une autre nuit, j'y réfléchirai demain. En attendant, j'adorerais vous accompagner au parc. Pourquoi pas ?

— Pourquoi pas, en effet, répondit Rob avec un sourire réticent. Donc, au programme, des pancakes et une balade au parc. Ça te va, Jacob ?

— Oui !

Le petit garçon regarda Jenny avec un sourire ravi, comme s'il l'invitait à partager une aventure follement excitante.

Une promenade dans une aire de jeux et une autre nuit dans cette grande maison… Cela n'avait rien de vraiment passionnant. Mais en remarquant le sourire doux que Rob adressait à son fils, Jenny sentit des picotements courir sur sa peau.

Il s'était écoulé à peine un mois depuis cette soirée épouvantable avec Darren. Ce type lui avait suffisamment gâché la vie comme ça, pensa-t-elle farouchement. Elle serait folle de le laisser gâcher la perspective d'une promenade avec un petit garçon… et son père incroyablement séduisant.

5

Pourquoi pensait-il que cette femme et ce chien pourraient lui compliquer la vie ? La solution qui se présentait à son esprit était certainement la plus simple, se dit Rob. Elle avait besoin d'un hébergement à court terme, et le corgi avait besoin de soins. La maison était grande, Jenny était un atout joyeux, et ses compétences s'avéraient indispensables à la communauté de Willhua.

Bien sûr, il fallait s'attendre à ce que Loïs et Paul piquent une crise. Mais ses beaux-parents en faisaient pour bien moins que ça. Leur chagrin pour leur fille les avait presque rendus aveugles, et seule comptait la nécessité de préserver la vie d'Emma et de garder le contrôle sur tout et tout le monde en son nom. Pour eux, le temps s'était arrêté à la naissance de Jacob, et la vie de Rob devait refléter cette fatalité.

Le chemin menant au parc serpentait le long du ruisseau de Willhua. À cause des pluies abondantes de l'été, le courant était rapide, et Rob avait d'abord craint que Jacob ne veuille s'approcher trop près du bord. Mais le petit garçon avait glissé sa main dans celle de Jenny, à qui il racontait longuement la vie des oiseaux.

— Là, c'est le petit d'une aigrette. Je le sais, parce qu'il n'a pas encore le cou courbé. Et ceux-là, ce sont des pluviers. Ils viennent d'avoir des petits très mignons, mais ce n'est pas facile de les voir. Maman prenait de belles photos des oisillons. Je t'en montrerai si tu veux...

Il avait eu raison de revenir ici avec Jacob, se répéta Rob. Ils étaient chez eux à Willhua, et l'idée de vivre à Brisbane et de supporter tout un avenir de deuil le rendait fou. Il ne laisserait pas Jacob passer son enfance immergé dans le chagrin. Ici, il était entouré de gens qui l'aimaient et il était heureux d'être près de la mer, des oiseaux, de la nature qu'Emma aimait.

Qu'elle *avait* aimée. Mon Dieu ! La laisseraient-ils mourir un jour ?

Elle était *déjà* morte ! C'était ce qu'il se répétait depuis quatre longues années, ce que tant de spécialistes lui avaient dit, comme ils l'avaient expliqué à Loïs et Paul.

— Il y a un héron de Nankin !

Au cri de Jacob, ledit héron battit des ailes, effrayé.

— C'est un jeune. Tu vois ses ailes tachetées ? Quand il sera grand, il sera d'un brun brillant. Tu veux que je te le dessine quand on rentrera à la maison ?

— Oui, s'il te plaît, dit Jenny en voyant le héron s'éloigner en leur jetant des regards noirs. J'aime les oiseaux.

— Moi aussi. Et je connais des devinettes sur eux.

Jacob raconta une blague sur les moineaux, et Jenny se mit à rire. Rob se surprit à sourire. Il avait lu cette devinette dans un livre pour enfants, parmi tous ceux qu'Emma s'était mise à acheter dès qu'elle avait su qu'elle était enceinte. Si seulement...

Assez ! Aujourd'hui, tandis qu'il marchait au soleil et écoutait le bavardage joyeux de Jacob, il ressentait une envie folle de se libérer du chagrin, du regret et de toute cette situation qui le tenaient enfermé. Après tout, quel mal y aurait-il à demander à Jenny d'emménager chez eux ?

Comme ils atteignaient l'aire de jeux, Rob vit la longue berline noire s'arrêter sur le parking.

— Tony est là, dit Jacob d'un ton joyeux avant d'agiter la main vers la voiture. Salut, Tony !

Il n'y eut aucune réponse. Les vitres teintées du véhicule restèrent obstinément fermées.

— Tony ? demanda Jenny à Rob, tandis que le petit garçon s'élançait vers le toboggan.

— Le gardien de Jacob.

— Un gardien ? dit-elle, incrédule.

— Fourni gracieusement par mes beaux-parents, dit-il avec une ironie mordante. Il n'est pas là tout le temps, mais ils lui demandent de faire des contrôles à l'improviste. Ils s'inquiètent de l'éducation de Jacob. Ils aimeraient obtenir sa garde, mais c'est hors de question.

— Évidemment, puisque vous êtes son père.

— Mais ils sont les parents d'Emma. Et à leurs yeux, je n'ai jamais été et je ne serai jamais assez bien pour elle.

Il y eut un silence, et Jenny mesura toute l'absurdité de ce commentaire. Au bout d'un moment, elle demanda avec précaution.

— Est-ce qu'Emma pensait que vous étiez assez bon pour elle ?

La question le déstabilisa, et il se plongea dans ses souvenirs. Emma et lui s'étaient connus à la fac de médecine et ils étaient aussitôt devenus amis. Ils n'étaient pas du même milieu social, pourtant. La mère de Rob était célibataire et travaillait dans la boutique de « fish and chips » de leur quartier. Lui-même y avait travaillé pendant tout son temps libre, pour payer ses études. À l'inverse, Emma était la fille d'un couple fortuné et influent. Loïs et Paul l'avaient toléré en tant qu'ami d'Emma. Mais quand elle leur avait annoncé son intention de l'épouser, ils avaient été catastrophés.

— Oui, dit-il en réponse à la question de Jenny. Je me souviens des questions qu'ils me posaient à l'époque. « Que fait votre mère dans la vie ? Savez-vous au moins qui est votre père ? » Emma était furieuse, écœurée par leur réaction. Nous étions amoureux et, oui, elle pensait clairement que j'étais exactement l'homme qu'elle voulait.

— Tant mieux, dit Jenny. Ils n'ont pas changé d'avis à votre sujet plus tard, quand ils ont vu quel garçon épatant vous étiez ?

Rob sourit, et son humeur s'allégea quelque peu.

— Non, jamais. Nous avons organisé un mariage tout simple, rien à voir avec l'événement somptueux qu'ils prévoyaient depuis toujours pour elle. Ils sont venus, mais ils donnaient l'impression d'assister à un enterrement. Pendant les deux années qui ont suivi, nous avons tout fait pour parvenir à un climat d'entente, mais Emma et moi nous voulions exercer notre métier à la campagne. Pour ses parents, cette décision a été la trahison ultime. Peut-être qu'avec le temps ils seraient revenus à de meilleurs sentiments. Nous l'espérions de tout cœur. Puis Emma est tombée enceinte et, à trente-deux semaines, tout a tourné au cauchemar...

Rob se tut, accablé.

Qu'est-ce que Gary avait dit exactement ? « La tragédie au sujet de sa femme... »

— Oh ! Rob, je suis tellement désolée, murmura-t-elle, sensible à la peine profonde qui le submergeait. Mais ils ne pouvaient quand même pas... vous rendre responsable de ce qui est arrivé ?

— Bien sûr que si. Je n'étais pas là. On était à huit semaines de la date prévue de l'accouchement, et je me suis rendu à Sydney pour la journée afin d'assister à une conférence sur les neuropathies. Quand j'ai quitté Emma, elle jardinait et était heureuse. Mais Minnie est passée dans l'après-midi et l'a trouvée inconsciente sur la terrasse. Une éclampsie. Le reste...

Il haussa les épaules et resta silencieux.

— Maman n'a jamais pu me voir, dit Jacob du haut du toboggan.

De toute évidence, il avait prêté l'oreille à ce qu'ils disaient. Il parlait d'un ton égal malgré la portée tragique de ses mots. Manifestement, il connaissait bien l'histoire de sa naissance.

— Grand-mère dit que maman me regarde tout le temps et que grand-père et elle peuvent toujours lui parler. Ils envoient Tony pour qu'il leur dise tout ce que je fais et qu'ils puissent le répéter à maman. Papa dit qu'elle nous regarde peut-être et qu'elle doit être heureuse chaque fois que nous nous amusons. Nous pouvons lui parler ici ou quand on est au lit dans le noir et qu'on pense à elle. On n'a pas besoin de Tony, mais papa pense que, grâce à Tony, grand-père et grand-mère se sentent mieux, alors c'est bien... Et maintenant, attrape-moi ! lança-t-il à son père.

Rob s'élança à sa poursuite. Jenny le vit prendre son petit garçon dans ses bras et rire avec lui en le serrant contre son torse. Puis il le relâcha et le regarda courir vers les balançoires.

— Je peux me pousser tout seul, dit Jacob comme son père s'approchait. Tu peux aller plus loin, papa.

Rob s'écarta de quelques pas seulement et jeta un regard vers la voiture noire. Jenny suivit son regard. Il y avait tellement de choses qu'elle ne comprenait pas dans son histoire, même si ce n'était absolument pas ses affaires...

Rob reprit brusquement la parole.

— Loïs et Paul s'inquiètent pour leur petit-fils. Ils aimeraient qu'il aille vivre chez eux. Mais nous sommes très bien tous les deux.

— Et je ne veux pas habiter chez mes grands-parents, déclara Jacob, la mine sérieuse, tout en se balançant. Ils pleurent tout le temps au sujet de maman.

— Mais ils n'ont sûrement aucun droit..., commença Jenny.

— Si, ils en ont, dit Rob avec lassitude.

Jacob avait installé Eric l'Épouvantail sur la balançoire et il se mit à le pousser très fort. Rob le regarda jouer pendant un moment, puis il vint se placer près d'elle.

— Le problème... l'un des problèmes au moment de notre mariage, c'était une maison, une vieille demeure située dans un quartier résidentiel de Sydney, dit-il sans quitter Jacob des yeux. Elle appartient à la grand-mère d'Emma. Avant que je ne connaisse Emma, sa grand-mère a fait un testament où elle léguait sa maison à Emma et à son frère, Colin. À la demande de la vieille dame, le frère et la sœur ont fait un testament dans lequel chacun laissait tout à l'autre. Puis leur grand-mère a été atteinte de la maladie d'Alzheimer et n'était plus en mesure de changer son testament. Mais elle vivait toujours quand nous nous sommes mariés. Elle est toujours de ce monde, d'ailleurs. Si Loïs et Paul étaient inquiets quand Emma m'a épousé, c'était aussi par rapport à cette maison.

Colin a des problèmes d'ordre mental. Il habite dans la maison et s'y sent très bien. Emma avait presque oublié cette histoire de testament au moment de notre mariage, mais pas ses parents. Ils ont paniqué, car le mariage invalide tout testament antérieur.

— Aïe, fit Jenny poliment, ne sachant pas où il voulait en venir.

— Oui, longue histoire, dit Rob. Mais attendez un peu, car ce point est important. Le lendemain de la cérémonie, ils en ont parlé. S'il arrivait quelque chose à Emma, Colin perdrait la maison qu'il aimait. Emma a répondu qu'elle changerait son testament en rentrant de notre voyage de noces. Bien entendu, elle voulait que la maison revienne à son frère, et moi aussi. Néanmoins, ses parents étaient inquiets. Ils ont donc sorti les documents, et elle a signé un codicille disant que le mariage n'invalidait pas ses intentions. Cela a été fait dans la précipitation, car nous étions pressés de partir en voyage de noces. Nous n'avons jamais su que ce qu'Emma signait n'était pas seulement un testament, mais aussi une procuration médicale et légale.

Il laissa échapper un soupir.

— Nous étions heureux avec une vie bien remplie. Mais quand Emma est devenue... incapable de prendre des décisions elles-mêmes, ses parents ont pris le contrôle. Ils ont les pleins pouvoirs sur presque tout.

— Oh ! Rob ! s'exclama-t-elle, car les implications de ce qu'elle venait d'entendre étaient terrifiantes.

— Leur mainmise sur les soins médicaux d'Emma quand elle est tombée si gravement malade était déjà assez pénible, reprit-il d'un air sombre. Mais ils voulaient avoir encore plus de pouvoir, alors ils ont utilisé ces papiers pour exercer une influence durable sur l'éducation de Jacob.

De nouveau, il soupira.

— La vérité est que le chagrin les a rendus complètement paranoïaques. Ils ont les avocats les plus influents du pays à leur disposition, mais jusqu'à présent ils n'ont pas réussi à obtenir la garde de Jacob, car je suis son père. Ils font valoir que je ne peux pas être médecin à plein-temps et prendre soin de mon fils. Ils voudraient que j'emploie une nourrice qualifiée à la place de Minnie ou, mieux, une armée de nurses qui se relaieraient. Et pour tout arranger, à Pâques, il y a eu un accident...

— J'ai été mordu ! lança Jacob depuis la balançoire. Wendy O'Hara est tombée du toboggan, juste ici, et elle s'est blessée au bras. Elle pleurait, et sa maman était affolée. Papa a soigné Wendy. Comme Fred, le chien de Wendy, était attaché à un arbre et gémissait, je suis allé le caresser, mais il m'a mordu. Tony a tout vu depuis sa voiture. Il est sorti et a donné un coup de pied à Fred et lui a cassé la patte. Papy et Mamie disent que c'était la faute de papa. En plus, c'est papa qui a payé le vétérinaire, et Minnie a dit que ce n'était pas juste. Papa pense que Fred a eu peur, parce que tout le monde criait.

— Oh là là... Raison pour laquelle vous ne voulez pas de chien auprès de Jacob ?

— Oui, dit Rob. Mais ce matin, j'ai réfléchi à tout ça et je me suis dit : ça suffit !

— Pardon ?

Jenny ne parvenait pas à comprendre une histoire aussi folle. Mais quel besoin avait-elle de comprendre ? Elle se tenait au soleil avec cet homme et son petit garçon. Peut-être devait-elle simplement profiter de cette promenade ensoleillée et de la sensation d'être devenue... une amie ?

— Il est temps que je fixe des limites, expliqua Rob. Les parents d'Emma sont désemparés. Je peux le comprendre, j'ai été fou de douleur, moi aussi. Mais leurs exigences, le fait qu'ils débarquent n'importe quand sans s'annoncer, que Tony rôde autour de nous comme un vautour... Et vous avez vu le salon ? Ils l'ont arrangé eux-mêmes pour que Jacob puisse toujours voir sa mère. J'ai laissé faire, jusque-là, mais aujourd'hui...

Il jeta un regard en direction de la voiture noire.

— Aujourd'hui, Tony va leur rapporter que je suis ici avec une femme, et je parie que, dans quelques heures, il aura aussi flairé la présence du chien à la maison. Ils vont me tomber dessus, c'est certain. Alors, voilà ce que je propose, Jenny. Si vous vous sentez capable de supporter une visite de ma belle-famille, mais ça ne sera pas agréable, je vous préviens, peut-être accepterez-vous de vous installer chez moi ?

Jenny l'avait écouté jusque-là avec un certain sentiment d'horreur – l'idée que ses beaux-parents exerçaient une telle emprise lui semblait inconcevable. Mais sa dernière déclaration la prit totalement au dépourvu.

— M'installer ?

— La maison fait partie de l'hôpital, donc... pourquoi pas ? Les possibilités de logement dans cette ville sont rares, et vous avez pu constater que notre résidence est vaste. Nous serons obligés de partager la cuisine, c'est tout. Le conseil d'administration de l'hôpital sait à quel point nous avons besoin d'une ambulancière. Je ne serais pas surpris qu'ils acceptent que vous y séjourniez contre un loyer minime.

Jenny fronça les sourcils. L'idée était peut-être bonne, mais les complications ne manqueraient pas, se dit-elle en jetant un regard vers la voiture.

— Je ne causerais pas de problème ? demanda-t-elle, hésitante.

— Avec Paul et Loïs ? J'essaye à tout prix d'éviter la confrontation. Mais ça suffit, il faut mettre fin à cette bataille.

— Le fait d'avoir Stumpy aggraverait-il les choses ?

Ne pas avoir à retourner chez Lorna Dumet était certainement un avantage. D'un autre côté, cet homme avait des problèmes... et elle aussi.

— Rob, j'aime les chiens. Et j'ai craqué pour Stumpy. Si aucun parent de Charlie ne vient la réclamer, il faudra attendre au moins un mois avant qu'elle ne soit présentable pour une adoption. J'ai déjà décidé de m'occuper d'elle pendant sa convalescence, mais je risque aussi de m'attacher.

— Vous pensez que c'est un risque ? demanda-t-il, surpris.

— Je ne suis pas la dernière quand il s'agit de s'attacher,

admit-elle avec dérision. J'ai le souvenir de quelques ex, des histoires lamentables. À côté, les soucis avec Stumpy, c'est du gâteau.

Il lui jeta un regard de curiosité.

— Donc, vous préférez Stumpy à vos ex ?

— Exactement.

— Vous ne souffrez pas en plus d'un cœur brisé ? demanda-t-il.

Cette question n'avait rien d'intrusif, pensa Jenny. C'était le commentaire... d'un ami ? Un frisson de plaisir la saisit, déchirant la confusion qui l'envahissait depuis quelques semaines. Oui, Rob pourrait être un ami.

— Ce n'est pas vraiment un cœur brisé, répondit-elle, consciente que sa propre histoire paraissait ridicule à côté de ce qu'il endurait. Juste de l'humiliation, parce que je suis tombée amoureuse d'un sale type.

— Je suis désolé.

Jenny haussa les épaules.

— Bah, encore une leçon durement apprise. Mais au moins, j'ai laissé mon empreinte, dit-elle en souriant.

— Quoi ? Vous l'avez mordu, comme Fred ?

Jenny rit de bon cœur, cette fois.

— Beurk ! Les sales types doivent avoir un goût horrible.

Elle repensa à cette dernière soirée avec Darren. La colère, l'humiliation, la blessure... Pourquoi ne pas tout raconter à Rob, cet homme au regard bienveillant, au passé tragique, qui lui proposait de devenir sa colocataire ? Elle n'avait rien d'autre à faire, de toute façon, et Jacob continuait de pousser son doudou sur la balançoire.

— Darren était mon patron, commença-t-elle. Embauché pour diriger le Secours aérien de Sydney-Sud, il avait toutes les qualifications pour ce poste, et le monde était à lui. Beau à tomber, sexy en diable et... je vous ennuie ?

— Pas du tout.

— Si nous devenons colocataires, ce serait bien d'en savoir un peu plus l'un sur l'autre, non ? Pour en revenir à Darren, dès qu'il est arrivé, j'ai été envoûtée. Il m'a dit qu'il avait été marié, mais que ça n'avait pas marché et que son ex-femme avait accepté un poste à haute responsabilité à New York. Donc, une belle histoire romantique a démarré entre nous, tout était merveilleux, bla-bla-bla. Et notre service a été récompensé d'un premier prix. En tant que directeur, Darren devait se voir remettre le trophée lors d'un dîner de gala très chic en présence de personnalités politiques. Et bien sûr, il avait décidé que je l'accompagnerais et que nous passerions le week-end sur place, en amoureux. J'étais folle de joie et j'ai acheté une robe magnifique. Il a réservé une suite dans l'hôtel le plus prestigieux de Sydney, avec vue sur le port. Un truc de rêve... Puis tout s'est effondré.

— Oh.

Jenny ébaucha un sourire ironique.

— Oui, comme vous dites. Je me suis comportée comme une idiote. Arrive donc le fameux samedi. Après un déjeuner délicieux, nous sommes remontés dans la chambre pour nous habiller en vue de la soirée. Mais il a reçu un appel et il est sorti pour prendre la communication. C'était sa femme. Leur mariage n'était pas du tout terminé. Elle avait pris l'avion pour lui faire une surprise et appelait de l'aéroport pour lui demander à quel hôtel il était descendu. Il m'a dit : « Je suis toujours marié. Ma femme arrive. Tu dois partir. »

— Aïe...

— Oui. Quel sale traître ! Je me suis sentie humiliée au dernier degré. J'étais là, complètement hébétée, pendant qu'il me disait le plus naturellement du monde qu'il venait de retenir une autre chambre pour moi et qu'il avait demandé qu'on change les places à table. Il m'a priée de faire comme si nous n'étions que des connaissances. « Après tout, ce n'est pas comme si notre relation était sérieuse », m'a-t-il dit avant d'aller dans la salle de bains prendre une douche !

— Je suis vraiment désolé, Jenny.

— Ne le soyez pas trop, dit-elle en réussissant à sourire. Je suis restée sidérée pendant un moment, puis j'ai regardé son beau smoking sur mesure étalé sur le lit. Je me suis souvenue que j'avais emporté mes ciseaux à ongles...

— Quoi ? Vous l'avez coupé ? demanda Rob, la mine effarée.

Jenny se mit à rire.

— Disons que je l'ai transformé en short effrangé pour qu'il soit plus approprié à la saison. Sa cravate en soie a subi le même sort. Ensuite, j'ai fait ma valise et je suis rentrée chez moi. Le lendemain, je me suis mise à chercher un nouvel emploi. Et me voici.

— Avez-vous su ce qui s'était passé ensuite ? s'enquit Rob, qui semblait horrifié et fasciné à la fois.

— Bien sûr. Mon amie Frankie a dû accepter le trophée en son nom, parce que Darren était tombé brusquement malade. Peut-être y avait-il aussi une pénurie de costumes à louer dans les magasins de Sydney à 19 heures ce samedi-là. En tout cas, il paraît que Frankie a fait un très beau discours et a été très applaudie. Ainsi a pris fin mon histoire d'amour.

Mais Rob devina que ça ne s'était pas terminé ainsi, avec un haussement d'épaules désinvolte. Sa voix était encore chargée d'émotion, et il devinait que sa douleur et son humiliation avaient été dévastatrices. Il eut brusquement envie de retrouver ce salaud et de lui infliger une punition exemplaire.

— Il est retourné à New York, dit-elle d'une voix qu'elle s'appliquait à rendre neutre. Grâce au trophée, il a obtenu un poste d'administrateur là-bas.

Il y eut un silence. Éric l'Épouvantail tomba à plusieurs reprises de la balançoire, mais chaque fois Jacob le récupérait pour l'envoyer encore plus haut dans les airs. *Se relever et aller de l'avant*, c'était exactement ce que Jenny s'était dit, dès le lendemain matin. Et elle s'était appliquée à suivre ce conseil.

— Il me semble que nous sommes tous les deux disposés à aller de l'avant, dit Rob d'un ton prudent.

— En effet. Devenir colocataire, accueillir un chien ? Je dis oui à tout.

Voyant que Jacob délaissait son doudou pour grimper sur un tipi en rondins, elle lança :

— Jacob, ça te dérange si je te rejoins au sommet ?

— Vous voulez monter ? Mais c'est très haut, répondit le petit garçon.

— Je suis bonne en escalade, répondit-elle. Je me sens prête pour de nouveaux défis !

Frankie appela dans l'après-midi, alors que Jenny déménageait ses affaires de chez Lorna.

Bien entendu, elle dut supporter les sermons de son ex-logeuse et sacrifier deux semaines de loyer, mais elle allait habiter avec Jacob et Rob. Ses nouveaux amis ? Oui, certainement. Elle avait aussi la possibilité de garder une chienne adorable. Sans compter que Rob savait lui redonner le sourire et que le sien était...

— Salut ! Comment ça va ?

La voix de Frankie était une diversion bienvenue. Elles étaient amies depuis si longtemps. Jenny venait de ranger ses derniers cartons dans sa voiture. Elle s'appuya contre le capot, le téléphone collé à l'oreille, et goûta la caresse du soleil sur son visage, l'odeur de la mer et des eucalyptus géants.

— Ça se passe plutôt bien, répondit-elle avant de raconter à son amie qu'elle s'installait chez le médecin de Willhua.

— Hmm..., fit entendre Frankie d'un ton dubitatif.

— Qu'y a-t-il ?

— Dois-je te rappeler au bout de combien de temps tu es tombée amoureuse de Darren ?

— Frankie, ça n'arrivera pas, dit-elle vivement. Il pourrait devenir un ami, mais c'est tout. Stumpy est dans un sale état, elle se rétablit. Nous n'avons trouvé aucun proche de Charlie jusque-là, et si personne ne se manifeste, je pourrais l'adopter moi-même. Maintenant, parle-moi de Bruce.

— Il va bien. Il a une patte meurtrie qui a été bandée par le vétérinaire, mais rien de cassé. Je dirai à Nico que tu n'as pas trouvé de famille...

À ce stade, Frankie fit entendre un rire étouffé.

— Ça va sans doute leur plaire. Je pense qu'ils s'aiment bien, tous les deux. Comme toi et Stumpy. Sois prudente, Jen. Tomber amoureuse d'un chien et d'un homme en vingt-quatre heures...

— Je ne suis pas amoureuse.

— Si tu le dis, dit Frankie en laissant échapper un petit soupir. À mon avis, ce n'est pas une bonne idée. Reste lucide, hein ? Pour ne pas avoir de mauvaises surprises à la fin. Tu sais aussi bien que moi que, s'ils veulent obtenir quelque chose de nous, les hommes sont capables de nous cacher des trucs que nous devrions savoir. Comme une femme ou une autre petite amie qu'ils nous préfèrent... Souviens-toi de ça.

— Je m'en souviendrai, répondit Jenny avant de couper la conversation.

Pendant cinq bonnes minutes, elle essaya d'être rationnelle, prudente, réfléchie. Puis elle pensa à Rob, Jacob et Stumpy, à son nouvel emploi et à la vie qui l'attendait. Quel besoin avait-elle d'être rationnelle, prudente ou réfléchie ?

6

Au cours des deux semaines qui suivirent, Jenny décida que son travail d'ambulancière à Willhua pourrait bien s'avérer un très bon choix de carrière.

Le service qu'elle partageait avec Gary était très actif, mais il ne s'agissait pas forcément de secourir des victimes. Ils pouvaient aussi transporter des patients handicapés vers le centre hospitalier du district, à Whale Head. Ils disposaient pour cela d'un minibus conduit habituellement par Harold, un retraité. Mais celui-ci ayant attrapé la grippe, Jenny fut chargée de le remplacer pendant une semaine. Bien que sceptique au début à l'idée de faire office de chauffeur de taxi, en l'espace de quelques jours elle réalisa combien cette petite communauté était géniale et attachante.

Il y avait Sam Dutton qui prenait la navette pour sa dialyse, Marianne Carmichael qui suivait une radiothérapie, et le petit Timmy Loden, âgé de six ans, qui avait perdu une jambe suite à une attaque de requin et avait besoin de séances de rééducation. Ils formaient un petit groupe hétéroclite mais soudé, et l'esprit communautaire qui régnait à bord s'étendait bien au-delà du bus.

— Vous séjournez chez le Dr Pierson ? lui demandait-on souvent avec curiosité, mais aussi avec chaleur. Eh bien, c'est merveilleux. Ils doivent tourner en rond dans cette grande bâtisse vide. Vous allez vous occuper d'eux, n'est-ce pas ?

Pour le moment, c'était plutôt les Pierson qui s'occupaient d'elle, pensa Jenny.

Quelques jours plus tôt, Rob avait reçu un appel bouleversant de la fille de Charlie, dont Chris avait enfin retrouvé la trace.

— Je suis vraiment désolée, mais je ne peux pas accueillir les chiens de mon père. Je vis en appartement à Sydney. Quand j'aurais vendu la ferme, je pourrais peut-être acheter quelque chose de plus grand, mais ça ne sera sans doute pas avant longtemps. Y a-t-il quelqu'un qui pourrait les prendre ?

Jenny n'était pas sûre de ce qu'il adviendrait du chien que Frankie avait sauvé, mais elle savait qu'il était en de bonnes mains pour le moment. Quant à elle, elle recevait suffisamment de soutien de la part de Rob et de Jacob pour tenir ses promesses vis-à-vis de Stumpy.

— Stumpy est en sécurité avec moi, avait-elle répondu à la fille de Charlie.

Son flanc guérissait. La chienne avait toujours l'air pitoyable avec son côté sans poils couvert de cicatrices, mais elle manifestait déjà sa personnalité. Douce, curieuse et obéissante, elle répondait à son nom et quand Jacob lui offrait des miettes en douce, elle se tordait presque de gratitude, ce qui les faisait tous rire.

Quant à l'arrangement qu'ils avaient conclu et qui était censé préserver l'indépendance des colocataires, il ne dura que deux minutes.

— Cette maison commence à reprendre vie, déclara Minnie avec satisfaction au bout de la première semaine. Vous et votre adorable chien, vous avez un pouvoir magique.

Oui, décidément, elle se sentait bien dans sa nouvelle vie, se dit Jenny.

Jenny et sa chienne semblaient avoir transformé sa vie, songea Rob. Cette jeune femme en uniforme d'ambulancière semblait toujours prête à conquérir le monde. En tout cas, elle avait conquis le sien. Elle riait des blagues de Jacob et jouait au foot avec lui dans le jardin. À d'autres moments, assise sur la terrasse, elle lui apprenait à bien caresser Stumpy derrière les oreilles pour rendre le chien heureux. Il l'était, lui aussi, se dit Rob. Pour la première fois depuis quatre ans, la maison semblait revivre. Grâce à Jenny, l'envie de cuisiner l'avait repris, et il avait ressorti des placards des livres de recettes. Quand Jenny avait adoré ces « *Chiles en nogada* », il s'était couché, ce soir-là, le cœur léger.

Une femme, un chien, deux semaines de cohabitation...

Le week-end prochain, il emmènerait Jacob à Brisbane – l'accord avec ses beaux-parents prévoyait qu'il fasse une visite mensuelle – et cette perspective l'angoissait déjà, mais pour l'instant tout allait bien. Jenny lui redonnait le sourire, et elle faisait rire son petit garçon...

Il ne voulait pas penser à l'avenir. Le présent se passait formidablement bien, et cela lui suffisait.

Le jeudi soir – où était-on déjà au vendredi matin ? – Jenny se réveilla en sursaut en entendant son téléphone vibrer.

— Jenny ? fit la voix de Gary. Je passe vous prendre dans trois minutes ? J'appelle Doc pour qu'il nous attende à l'hôpital.

Elle ne posa aucune question. À la voix de Gary, elle devinait qu'il s'agissait d'une urgence. Donc, pas de temps à perdre, il l'informerait en route. Trois minutes plus tard, elle avait revêtu son uniforme et courait vers la porte d'entrée. Rob se tenait dans la cuisine, déjà prêt.

— Une adolescente, dit-il brièvement. Anna Windsor. D'après Gary, ça ressemble à une appendicite, mais ses parents ont l'air paniqué. Si vous décidez de l'emmener à Whale Head, passez me prendre. Je vais contacter Minnie.

Jenny acquiesça et sortit dans la nuit pour attendre l'ambulance au bord du trottoir.

En se glissant sur le siège auprès de Gary, elle nota que son collègue avait le visage fermé.

— Quel genre de situation ? demanda-t-elle simplement.

— Des parents hystériques, d'abord, dit-il en actionnant gyrophare et sirène. Leur fille Anna a dix-huit ans. Elle s'est couchée sans manger en se plaignant du ventre. Apparemment, elle se tord de douleur, mais elle refuse que ses parents l'approchent. Elle leur crie dessus chaque fois qu'ils essayent d'intervenir. Sa mère pense à une appendicite, mais ça ressemble plutôt à une occlusion intestinale ou à des calculs biliaires, à mon avis.

— Parlez-moi de la famille.

S'ils étaient face à des personnes hystériques, cela pouvait aider de connaître leur histoire.

— Les Windsor sont des bienfaiteurs, dit-il d'une voix qui manquait étrangement de chaleur. Mais pas du tout dans le bon sens du terme. Marjorie et Graham pensent que leur rôle est de garder la ville agréable. Ils tiennent la pharmacie locale, Windsor et fils, qui existe depuis des générations. Graham se considère comme le père fondateur de Willhua. Si jamais une boule d'herbes sauvages vient rouler dans la rue principale, il va mener une enquête, et malheur au propriétaire du terrain d'où elle provient.

Jenny ne put s'empêcher d'esquisser un sourire. La description de Gary était pour le moins efficace.

— Et leur fille ?

— Enfant unique. Gentille, intelligente, mais beaucoup trop calme. Ils la surveillent de près. Depuis qu'elle a sept ans, ils racontent partout qu'elle sera médecin. Imaginez la honte pour eux si la gamine décide de devenir comptable !

Jenny hocha la tête d'un air entendu. Puis elle se réfugia en elle-même pour se préparer à cette nouvelle mission.

Deux minutes plus tard, ils étaient devant la porte des Windsor. La maison et le jardin étaient presque trop parfaits, et la sonnette en laiton brillait tellement que le lumignon du perron était superflu.

Comme ils allaient sonner, un cri déchira le silence. Un hurlement si atroce que Gary ouvrit la porte d'emblée. Les parents se trouvaient dans le couloir, face à la chambre. Graham, hagard et désespéré, et Marjorie accroupie, la tête sur les genoux, comme si elle souffrait elle-même.

— Elle ne veut pas nous laisser entrer, dit Graham. Marjorie a essayé, mais Anna s'est mise à hurler, en nous disant de sortir sinon elle se tuerait. Ma petite Anna...

Gary et Jen échangèrent un regard. En tant qu'ambulanciers expérimentés, ils avaient tous deux été confrontés à des situations où un enfant refusait catégoriquement de voir ses parents. Consommation de drogue, d'alcool ? Jenny envisageait aussi une autre piste...

— Étant donné la douleur qu'elle exprime, elle a besoin d'être hospitalisée, déclara Gary.

— Mais... qu'est-ce qu'elle a ? s'enquit Marjorie au désespoir.

— Peut-être une occlusion intestinale ou des calculs biliaires... Le médecin doit l'examiner.

— Elle ne vous laissera pas entrer.

Gary interrogea Jenny du regard.

— Alors, laissez ma collègue essayer, dit-il. Elle est plus proche d'Anna en âge. Parfois, une personne totalement étrangère à la famille réussit à établir le dialogue.

Et sans laisser le temps aux parents de répondre, Jenny se glissa dans la chambre.

La pièce était rose, entièrement rose. Le tapis, les rideaux, le lit à baldaquin... Une jeune fille était couchée en chien de fusil sous la couette rose. Une lampe de chevet qui figurait un écureuil éclairait la pièce.

Jenny vint s'agenouiller près du lit et prit doucement la main de la jeune fille. Celle-ci lui serra les doigts à les broyer, avant d'exhaler une longue plainte étouffée. Jenny sentit qu'elle lui enfonçait ses ongles dans la paume avant de s'arc-bouter. La tension alla crescendo, puis se relâcha.

La jeune fille posa sur elle un regard affolé.

— Ne dites rien, murmura Anna en posant sur elle un regard affolé. Surtout, ne leur dites pas...

Jenny se tourna vers Gary qui venait d'entrer à sa suite. Au regard qu'ils échangèrent, elle sut qu'il avait deviné ce dont il s'agissait.

— Anna, je m'appelle Jenny et je suis ambulancière, dit-elle en se penchant de nouveau vers la jeune fille. Gary et moi, nous allons vous emmener à l'hôpital. Le Dr Pierson vous attend, mais je dois d'abord examiner votre ventre. Vous me le permettez ?

Anna ébaucha un hochement de tête abrupt. Manifestement, elle n'avait plus la force de discuter.

— Mais... pas mes parents, dit-elle d'une voix étranglée.

— C'est votre choix, mais nous parlerons de ça plus tard, répondit Jenny avec douceur. Ils resteront dans le couloir pendant que nous vous aidons. Maintenant, je vais palper votre ventre.

Gary passa de l'autre côté du lit pour l'aider à rabattre la couette qu'Anna retenait sur elle d'une main crispée. Le renflement du ventre d'Anna ne laissait plus aucun doute. Celle-ci se détendit, et Jenny procéda à un examen rapide. Elle eut la confirmation de ce qu'elle soupçonnait depuis le début. La naissance du bébé était presque imminente.

Prise d'une nouvelle contraction, Anna cria en lui agrippant la main comme une forcenée.

— Vous savez que votre bébé arrive ? demanda Jenny, tandis que Gary s'écartait pour passer un appel.

— Bien sûr que je le sais ! Mais je ne peux pas...

— Si, vous pouvez. Votre corps fait ce qu'il faut, et vous êtes suffisamment forte pour l'aider. Anna... Savez-vous depuis combien de temps vous êtes enceinte ?

— Trente... Trente-sept semaines, dit-elle en sanglotant. Mais je n'y arriverai pas...

— Mais si. Vous êtes une jeune femme raisonnable et courageuse, et nous sommes là pour vous aider.

— Mes parents...

— Nous serons avec vous quand vous leur parlerez. Vous n'êtes plus seule, Anna.

Mais il n'était plus temps de parler. Il fallait la conduire à l'hôpital et laisser Rob agir en sa qualité de médecin de famille. Car, Jenny en était sûre, il ne s'agissait pas seulement d'un accouchement.

— Nous t'emmenons dans l'ambulance. À l'hôpital, on soulagera ta douleur et on t'aidera pour la suite, d'accord ?

Rob attendait à l'entrée de l'hôpital. Gary l'avait informé tout en conduisant, et Jenny se trouvait à l'arrière avec Anna.

— Je n'arrive pas à imaginer comment elle a pu cacher son état, lui avait dit l'ambulancier. À toute la ville ! Je la voyais passer pour aller au lycée. Elle portait des T-shirts amples, mais les jeunes sont tous habillés comme ça maintenant. Comment ses parents n'ont-ils rien vu ? Remarquez, ils savaient peut-être, mais leur esprit était incapable d'assimiler une vérité aussi énorme. En tout cas, quand sa mère a voulu monter dans l'ambulance, Anna s'est mise à crier : « Reste avec papa ! » Donc, ils nous suivent en voiture. Doc, c'est un vrai drame familial que vous avez à affronter, là.

À l'arrivée de l'ambulance, Rob était prêt à faire face à une éventuelle crise d'hystérie. Mais pas de la part d'Anna. Quand Jenny aida Gary à sortir la civière et à la rouler vers le bloc, la jeune fille semblait avoir le contrôle d'elle-même, autant qu'une femme à l'approche de la délivrance.

— Jenny dit que vous ne direz rien à mes parents, docteur. À moins que vous... n'y soyez obligé. Je veux dire...

— Anna, tout se passera bien. Tu as dix-huit ans, et j'ai besoin de ta permission pour savoir ce que je dois communiquer à tes parents.

Là-dessus, il se tourna vers l'infirmière de nuit.

— Cathy, pouvez-vous vous occuper de M. et Mme Windsor ? Installez-les dans mon cabinet, c'est la pièce la plus éloignée du bloc. Et demandez à Kita de leur préparer une tasse de thé. Ensuite, venez au bloc, je vais avoir besoin de vous. Vous aussi, Jenny, si vous voulez bien rester.

Il désirait être secondé par ces deux infirmières très

professionnelles. Kita faisait partie du personnel de nuit, mais elle ne possédait qu'une formation basique. De plus, elle n'était pas beaucoup plus âgée qu'Anna et peut-être pas suffisamment mature pour dissimuler ses émotions.

— Je ne pense pas que vous pourrez libérer Jenny, de toute façon, Doc, dit Gary d'un ton désinvolte en voyant Anna se cramponner à la main de la jeune femme.

— Une nouvelle contraction, annonça Jenny. À moins de deux minutes d'intervalle. Ça va, Anna, agrippez-moi aussi fort que vous voulez. Quelqu'un s'occupe de vos parents. Et nous sommes tous là pour vous.

— Ils... Ils vont se douter. Ils vont me tuer ! Je ne peux pas...

— Si, tu seras à la hauteur, dit Rob en lui prenant l'autre main. Il connaissait la jeune fille pour l'avoir traitée contre l'acné et les douleurs menstruelles. Huit mois plus tôt, sa mère l'avait amenée en consultation pour « une dépression ». Anna avait répondu d'un ton maussade qu'elle était juste stressée à cause de l'école, mais que ça allait mieux et qu'elle n'avait pas besoin d'être soignée. Rob en était resté là et, Dieu merci, il n'avait pas prescrit les antidépresseurs que Marjorie réclamait.

— Tu as du tempérament, Anna, reprit-il. Et les femmes comme toi gouvernent le monde. N'est-ce pas, Jenny ? Alors, tu peux mettre un bébé au monde. Avec notre aide, tu y arriveras.

— Vous ne me quitterez pas, Jenny ?

— Nous serons avec vous jusqu'au bout, répondit-elle en pensant à ce que cette jeune fille avait dû traverser – des mois de peur, à cacher un secret qui la terrifiait. Ce que dit le Dr Pierson est la vérité, Anna. Pendant la naissance et après, nous vous promettons que vous ne serez pas seule.

C'est ainsi que, pendant les deux heures qui suivirent, Jenny eut pour mission de surveiller l'accouchement. Médicalement parlant, on n'avait nullement besoin d'elle. Cathy et Rob étaient là. Elle resta donc assise, en tenant la main de la jeune fille et en lui épongeant le front quand celle-ci le désirait. Elle écouta les jurons qu'elle proféra à l'encontre d'un certain Tyler, les cris quand elle réclama sa mère et ses refus désespérés quand Cathy proposa d'aller chercher Marjorie. Dans toute cette agitation, la voix douce de Rob encourageait Anna inlassablement.

— Tu te débrouilles très bien, Anna. Ce sera bientôt fini. Respire à travers le masque. Oui, comme ça...

Le regard Anna volait vers lui après chaque contraction. Rob, en tant que médecin de famille, restait son roc.

Et il était formidable, pensa Jenny. Solide et infiniment rassurant, il était son lien avec la réalité, semblait-il. Et quand dans une dernière poussée, un bébé minuscule vint au monde, quand Cathy le souleva pour le poser contre sa mère, Anna sanglota et leva vers Rob un regard rempli de reconnaissance et d'émerveillement.

— Il est à moi, murmura-t-elle, bouleversée, en serrant son enfant contre elle. Ils me jetteront dehors et m'en voudront à mort, mais ce petit garçon est le mien.

— Oui, il est à vous, dit Rob avec beaucoup de douceur.

Il s'assit au bord du lit et, du doigt, caressa la joue minuscule du nouveau-né.

— Anna, tes parents sont là et ils doivent être morts d'inquiétude, ajouta-t-il. Qu'aimerais-tu que je leur dise ?

— Dites-leur de rentrer à la maison.

Il y eut un long silence. Cette réponse était évidemment impossible, et Rob le savait, pensa Jenny. Même s'il valait mieux pour Anna qu'elle reste au calme avec son bébé, avec juste Cathy pour l'aider. Cette petite, au fond, était terriblement seule.

— En as-tu parlé à quelqu'un ? demanda Rob qui semblait suivre le même raisonnement.

Anna secoua la tête, puis lentement elle se mit à raconter son histoire.

— Il a suffi d'un soir, et il n'est même pas mon petit ami. C'était au bal de l'école. Une des filles avait apporté de la vodka qu'elle a servie avec du coca. Elle nous a mis au défi, et nous avons bu, mais peut-être y en avait-il plus dans mon verre. Et Tyler... m'a invitée à danser. Il est tellement populaire, tellement beau. À l'école, on me traitait de sainte-nitouche, mais ce soir-là, j'avais un peu le vertige et je me sentais comme l'une des leurs. Je ne pouvais pas savoir que c'était un coup monté. Toujours est-il que nous sommes sortis en douce tous les deux et... c'était ma première fois. Le lendemain, j'étais la risée de toute l'école.

Oh ! mon Dieu ! Pauvre gosse... , pensa Jenny. Elle vit les traits de Rob se contracter.

— Chut... C'est du passé, Anna, dit-il d'une voix apaisante. Il y aura des choses à régler avec Tyler, mais pour l'instant, tout ce qui compte, c'est toi et ton petit garçon...

— Je veux le garder.

Son regard de la jeune fille, désolé jusque-là, brillait à présent d'un éclat farouche.

— J'avais peur au début, puis le bébé a commencé à bouger en moi et j'ai su... J'ai su que je le garderais. Il n'a rien à voir avec Tyler, ni avec mes parents. Mais je n'ai pas d'expérience pour...

— Tu n'as pas besoin d'en avoir, dit Rob. Tu sais, ma mère avait dix-sept ans quand je suis né. Elle était comme toi, une adolescente effrayée, mais elle a décidé de m'élever. Ses parents l'ont rejetée, mais quelqu'un de l'hôpital l'a aidée à trouver un toit et à obtenir les aides sociales. Nous avons été heureux tous les deux. C'était une mère merveilleuse. Elle est morte d'un cancer, il y a deux ans, mais elle m'a souvent parlé des deux choses les plus importantes que la vie lui avait apprises. La première, c'est d'avoir fait face à ceux qui la jugeaient. La deuxième, d'avoir demandé de l'aide quand elle en avait besoin. Ce qui est arrivé dans le passé n'est pas ta faute, Anna, et ce qui en a découlé est un événement merveilleux, quelque chose dont tu peux être fière pour toujours. Ton fils. Tu peux tout réussir, et il y a des gens qui sont prêts à t'aider. Nous te mettrons en contact avec les services qui te protégeront, toi et ton petit. Mais d'abord...

Il hésita.

— Au bout du couloir, tes parents attendent dans l'angoisse. Ils ont peut-être deviné ce qui se passait, ou peut-être que Gary a été obligé de le leur dire. Un jour, ils t'ont regardée comme tu regardes ton bébé. Veux-tu les faire entrer ?

Un éclair de terreur traversa les prunelles d'Anna, puis elle ferma les yeux. Quand elle les rouvrit, son expression avait changé.

— Vous avez dit, commença-t-elle d'une voix où perçait la détermination, vous avez dit de demander de l'aide si j'en avais besoin. Pourriez-vous... leur parler du bal de l'école, de la vodka et... de ce qui s'est passé après ? Seulement, ne donnez pas de noms, s'il vous plaît. Je ne veux pas...

— Tu ne veux pas de colère, ce soir, dit Rob en souriant. Bien sûr, je comprends. C'est la naissance de ton fils, un jour de joie, d'émerveillement et de bienvenue.

— Et vous entrerez avec eux ? Vous ne me laisserez pas seule ?

— Je resterai aussi longtemps que tu auras besoin de moi.

— Moi aussi, dit Kathy d'emblée. Ce soir, toute personne qui osera contrarier ma patiente devra répondre de ses actes.

— Pour ma part, je vais rentrer, dit Jenny en sentant que sa place n'était plus ici. Félicitations, Anna. Vous avez été extrêmement courageuse, et je sais que vous le serez encore. Je reviendrai vous voir demain, c'est promis. C'est vous qui décidez maintenant, Anna. Et vous pouvez compter sur nous.

7

Depuis quatre ans, Rob était habitué aux nuits de solitude et aux dîners à réchauffer de Minnie. Il mangeait en fixant le vide, jusqu'à ce que la fatigue l'emporte et qu'il se décide à gagner son lit.

Minnie dormait dans la chambre près de celle de Jacob. Au moindre bruit du petit garçon, elle se lèverait d'un bond. Mais Rob pouvait aller et venir, ses mouvements ne la réveilleraient pas. Quant à Jenny, installée à l'autre bout de la maison, elle devait déjà dormir aussi. Une nouvelle fois, il était seul face à ses démons.

Il allait allumer la bouilloire quand il entendit une voix – celle de Jenny – venant de la buanderie. Elle parlait sur un ton très doux.

— Tu t'en sors très bien, Stumpy. Je sais que Charlie et Bruce te manquent et que ton côté te fait mal, mais nous trouverons un moyen de surmonter ça. Toi et moi, amies pour la vie. Qu'en dis-tu ?

Rob sourit. Il se dirigea vers la buanderie et s'arrêta sur le seuil. Assise sur le sol, en pyjama, la tête de la chienne posée sur son genou, Jenny continuait de lui parler en lui caressant les oreilles.

— Demain, je pense que nous pourrons aller au parc. Pas vite, pas loin, juste assez pour repérer quelques odeurs intéressantes. Jacob dit que beaucoup de chiens viennent au parc, donc il y aura des odeurs partout. Tu pourrais te faire aussi un ou deux copains.

Là-dessus, elle déposa un baiser sur la tête de Stumpy, avant de la soulever pour la remettre sur sa pile de serviettes.

Était-ce une habitude chez elle de parler à la chienne au milieu de la nuit ? se demanda Rob. Au regard adorateur que Stumpy levait vers la jeune femme, il était prêt à le parier.

Il repensa à l'attitude de Jenny au cours de la nuit, à la façon dont elle avait accompagné la jeune Anna. « Je reviendrai vous voir demain, c'est promis », lui avait-elle dit en partant.

Oui, cette femme tenait ses promesses. Elle avait aussi le pouvoir de le toucher en plein cœur, pensa-t-il.

À cet instant, elle leva les yeux et le découvrit. Il n'y eut pas la moindre surprise dans son expression, juste un sourire chaleureux, comme si elle l'incluait dans son monde. Elle portait un pyjama trop grand pour elle, et ses cheveux ébouriffés cascadaient sur ses épaules. Son visage était démaquillé. De toute évidence, elle s'apprêtait à se mettre au lit.

En dépit de cette constatation, il s'entendit dire brusquement :

— Vous avez fait beaucoup de bien à Anna. Bravo pour ça. Je vais me faire du thé et des toasts. Envie de partager ?

— J'ai déjà pris un thé avec Minnie en rentrant. Mais les événements dramatiques ont tendance à me donner faim, et je pourrais encore manger un morceau.

Oh là là... Pourquoi avait-elle dit ça ? Ce n'était certainement pas raisonnable. Elle n'avait aucune raison de rester plus longtemps avec Rob. Elle était sa locataire et sa collègue, c'était tout. La distance s'imposait.

Seulement, la distance n'avait jamais été son fort, admit-elle. Cela venait sans doute de son enfance, de ses parents qu'elle ne voyait qu'épisodiquement et auxquels elle s'était accrochée farouchement à chacune de leurs visites pour profiter de leur présence, sachant qu'ils ne resteraient pas. Peut-être était-ce aussi la raison pour laquelle elle s'était lancée ensuite dans des relations amoureuses désastreuses – car Darren n'avait pas été le premier. Foncer tête baissée et se poser des questions plus tard, c'était sa spécialité ! Et voilà qu'elle s'apprêtait à recommencer.

Et avec un homme qui avait des bagages trop lourds à porter, en plus ! Elle imaginait déjà Frankie lui versant un seau d'eau froide sur la tête en criant : « Ne retiendras-tu donc jamais la leçon ? »

Mais Rob lui tendait les mains pour l'aider à se relever. Des mains fermes et chaudes, et son sourire était… oh, si désarmant. Peut-être que cette fois…

Bon sang ! À quoi pensait-elle ? Il était beaucoup trop tôt pour envisager quoi que ce soit avec lui.

Mais ce sourire !… Il lui était impossible de combattre les sensations qu'il faisait naître en elle.

Il la tira un peu trop fort – à moins qu'elle ne se relevât un peu trop vivement. Toujours est-il qu'elle se trouva face à lui et presque à le toucher.

Une autre catastrophe se prépare ! Elle entendait presque l'avertissement de Frankie. Mais elle percevait la chaleur de cet homme, sa force, ses belles mains qui la stabilisaient. Et il souriait toujours.

Tu vas encore succomber…, fit la voix exaspérée de sa raison.

S'en souciait-elle ? Non, pas ce soir. Pas quand Rob était si proche et que ses mains tièdes retenaient les siennes.

Catastrophe, me voici ! pensa-t-elle, affolée.

Tout ceci était risqué, extrêmement risqué même.

Risqué ? Non, ce n'était pas le mot qui convenait. Rob ne se sentait certainement pas en danger. En fait, il n'y avait pas de mots pour définir ce qu'il ressentait. Il avait voulu stabiliser Jenny, mais l'espace d'un instant, cette intention se mua en…

En quoi ? Brusquement, son monde changeait. Des portes qui s'étaient brutalement refermées quatre ans plus tôt s'entrouvraient de nouveau.

Un silence tendu s'était installé, et Rob abaissa ses mains. Sans échanger un mot, Jenny et lui gagnèrent la cuisine, se concentrèrent sur la préparation du thé et des toasts et prirent place à table.

Vite, avale quelques bouchées et file te coucher, se dit-il, en proie à des sensations indésirables qu'il ne savait pas comment gérer.

Le lendemain, il aurait une journée chargée. Les répercussions de la naissance du bébé d'Anna Windsor seraient considérables et, le soir, Jacob et lui s'envoleraient pour Brisbane.

Brisbane… À cette pensée, il sentit son cœur sombrer. Ce voyage qu'ils faisaient encore et encore… Comme d'habitude, Jacob rechignerait pendant tout le trajet. « Je ne veux pas qu'ils pleurent. Je ne veux plus rester dans cette chambre. »

Lui non plus, s'avoua Rob. La pensée de sa belle Emma plongée dans… Non ! Il ne penserait pas à ça, ce soir. Parce qu'il partageait du thé et du pain grillé avec une femme radieuse et pleine de vie qui lui donnait le sentiment d'être… *vivant*.

Elle avait été fantastique, lors de l'accouchement de la jeune Anna. Une sage-femme qualifiée n'aurait pas fait mieux. Apporter un tel soutien à une patiente en travail ne faisait pas partie de sa formation, pourtant elle était restée, et sa présence avait redonné des forces à Anna.

— Mettez-en davantage, dit-elle tandis qu'il lui beurrait un toast. Certains disent qu'il faut tartiner un toast abondamment pendant qu'il est chaud, attendre que la couche de beurre soit fondue et en rajouter une. J'aime bien ce courant de pensée. Oh ! et du beurre de cacahouète sur tout ça, s'il vous plaît.

— Vous plaisantez ?

— Jamais sur un sujet aussi sérieux que le pain grillé.

Rob suivit sa recette et la regarda croquer une première bouchée à belles dents. Un pur plaisir sensuel pour elle, visiblement.

— Quoi ? Vous n'avez jamais vu une femme manger du pain grillé avant ?

Il sourit, mais soudain l'éclair d'un souvenir traversa son esprit. Emma… Elle n'aurait jamais beurré un toast de cette façon. Elle avait été trop appliquée à manger sainement. Au final, à quoi cela lui avait-il servi ?

— Qu'y a-t-il ? demanda Jenny. J'ai dit quelque chose qu'il ne fallait pas ?

— Rien.

— C'est votre femme, n'est-ce pas ? dit-elle, très doucement cette fois. Elle doit vous manquer terriblement.

— Quatre ans, c'est long.

— Je ne pense pas que cela vous aide de compter. Le manque est toujours ce qu'il est.

Après l'avoir observé pendant un moment, elle décida visiblement de changer de sujet. Pour atténuer sa tension ?

— Les Windsor ont donc un petit-fils maintenant. Comment ont-ils pris la nouvelle ?

— Ils étaient abasourdis, répondit-il. Mais peut-être qu'ils s'en doutaient inconsciemment. Anna se renfermait sur elle-même, portait des vêtements de plus en plus amples, passait son temps à lire dans sa chambre. Peut-être qu'ils ne supportaient pas l'hypothèse d'une grossesse et qu'ils ne pouvaient aborder le sujet avec elle. Comme Anna était folle de bonheur de tenir son fils dans ses bras et qu'elle était encore sous l'effet des calmants, j'ai pu parler avec elle. Elle a décidé qu'il n'y aurait pas de meilleur moment pour voir ses parents.

— Elle était prête ? Vous leur avez parlé en premier ?

— Bien sûr, avec sa permission. Je leur ai donné les grandes lignes de ce qu'elle nous a raconté. Je leur ai dit aussi que je serais présent pendant leur entrevue avec Anna, qu'il n'était pas question de lui demander comment c'était arrivé et qu'à la moindre contrariété je mettrais fin à leur visite.

— Vous voulez dire que vous les auriez mis à la porte ?

— Oui, s'il avait fallu. Mais je n'ai pas eu à le faire, dit-il avec un demi-sourire. Ils étaient tellement choqués qu'ils pouvaient à peine parler. Marjorie, si moralisatrice d'habitude, s'est effondrée. J'avais oublié ses antécédents, deux bébés mort-nés. Elle a regardé le petit, puis sa fille, et elle s'est mise à pleurer. Et Graham a été submergé par l'émotion, lui aussi. Quand j'ai quitté la chambre, il murmurait : « Un garçon... Ma petite Anna a un fils ! » Demain, je suppose qu'ils découvriront ce que Tyler a fait et que la colère va se manifester, mais je pense qu'elle ne sera pas dirigée contre Anna.

— Alors... Tout ce secret pour rien ?

— Pas pour rien. Si Anna avait annoncé sa grossesse dès le début, je suis sûr que leurs instincts puritains auraient pris le dessus et que tout aurait pu arriver. Mais maintenant...

— Maintenant, ils comprennent que certains instincts sont plus forts que d'autres. C'est génial ! dit Jenny en ébauchant un sourire heureux.

Elle se leva pour porter son assiette dans l'évier. Rob l'imita. Un peu trop vite cependant, car Jenny dut faire un écart et se heurta contre le pied de la chaise.

Rob la rattrapa juste à temps. Pour la libérer ensuite ? Parce que c'est ce que tout homme sensé ferait. Hmm... non. Tout homme sain d'esprit se serait figé en voyant, au beau milieu de la nuit, cette jolie femme en pyjama. Il réagit de même, et sa main s'attarda sur le bras de Jenny.

Elle le fixa d'un regard interrogateur. Alors, Rob sentit les émotions l'assaillir avec force – celles qu'il réprimait depuis si longtemps.

— Les instincts, dit Jenny comme si elle réprimait une forte envie de rire. Ils nous gênent tout le temps. À moins qu'ils ne nous avertissent juste quand nous avons raison ? Savez-vous que vous êtes un homme charmant, Dr Pierson ?

Après une brève hésitation, elle ajouta :

— Et savez-vous qu'en ce moment même vous êtes irrésistiblement séduisant ?

Un long silence suivit ses paroles. Rob eut l'impression que le monde entier s'était tu, tandis qu'ils se tenaient face à face, sa main sur son bras, et que le sourire malicieux de Jenny s'effaçait pour laisser place à une attente.

Puis elle parut se ressaisir, écarta son bras et s'éloigna vers l'évier pour y déposer son assiette.

— Je disais ça comme ça, dit-elle d'un ton faussement dégagé. On dirait que mon instinct me pousse à mettre en péril mon statut de colocataire.

— Cela fait seulement quelques semaines que...

— Vous faites allusion à ce mémorable incident du smoking taillé en zigzag ? Oui, je sais. Je devrais ressembler à une pauvre chose humiliée pleurant toutes les larmes de son corps, mais bizarrement, je mets tout ça en perspective. En fait, non, ce n'est pas ce que je ressens en ce moment.

Elle lui tournait le dos, occupée à rincer l'assiette. Mais brusquement, elle prit une profonde inspiration et pivota pour lui faire face.

— C'est juste que... cette nuit, les émotions... Et vous, Rob, vous êtes un médecin si incroyablement sexy.

Ce dernier mot le laissa interloqué. À quand remontait la dernière fois où il s'était senti... sexy ?

La libido n'avait aucune place dans sa vie depuis quatre ans. Il était toujours le mari d'Emma, le père de Jacob, le gendre de Loïs et Paul.

L'adrénaline causée par les événements de la nuit n'était pas retombée, et il n'avait nullement l'intention d'en tirer parti. Il devait se détourner et rejoindre sa chambre. En se rappelant qu'il était encore le mari d'Emma...

Mais il y avait un autre Rob, cette part de lui-même qu'il avait presque oubliée.

Bon sang ! Ressaisis-toi... N'oublie pas ce que les circonstances ont fait de toi.

Mais en cet instant, sa conscience, sa tristesse et son manque s'estompaient devant cette jeune femme joyeuse et vibrante qui le dévisageait avec des yeux malicieux chargés d'une attente. Ils étaient avant tout un homme et une femme, et la nuit leur appartenait. Ils étaient libres d'en faire ce qu'ils voulaient.

Et justement, il avait envie de ça. Alors, pourquoi pas ? Juste... cette nuit.

Tous deux connaissaient leurs situations respectives. Jenny lui avait parlé de son passé, de l'humiliation qu'elle avait subie, et elle connaissait le sien. Du reste, tout le monde connaissait son histoire personnelle, et les femmes qu'il croisait le regardaient avec compassion, tristesse, voir avec effroi.

Mais pas Jenny. Du moins... pas ce soir.

L'expression de son visage avait changé. Il n'y avait plus aucune trace de malice, et ses traits étaient empreints de compréhension.

— Rob, quatre ans, c'est long, dit-elle avec douceur. Mais je ne m'imposerai pas. Dites-moi de partir. Il se trouve que nous sommes deux adultes. Ce que je ressens en ce moment me semble juste, mais je ne serai pas blessée, ni même terriblement déçue, si vous me dites que le sentiment n'est pas partagé. Je n'attends pas d'engagement, juste un peu d'amusement.

— De l'amusement ?

— Bon, peut-être un peu plus que ça, avoua-t-elle. De la chaleur, de la proximité et le contact de quelqu'un, ce qui nous manque à tous les deux en ce moment.

— Je...

Il ferma les yeux. Et quelque chose frissonna au fond de lui. Colère ? Rébellion ? Non. L'envie de s'amuser !

Peut-être était-ce tout ce que cette nuit représenterait. Il n'avait qu'à prendre cette jolie femme dans ses bras, caresser son corps, sourire à ses yeux rieurs...

— Rob... Vos beaux-parents ne sont pas dans ma chambre.

— Votre chambre ?

— C'est la plus éloignée de Minnie et Jacob, fit-elle remarquer avec une logique désarmante.

— Jen...

— Comment osez-vous être choqué ? coupa-t-elle avec une lueur de défi dans le regard. Si nous essayions d'exorciser nos démons ensemble, cela pourrait être une bonne idée. Si un homme pense qu'une femme est sexy, consentante et libre, il a le droit de l'inviter à coucher. Pourquoi ça ne fonctionnerait pas dans l'autre sens ? Maintenant, si ça vous paraît effrayant...

Sexy, consentant et libre. C'était aussi simple que ça. Mais était-il libre ? Ici, dans cette maison qui résonnait de souvenirs, par cette nuit si chargée en émotions, dans ce monde où Emma vivait encore, du moins son corps mais pas son esprit ?

Avant qu'il puisse répondre, Jenny reprit la parole. Mais les mots sortaient difficilement, comme si elle avait la gorge nouée, et Rob réalisa qu'elle s'était mise dans une situation délicate.

— Alors, chacun retourne dans sa chambre à chaque bout de la maison ? Ce n'est pas grave. Sachez que je ne vais même pas me sentir vaguement humiliée. Je vais peut-être retourner câliner Stumpy pour accuser le coup, mais je vous défends de me juger. Si vous voulez simplement vous écarter et me laisser passer...

Il devait la laisser partir. Elle le regardait avec une expression prudente, et sa posture même exhalait le défi.

Du défi ? Non, du courage !

Il la connaissait suffisamment maintenant pour savoir qu'au-delà de l'incident du costume tailladé, sa rupture avait été dévastatrice. Elle avait quitté son travail, ses amis, son environnement familier, parce qu'elle avait eu besoin de fuir. Et au lieu de se recroqueviller pour consoler son cœur blessé, voilà qu'elle s'exposait de nouveau. À la douleur, au jugement, à l'humiliation.

Cette femme avait du cran et une volonté de fer. Elle était compétente... et belle. Si irrésistiblement belle. Et elle venait lui offrir un moment de plaisir à partager.

— Je pense que j'ai peut-être mal réagi à... votre idée très intéressante, dit-il lentement.

Puis il s'autorisa à exprimer celle qui était dans sa tête depuis qu'il l'avait vue risquer sa vie à l'intérieur de ce pick-up pour sauver un vieil homme et son chien.

— Jenny, dès le moment où je vous ai vue, je pense que j'ai ressenti...

Il hésita, de crainte de paraître machiste, brutal.

— Du désir ? suggéra-t-elle.

— Oui... Du désir. Vous êtes tellement belle. Mais je ne veux surtout pas vous blesser.

— Ce sera en toute connaissance de cause, répondit-elle dans un murmure rauque.

Il sut alors que le désir montait en elle aussi. L'air parut se charger d'une intensité qu'il ne comprenait pas – ou peut-être avait-il oublié cette sensation.

— Nous savons tous les deux que cela peut déboucher sur quelque chose de plus fort, dit-elle à cet instant. Mais je ne suis là que jusqu'à ce que Pete reprenne le travail.

— Dans trois mois.

— Un peu moins maintenant. Alors... si les choses se compliquent, si vous tombez follement amoureux de moi, nous redevenons de simples colocataires, au sens strict. Je ne cherche pas une relation à long terme, Rob. Et j'imagine que vous non plus.

À long terme... Il était bien placé pour savoir ce que cela voulait dire. Quatre ans de chagrin, de désespoir, d'attente insupportable, d'affrontements aussi avec sa belle-famille l'avaient tenu enfermé en lui-même. Mais face à cette femme en pyjama bleu qui semblait le comprendre et parlait de relations sans attache, il sentait cet étau se desserrer.

— Jenny...

— Je suis là, dit-elle en posant une main sur son bras.

Ce geste suffit à briser les barrières que le chagrin lui imposait. Il aimait Emma, et sans doute l'aimerait-il jusqu'à son dernier souffle, mais une autre vérité émergeait soudain au fond de lui.

Cette femme était belle et elle le désirait, c'était aussi simple que ça. Et ce qu'elle lui offrait était un cadeau inestimable.

La vie.

Il prit sa main, et leurs doigts s'entrelacèrent. Il sentait sa chaleur, sa volonté farouche d'aller jusqu'au bout. De sa main libre, il lui caressa la joue, le regard rivé au sien.

— Je ne sais pas pour vous, Rob, mais là je n'ai plus envie de réfléchir. Je veux juste aller au lit. Vous voulez venir avec moi ?

— Jen, vous êtes sûre ?

En réponse, elle se hissa sur la pointe des pieds et l'embrassa. Ce baiser exprimait le désir, la certitude, la rencontre de deux êtres passionnés, un homme et une femme poussés par un besoin mutuel de s'appartenir.

Rob se sentit libéré tout à coup. L'avenir s'ouvrait. Il laissa échapper un rire sonore, un rire qui montait du plus profond de lui-même et qu'il avait oublié. Puis il souleva dans ses bras cette jeune femme fascinante qui avait une chevelure magnifique et un cœur immense et généreux.

— Alors, c'est fantastique, dit-il avant de l'embrasser à son tour avec ardeur et de la faire tournoyer. Aussi merveilleux qu'un rêve devenu réalité ! Et en parlant de rêve… Vous avez raison, allons au lit.

Jenny se réveilla entre les bras de Rob, le dos nu pressé contre son torse ferme. Elle se sentait divinement bien. C'était ça, le bonheur, pensa-t-elle lascivement. Non, le mot « bonheur » n'était pas assez fort pour décrire la plénitude qui l'enveloppait. C'était comme si elle avait enfin trouvé sa place.

La nuit avait été langoureuse, torride et folle. Leurs corps s'étaient trouvés, et les sensations brûlantes qui les avaient submergés avaient balayé toutes leurs pensées.

Elle avait imaginé que leur corps à corps serait sauvage, urgent, mais au lieu de cela, il y eut de l'émerveillement. Ce fut une lente exploration de leurs émotions et de leurs besoins charnels, le plaisir de se savourer mutuellement. De là lui venait ce sentiment d'avoir trouvé sa place, et pour rien au monde elle n'aurait voulu être ailleurs.

C'était une pensée folle, bien sûr. Il s'agissait sûrement d'une aventure sans lendemain ou, tout au plus, d'une passade. Bon sang ! Elle avait séduit cet homme, peut-être même l'avait-elle utilisé pour se débarrasser enfin de l'humiliation de Darren. Faire l'amour, comme un remède pour eux deux.

Mais c'était plus que ça. Elle appréciait Rob, sa compétence de médecin, sa tendresse de père, sa gentillesse envers ses patients et, ajouté à cela, son physique splendide et désirable. Alors, elle n'avait pu que se délecter ouvertement de leurs ébats.

Et maintenant elle voulait rester où elle était pour le reste de sa vie !

Quand son téléphone se mit à sonner, Jenny en aurait pleuré. *Oh non, pas maintenant...*

Tous deux avaient leur téléphone à portée de main. Évidemment, car pour les professionnels de santé, le travail ne s'arrêtait pas, même quand ils s'offraient une nuit de sexe torride.

Rob poussa un soupir quand elle s'écarta, mais il laissa ses mains sur sa taille.

Oh ! pourvu que ce ne soit pas une nouvelle mission..., se dit Jenny en prenant l'appel.

— Jen ?

Frankie !

— Salut, répondit Jenny en regrettant de ne pas avoir vérifié le nom de l'appelant - car l'appel d'une amie pouvait attendre, non ?

— Tu es occupée ?

— En quelque sorte.

— Tu as l'air endormie. Tu n'es pas au boulot ?

— Hmm... non. Frankie, c'est urgent ? Je peux te rappeler ?

Mais son amie la connaissait bien.

— Tu es avec quelqu'un ! s'exclama celle-ci d'un ton joyeux. J'ai deviné, n'est-ce pas ?

— Frankie !

— C'est bon, je raccroche. Mais tu vas devoir me raconter tout ça. Je voulais te parler du chien, mais ça peut attendre. 8 heures du matin, hmm... J'avais un moment et je me suis dit que j'allais prendre de tes nouvelles. Maintenant, je suis très contente de l'avoir fait. Ma chérie, retourne à... tes occupations.

Et la communication fut coupée.

Maintenant, je suis bonne pour un interrogatoire serré, se dit Jenny en soupirant.

Elle se renfonça contre l'oreiller et sentit les bras de Rob raffermir leur étreinte autour d'elle.

— Piégée, dit-il malicieusement. Mais elle a bien dit... 8 heures ?

— En effet.

— Bon sang ! s'exclama-t-il en se redressant.

Comme elle tenait toujours son téléphone, Jenny constata qu'il y avait un message non lu. Presque inconsciemment, elle l'ouvrit. Il venait de Minnie.

Jacob et moi sortons prendre des beignets et un chocolat chaud. Puis je le déposerai à la garderie. Stumpy a fait une sortie sur la pelouse et je l'ai nourrie. Je suis passée à l'hôpital, tout est calme. Si je ne me trompe pas, Rob ne commence ses consultations qu'à 10 heures. Alors, j'espère qu'aucun de vous ne sera appelé avant. Profitez-en tous les deux.

Jenny montra le message à Rob. Il le lut, la mine perplexe, puis attrapa son propre portable. Il avait reçu le même message.

— Ma parole ! Vous avez comploté contre moi, toutes les deux ?

Jenny se mit à rire, car il n'y avait aucune trace de colère dans sa voix. Au contraire, il essayait de réprimer une forte envie de rire.

— Non. Mais elle s'est peut-être doutée de quelque chose. Je pensais que tu étais sexy et...

— Tu pensais ? dit-il en posant son téléphone pour la chevaucher et la regarder au fond des yeux avec un désir indubitable. Mais tu n'en étais pas sûre ?

— D'accord, maintenant j'en suis sûre, dit-elle en souriant. Et Minnie a peut-être mentionné aussi qu'il y avait quatre ans que ta femme était morte et qu'il était sans doute temps de...

Jenny s'interrompit en voyant l'expression de Rob changer brusquement.

— Qu'y a-t-il ? demanda-t-elle, perplexe.

— Jen ?

Il était toujours au-dessus d'elle, mais le désir avait disparu de son regard, et son visage était devenu d'une gravité presque effrayante.

Il était arrivé quelque chose... Qu'avait-elle dit ?

Il roula sur le côté et se redressa, mettant entre eux une distance palpable, même si une courte largeur les séparait physiquement.

— Jen..., dit-il enfin. Je ne sais pas comment tu as cru que... Je n'en ai pas la moindre idée. Mais Emma n'est pas morte.

Jenny écouta ses explications, la couette ramenée sur ses seins nus, assise un peu à l'écart sur le lit, parce que la distance était soudain bienvenue. Au premier mot de Rob, elle avait chancelé violemment, en proie à une impression écœurante de déjà-vu. Cela faisait à peine deux mois que Darren était entré dans leur chambre d'hôtel en disant : « Ma femme est ici. Tu dois partir. »

La sensation était différente cette fois, mais le vide était le même. Quelques secondes plus tôt, son monde avait été stable, parfait, merveilleux. Et maintenant...

La voix de Rob était sourde, dénuée d'expression.

— L'hémorragie causée par l'éclampsie était catastrophique et a provoqué des lésions cérébrales irréversibles. Jacob est né à trente-deux semaines, et Emma ne l'a jamais vu. Pendant des jours, nous nous raccrochions à l'espoir infime qu'il se produirait quelque chose, n'importe quoi. Mais non, rien. Les médecins ont fini par retirer le tube de trachéotomie... et elle a continué à respirer.

— Par elle-même ?

— Oui, pendant quelques instants. Puis sa respiration a cessé, dit Rob en fermant les yeux. Alors, la mère d'Emma a crié aux médecins de remettre la canule pour aider leur fille et l'empêcher de partir. Son père les suppliait aussi. J'étais effondré et je suis resté en retrait, pendant qu'ils décidaient de maintenir Emma en vie.

— Tu veux dire... maintenir sa respiration ?

C'était toute la différence. Jenny avait été confrontée à ce genre de situations en tant qu'infirmière. L'illusion parfaite que le malade était en vie, alors qu'il n'avait aucune activité cérébrale. Mais la décision d'arrêter le système de survie était si déchirante…

— Oh ! Rob…

— C'était il y a quatre ans, reprit-il d'une voix accablée. Il n'y a rien eu depuis. Aucun signe de vie, aucun stimulus, mais une sonde d'alimentation et la preuve de lésions cérébrales massives. Malgré tout, ils refusent d'admettre l'évidence. Loïs et Paul sont très riches, tous deux avocats. Ils ont placé leur fille dans une clinique, ont organisé des soins infirmiers vingt-quatre heures sur vingt-quatre et ils remuent ciel et terre pour la garder ainsi. Pendant presque deux ans, je suis resté à Brisbane en prenant soin de Jacob. J'étais accablé. Par le chagrin et par cette attente qui risquait de durer toujours.

Jenny était incapable de parler. C'était trop dur de trouver les mots qui convenaient. Existaient-ils seulement ?

— Ils voulaient que Jacob soit présent tout le temps, reprit Rob. Ils répétaient sans arrêt : « C'est le bébé de notre fille. La présence et la voix de son enfant la feront revenir parmi nous. Emma n'est pas morte, la place de Jacob est d'être près de sa mère. » Et comme je m'y opposais, ils ont lancé une procédure. À cause de cette procuration qu'Emma avait signée sans y penser, ils ont demandé à exercer la tutelle de leur fille. Après quoi, ils ont mis en place la garde partagée de Jacob entre Emma et moi. J'ai dû me battre jusqu'au bout.

Jenny leva les yeux, sidérée.

— Comme si Emma et toi étiez séparés ? Mais c'était faux !

— Ils n'étaient plus à ça près. Ils ont profité de ce que j'étais dévasté pour formaliser cette prétendue séparation. Quand j'ai réalisé que Jacob ne pourrait jamais avoir une vie normale à moins de me battre pour lui, je les ai traînés en justice. J'ai gagné, et bien sûr, ils me détestent depuis.

Rob soupira.

— Reste que je dois emmener Jacob à Brisbane une fois par

mois. C'est l'accord qui a été trouvé. Ça me convient, parce que j'ai... j'ai toujours besoin de voir Emma. J'aurais voulu être près d'elle jusqu'à la fin, mais avec Loïs et Paul il n'y a pas de demi-mesure. Ils prennent Jacob et s'assoient avec lui dans cette chambre en lui répétant que sa maman l'aime et qu'elle va se réveiller un jour. Ils lui demandent de se taire et de caresser la main d'Emma, mais ils lui défendent de bouger et de jouer. Ils ont fait de la chambre d'Emma un sanctuaire.

— Oh ! mon Dieu..., murmura Jenny, horrifiée. Pour un tout-petit...

— Je sais, ce n'est pas approprié, dit-il en ébauchant une grimace. Dès que Jacob a été en âge de comprendre où on l'emmenait, il se mettait à pleurer. Si Loïs et Paul avaient le contrôle de la situation, ils lui imposeraient le même rituel tous les jours. Alors, j'ai décidé de l'emmener vivre ici. Emma et moi, nous nous plaisions à Willhua. Ici, Jacob peut vivre... comme un enfant.

Jenny avait le souffle coupé. Ils avaient fait l'amour, insouciants et libres, mais le fantôme d'une épouse non décédée rôdait autour d'eux à présent. Avec l'idée d'un petit garçon forcé de la veiller, et de Rob supportant un tel fardeau.

Le bonheur de la nuit avait disparu, et il semblait impossible qu'il puisse renaître. Cette situation était trop lourde à porter, intenable.

— Je pensais que tu le savais, dit Rob. Tout le monde à Willhua est au courant. J'ai supposé...

— Les gens parlaient d'une tragédie, murmura-t-elle. J'ai cru que ça voulait dire que... ta femme était morte.

— Ça fait une différence, dit-il d'un air sombre.

Une partie d'elle-même voulait prendre cet homme contre elle et lui assurer que cela ne faisait aucune différence du tout, que le sexe, le rire et la joie pure de la nuit pourraient reprendre.

Mais tout cela était si énorme... Était-ce le choc, l'écho de la trahison de Darren, la barrière morale, la pensée d'Emma dans le coma pendant qu'elle, Jenny, couchait avec son mari, ou la lâcheté ?

Toujours est-il qu'en cet instant elle avait besoin d'espace. Parce qu'elle avait l'impression d'étouffer.

Rob le devina.

— Jen, je suis sincèrement désolé. Si j'avais pu deviner... Mais même si tu en avais eu conscience, je n'aurais jamais dû...

— Tu penses que ce que nous avons fait est mal ? murmura-t-elle en fixant ses traits. Au fond de toi, tu penses qu'être avec moi, c'est... trahir Emma ?

— Non, je...

Il secoua la tête, s'efforçant visiblement de trouver les mots justes.

— Jen, je ne sais pas quoi penser. J'aimais Emma, c'est encore vrai aujourd'hui. Mais quand je la vois maintenant, il n'y a que du chagrin. C'est comme... visiter un mausolée.

— Je comprends, dit-elle en posant une main sur sa joue. Rob, je suis tellement désolée.

L'émotion la submergea, et les larmes lui piquèrent les yeux. Rob n'avait certainement pas besoin de ça ! Elle devait sortir d'ici.

— Rob, je... j'ai besoin de prendre une douche. Je veux...

— T'éloigner ?

Il lui était impossible de le nier. Aussi ajouta-t-elle d'une voix désespérée :

— Je suis sincèrement désolée, mais je dois y aller.

8

Jenny se sentait à bout. Une partie d'elle-même voulait réagir comme après la trahison de Darren : laisser tomber ce gâchis compliqué et affronter ses émotions en prenant la fuite. Mais cela reviendrait à reconnaître qu'elle avait été trahie. Et ce n'était pas le cas.

Tandis qu'elle se tenait sous la douche, elle repassa dans son esprit toutes les conversations où il avait été question de Rob et ce qu'il lui avait dit lui-même. Gary lui avait parlé brièvement de Rob, et elle n'avait pas osé demander de détails, évidemment. Si elle n'avait commencé que le lundi suivant, si l'activité de ce soir-là avait été moins dramatique, son collègue aurait probablement eu le temps de l'informer sur le drame que vivait le Dr Rob Pierson. Mais au cours de cette même nuit, elle était devenue la colocataire de Rob, et Gary avait logiquement pensé qu'elle connaissait la vérité.

Rob aussi, car dans une aussi petite ville, on savait tout de la vie de ses voisins. Quand il avait fait allusion à sa tragédie personnelle, elle s'était demandé pourquoi sa belle-famille exerçait une telle influence et elle avait été stupéfaite de le voir si inquiet. Mais il n'avait jamais menti. Lui aussi avait supposé que…

Oh ! elle était la reine des pommes ! Elle n'avait vu en lui qu'un homme attirant et disponible, avec un petit garçon adorable, et elle l'avait délibérément séduit.

Jenny se figea, mortifiée, sous le jet d'eau chaude. La honte la submergeait, au point que les cloisons de la douche semblaient se resserrer autour d'elle pour l'étouffer. Son comportement de cette nuit lui apparaissait terriblement inapproprié. Parce qu'Emma n'était pas morte, parce que Rob était toujours marié légalement…

OK, elle avait pensé que son épouse était décédée. Mais n'était-ce pas le cas ? La mort cérébrale était assurément un décès, même si le corps continuait de fonctionner. Donc, cela ne servait à rien de ressentir de la honte, ni même du regret.

Facile à dire !

Une fois séchée et habillée, elle se rendit dans la buanderie où Stumpy dormait profondément. Mais la chienne parut heureuse d'être réveillée et de recevoir des caresses.

— Les chiens sont plus fiables, murmura Jenny contre ses oreilles. Et tellement moins compliqués. Si ton lit était un peu plus grand, je me coucherais volontiers auprès de toi.

Rob gagna ses propres quartiers à l'autre extrémité de la maison et prit une douche. Il se sentait affreusement mal. La nuit dernière avait été magique, comme un arc-en-ciel dans sa vie uniformément grise. Le sourire de Jenny, son rire, son corps chaud, le plaisir qui l'avait traversée à la fusion de leurs chairs… Pendant un moment, il avait cru que la vraie vie pourrait être ainsi et qu'il existait peut-être un avenir différent, où les sentiments écrasants de perte et de culpabilité n'existaient pas.

Car la culpabilité l'envahissait à présent. Emma était toujours un corps vivant et tiède et elle restait son épouse et la mère de son fils. Il n'avait pas dit clairement la vérité à Jenny. Comment n'avait-il pas pensé à s'expliquer sur une chose aussi grave ? Il avait lu le choc sur son visage.

Elle se sent trahie !

Avait-il trompé Emma ? Les avait-il trahies toutes les deux ?

La nuit dernière, quand il avait tenu Jenny dans ses bras, les années de tristesse s'étaient estompées. Il avait… aimé.

Aimé ? Le mot était trop fort, car il ne connaissait Jenny que depuis deux semaines. Mais elle était magnifique, intelligente, courageuse, drôle… Une lumière à suivre pour sortir du brouillard dans lequel il vivait ?

Trop de questions tournaient dans sa tête. Il devait lui parler. Sauf que Jacob et lui devaient prendre l'avion pour Brisbane ce soir. Bon sang ! Ça ne pouvait pas tomber plus mal.

D'un autre côté, c'était peut-être mieux ainsi. Cela leur donnerait le temps et l'espace nécessaires pour assimiler la réalité, à savoir qu'il était toujours marié, qu'il ne pouvait pas passer à autre chose et qu'il était piégé dans une vie qu'il ne parvenait pas à comprendre.

Et tant pis pour les arcs-en-ciel, pensa-t-il en se séchant. *Ce sont des illusions éphémères. Comme l'idée d'aimer Jenny…*

Il retrouva Jenny pour le petit déjeuner. Fraîche et jolie dans son uniforme d'ambulancière, elle était occupée à étaler de la marmelade sur un toast.

— Bonjour. Il y a du café frais, dit-elle quand il entra dans la cuisine.

Comme entrée en matière après une nuit torride, ce n'était pas vraiment engageant, mais c'était mieux que rien.

— Jen, je suis sincèrement désolé, répondit-il.

— Tu n'as pas à t'excuser. C'est moi qui suis désolée que vous ayez à subir une telle situation, toi et Jacob.

Puis levant les yeux de sa tartine, elle essaya de sourire.

— J'ai passé un très agréable moment. Merci, Dr Pierson. Pour le sexe, vous êtes doué.

Rob n'aurait su dire à quelle réaction il s'attendait, mais ce n'était certainement pas à celle-là. L'humeur taquine de Jenny était de retour. C'était peut-être un bouclier. Mais apparemment, elle était disposée à le partager avec lui.

— Merci, répondit-il avec une modestie feinte.

Elle se mit à rire, puis regarda le pot vide.

— Désolée, Dr Pierson. J'ai fini votre marmelade, dit-elle en exhalant un soupir théâtral. J'aurais dû vous en garder, mais... Enfin, maintenant, vous savez que je ne suis pas du genre à partager. Une nuit, c'est génial. Mais plus, ce n'est pas une bonne idée.

Elle lui jeta un regard direct, et l'air parut vibrer d'une foule de non-dits.

— Non ? dit-il enfin.

— Non. Rob, ce n'est pas une situation que je peux affronter. Je n'en ai pas le courage. Cet épisode d'une nuit était formidable, mais restons-en là.

Il eut l'impression que sa voix tremblait un peu. Puis il hocha la tête. Du courage ? Il faudrait bien plus que ça pour se lancer dans une relation avec lui.

Une relation... ? Bon sang ! Il était marié, Emma vivait. À quoi pensait-il ?

— Hé ! Tu n'as pas le droit de te sentir mal, s'exclama Jenny qui avait dû deviner ses pensées. Je parie qu'Emma ne t'en voudrait pas pour ce qui s'est passé la nuit dernière. À sa place, je ne te reprocherais rien. Donc, pas de culpabilité de part et d'autre, d'accord ? Tu vas à Brisbane, ce soir ?

— Oui. Nous allons à Sydney, puis nous prenons l'avion.

— C'est un voyage pénible.

— J'y suis habitué. Angus est de garde pendant mon absence. Tu l'as déjà rencontré ? Il a été le généraliste de Willhua pendant trente ans. Il a dans les soixante-dix ans. Il essayait de profiter de sa retraite et de s'occuper de son jardin bio, mais il a repris du service quand... je veux dire, après la naissance de Jacob. C'est lui qui gère le cabinet pendant mes absences.

Il parlait vite pour tenter de chasser ses émotions. Et son sentiment de honte ? Était-ce vraiment ce qu'il ressentait ? Avait-il honte d'avoir couché avec cette jeune femme la nuit dernière ? D'avoir savouré son corps, alors qu'Emma était toujours... ?

— Arrête ! lança Jenny.

Et posant son toast, elle s'avança pour lui faire face, mains aux hanches.

— Tu n’as pas le droit de juger ce que nous avons fait. Nous étions deux adultes qui se donnaient du plaisir, rien de plus, rien de moins. Alors, laisse ta culpabilité derrière toi et va à Brisbane.

— Comment savais-tu q… ?

— Disons que j’ai deviné juste.

Là-dessus, posant ses mains sur ses épaules, elle se hissa sur la pointe des pieds et l’embrassa sur les lèvres. Un baiser très doux, aussi délicat qu’une caresse.

— Tu es un homme vraiment charmant, Rob Pierson. Et comme je l’ai dit, irrésistible au lit. C’était une nuit délicieuse, mais c’est tout. Prends ton petit déjeuner et va voir tes patients. J’espère qu’Anna et son bébé vont bien. Gary et moi, nous allons chercher Moira Gardner à Whale Head. Apparemment, son opération de la hanche a été un franc succès, et elle va séjourner ici quelques jours pour les soins de suivi. Tu seras encore là cet après-midi pour faire son admission ? Bien. Alors, nous sommes tous les deux occupés, et il est temps de passer à autre chose.

Elle ébaucha un petit signe de tête abrupt pour mieux souligner sa détermination et, attrapant son toast, elle fila vers la porte d’entrée.

9

Jenny décida que le travail serait sa planche de salut. Par chance, ce vendredi fut une journée chargée. Quand elle rentra ce soir-là, Rob et Jacob étaient partis.

— Ils seront de retour lundi matin, lui annonça Minnie.

La brave femme s'apprêtait à mettre un plat de lasagnes dans le four. Humant la bonne odeur de cuisine, Jenny eut l'impression de se sentir… à la maison. Mais elle n'était pas chez elle. Ce week-end était juste un break dans une situation compliquée qu'elle ne savait pas comment affronter.

— Minnie, vous ne devriez pas être ici. Je peux m'occuper de moi-même.

— J'ai pensé que ça vous dirait de prendre un repas fait maison, répondit la vieille dame. À voir la tête de Rob au moment où il est parti… Il est toujours tendu quand il va là-bas, mais cet après-midi, c'était autre chose. J'espère que vous n'êtes pas déprimée, vous aussi, Jenny.

— Un peu, admit-elle.

Pourquoi ne pas dire ce qu'il en était ? Minnie avait pratiquement joué le rôle d'entremetteuse entre Rob et elle. C'était logique d'être honnête envers elle.

— Je n'avais pas réalisé qu'Emma était encore en vie, dit Jenny sans pouvoir réprimer son émotion.

— Oh ! ma pauvre petite… Oh ! non ! s'exclama Minnie, horrifiée, en posant son plat avec fracas. Mon Dieu, mais comment… ?

— Je n'en ai aucune idée. Mais... ça change tout.

Minnie se laissa tomber sur une chaise. Elle semblait nettement plus âgée tout à coup.

— Je pensais... Nous avons tous supposé... Toute la ville connaît l'histoire.

— Oui, répondit Jenny avec amertume. Un verre de vin ?

— Volontiers. Je ne peux pas imaginer que Rob vous ait caché ça sciemment.

— Non. Il n'a pas menti. C'est juste que tout se complique dans ma tête.

— Et ses beaux-parents n'ont fait qu'empirer les choses, dit Minnie. Ils sont incapables de sortir de leur chagrin et attendent de Rob qu'il reste lui aussi dans un deuil perpétuel. En parlant de famille...

Minnie esquissa un faible sourire, et Jenny comprit qu'elle essayait de changer de sujet.

— Vous devriez voir les parents d'Anna, reprit la vieille dame.

— Les Windsor ? Ils ne font pas de mal à Anna, au moins ?

— Tout le contraire. Rob les a reçus dans son cabinet ce matin et il leur a parlé pendant longtemps. En sortant, Marjorie s'est rendue au magasin de layette qu'elle a pratiquement dévalisé. Graham est allé à Whale Head pour acheter un berceau et un landau. Ils racontent à tout le monde que leur petit-fils est arrivé, comme s'ils attendaient cette naissance depuis des mois. Les choses auraient pu mal se passer, mais grâce à Rob et à vous, ils ont décidé d'être fiers de ce qui leur arrive.

— Tant mieux pour eux.

Rob avait dû leur parler de son propre passé, se dit-elle. En dépit de la confusion qui habitait son cœur, elle se surprit à sourire. Elle ressentait de la fierté pour cet homme...

Non ! Elle n'avait pas le droit. Il n'était rien pour elle qu'un collègue, un propriétaire et... un amant d'un soir.

— Qu'allez-vous faire maintenant ? s'enquit doucement Minnie.

— Je vais voir Anna.

— Très bonne idée. Rob a dit qu'elle vous avait demandée. Et ensuite ?

Jenny soupira.

— Je n'en sais rien. Goûter vos lasagnes d'abord, voir Anna... et rester seule ce week-end pour réfléchir à la conduite à tenir ?

Le samedi matin, Jenny fit la connaissance d'Angus, qui avait pris le relais à l'hôpital. Elle apprécia immédiatement le vieux médecin qui ressemblait davantage à un jardinier qu'à un praticien.

— Je maintiens mon inscription à l'Ordre des médecins pour permettre à Rob de s'absenter, lui dit-il comme il revenait de sa tournée des patients. Mon jardin me manque, mais avec toute cette pluie le sol est gorgé d'eau, de toute façon.

Jenny devait prendre en charge Olivia Hoffmann, une vieille dame de quatre-vingt-seize ans, et la ramener chez elle. Sa fille s'était rendue disponible pour s'occuper d'elle, mais à soixante-quinze ans, elle n'osait pas transporter sa mère sur la route en lacets qui menait à la ferme.

— On dirait qu'elles ont le même âge, dit Jenny tandis que Gary installait les deux femmes dans l'ambulance.

— C'est cet endroit, répondit Angus. Ici, on ne vieillit pas, ici, on se conserve. Comme les harengs ! Le vent salé est bénéfique. Hildy, la fille d'Olivia, siège au conseil de l'hôpital, travaille comme bénévole à la boutique de charité et s'occupe de ses trois petits-enfants. Quant à Olivia, elle vient tout juste de cesser son activité à la même boutique. C'est comme ça que j'aimerais être à quatre-vingt-seize ans. Willhua est un bel endroit pour vieillir. Et vous, Jenny ? Vous êtes ici depuis deux semaines. Prête à vous enraciner ?

Le médecin porta sur elle un regard bienveillant, mais légèrement intrigué, et Jenny se dit qu'on devait jaser à son sujet. Forcément, une jeune ambulancière qui s'installait dans la maison du docteur...

— Il est beaucoup trop tôt pour le dire, répondit-elle d'un ton brusque.

Le vieil homme hocha la tête, avec une expression un peu trop compréhensive, à son goût.

— Il faut du courage pour affronter chaque nouvelle situation, dit-il. On m'a raconté que vous avez descendu la falaise pour sauver le vieux Charlie Emerson. Une femme telle que vous, ça a du courage pour n'importe quoi.

— Non, pas pour tout.

— Je n'en suis pas si sûr. Les femmes me surprendront toujours. Je viens de parler à Anna. Elle est déterminée à passer ses examens, parce qu'il n'est pas question pour elle de gâcher son année après avoir tant travaillé. Et quand son père a dit : « Pourquoi ne pas laisser passer un an, le temps que les choses s'organisent ? », Marjorie a rétorqué : « Quelles choses ? Tout est déjà en place ». Les femmes ont du courage à revendre. Et vous aussi, avec ce sauvetage en rappel, ce nouvel emploi d'ambulancière... et peut-être vous et Rob ? dit Angus, hésitant.

— Minnie vous a parlé ? dit Jenny, passablement irritée.

— Un peu. Minnie et moi, nous nous connaissons depuis belle lurette. Et elle se sent vraiment mal, vous savez. Elle a peur que vous partiez.

Jenny soupira. Ce serait l'option la plus simple. Mais elle s'était engagée à faire ce remplacement de trois mois. Alors...

— Je continuerai à travailler ici, dit-elle. Mais pour le reste...

Elle pensa à Rob et Emma, à Jacob et à la belle-famille, à tout ce gâchis tragique.

— Pour le reste, ce ne sont pas mes affaires.

Le dimanche matin, ils reçurent un appel de détresse de Ruth Corben, une femme de soixante ans qui élevait des alpagas dans une petite ferme des environs. Elle expliqua qu'elle avait fait une chute, qu'elle avait eu du mal à atteindre son téléphone et qu'elle gisait toujours sur le plancher.

— Ruth souffre de myélofibrose, expliqua Gary pendant le trajet. Diagnostiquée il y a environ quatre ans.

Jenny connaissait cette maladie – une forme rare de leucémie. Si elle n'était pas soignée, cela pouvait provoquer une anémie sévère avec des états de faiblesse et de fatigue. Les poussées devaient être traitées rapidement pour éviter que la leucémie ne devienne aiguë.

Le fait de savoir cette femme allongée sur le sol et incapable de bouger justifiait de conduire à toute vitesse et d'actionner gyrophare et sirène. Quand ils arrivèrent sur place, Ruth était recroquevillée dans la cuisine et pleurait de douleur.

— J'ai trébuché sur la marche en remontant du jardin, leur dit-elle. Je ne pouvais pas me relever... Il m'a fallu un temps fou pour me traîner jusqu'à la cuisine et attraper mon téléphone.

Jenny effectua un examen visuel de la pauvre femme, tandis que Gary tâtait son pouls.

— Rob vous a recommandé de porter une alarme, dit-il. Où avez-vous mal ?

— Partout... Et je n'ai pas besoin de cet objet stupide.

— Si, Ruth, vous devez le porter. Qu'est-ce qui vous fait mal ?

— Ma cheville surtout... J'ai dû me la tordre. Mais je n'ai pas encore nourri les bêtes. J'ai dix alpagas, dit-elle en regardant Jenny. Betty va mettre bas, et Bosun a besoin de moi...

Jenny avait déjà rencontré Bosun, un magnifique colley qui avait couru à leur rencontre. À présent, il était couché près de sa maîtresse et tremblait comme une feuille.

— J'ai seulement besoin d'une perfusion de fer, assura Ruth. Pourriez-vous appeler Rob ? Il vous le dira. Si vous voulez bien m'aider à nourrir les bêtes avant de m'emmener à l'hôpital, je serai de retour ce soir. Betty va avoir son petit, je dois rester à la ferme...

— Angus est de garde ce week-end, dit Gary. Et je sais ce qu'il va dire.

Il jeta un regard furtif à Jenny, et elle comprit que l'état de

Ruth était grave. Du reste, son teint grisâtre laissait penser qu'il ne s'agissait pas simplement d'une mauvaise chute.

— Il ne vous laissera jamais rentrer chez vous, surtout si vous êtes seule ici, reprit Gary. Y a-t-il quelqu'un que vous pouvez appeler ?

— Ma fille est à l'étranger, murmura Ruth, bouleversée. Je lui ai dit de faire ce voyage et de ne pas s'inquiéter pour moi. Elle et son mari économisaient depuis des années pour aller à Venise. Je ne veux pas que vous la contactiez. Appelez Rob. Il sait à quel point c'est important pour moi de rester à la maison.

Pendant que Jenny préparait les injections contre la douleur, Gary réfléchissait.

— Jenny, appelez Rob, dit-il enfin. Et mettez le haut-parleur. Ça ne le dérangera pas, il tient à ce que nous l'appelions, et Angus sera d'accord.

Jenny fit ce qu'il demandait. Rob répondit dès la première sonnerie.

— Jen ?

Elle sentit son cœur s'accélérer. Était-ce la façon dont il prononça son nom ? Comme s'il avait envie qu'elle soit près de lui ? Où était-il ? Auprès d'Emma ? Avec ses beaux-parents ?

— Rob ? Gary et moi, nous sommes avec Ruth Corben, dit-elle en s'efforçant d'adopter un ton professionnel. Tu es sur haut-parleur, pour que nous puissions tous t'entendre. Ruth a fait une chute...

Elle lui rapporta ce que Gary et elle avaient constaté, ainsi que l'obstination de Ruth à ne faire qu'une visite rapide à l'hôpital pour être de retour chez elle le soir même.

—Aurais-tu le temps de lui parler ou préfères-tu qu'on rappelle quand nous l'aurons conduite à Willhua ? lui demanda-t-elle pour finir.

— Je n'irai nulle part jusqu'à ce que j'aie parlé à Rob, dit Ruth en se remettant à pleurer. Rob, je vous en prie, dites-leur ! J'ai juste besoin de fer.

— Voulez-vous m'excuser un instant ? répondit Rob. Je dois

sortir pour prendre cet appel. Jen, veux-tu approcher le téléphone de Ruth ?

Il devait être à l'hôpital de Brisbane, pensa Jenny. Elle ferma les yeux et, quand elle les rouvrit, Gary la fixait d'un regard où elle crut lire… quoi ? De la compassion ?

Alors, tout le monde était déjà au courant ? À moins que ses sentiments pour Rob aient été si évidents ?

Rob fut bientôt de nouveau en ligne.

— Ruth, vous avez reçu une perfusion il y a deux semaines. Et celle d'avant est assez récente. Nous avons parlé ensemble à Ben, votre oncologue à Sydney. J'aimerais l'appeler maintenant pour lui dire de vous attendre.

— Mais… je ne peux pas aller à Sydney, dit Ruth d'une voix pitoyable. Vous le savez bien.

— Et vous savez ce que vous risquez, dit Rob avec douceur. Allons, Ruth. Lorraine et Peter profitent d'une lune de miel avant l'arrivée du bébé. Votre premier petit-enfant doit naître dans trois mois. Vous voulez manquer ça ?

— Non, je…

— Bien sûr. Ruth, ce bébé a besoin de vous. Vos alpagas et Bosun aussi. Vous voulez vivre. Donc, vous devez accepter les soins nécessaires pour y arriver.

Jenny choisit ce moment pour intervenir.

— Si vous me dites comment faire, je peux nourrir les bêtes avant de partir. Du moins, j'espère. Est-ce compliqué ?

— Il faut seulement du foin, murmura Ruth.

— Alors, je suis capable de soulever quelques balles. Vous dites que Betty va mettre bas. C'est aussi un alpaga ?

— Oui, je dois aller la voir. Et Bosun…

— Je m'occupe déjà d'un chien. Alors, pourquoi pas de deux ? Et je suis formée pour les accouchements à domicile. Ça ne doit pas être si différent d'accoucher un alpaga. Ruth, ça ne me gêne pas de passer ici pour nourrir vos animaux jusqu'à ce que quelqu'un prenne la relève. Si votre médecin dit que la chimio n'est pas nécessaire, vous serez de retour dans quelques jours.

Un profond silence s'établit. Gary la regardait avec incrédulité, et Ruth, comme si elle représentait son dernier espoir. Ce fut Rob qui reprit la parole le premier.

— Voilà, Ruth. Le problème est réglé pour aujourd'hui. Gary et Jen vont vous emmener à Willhua. Angus veillera à ce que vous restiez stable, et nous organiserons votre transfert à Sydney. Je rentre demain. Je vais appeler Ben, et nous mettrons en place votre prise en charge.

— Vous voulez dire... pour une longue durée ? murmura Ruth avec angoisse.

— Jusqu'à ce que vous ayez retrouvé des forces, dit Rob. Si vous acceptez de suivre nos conseils, vous y arriverez.

Rob remit son portable dans sa poche et se dirigea vers la chambre d'Emma. *Le mausolée d'Emma...* C'était le sentiment que cet endroit lui inspirait. En entrant, il vit que Loïs avait de nouveau installé Jacob sur le lit et qu'elle le forçait à caresser la main de sa mère. Mais la silhouette pâle et sans vie sous le drap impeccablement tiré n'était plus qu'une ombre.

Jacob restait stoïque. Il était habitué à ce rituel que ses grands-parents lui imposaient, mais il détestait ça. Quel enfant de quatre ans resterait sagement recueilli près de quelqu'un... qui n'était plus là ?

Il y avait une caisse de jouets dans un coin de la pièce et, quand Rob s'y trouvait, Jacob avait le droit de jouer. Mais Loïs tenait absolument à une connexion entre Jacob et sa mère.

Seulement, la silhouette inerte sur le lit ne donnait aucun signe de réponse. Le cœur de Rob se serra douloureusement. Sa belle Emma... Comment osaient-ils la laisser dans cet état ?

La colère ne servait à rien, et il s'efforça de la réprimer. Si ses beaux-parents ne pouvaient pas surmonter leur chagrin, ce n'était pas leur faute.

Jacob se tortilla sur le lit, jusqu'à ce que sa grand-mère l'autorise à descendre.

— Je veux rentrer à la maison, papa. On peut partir maintenant ?

— La maison, ça devrait être ici, à Brisbane, jeta Loïs d'un ton glacial.

Rob se contint, une fois de plus, sachant que sa belle-mère luttait pour retenir ses larmes. Elle était seule ici, ce week-end, Paul étant parti pour affaires. « Il sera de retour lundi. Contrairement à vous, il ne s'éloigne jamais longtemps de notre chère Emma », avait-elle dit sans masquer sa réprobation.

— Rob, veuillez faire asseoir Jacob sur le lit, déclara-t-elle à présent.

— Nous allons descendre manger une glace, dit-il en voyant son fils prêt à se rebeller. Nous serons de retour dans une demi-heure.

— Dois-je vous rappeler la décision du tribunal ? C'est à Paul et à moi de décider du déroulement de nos week-ends de garde.

Elle avait raison, malheureusement. À cause de cette procuration incassable, Loïs et Paul exerçaient l'autorité à la place d'Emma. Et ils ne s'en privaient pas !

Rob s'efforçait de faire des concessions, mais cela devenait impossible. Après maintes contestations auprès du juge, on lui avait accordé d'être présent chaque fois que Jacob rendrait visite à sa mère.

— Je le sais, Loïs. Mais j'ai l'intention d'offrir une glace à Jacob. Vous ne voulez pas l'en priver, n'est-ce pas ?

Sa belle-mère regarda Jacob. Sans doute comprit-elle qu'il était au bord de la crise de larmes, car elle répondit sèchement :

— Une demi-heure.

— Vous pourriez vous joindre à nous, dit Rob, conciliant.

— Pas si je peux rester ici. Il faut que quelqu'un le fasse.

10

Une heure plus tard, Jenny rentra dans la cour à l'arrière de la maison de Rob et détacha la laisse de Bosun. Pour rassurer Ruth, Gary et elle avaient ramené le chien dans l'ambulance. Arrivés à Willhua, ils avaient remis la patiente aux soins d'Angus.

Elle avait passé une radio de la cheville, et l'hélicoptère du Secours aérien viendrait la chercher dans une heure. Gary et Jenny l'emmèneraient jusqu'au terrain de football qui servait d'héliport.

J'ai donc un peu de temps devant moi, se dit Jenny. Elle en profita pour faire les présentations entre les deux chiens.

Bosun représentait une charge supplémentaire, bien sûr, mais Rob l'avait entendue proposer cette solution au téléphone et il ne s'y était pas opposé. Il faisait face à tant de problèmes dans sa vie personnelle que ce n'était pas un chien de plus qui ferait la différence.

Le colley était magnifique, bien éduqué et très calme. Les deux chiens se reniflèrent, puis entamèrent ensemble une inspection de la cour.

— Veillez bien l'un sur l'autre, leur lança-t-elle avant de pénétrer dans la maison.

Elle avait juste le temps de déjeuner avant d'assurer le transfert de Ruth jusqu'à l'hélicoptère. Elle gagna la cuisine et pila net. Un inconnu était assis là.

Il était impeccablement vêtu. Mocassins de marque, pantalon bien coupé, blouson pour hommes fortunés. Il avait la soixantaine, des cheveux gris argent, des yeux bleus et son expression était… méfiante ?

Alors, brusquement elle sut à qui elle avait affaire. Cet homme avait sa place dans cette maison. Il apparaissait sur les photos qui étaient partout dans le salon formel. Parce qu'il n'était autre que le père d'Emma.

— Monsieur…

Elle s'arrêta en réalisant qu'elle ne connaissait pas son nom de famille. Elle se sentait dépassée aussi. Cette situation ne la concernait pas.

— Cela fait deux heures que j'attends, déclara-t-il sans cacher son mécontentement.

Jenny s'intima de rester calme. Le conflit ne servait à rien, et cet homme avait perdu sa fille… même si celle-ci n'était pas morte.

— Vous m'attendiez ? Je ne savais pas. Désolée, j'étais au travail, répondit-elle en montrant son uniforme.

Bizarrement, cela la rassurait d'être en tenue face à cet homme qui la mettait mal à l'aise.

— Ah, oui, dit-il, irrité. Tony m'a dit que vous travailliez pour le service d'ambulance.

— Tony ? Celui de la voiture ?

— Tony Lester est agent de sécurité. Nous l'employons pour surveiller notre petit-fils, au nom de notre fille.

— Je ne vois pas en quoi c'est nécessaire. Rob est un excellent père. Mais je suppose que ça ne me regarde pas. Je ne suis qu'une locataire. Voulez-vous une tasse de thé ? Ou déjeuner ?

— Non, merci. Je suis ici parce que Tony m'a parlé de vous, déclara-t-il avec sévérité.

— Vraiment ?

Après une hésitation, Jenny se dirigea vers le réfrigérateur.

— Désolée, mais c'est ma pause-déjeuner, et je n'ai pas beaucoup de temps.

Se préparer un sandwich, c'était aussi une façon de s'occuper les mains. Elle tournerait le dos à cet homme, et cela l'aiderait à respirer plus librement.

— Alors, que puis-je faire pour vous ?

— Loïs et moi, nous avons décidé qu'il fallait vous parler sans que Rob puisse intervenir.

Wouah... Il y avait tellement de sous-entendus dans cette déclaration qu'elle en eut le souffle coupé. Pour autant, elle ne se détourna pas et, prenant le pain tranché, elle se mit à étaler la pâte à tartiner.

— Auriez-vous l'obligeance de me regarder ? demanda le père d'Emma.

— Je suis en pause-déjeuner, monsieur. Je dois transférer une patiente dans trente minutes. Il faut que je mange en vitesse.

— Ce que j'ai à dire est important !

— La vie de ma patiente aussi, répondit Jenny. Son transfert est urgent.

— Sa vie est-elle plus importante que celle de ma fille ?

Jenny pivota vers lui, sidérée.

— Que... Qu'est-ce que vous dites ?

— Ma fille tient à son mariage...

La voix de Paul se brisa.

— Ce qui se passe ici..., reprit-il. Si elle découvre votre existence, cela pourrait la tuer.

— Pardonnez-moi si je me trompe, mais Emma est dans un coma irréversible depuis quatre ans, non ?

— Je ne vous permets pas de prononcer son nom ! s'exclama-t-il, les traits déformés par la rage et la souffrance.

Jenny se figea. Très vite cependant, elle retrouva son rôle de soignante. Depuis quatre ans, cet homme et sa femme veillaient leur fille chérie, refusant de la laisser mourir. À présent, il était au bord de la folie. Cela ne servirait à rien d'essayer de le raisonner. Elle devait tenter de désamorcer la situation.

— Non, bien sûr, vous ne m'avez pas donné votre permission. Veuillez m'excuser, dit-elle le plus calmement qu'elle put.

— Ça ne me suffit pas. Je veux que vous partiez d'ici.

— Écoutez, je ne sais pas ce que Tony vous a dit, mais je loue une chambre dans cette maison qui dépend de l'hôpital et qui est réservée au personnel...

— C'est la maison de ma fille, répliqua-t-il. Vous n'avez pas le droit d'être ici. Avec mon petit-fils... et ce Rob !

Il prononça ce dernier mot avec un tel dégoût que Jenny ne put réprimer un frisson. Mais elle ne devait pas exacerber sa colère, se répéta-t-elle. Cela n'avait rien à voir avec elle. Dire que Rob affrontait cette situation ! Devrait-il le faire... toute sa vie ?

Elle le connaissait depuis deux semaines. Mais le choc de découvrir que sa femme était en vie, ajouté à la trahison de Darren... Pour son cœur meurtri, c'était trop. Elle était toujours « l'autre ». À cause de Darren d'abord qui l'avait traitée comme une maîtresse quand, tout ce temps, il y avait eu une épouse, un amour véritable en arrière-plan. Il est vrai que la situation était différente, cette fois. Et pourtant, elle était encore l'intruse dans ce gâchis.

— Rob et moi sommes amis, dit-elle lentement. Jacob et moi aussi. Et je suis ici en tant que locataire.

— Vous avez partagé la même chambre jeudi soir.

Jenny était si époustouflée par cette révélation qu'elle fut incapable de formuler une réponse cohérente.

— Qu'est-ce que... ?

— Il n'y avait pas de lumière dans la chambre de Rob. Mais la vôtre est restée allumée bien après minuit, et on distinguait deux ombres à travers le rideau.

— Tony vous a dit ça ? murmura-t-elle, hébétée.

— Bien sûr.

— Je ne peux pas croire...

Jenny se tut. Une partie d'elle-même voulait réagir avec véhémence, mais une autre émotion l'envahit, dépassant sa colère. Elle se sentait... souillée.

Parce qu'elle était prise dans un sordide triangle amoureux à son insu. Rob ne l'avait pas trahie délibérément, pourtant c'était bien le sentiment qu'elle éprouvait en cet instant.

Trahie. Perdue...

Mais elle devait rester calme. Levant la main, elle toucha l'insigne du service ambulancier sur son uniforme, geste qu'elle utilisait face à des patients difficiles, ivrognes ou toxicomanes, qui l'invectivaient. Son insigne lui rappelait qu'elle devait rester professionnelle. C'était exactement ce qu'il convenait de faire dans le cas présent, se dit-elle. Traiter cet homme comme un malade – ce qu'il était peut-être.

Mais elle n'avait pas affaire à un blessé, donc elle n'était pas dans l'obligation de rester là pour le soigner.

Alors, finissons-en et sors d'ici.

— Votre relation avec votre gendre et votre petit-fils vous regarde, mais ma vie m'appartient, monsieur. Surveiller ma chambre et m'espionner, c'est illégal. Je suis désolée que vous ayez fait tout ce chemin pour me voir, mais cette conversation est terminée.

Là-dessus, elle se remit à tartiner ses tranches de pain. Ceci fait, elle mordit dans son sandwich. La couche de Vegemite était si épaisse qu'elle faillit s'étouffer. Mais elle réussit à déglutir et s'éloigna vers la porte d'entrée d'un pas digne.

Les traits de Paul se crispèrent jusqu'à devenir méconnaissables. Il semblait sur le point de fondre en larmes.

— Je vous en prie... C'est la maison de ma fille. Partez.

Il lui restait un peu de temps avant le transfert de Ruth. Aussi Jenny décida-t-elle d'aller dans la cour et de partager son sandwich avec les chiens.

Il s'était mis à pleuvoir, et ils vinrent s'installer sous le porche auprès d'elle sans toucher au sandwich.

Ma vie m'appartient.

Elle avait prononcé ces mots comme une résolution qui venait du fond d'elle-même. Que devait-elle faire maintenant ? Retourner chez Lorna, avec *deux* chiens cette fois ? Non, impossible. Quitter la ville ? Ce ne serait pas loyal. On avait besoin d'elle à Willhua, et elle s'était engagée pour trois mois. De toute façon, cela revenait à prendre la fuite.

Brusquement, elle repensa à la joie pure qu'elle avait éprouvée dans les bras de Rob. Mais elle ne méritait pas ce délice. Rob appartenait à Emma.

Oh ! mon Dieu... Voilà qu'elle se mettait à penser comme Paul ! Mais si elle n'avait pas droit au bonheur, alors logiquement, Rob non plus. Pour toujours ?

— Je ne sais pas quoi faire, murmura-t-elle à l'adresse des chiens.

Son téléphone se mit à sonner. C'était Angus.

— Ruth aimerait vous parler avant l'arrivée de l'hélico, annonça-t-il. Pourriez-vous venir ?

Le travail... Ma bouée de sauvetage. Hourra !

— Je suis en route.

Jenny prit la direction de l'hôpital. Elle avait conscience que Paul était toujours dans la cuisine. À attendre quoi ?

— Je suis en route, répéta-t-elle pour elle-même.

Mais vers quoi ?

Angus l'attendait, et il semblait inquiet. Mais il sourit en la voyant.

— J'étais sur le point de venir vous chercher. J'ai vu la Corvette devant la maison. Paul et Loïs louent toujours la même voiture à l'aéroport de Sydney pour venir jusqu'à Willhua. Ils sont là tous les deux ?

— Il n'y a que Paul.

Le vieux médecin la dévisagea et posa une main sur son épaule.

— Je suis désolé. Vous savez qu'ils sont déséquilibrés ?

— Je le sais maintenant.

— J'aurais dû vous en parler. Vous connaissez Chris, notre policier local. Voulez-vous que je l'appelle ? Si Paul s'introduit dans la maison en l'absence de Rob... C'est déjà arrivé. Il y a quelques mois, ils ont tenté de redécorer la chambre de Jacob. Rob était tellement en colère qu'il les a fait expulser. Je pense que l'état d'Emma les a rendus à moitié fous. Il refuse de la laisser mourir. Pour eux, rien ne doit changer.

Jenny frémit en imaginant ce qu'ils avaient voulu faire de la chambre du petit garçon. Comparée à cela, son entrevue avec Paul n'était qu'un incident mineur.

— Je peux gérer ça, assura-t-elle. Comment va Ruth ?

— Elle est très nerveuse. Rob a appelé l'oncologue. Celui-ci avait conseillé à Ruth de commencer la chimio il y a six mois. Cette fois, il est formel. Elle doit impérativement suivre le traitement dès maintenant. Mais cela nécessite un séjour de six semaines à Sydney. Sa sœur habite près du South Sydney Hospital, donc le logement n'est pas un problème. Mais Ruth s'inquiète du sort de Bosun et des alpagas. La dernière fois qu'elle a eu une chimio, sa fille et son gendre s'étaient installés à la ferme. Seulement, elle refuse catégoriquement de les faire venir cette fois. J'ai cru comprendre que vous vous étiez proposée pour garder un œil sur ses animaux. Pourriez-vous la rassurer ?

— Bien sûr.

— Merci, dit Angus en raffermissant la pression sur son épaule. Paul vous a contrariée, n'est-ce pas ?

— Oh ! je peux gérer ça, répéta-t-elle d'un ton dégagé. Cette situation est horrible, mais en réalité, elle ne me concerne pas.

— En êtes-vous sûre ?

Le regard du vieil homme était chaleureux et attentif, et elle pensa que sa longue carrière de médecin de famille avait dû le doter d'une redoutable intuition.

— Oui, peut-être, avoua-t-elle dans un murmure. Sinon... pourquoi est-ce que ça me déprimerait à ce point ?

L'hélicoptère atterrit sur le terrain de football vingt minutes plus tard, au moment où un premier coup de tonnerre et une volée de grêlons annonçaient un épisode orageux. Pour le plus grand plaisir de Jenny, cependant, Frankie se trouvait à bord. Jenny n'avait pas l'intention de rater cette occasion de bavarder avec sa meilleure amie. Aussi se rendit-elle jusqu'au terrain de football à bord de sa propre voiture.

— Nous avons le temps de prendre un café, dit Frankie après leurs retrouvailles sous les parapluies, suivies d'une course pour se mettre à l'abri de la voiture.

— Quel sale temps ! reprit-elle. Il y a des inondations à l'intérieur des terres, et nous convoyons beaucoup de patients bloqués par les routes coupées. Il paraît que la situation va empirer. En tout cas, c'est génial de te retrouver. Ton logement fait partie de l'hôpital, n'est-ce pas ? On peut aller boire un café là-bas ?

Jenny pensa à Paul. Que faisait-il ? Était-il toujours assis dans la cuisine ? Ou debout dans ce salon sinistre à nourrir son chagrin ?

— Non, répondit-elle un peu trop brusquement.

Frankie la regarda, puis hocha la tête.

— Alors, allons au bistrot du coin.

Elles gardèrent le silence jusqu'à ce qu'elles fussent installées au fond du seul bar de Willhua, deux mugs de café ordinaire devant elles.

— Beurk ! s'exclama Frankie en avalant une gorgée. J'espère que tu ne bois pas ça, d'habitude.

—Rob a une excellente machine à café, répondit Jenny sans pouvoir réprimer la tension de sa voix.

— Rob, donc ? dit son amie en la regardant attentivement. C'est l'homme qui était avec toi quand j'ai appelé ?

— Eh bien... oui.

— Tu avais l'air émerveillée comme devant un sapin de Noël.

— Peut-être.

— Mais plus tellement maintenant, apparemment, hum ?

Sous le regard scrutateur de son amie, Jenny sut qu'il était inutile de mentir.

— Je viens de découvrir qu'il est marié.

Et elle lui raconta la triste situation, terminant par l'injonction de Paul, l'impossibilité d'aller de l'avant et le tumulte émotionnel dans lequel elle se trouvait.

— Oh ! Jen, je suis désolée. Ce gars te plaît vraiment, n'est-ce pas ?

— Oui, mais… C'est trop triste et trop compliqué, dit-elle en soupirant. Je le connais depuis seulement deux semaines, donc je n'ai pas le droit de ressentir ce que je ressens. Alors, voilà, j'ai un plan. Je déménage cet après-midi.

— Tu… *quoi* ?

— La dame que tu emmènes à Sydney tout à l'heure m'a fourni une solution.

Sa conversation avec la vieille dame avait été brève et émouvante, mais elle avait débouché sur quelque chose. Ruth avait été désespérée à l'idée d'abandonner ses animaux, et Jenny, qui gardait en tête son entrevue surréaliste avec Paul, avait vu là un moyen de sortir de l'impasse.

— Sa ferme se trouve juste à l'extérieur de la ville, dit-elle à Frankie. Elle élève des alpagas et elle a aussi un colley. Comme elle devra rester six semaines environ à Sydney, je lui ai proposé d'emménager chez elle et de m'occuper des bêtes. Ruth n'était pas loin de croire que le Ciel m'envoyait. J'ai maintenant un endroit où loger. Donc, je passe à autre chose…

— Wouah… Si je comprends bien, tu prends encore la fuite ?

— Je ne fuis pas. Je vais juste…

— Jen, tu aimais ton travail avec nous, coupa Frankie. Pourtant tu es partie. Et maintenant… Tu aimes partager la maison de Rob ?

Jenny s'empourpra.

— Ça ne fait que deux semaines. C'est bien trop tôt pour le savoir. Et je ne vais pas loin…

— Mais tu fuis quand même.

— Laisse tomber, Frankie, répliqua-t-elle plus sèchement qu'elle n'aurait voulu.

Qu'est-ce que Frankie suggérait ? Qu'il y avait une certaine lâcheté dans son projet ? Peut-être que son amie avait raison, après tout. Mais Jenny ne se sentait pas le courage de rester.

— Bon, et toi ? demanda-t-elle, avide de changer de sujet. Parle-moi de Bruce. C'était la raison de ton appel de jeudi, n'est-ce pas ? Tu sais, je vais occuper une ferme bien assez grande, pour tout le monde. Alors, si tu as besoin que je l'accueille...

— Tu es folle ! Nico l'adore. Au début, Nico vivait dans un camping-car, mais il a trouvé une magnifique maison au bord de la plage. En fait, c'est moi qui l'ai trouvée pour lui. Depuis, lui et Bruce vivent un rêve ! Ils sont à la plage tous les jours, et Bruce reste sur le sable à l'observer, pendant que Nico fait son paddle.

— Et Bruce va bien ? Il n'était pas aussi blessé que Stumpy ?

— Il avait une patte meurtrie et une foulure. Une fois pansé, il a boité pendant quelque temps, mais le plus gros problème était d'ordre psychologique. La pauvre bête était traumatisée. Heureusement qu'il y a tout de suite eu ce lien de confiance entre lui et Nico. Ne t'inquiète pas pour lui, Nico n'est pas près de le proposer à l'adoption.

— C'est une bonne nouvelle, dit Jenny. Nous n'avons toujours pas trouvé de parents ou d'amis de Charlie qui pourraient prendre soin des deux. Maintenant, dis-moi...

Mais son téléphone se mit à sonner, en même temps que celui de Frankie. La pluie était moins violente, les prévisions météo semblaient favorables, et le transfert de Ruth devenait possible.

Toutes deux se levèrent.

— On retourne au boulot, dit Jenny en serrant son amie contre elle. Nous avons de la chance d'aimer notre travail, tu ne crois pas ?

Rob arriva le lundi matin, peu avant l'heure des consultations. Ses visites à Brisbane suivaient une routine bien établie. Au retour, il déposait Jacob à la garderie, puis passait chez lui pour prendre une douche et se changer en vitesse.

Il entra dans la cuisine et remarqua tout de suite que la tasse de Jenny n'était plus là. C'était peut-être bizarre de noter ce détail incongru tout de suite en entrant, mais le mug de Jenny était pour le moins original. Rose fluo, il avait la forme d'un éléphant de dessin animé qui riait aux éclats.

— Un de mes petits patients, Malcolm, me l'a offert, avait-elle expliqué en le posant près de la machine à café. Pas question qu'il aille dans le lave-vaisselle.

Jacob et lui avaient décidé que cette tasse leur plaisait beaucoup. Et maintenant, elle avait disparu. Bizarrement, Rob sentit que ce constat le déprimait. Jenny l'avait peut-être laissée dans sa chambre ?

Il se rendit à l'autre bout de la maison et frappa à sa porte. Pas de réponse. Mais c'était le milieu de la matinée, donc il était normal qu'elle ne soit pas là. Et il n'avait pas à vérifier…

Pourtant, c'est ce qu'il fit. La chambre était dans le même état qu'avant l'arrivée de Jenny. Propre, soignée et… vide.

Il y avait un mot sur le couvre-lit, et en s'approchant, il découvrit qu'il lui était adressé. Il le ramassa.

Rob,

Angus te dira probablement que Paul est venu me voir pendant ton absence. Mais même avant cette visite, j'ai réalisé à quel point cette situation est impossible. Tout cela est trop lourd, trop rapide aussi. Cela peut te paraître lâche de ma part – et c'est peut-être le cas – mais Ruth ayant besoin de quelqu'un pour s'occuper de sa ferme, j'ai pensé que c'était une solution raisonnable pour nous tous.

Je ne veux pas contrarier Jacob. Alors, peut-être pourrais-tu l'amener voir les alpagas le week-end prochain. Il aimera la ferme.

Bon retour chez toi, Rob, et prends soin de toi.

Jenny

Rob resta un long moment à fixer le billet. Puis lentement, il le froissa.

Cette situation est impossible... Oui, Jenny avait trouvé le mot juste. Impossible, impossible, impossible ! Et l'idée que Paul était venu la voir le rendait malade. Quatre années de chagrin avaient mené ce brillant avocat au bord de la folie ! Il imaginait trop bien le genre de scène irrationnelle que Jenny avait eue à affronter.

Comment pouvait-il espérer qu'elle supporte ça ?

Debout au milieu de la chambre vide, il pensa à la nuit qu'ils avaient partagée. Il avait alors eu l'impression que la lumière et la liberté entraient dans sa vie, et qu'un avenir était enfin possible. Mais ça n'était qu'une illusion. La réalité dans laquelle il était enfermé était terriblement glauque, et il n'avait pas le droit de demander à Jenny de la partager avec lui.

Que disait-elle dans sa note ? *Cela peut te paraître lâche...* Oh non, elle ne montrait aucune lâcheté.

Il ferma les yeux et, l'espace d'un instant, il laissa le désespoir l'envahir. Emma faisait toujours partie de sa vie, la détresse et la colère de ses parents aussi. Comment aller de l'avant ? L'idée même que Jenny puisse partager sa vie, quand Emma était toujours réelle et qu'il l'aimait... Oh ! mon Dieu ! Comment osait-il ?

Il se sentait affreusement mal. Des émotions contradictoires l'assaillaient qu'il ne parvenait pas à démêler.

Un coup frappé à la porte le ramena au présent. Minnie se tenait sur le seuil, et son visage exprimait la plus profonde inquiétude.

— Oh ! Rob... Venez, laissez-moi vous préparer une bonne tasse de thé.

Il se passa une main dans les cheveux.

— Ce serait avec plaisir, Minnie. Mais je dois faire vite. Mes consultations commencent dans vingt minutes.

— Passez donc voir Anna avant de vous rendre à votre cabinet. Cela vous mettra peut-être légèrement en retard, mais ça en vaut la peine.

— Pourquoi ?

— Parce qu'Anna est heureuse et que son bébé est magnifique. Nous avons tous besoin de nous rappeler parfois que le bonheur est possible, dit-elle doucement.

Et comme il sortait de la chambre, la brave femme le serra contre elle.

Rob se doucha, prit le thé et, ainsi que Minnie le lui avait suggéré, il passa voir Anna. La chambre était pleine de fleurs, de peluches, d'accessoires de puériculture. La jeune fille tenait son bébé contre elle.

— Docteur, voulez-vous le bercer un peu ? dit-elle en souriant timidement.

Rob prit le nouveau-né dans ses bras et se souvint d'avoir tenu Jacob ainsi, quatre ans plus tôt. D'autres souvenirs surgirent. Le chagrin, le choc... Mais il retrouvait aussi l'émerveillement et l'élan d'amour et de protection qui l'avaient saisi à la vue de son enfant.

C'était cela qui comptait. L'amour inconditionnel qu'il portait à Jacob et qui le poussait à se battre pour lui. Et pour Jenny ?

— Cela fait du bien, murmura-t-il au bébé.

Puis il leva les yeux vers Anna.

— Vous vous en sortez merveilleusement bien. Il est magnifique.

— Oui, répondit-elle, un sourire heureux aux lèvres. Mes parents m'ont dit qu'ils m'aideraient, et c'est fantastique, bien sûr. Mais dès que je l'ai vu, j'ai su que je ferai face. Et même toute seule. Je ferai tout ce qu'il faut.

— Je sais que vous en êtes capable, Anna.

Après lui avoir rendu son bébé, Rob quitta la chambre, déterminé lui aussi à se battre coûte que coûte.

11

Les jours suivants s'écoulèrent à un rythme effréné. Au grand soulagement de Jenny qui, grâce au travail, put maintenir son moral à flot.

Il plut sans discontinuer, si bien qu'en l'espace de quelques heures le ruisseau de Willhua déborda, inondant les parcs et le terrain de jeux. Le torrent d'eau sale se déversant dans la mer, une nappe brunâtre et bouillonnante apparut bientôt à la surface, remplaçant les magnifiques vagues bleu saphir qui faisaient la réputation de la petite station. Tout le district était englué dans la boue.

À cause des intempéries, les problèmes de santé et les accidents se multipliaient. Pour couronner le tout, un glissement de terrain avait bloqué la route en direction de Whale Head, de sorte que les deux médecins de Willhua devaient faire face à des urgences qu'ils confiaient normalement à leurs confrères de la ville voisine.

Jenny et Gary travaillaient aussi à fond. L'ambulance, équipée de quatre roues motrices pour pouvoir circuler dans ces conditions difficiles, était de plus en plus sollicitée pour des transferts mineurs.

Rob ne voyait Jenny qu'en coup de vent. Heureusement, quand le samedi arriva, le ciel s'éclaircit enfin.

— S'il te plaît, on peut aller voir Jen et Stumpy aujourd'hui ? demanda Jacob en larmes.

Le petit garçon avait été dévasté en apprenant que ses deux

amies étaient parties. Au point que Rob avait songé à se procurer un chien. Mais Jenny ?...

Son absence le déprimait profondément, lui aussi, reconnut Rob. Que faire ? On était samedi matin et, pour la première fois depuis une semaine, il avait du temps.

— Bien sûr, je suis là, répondit Jenny d'un ton prudent quand il lui téléphona.

Il s'était attendu à cette réaction, mais l'instant d'après, elle ajouta avec enthousiasme :

— Nous avons un bébé alpaga. Jacob va l'adorer !

Rob prit aussitôt la route pour rejoindre la ferme de Ruth Corben. Jenny les attendait au grand portail, qu'elle entreprit d'ouvrir pour qu'il puisse garer la voiture dans la cour.

Dans son jean délavé, son T-shirt ample et ses bottes boueuses, elle avait tout d'une fermière, pensa-t-il, amusé. Ses cheveux volaient en tous sens dans les caprices du vent, et une trace de boue lui barrait la joue. Elle souriait et agitait la main vers Jacob. Comme Rob attendait qu'elle finisse de rabattre le portail, il fut frappé par une vague de désir et de nostalgie si puissante qu'il faillit laisser échapper un gémissement. Il eut une vision soudaine : une jolie ferme comme celle-ci, une cuisine rustique, des chiens, des enfants, du désordre...

Une vie de famille avec... Jenny.

— Hé ! Réveillez-vous là-dedans.

Le portail était grand ouvert, et elle attendait qu'il engage la voiture dans le passage. Rob esquissa un sourire et effectua la manœuvre. Dès qu'il se gara, Jacob défit sa ceinture de sécurité, se précipita dehors et courut à travers la cour boueuse pour se jeter dans les bras de Jenny.

Elle l'étreignit et le fit tournoyer en riant avec lui. De nouveau, Rob ressentit cet élan de désir si grand et si douloureux qu'il en eut le souffle coupé.

— Bienvenue au pays de la gadoue ! lui lança-t-elle. J'espère que tu as apporté des bottes en caoutchouc ?

Oui, il y avait pensé. Et Jacob portait les siennes. Son fils avait déjà copieusement barbouillé le jean de Jenny, mais elle ne semblait pas s'en soucier.

— Stumpy d'abord ou les alpagas ? demanda-t-elle.

Jacob donna sa réponse sans hésitation, et Jenny les conduisit à l'arrière de la maison. Deux chiens se tenaient sur le seuil, le magnifique colley de Ruth et Stumpy. Ils regardèrent les visiteurs, tout en contemplant la boue avec crainte.

— Ils sont rusés, fit remarquer Jenny. Ils savent que s'ils s'aventurent dehors, ils auront droit à une toilette en règle sous la douche extérieure. Ni l'un ni l'autre n'apprécient l'expérience, alors ils ne sortent qu'une fois le matin. Maintenant, ils attendent sagement que vous veniez à eux. Et Stumpy semble avoir oublié Bruce et Charlie maintenant qu'elle a rencontré le beau Bosun. Inconstante, va !

Elle sourit de nouveau, et Rob regarda son visage ouvert et épanoui. Cela faisait seulement trois semaines qu'il la connaissait. Comment avait-il pu s'attacher à ce point en si peu de temps ?

Elle avait posé Jacob à terre, et le petit garçon avait répondu à l'attente des chiens en courant vers eux. À présent, Stumpy lui léchait copieusement le visage.

— Allons voir les alpagas avant qu'il ne se remette à pleuvoir, déclara Jenny.

Après un câlin à ses compagnons, Jacob prit la main de Jenny. Comme si elle faisait partie de la famille...

— Tu m'as manqué, dit-il.

— Tu m'as manqué aussi, bonhomme.

Le cœur serré, Rob les suivit vers l'écurie. La plupart des bêtes étaient dans le paddock voisin, pour profiter du premier rayon de soleil depuis une semaine. Mais dans une des stalles se trouvait un alpaga au pelage blanc et beige. Un nouveau-né était couché contre son flanc.

— Le bébé s'appelle un cria, expliqua Jenny. Il est né cette nuit, et c'était un événement. À minuit, j'ai appelé Ruth par liaison vidéo.

Elle est très fatiguée depuis qu'elle a commencé la chimio, mais elle refusait de s'endormir avant que Betty mette bas. Elle a tout supervisé et m'a donné des instructions, mais finalement Betty a tout fait toute seule. Ruth a baptisé la petite femelle Pamela. Alors, voici Pamela. Vous êtes les premiers visiteurs qu'elle voit.

— Elle est plus petite que moi, s'exclama Jacob. Salut, Pamela. Je peux la caresser ?

— Non, pas encore. Betty apprend tout juste à connaître son bébé. Il faut donc lui donner du temps et de l'espace. Mais tu sais ce que tu pourrais faire pour elle ? Il y a un seau sous le robinet là-bas. Veux-tu le remplir d'eau, pas trop plein pour que tu puisses le porter, et aller le verser dans son bol ?

— Oui ! s'écria Jacob, ravi.

Et remettant Éric l'Épouvantail à son père, il se dirigea vers le robinet d'un pas décidé.

Rob et Jenny le regardèrent faire la navette en portant son seau. Dès qu'il eut versé avec précaution la première quantité, Betty accepta de venir boire.

— Youpi ! lança le petit garçon en tapant dans la main de Jenny.

Puis il repartit, déterminé à remplir tout le bol de Betty.

Rob et Jenny restèrent seuls. Que dire ?

— Je suis désolé que tu aies dû affronter Paul, déclara Rob.

— Je suis désolée que tu doives composer avec lui, répondit-elle, le regard obstinément fixé sur Jacob. Je comprends à quel point c'est terrible… pour vous tous.

— Oui, ça l'est.

Comment poursuivre maintenant ? Dans sa lettre, elle avait qualifié cette situation d'impossible. Elle avait raison, évidemment.

— Jen, est-ce que ça doit être tout ou rien ? demanda-t-il. Tu es partie, et je le comprends. Mais pourrions-nous… je ne sais pas… dîner ensemble, nous voir de temps en temps ?

— Nous nous voyons aujourd'hui.

— Tu sais ce que je veux dire. Bon sang, Jen, je suis d'accord que c'est impossible, dit-il en étendant les mains. Mais je voudrais plus.

— Rob, tu es marié.

Sa voix n'était qu'un murmure, mais les mots semblèrent résonner comme un écho sous la vaste charpente. Enfin, elle se tourna vers lui, et il lut une expression de détresse sur ses traits crispés.

— Je suis désolée. Ce qui t'arrive est si difficile, si injuste ! Tu es marié... sans l'être vraiment. Tu es pris dans un carcan épouvantable et, si nous sommes ensemble... Rob, ça ne fera qu'empirer les choses.

— Nous pourrions essayer.

— C'est trop tôt. Non, je ne parle pas des quatre ans qui se sont écoulés depuis que tu as perdu Emma, se reprit-elle. Rob, nous nous connaissons depuis trois semaines seulement. Comment puis-je avoir ce genre de sentiments pour toi au bout de trois semaines ? Je n'en sais rien. Mais peu importe que ce soit le bon moment ou pas, la vérité est que je n'ai pas le courage d'aller plus loin. Je ne peux pas, tout simplement.

Que répondre à ça ? Rien, pensa-t-il amèrement. C'était sa tragédie, et il n'avait aucune raison de lui demander de la partager avec lui.

Parce que Jenny en subirait forcément les conséquences. Le chagrin et la colère de Paul et Loïs seraient décuplés et dirigés contre elle, et il n'aurait aucun moyen d'arrêter ça.

— Jacob, j'ai fait des scones, dit-elle en s'efforçant de prendre un ton léger. Ils sont un peu mous, mais avec une couche de confiture et de crème, ça ne se remarquera pas. J'essaye de me rappeler... on met d'abord la confiture ou la crème ?

— La confiture, dit Jacob avec assurance. Puis la crème, et encore de la confiture. Stumpy et Bosun peuvent en avoir un aussi ?

— Oui. Il y a tellement de choses en ce monde qu'on ne peut avoir que je ne vois pas comment un scone pourrait faire une différence.

Ils dégustèrent les scones, et Jacob parlait avec animation. Mais Rob disait juste quelques mots, et seulement quand c'était nécessaire. Puis ils prirent congé, et Jenny resta seule avec une demi-douzaine de gâteaux avachis et deux chiens gourmands.

Comme la voiture de Rob passait le portail, l'averse éclata. Il ne manquait plus que ça !

— Allons nous promener, dit-elle aux chiens.

Ils la regardèrent d'abord avec méfiance – oui, ils savaient pour la douche. Mais quand elle enfila son ciré, l'enthousiasme les gagna, et ils filèrent vers l'enclos des alpagas et, plus loin, en direction de la lande.

La ferme de Ruth était délimitée par la rive nord du ruisseau qui avait l'allure d'une rivière à présent. Pendant que les deux chiens se lançaient dans une chasse aux lapins, Jenny contemplait l'eau tumultueuse en se traitant de lâche.

Mais comment ne pas l'être ? Les souvenirs de cette horrible soirée avec Darren l'assaillirent de nouveau. Frankie avait rencontré sa femme à la réception d'adieu que le service de secours avait organisé peu avant leur départ pour les États-Unis. Et à la façon dont celle-ci avait regardé Darren... Même si l'un travaillait en Australie et l'autre à New York, il était clair qu'elle adorait toujours son mari.

Deux mariages. Deux femmes mariées à des hommes que Jenny avait pensé aimer...

— Je ne peux pas affronter ça.

Elle parlait à voix haute, mais le torrent qui rugissait noyait son discours qui prenait la forme d'un dialogue intérieur. Entre sa conscience et son cœur ?

— Je dois rester forte. Je suis ici encore pour deux mois. Il faut que je remplisse mon contrat. Après quoi, je sortirai de leur vie.

— Tu es lâche !

— Peut-être... Non, c'est certain. Mais l'alternative, c'est quoi ? Des attaques au vitriol que ma présence ne manquerait pas de déclencher, la souffrance...

Non, elle ne pouvait pas vivre ça.

Se détournant, elle reprit le chemin de la ferme et, si la pluie se mêlait à ses larmes, il n'y avait personne pour le voir.

Tant mieux. Rob n'avait certainement pas besoin d'avoir plus de soucis qu'il n'en avait déjà.

12

Il pleuvait sans interruption, ce qui s'accordait parfaitement avec son moral, pensa Jenny avec ironie.

Cette météo rendant les routes peu sûres, l'ambulance devenait presque le seul mode de transport public adapté, et Gary et elle travaillaient sans relâche.

Angus avait été rappelé, et Rob et lui se démenaient comme des fous. Ils faisaient des visites au domicile des résidents âgés qui n'osaient pas braver les intempéries, s'ils habitaient à proximité. Gary et Jenny transféraient les autres jusqu'au cabinet.

Entre le travail et les soins aux animaux, Jenny avait à peine le temps de se morfondre. Cela lui arrivait pourtant. Pendant la semaine qui suivit la visite de Rob et Jacob, elle se sentit probablement plus désespérée qu'elle ne l'avait jamais été.

— Mais il n'y a rien que je puisse faire, se répétait-elle.

Si tu avais du courage… , lui soufflait alors une voix insidieuse.

Ce combat incessant avec elle-même la mettait à bout. Mais la catastrophe qui survint ce jour-là lui fit oublier ses tourments personnels.

Les autorités surveillaient de près le barrage situé à quinze kilomètres en amont de Willhua, car son immense retenue d'eau menaçait de déborder. Le barrage lui-même n'avait pas été construit pour résister à une telle pression. Par crainte d'un scénario effroyable en cas de rupture, on décida d'ouvrir les vannes pour évacuer un maximum d'eau, de sorte qu'une vague massive déferla alors dans la vallée déjà inondée.

Jenny reçut l'appel affolé de Gary à minuit.

— Il faut tous les bateaux, tous les kayaks disponibles et des personnes valides pour les manœuvrer... Jenny, Dieu sait ce que nous allons affronter !

Il s'ensuivit un immense élan collectif pour atteindre les propriétés les plus reculées et s'assurer que les occupants y étaient en sécurité. Il y avait des blessés à secourir – des personnes qui prenaient des risques pour sauver leurs bêtes et leurs biens – sans compter les crises d'hystérie et les états de choc face à l'ampleur des dégâts.

Jenny s'activa cette nuit-là et une grande partie du lendemain, consciente que son ancienne équipe, avec Frankie à bord, parcourait les airs pour aider aux évacuations. Pas le temps de bavarder, cependant. Ni de parler à Rob. Elle lui confiait les patients et repartait immédiatement avec Gary. Elle aurait préféré un autre moyen de se vider la tête.

Ça remet les choses en perspective, se dit-elle, comme elle venait en aide à une jeune mère qui s'était blessée en retournant dans sa maison inondée pour ramener le jouet préféré de son enfant.

Jenny ne put s'empêcher de penser que Rob aurait fait de même pour rapporter à Jacob son cher Éric l'Épouvantail. Il aimait tellement son fils qu'il aurait tenté l'impossible. N'était-ce pas ce qu'il faisait déjà en acceptant une vie d'isolement ?

Ces pensées dénuées de sens lui passaient par la tête aux moments les plus incongrus. L'inondation était catastrophique, et les appels de détresse se succédaient. En milieu d'après-midi, ils durent se rendre dans une ferme isolée. La route était encore assez dégagée de ce côté, et le chemin d'accès à la maison était surélevé. Mais de part et d'autre, là où se trouvaient les prés et la lande, on ne voyait que des lacs.

L'appel transmis par le service des urgences concernait une femme sur le point d'accoucher. En arrivant sur place, Gary et

Jenny virent un homme sur la terrasse. Il paraissait affolé. Trempé jusqu'aux os, il était pieds nus et présentait une longue coupure à la jambe.

— Je voulais un bateau ! leur cria-t-il comme l'ambulance s'arrêtait. Je leur ai dit que j'avais besoin d'un bateau ou d'un hélicoptère. La situation empire, et ma femme est coincée là-bas. Où est l'embarcation ?

— Calmez-vous et dites-nous où est votre femme, dit Gary d'une voix apaisante mais ferme.

— Chez nous. Nous habitons près du ruisseau...

L'homme se mit à sangloter. De peur et de frustration, sans doute. Mais sous le regard de Gary, il parvint à étouffer sa terreur et poursuivit d'une voix entrecoupée :

— L'inondation... Au début, ce n'était pas alarmant, vu que notre ferme est située sur une hauteur. Et Skye a dit qu'elle ne voulait pas être évacuée. Elle veut un accouchement à domicile. Nous avons tout organisé. La piscine d'accouchement est installée dans notre salon, et deux sages-femmes devaient venir. Normalement, son terme est samedi prochain. Nous sommes donc restés sur place, puis la vague est arrivée et a envahi le rez-de-chaussée presque jusqu'au plafond. Et... Et Skye a commencé à avoir des contractions !

— Donc, elle est toujours chez vous ? demanda Gary.

L'homme hocha la tête.

— Mon téléphone ne fonctionnait pas. Il n'y a plus d'électricité. Je savais que Gareth, le propriétaire de la ferme où nous sommes, avait un téléphone fixe, ainsi qu'un bon bateau. Alors, j'ai pensé à venir ici en kayak pour demander de l'aide. Mais Gareth n'était pas là, son bateau non plus. Il a dû s'en servir pour évacuer ses bêtes. Mais au moins, je pouvais téléphoner. Mais on a transmis mon appel au centre ambulancier. Je ne veux pas d'une ambulance, seulement que quelqu'un se rende auprès de Skye !

— D'accord, dit Gary. Voyons ce que nous pouvons faire. Jenny, appelez le quartier général de la sécurité civile. En attendant, je vais soigner ça, dit-il en montrant la jambe du jeune agriculteur.

— Mais ma femme ! Vous ne comprenez pas ? Elle est toute seule, et l'eau monte dans la maison.

Jenny prévint les autorités par radio, mais ce qu'on lui répondit lui glaça le sang. Avec les évacuations en cours dans toute la vallée, il n'y avait plus personne de disponible. Pas de bateau, ni d'hélicoptère. La standardiste était même au bord des larmes.

— Je vous envoie une équipe dès que possible, promit-elle. Mais franchement, je ne sais pas quand elle arrivera.

— Écoutez, une femme seule en travail, c'est certainement une priorité.

— On nous signale des gens réfugiés sur les toits, et leurs maisons sont sur le point d'être emportées. Alors, vous imaginez... Vous ne pouvez vraiment pas vous rendre auprès d'elle par vos propres moyens ?

Pendant que Gary pansait la jambe de l'agriculteur et le questionnait avec douceur – Y a-t-il des enfants ? À quelle fréquence sont les contractions ? – Jenny regardait la pluie battante et l'eau qui semblait monter à vue d'œil. Pour tout arranger, le vent s'était levé. Il y avait des heures que le rez-de-chaussée de la ferme du couple était inondé. Mon Dieu ! La situation devait être bien pire à présent.

Juste au pied de la maison où elle se trouvait, elle aperçut un kayak qui avait été tiré sur une parcelle de terre sèche.

Il restait une possibilité, se dit-elle.

Se tournant vers Gary et l'homme – lequel se prénommait Douglas – elle demanda :

— C'est votre kayak ?

— Oui. Il m'a servi à venir jusqu'ici. Nous en avons deux, mais il n'était pas question que Skye prenne le sien.

— Où est votre ferme ? En amont, en aval ?

Si c'était en amont, avec la force croissante du vent et de l'eau, elle n'aurait aucune chance, se dit-elle.

— En aval. C'est pour ça qu'il m'a fallu tant de temps pour

arriver jusqu'ici. Le courant est très fort. J'ai dû patauger à travers la brousse pour éviter d'être emporté, mais je me suis blessé.

Parce que vous étiez pieds nus et que vous portiez un short ! Mais Jenny ravala cette remarque. Son propre uniforme était en coton solide, et elle portait ses bottes de pluie.

— Douglas, la végétation n'était pas trop dense si vous avez pu passer...

— Jenny ! coupa Gary qui devinait où elle voulait en venir. Vous ne pouvez pas...

— Une femme seule, sur le point d'accoucher... Si vous aviez trente ans de moins, Gary, vous le feriez, n'est-ce pas ?

— Évidemment, mais... Vous allez me dire aussi que vous faites du kayak depuis l'âge de deux ans ?

— Non, mais j'ai participé à des compétitions de rafting.

Gary soupira.

— Pourquoi n'en suis-je pas étonné ?

Jenny laissa échapper un petit rire.

— Vous auriez vraiment dû lire mon CV.

Douglas les regardait l'un et l'autre.

— Que voulez-vous dire ? Si quelqu'un doit retourner là-bas, c'est moi.

— Jenny est équipée d'une radio satellite, de matériel de secours, et elle possède en plus des compétences médicales, dit Gary. Laissez-la faire, Douglas. Jenny, vous savez à quoi vous vous exposez ?

— Je ne prendrai pas de risques, dit-elle, même s'ils savaient tous les deux que c'était impossible. En restant dans la brousse, je pourrai avancer d'arbre en arbre. Je vous promets de ne pas naviguer au milieu du courant. Douglas, où se trouve votre maison exactement ?

— On l'aperçoit d'ici, dit-il en montrant le reflet d'un toit métallique au loin, à travers le rideau de pluie.

— Bien. Si je me retrouve bloquée quelque part, je grimpe dans un arbre, je lance un appel à l'aide par radio et j'attends qu'un hélico vienne me chercher. Si jamais cela m'arrive, dites aux secouristes de rejoindre d'abord Skye. Gary, parlez directement à Frankie, du Secours aérien. Elle me passera un savon, mais elle viendra me sauver.

— J'appellerai Doc Pierson, répondit Gary avec inquiétude. Il...

— Cela n'a rien à voir avec Rob, répliqua-t-elle. Et il a suffisamment à faire de son côté.

— Oh ! Jenny...

— Hé ! N'ayez pas peur.

Et sur une impulsion, elle serra son collègue contre elle.

— Celui qui voyage seul va plus vite, comme dit le proverbe.

— On devrait dire « celle », répondit Gary d'un air morose. Ah, ces femmes indépendantes !...

L'hélicoptère de sauvetage de Sydney Sud venait d'atterrir sur le terre-plein. Frankie aida la famille à descendre de l'appareil. Restés perchés sur un toit pendant des heures, ils étaient tous frigorifiés et traumatisés. Tandis que des volontaires les accueillaient avec des couvertures avant de les conduire vers le gymnase de l'école transformé en centre d'accueil, Frankie partit en courant en direction de l'hôpital.

Rob la rencontra dans le hall. Angus et lui avaient donné des soins toute la journée. En cette fin d'après-midi, les cas d'urgence étaient moins nombreux. Mais en voyant l'expression de la jeune femme, il sut que ça n'était pas terminé.

— Vous êtes le Dr Pierson ? dit-elle tout de go.

— C'est moi.

— Je suis Frankie, du Secours aérien, et l'amie de Jen. Docteur, pouvez-vous vous absenter ? Et avant de répondre, seriez-vous prêt à être hélitreuillé pour une visite à domicile ? Jen et Gary ont été appelés pour une femme sur le point d'accoucher, Skye Robbins. Vous la connaissez ?

Rob prit un air grave. Oui, il la connaissait. Il suivait la grossesse de Skye, qui était déterminée à accoucher chez elle. Et maintenant…

Frankie dut lire sa réponse sur ses traits, car elle reprit :

— Elle est seule dans sa maison inondée. Son mari est allé chercher de l'aide. Comme l'ambulance ne pouvait pas atteindre leur ferme, Jen s'est rendue là-bas en kayak. Docteur, ne me regardez pas comme ça. Oui, je sais, elle est complètement folle parfois, mais c'est pour ça que nous l'aimons. En tout cas, elle est avec la future maman, et elles attendent une évacuation depuis des heures. Jen m'a dit qu'elle craignait des complications pour la naissance. L'hélicoptère ne peut pas atterrir, mais je peux vous faire descendre sur place avec un harnais attaché au mien. Docteur, êtes-vous d'accord pour aller là-bas ?

Rob se mit à réfléchir à toute vitesse. Angus pouvait gérer la situation seul ici, et Minnie était auprès de Jacob, donc tout allait bien. Mais il n'était pas obstétricien. Les femmes allaient généralement accoucher à la maternité de Whale Head. L'accouchement d'Anna avait été un cas exceptionnel.

— Elle vous a dit où en était le travail ?

— Au stade 2, mais aucune évolution depuis des heures. Jen est de plus en plus angoissée.

Rob récapitula mentalement ce qu'il savait de Skye Robbins, et une foule de diagnostics possibles se présenta à son esprit. Il avait réalisé une échographie six semaines plus tôt, et tout avait semblé normal. Mais la tête du bébé grossissait rapidement au cours des dernières semaines de grossesse. Et si le bassin de Skye était trop étroit ?

— Il faut l'évacuer, dit-il, catégorique. Si une césarienne s'avère nécessaire…

— Espérons que nous n'en arriverons pas là, dit Frankie d'une voix blanche. La météo ne fait qu'empirer. Il n'y a pas de balcon à l'étage, aucun moyen aisé de la faire sortir de la maison, et il est possible qu'elle ne soit pas transportable. Le mieux que nous puissions faire est de fournir une assistance médicale, mais nous devons le faire maintenant. Jen pense que cette femme est vraiment en difficulté...

— Elle a besoin d'un obstétricien.

— Le plus proche est à Whale Head, à supposer qu'il soit disponible. Avec le vent qui se renforce, il faut faire vite. Ça ne peut être que vous, docteur. Vous pourrez parler aux obstétriciens de Whale Head par téléphone satellite.

Rob tâchait d'évaluer les risques. Sans électricité, sans matériel de chirurgie, il était hors de question de pratiquer une césarienne. Le travail était arrêté depuis des heures. Si la pression durait, il ne pourrait pas sauver le bébé. Et peut-être devrait-il se battre aussi pour sauver sa mère. Même s'il recevait les conseils d'un spécialiste, il connaissait ses propres limites.

— Docteur, nous ne pouvons pas laisser Jen affronter ça toute seule, reprit Frankie. Elle a besoin de vos compétences. Elle a vu un endroit aux alentours où on pourrait déposer quelqu'un. Et elle a mis au point un système de cordes pour faciliter l'accès à la maison.

— Ça ne m'étonne pas d'elle.

— Vous la connaissez bien, n'est-ce pas ? dit la jeune femme avec un petit sourire.

Rob pensa à Jenny pagayant courageusement dans les eaux tumultueuses, puis restant prisonnière d'une maison isolée avec une femme dont l'accouchement était problématique. Et malgré tout, elle gardait son sens pratique pour faciliter l'arrivée des sauveteurs...

Oui, il connaissait bien Jenny Roden. Il avait déjà décidé de se rendre sur place, de toute façon – en tant que médecin, il ne pouvait agir autrement. Jenny aussi avait fait son choix. Et puisqu'elle se trouvait là-bas, il volerait à son secours.

Parce qu'il l'aimait.

Rob avait déjà passé en revue ses connaissances sur les complications d'un accouchement imminent. Assis à l'arrière de l'hélicoptère, il avait à présent le temps de souffler un peu et de se préparer pour la descente.

Frankie lui avait expliqué les détails de l'opération. Il y avait un monticule de terre ferme non loin de la maison des Robbins. C'était là qu'on allait le déposer. Grâce au système mis en place par Jenny, il traverserait en toute sécurité.

Frankie avait hésité avant d'ajouter :

— Rob, il y a des risques. Nous ne devrions pas vous imposer ça, mais...

— Mais des vies sont en jeu, avait-il répondu, catégorique.

À présent, tandis qu'il se rappelait les instructions que Frankie lui avait données, le choix qu'il avait fait lui paraissait moins judicieux tout à coup.

Cet équipage était extrêmement compétent, il le savait. Mais une descente de nuit par vent fort... Un accident pouvait arriver. Que deviendrait Jacob dans ce cas ? Jusqu'à présent, la question ne l'avait pas effleuré, mais maintenant une peur noire et glacée l'envahissait. Hébété, il pensa à Emma. Il se rappelait son rire, son amour, sa joie d'être enceinte, son impatience de voir leur bébé naître. Il savait ce qu'elle lui dirait en cet instant : « Une mère et un bébé ? Que vaut le risque comparé au résultat ? »

D'autres images se superposèrent à ses souvenirs. Celle de Jenny escaladant le tipi en rondins avec Jacob au terrain de jeu... Jenny dans la cuisine, les faisant rire, Jacob et lui...

Emma et Jenny, deux femmes qu'il aimait.

Depuis quatre ans, il vivait dans un brouillard de chagrin, de colère et d'impuissance. Il essayait de calmer le jeu vis-à-vis de Loïs et Paul, en s'assurant qu'ils n'aient aucun moyen légal de contester la garde de Jacob. Il supportait Tony qui l'épiait constamment depuis son horrible voiture noire. Il y avait aussi le salon transformé en mausolée, et que Jacob et lui détestaient. Emma aussi l'aurait sûrement détesté. Puis il avait rencontré Jenny, une jeune femme vibrante, passionnée, courageuse et aimant la vie. Pourquoi l'avait-il laissée partir si facilement ? La réponse était simple. Parce qu'il ne gardait de ces quatre longues années qu'une triste acceptation de la vie.

Alors, ce soir, il risquait tout, parce que des vies étaient en jeu et qu'il voulait se battre pour Jenny…

— Nous allons nous rapprocher de la porte, dit Frankie à cet instant.

Se levant, elle vérifia le mousqueton qui reliait leurs deux harnais.

— Vous voulez que nous revenions sur la manœuvre ?

— Non, ça ira, répondit-il d'un air concentré.

La porte était ouverte, et la butte de terre était visible au-dessous d'eux, éclairée par les lumières puissantes de l'hélicoptère. Une fois à terre, il se dégagerait du harnais, et on remonterait Frankie à bord de l'appareil.

Rien de plus simple.

C'était loin d'être le cas, pourtant. Car il y avait des risques bien plus grands que cette descente infernale. Il n'ignorait pas que, s'il mourait ce soir, Jacob serait confié à ses grands-parents. Pouvait-il espérer que l'amour qu'ils portaient à leur petit-fils leur rendrait la santé mentale ?

Mais Jenny attendait son aide, et il avait des vies à sauver. Alors, oui, il fallait savoir prendre des risques parfois.

13

Quand elle entendit l'hélicoptère par-dessus les hurlements du vent, Jenny aurait pleuré de reconnaissance. Skye lui agrippait la main avec force, si bien qu'elle ne pouvait bouger. Mais dès que la contraction s'estompa, elle se précipita à la fenêtre et agita sa lampe pour signaler leur position.

Et bientôt, elle les vit. Deux silhouettes suspendues au bout du filin, qui descendaient vers la butte épargnée par l'inondation. Le projecteur de l'hélicoptère éclairait la scène. Lorsqu'une rafale de vent les entraîna vers les arbres, Jenny ravala son souffle. Mais Dieu merci, ils se posèrent sans encombre sur la terre ferme.

Elle vit Frankie détacher un sac et le remettre à Rob.

— Skye, le médecin est là ! dit-elle à la jeune femme couchée dans le lit. Et il apporte de quoi vous soulager.

Un gémissement lui répondit.

— Faites vite, s'il vous plaît…

Mais Jenny avait déjà tout prévu. Un peu plus tôt, elle s'était rendue en kayak jusqu'à la remise au fond du jardin et avait déniché de la corde en nylon. Par chance, celle-ci était suspendue à de hauts crochets, au-dessus du niveau de l'eau. Après quoi, en pagayant ou en pataugeant, elle avait réussi à installer un double cordage autour d'un arbre de la butte et la fenêtre de l'étage. De retour dans la maison, elle avait attaché le kayak à cette poulie de fortune et l'avait renvoyé vers le point de largage. Puis elle avait prévenu Frankie par radio. En réponse, celle-ci lui avait appris que Rob avait accepté d'être hélitreuillé sur place.

Déjà, on remontait Frankie à bord de l'hélicoptère. Le Secours aérien devait repartir en mission. Combien d'autres drames se jouaient, cette nuit, dans tout le district ?

Concentre-toi sur celui-ci, se dit Jenny en voyant Rob charger du matériel dans le kayak. Puis il empoigna les cordages pour le faire avancer. Même si l'hélicoptère en vol stationnaire éclairait toujours la scène, il fallait prendre des précautions, car le vent et le souffle des rotors faisaient osciller l'embarcation. Quelle catastrophe si elle venait à chavirer !

Mais le chargement arriva à destination. Jenny le récupéra et se hâta de renvoyer le kayak. Cinq minutes plus tard, Rob escaladait le bord de la fenêtre et se glissait dans la chambre.

Jenny fut tentée de le prendre dans ses bras, mais ce geste était certainement inapproprié. Ils étaient deux soignants au travail, et une attitude professionnelle s'imposait. Cependant, en franchissant la fenêtre, il serra sa main dans la sienne, comme pour lui signifier qu'il partageait son désir d'une étreinte.

L'instant d'après, il fut près du lit, et son rôle de médecin prit le dessus.

— Bonsoir, Skye, dit-il en prenant les mains de sa patiente. Je vois que vous réalisez votre vœu finalement. Ce sera un accouchement à domicile. Jenny m'a dit que vous étiez très courageuse.

— Docteur, ça… fait mal…

— Je vous crois. Si vous demandiez aux hommes de supporter ça… Les femmes sont extraordinaires. J'ai ce qu'il faut pour vous soulager. Nous avons aussi des lampes. Nous allons tout mettre en place pour que je puisse vous examiner.

— Moi qui voulais accoucher dans l'eau, murmura Skye. Nous avions installé la piscine en bas.

Rob laissa échapper un petit rire.

— Je sais. Mais peut-être que vous en demandiez trop, Skye.

Si nous vous emmenions au rez-de-chaussée, Jen et moi aurions besoin d'un masque et d'un tuba pour faire naître votre bébé.

Sa boutade arracha un sourire à la jeune femme. Puis une nouvelle contraction survint, et elle se concentra sur sa respiration.

L'arrivée de Rob semblait redonner des forces à Skye, mais en dépit de la fréquence des contractions, rien ne se produisait.

Rob parlait à la patiente d'une voix rassurante, l'informant sur la dilatation du col et sur le rythme cardiaque du bébé qui était stable. Son examen terminé, il ouvrit un sac et en sortit un échographe portatif.

Jenny sentit ses jambes flageoler tant elle était soulagée. Ce bijou de technologie allait tout changer. Ils pourraient identifier le problème !

Bien sûr, cela ne voulait pas dire qu'ils pourraient y remédier. Si une césarienne s'avérait nécessaire...

Elle retint sa respiration, tandis que Rob promenait la sonde sur le ventre rebondi de Skye. L'écran était si petit que Jenny distinguait à peine les images. Le silence se prolongea, et le monde parut s'arrêter.

Oh ! par pitié...

Prenant conscience qu'elle serrait trop fort la main de la patiente, elle chercha à desserrer ses doigts. Mais Skye raffermit son emprise. Toutes deux attendaient le verdict avec angoisse.

Puis les traits de Rob se détendirent, juste assez pour faire naître l'espoir.

— Skye, votre vessie est pleine, annonça-t-il. Raison pour laquelle votre bébé ne peut pas descendre. Quand avez-vous uriné pour la dernière fois ?

— Comment... ? répondit-elle, stupéfaite. Docteur, je ne pouvais pas... Les toilettes se trouvent en bas... Je n'en ressentais pas le besoin de toute façon.

Oh ! mon Dieu..., pensa Jenny en se maudissant. Elle avait commis une erreur de débutant. Évidemment, une vessie vide facilitait le passage !

Mais Rob coupa court à ses récriminations.

— Le blocage s'est probablement fait très tôt. Le choc dû à l'inondation, les contractions précoces... Skye, la pression de votre bébé est forte, et vos organes sont enflés. Je vais insérer une sonde urinaire. Cela donnera de l'espace au bébé.

— Je ne pourrai pas pousser davantage, murmura Skye au bord de la panique.

Rob lui toucha le bras.

— Votre bébé est tout proche. Votre corps va prendre le dessus. Skye, vous avez une telle énergie que vous avez fait le plus dur. Ce petit a hâte de connaître sa maman, alors nous allons tout donner pour que ce moment arrive.

Jenny organisa l'éclairage, disposa les instruments sur des serviettes stériles et mit en place une perfusion pendant que Rob insérait la sonde. Ce faisant, il parlait à Skye d'une voix douce, lui décrivant ce qu'il faisait. À sa manière, il dissipait la terreur qui envahissait la chambre.

Jenny aussi sentait sa peur s'envoler. Elle n'était plus seule et impuissante face aux complications d'un accouchement interminable dont elle avait redouté l'issue. Rob était là, ils formaient ensemble une équipe compétente, et l'espoir était de nouveau permis. Peut-être aurait-elle ressenti cela avec n'importe quel autre médecin. Mais c'était Rob qu'elle assistait, le médecin bienveillant au regard doux, aux gestes habiles et sûrs. Emma et lui étaient venus s'installer à Willhua pour être des médecins de famille. Et il était certainement fait pour ça.

Tout en travaillant, Jenny ne put s'empêcher de penser à Emma, à la femme pleine de vie qui avait eu la même passion de leur métier. Alors, pour la première fois, Jenny comprit l'immensité du chagrin de Rob, de la perte qu'il avait subie. Des larmes d'émotion lui piquèrent les yeux. Cela ne dura qu'un instant, car Skye fut prise d'une violente contraction et s'arc-bouta en hurlant.

— La tête du bébé apparaît, dit Rob. Skye, poussez !

Ce fut une naissance parfaite. Rob plaça le nouveau-né sur le sein de sa mère. L'émerveillement et l'amour se peignirent sur les traits de Skye, et Jenny dut retenir de nouvelles larmes. Elle cilla furieusement et, prenant son téléphone, elle filma la scène.

Elle ne pouvait envoyer cette vidéo à Douglas puisqu'il n'y avait plus de connexion mobile, mais il serait prévenu par radio, et Skye pourrait lui parler. Jenny savait aussi que ce petit film amateur serait un trésor pour eux, et elle s'appliqua à prendre les meilleurs plans, pointant même le téléphone vers la masse d'eau tourbillonnante de l'autre côté de la fenêtre. Cette naissance peu banale resterait à coup sûr dans les annales familiales.

Puis retrouvant son rôle d'infirmière, elle s'assura que la mère et l'enfant étaient au chaud, assista Rob pour suturer la légère déchirure de Skye et entreprit de ranger le matériel.

— Nous pensions enterrer le placenta sous un rosier, murmura Skye.

— Hmm… Pour le rosier, ça me paraît compromis, répondit-elle en regardant de nouveau par la fenêtre. Vous n'avez pas une belle plante d'intérieur qui ferait l'affaire ?

La jeune mère se mit à rire, et Jenny pensa que c'était le plus joli son qu'elle avait entendu au cours de cette nuit-là.

Puis vint le moment de passer les appels. À Douglas d'abord, qui fut fou de joie et incroyablement soulagé, à l'équipage de l'hélicoptère, et à Angus. Jenny laissa cette tâche à Rob. Il avait bien mérité ce plaisir.

De son côté, elle aida la jeune mère à donner la première tétée. Puis ayant trouvé des draps propres dans l'armoire, elle installa Skye et son bébé dans un lit frais et les regarda sombrer dans un sommeil bienheureux.

Elle se tourna vers Rob, le cœur rempli d'émotion. Lui aussi contemplait, attendri, le spectacle de cette jeune mère et de son bébé endormis.

— C'est un miracle, murmura Jenny.

— Oui, on peut le dire.

— Emma serait si fière de toi.

— Peut-être... J'espère..., répondit-il, la mine soudain grave.

— J'en suis sûre. Bien sûr, je ne l'ai jamais rencontrée, mais elle avait le même amour du métier. Ça se voit sur les belles photos dans ta cuisine. Je ne parle pas de celles, si formelles, qui trônent dans le salon, mais des autres qui montrent qu'elle aimait cette vie-là et le travail que vous faisiez ici... et qu'elle t'aimait.

— Jen, je ne peux pas...

Il leva les mains en signe d'impuissance, et elle les prit dans les siennes.

— Je ne te le demande pas, dit-elle avec douceur. Je ne ferais jamais ça.

Un grand calme s'était installé dans la chambre. On n'entendait même plus les sifflements sinistres du vent autour de la maison. Rob restait silencieux, comme s'il s'efforçait de trouver les mots qui convenaient.

— Jen, je suis toujours marié à Emma, dit-il enfin. Elle et moi, nous partagions tout, et j'ai juré de l'aimer et de l'honorer jusqu'à ce que la mort nous sépare...

Et elle respectait ça, se dit Jenny. Cet homme incarnait la droiture, et c'était aussi pour ça qu'elle l'admirait.

— Pour autant, serait-ce mal ? reprit-il.

Jenny se figea, comme si la tension dramatique de ces dernières heures resurgissait.

— Serait-ce si mal de te faire ces mêmes vœux ? dit Rob. Jen, c'est une question que je me pose depuis... presque un mois. Ai-je le droit d'aimer et d'honorer Emma, de m'occuper d'elle jusqu'à la fin... mais de trouver aussi une place dans ma vie pour nous deux ? Parce que...

Il relâcha ses mains et recula d'un pas, comme pour mieux lui laisser le choix.

— Je sais que ce n'est pas loyal envers toi. Mais je t'aime, Jen.

Jenny sentit l'air lui manquer. Peut-être le monde avait-il cessé de respirer. Finalement, après un long silence, elle demanda :

— Rob, dans ces vœux, n'y a-t-il pas un passage qui parle de renoncer à aimer tout autre ? Cela te poserait-il un cas de conscience ?

Il prit une profonde inspiration.

— En fait, je ne pense pas que nous ayons dit cela. Mais peu importe. Renoncer à aimer les autres, cela inclurait qui ? Jacob, Angus, Cathy, Gary… toute la population de Willhua ? Tous ceux auxquels je tiens ? J'aime Emma, mais j'aime aussi tant d'autres personnes. Et surtout, je t'aime, Jen. Je ne peux pas te demander d'être ma femme, mais je serais très honoré et ravi si tu acceptais de partager ma vie de toutes les autres manières.

Jenny réfléchit longuement au milieu de cette chambre sombre où Skye et son bébé dormaient paisiblement. Dehors, la pluie s'était remise à tomber. Elle pensa à Darren qui lui avait déclaré d'un ton cynique : « Je suis marié. » Un autre homme lui faisait face à présent, et il disait aussi ces mots. Pourtant, c'était totalement différent. Oui, merveilleusement différent. Parce qu'elle avait confiance en lui, que cet homme-là était droit jusque dans l'amour qu'il portait à sa femme.

Elle repensa à Paul, à sa colère irrationnelle lors de cette scène épouvantable dans la cuisine. Ce jour-là, elle avait pris la fuite, en se disant qu'elle n'avait pas le courage d'affronter une telle situation. Mais maintenant ?… Cela demandait-il un si grand courage de se battre aux côtés de l'homme qu'on aimait ?

Oui, elle aimait Rob, s'avoua-t-elle en contemplant son beau visage, ses yeux sombres chargés d'une attente angoissée et toute sa magnifique personnalité. Et n'avait-il pas un merveilleux cadeau à lui offrir ?

L'amour…

Quant à la loyauté, Rob en avait fait preuve mille fois. Alors, qu'un tel homme lui fasse une place dans sa vie... Qui était-elle pour refuser un tel cadeau ? Elle avait seulement besoin de faire confiance, de croire que cette situation impossible deviendrait possible, de se laisser aimer et d'aimer en retour.

— Ce projet devra inclure Stumpy, répondit-elle, prosaïque, car l'émotion menaçait de la submerger. Et... Et Bruce aussi, si ça ne marchait pas avec l'ami de Frankie. J'ai aussi promis à Ruth de rester à la ferme jusqu'à son retour...

— Comment pourrais-je t'imposer de rompre une promesse ? dit-il en l'enveloppant d'un regard caressant. Jen, je te demande si nos vies pourraient fusionner, pas d'oublier ta vie pour satisfaire la mienne. Je tiendrai tête à Loïs et Paul...

— Non ! Pas tout seul. Nous réglerons ça ensemble.

— Ils se battront. Ils ont tous les moyens juridiques...

— Mais nous avons les autres, répliqua-t-elle farouchement. Je ne suis pas infirmière et secouriste pour rien. Nous alerterons des psychologues, des assistantes sociales, des spécialistes de l'enfance. J'en connais plein qui accepteraient de raconter devant un juge les effets de cette situation sur Jacob. Bien sûr, Emma restera toujours sa mère. Mais peut-être que les voyages à Brisbane pourraient se passer différemment, et même devenir... amusants. On pourrait décorer la chambre d'Emma, lui parler des choses joyeuses que nous vivons. Et intercaler une visite au zoo, des jeux au parc... Mais nous le ferons ensemble, Rob, parce qu'Emma fait partie de ta vie, et je pense qu'elle doit aussi faire partie de la mienne.

— Tu as réfléchi à tout ça...

— Pas à cette minute, dit-elle d'une voix moins assurée cette fois. Mais cela fait deux semaines que je suis chez Ruth et... et tu me manques énormément.

Sans plus attendre, Rob l'enlaça et prit ses lèvres dans un baiser passionné. Puis il la souleva dans ses bras et ils tournoyèrent à travers la pièce en riant. Jusqu'à ce qu'ils se rappellent où ils se trouvaient.

— Tu sais qu'il y a d'autres chambres à cet étage ? murmura Jenny quand il l'eut reposée à terre.

— C'est vrai ?

— Et l'une se trouve juste de l'autre côté du palier. Si nous laissons les portes ouvertes…

— Nous pourrons intervenir, comme des soignants consciencieux qui assurent leur service de nuit, dit Rob en souriant, avant de l'emporter de nouveau dans ses bras.

— Je vais régler ma montre pour assurer une surveillance régulière. Mais nous avons aussi besoin de dormir, docteur Pierson.

— Oui. Enfin !

Et Jenny sut qu'elle se souviendrait toute sa vie du sourire de Rob en cet instant.

À 8 heures le lendemain matin, Rob fut réveillé par un appel du dehors.

— Hé-oh !

Sans prendre le temps de boutonner sa chemise, il ouvrit la fenêtre. Un bateau des services d'urgence venait d'atteindre la maison.

— Hé, Doc ! cria un des membres d'équipage. Besoin d'une évacuation ?

— Vous êtes les bienvenus, répondit Rob en souriant. Une petite fille est née ici cette nuit et elle a hâte de rencontrer son papa.

— Douglas est comme un lion en cage, dit l'homme en ciré d'un ton jovial. Nous sommes équipés d'une civière. La mère et le bébé se portent bien ?

— Oui, très bien. Et nous sommes même au sec.

— Formidable, docteur. Ça nous change des personnes qu'il faut aller chercher sur les toits.

— J'aimerais que la maman soit examinée par un obstétricien à Whale Head, car il y a eu une petite intervention.

— Pas de problème. Nous les emmenons jusqu'à Willhua, et

le Secours aérien prendra le relais. Douglas devra patienter, mais il sera heureux de savoir sa famille en sécurité.

Comme Rob se détournait pour se rendre dans la chambre de Skye et la préparer au transfert, ces derniers mots résonnèrent en lui.

En plus de Skye, Douglas et leur petite fille, une autre famille s'était formée cette nuit. Jacob et Jenny étaient désormais sa famille.

Oui, il prenait un risque en invitant Jenny à partager sa vie. La réaction de Loïs et Paul serait terrible, mais Jenny, Jacob et lui seraient ensemble, quoi qu'il arrive...

Jenny, déjà fin prête, vint se blottir contre lui avant d'aller voir Skye et son bébé. Et aujourd'hui, le soleil brillait.

Rob sourit en regardant le ciel clair. Une belle journée débutait.

Épilogue

Les funérailles d'Emma eurent lieu dix-huit mois plus tard, par une froide journée d'hiver. Le soleil pâle faisait briller l'herbe humide du petit cimetière de Willhua. Comme la foule se massait autour de la tombe, un arc-en-ciel apparut, nimbant la scène d'un halo presque irréel.

Emma avait fini par succomber aux pneumonies récurrentes qui épuisaient son corps ces dernières années. Elle s'était éteinte, entourée de Rob, et de ses parents plus désespérés que jamais. À présent, ils pouvaient enfin lui dire adieu.

Les procurations légales et médicales prenant fin avec le décès d'Emma, il revenait à Rob de prendre toutes les décisions.

— J'aimerais qu'elle repose à Willhua, avait-il annoncé à Loïs et Paul.

Ceux-ci avaient été trop dévastés pour désapprouver son choix. Ils étaient donc venus pour la cérémonie toute simple célébrée dans la petite église sur le promontoire. En arrivant, ils avaient étreint Jacob, ainsi que Rob. Fallait-il y voir les prémices d'une réconciliation ?

Face à eux, de l'autre côté de la tombe, Rob se tenait avec Jacob et Jenny, comme une famille. Jenny et lui n'étaient pas légalement mariés, certes, mais ils l'étaient dans tous les autres sens du terme. Jacob était entre eux et leur donnait la main. À six ans, il comprenait presque tout ce qui se passait.

Loïs et Paul avaient d'abord été choqués à l'idée qu'il assiste aux funérailles, mais Rob s'était montré catégorique.

— Jacob a accompagné Emma à chaque étape de son voyage. Il a certainement compris le concept de la mort mieux que tout autre enfant de son âge. Sa place est avec nous.

Au moment de l'inhumation, Jenny serra très fort la main du petit garçon, tandis que le cercueil d'Emma descendait dans la tombe, couvert de rameaux de mimosa qui formaient comme un nuage d'or. Il y eut une dernière prière, puis Rob prit son fils dans ses bras. Il était temps de partir.

Jenny regardait le couple au bord de la tombe. Ce deuil qu'ils avaient toujours refusé les frappait de plein fouet, et leur douleur était incommensurable. Après avoir échangé un regard avec Rob, elle alla à leur rencontre.

— Loïs, Paul, je suis sincèrement désolée pour vous.

Ces paroles prosaïques qu'on répétait en toutes circonstances, à toutes sortes de gens, pouvaient difficilement faire une différence. Mais il était nécessaire de les dire.

— Je suppose que vous allez vous marier maintenant ?

Il y avait tant de détresse dans la voix de Loïs que Jenny en fut bouleversée. Mais elle était venue vers eux dans un but précis et elle se força à continuer.

— Rob et moi, nous avons déjà prononcé nos vœux, dit-elle calmement. Nous sommes déjà une famille. Mais Emma était la mère de Jacob et elle en fera toujours partie. Vous pourriez en être, vous aussi.

— Vous ne voulez pas de nous.

— Nous ne voulons pas de votre contrôle, dit Jenny avec douceur. Mais Jacob ne doit pas perdre aussi ses grands-parents. Bien sûr, il est trop tôt, mais quoi qu'il arrive, nous pensons, Rob et moi, que la colère n'a pas sa place entre nous tous. L'amour, en revanche… Si l'amour de votre petit-fils peut vous permettre d'avancer, alors nous serons à vos côtés.

— Nous ne sommes plus…

— Plus capables d'aimer ? dit Rob qui s'était approché.

Il portait toujours Jacob, mais le petit garçon commençait à s'agiter. Il venait de percevoir quelqu'un qu'il connaissait bien. Comme il se tortillait de plus en plus vigoureusement, Rob le déposa à terre, et tous le regardèrent se faufiler à travers la foule. Au bout de l'allée, Frankie s'agenouilla pour le recevoir dans ses bras. Jacob adorait sa « tante Frankie » qui lui avait fait visiter l'hélicoptère et lui avait permis de s'asseoir à la place du pilote. Quel enfant pouvait se vanter d'avoir une tante aussi géniale ?

Celle-ci agita la main dans leur direction, et Jenny lui fit un signe avant de reporter son attention sur Loïs et Paul.

Vous n'êtes plus capables d'aimer ? C'était la question que Rob leur avait posée, et elle était restée sans réponse.

— Cela demande juste du courage, dit-il. De la part de nous tous.

À cet instant, Jacob poussa une exclamation.

— Tante Frankie a amené Bruce ! Il est attaché là-bas. Elle dit que nous l'emmènerons au parc plus tard, avec Stumpy. Et Mme Ruth veut bien que Bosun vienne aussi. Papa, Jenny, on peut y aller ?

— Je n'y vois pas d'inconvénient, répondit Rob.

Puis entourant les épaules de Jenny, il ajouta :

— Il est temps de partir. Emma sera toujours dans nos cœurs, mais elle serait la première à nous dire d'aller de l'avant. Ensemble.

La minuscule petite fille se prénommait Stephanie Emma Francesca.

Rob avait soutenu Jenny en travail tout au long de la nuit. Angus et Cathy avaient procédé à l'accouchement, et Rob avait simplement tenu son rôle de futur père. Et maintenant, assis au chevet de Jenny, il berçait sa fille, émerveillé et le cœur débordant de joie.

Sa fille !...

Jacob était venu rendre visite à sa petite sœur, puis Minnie l'avait emmené courir au parc avec Stumpy. Après l'agitation de l'accouchement et les soins, Rob pouvait enfin profiter d'un tête-à-tête avec Jenny. Sa femme adorée...

L'amour était là dans le regard qu'elle posait sur lui et sur leur enfant, et dans les larmes de bonheur qu'elle retenait à grand-peine.

Ce sentiment était palpable aussi dans l'hôpital et dans toute la communauté de Willhua depuis l'annonce de la bonne nouvelle. Une quantité de fleurs et de peluches avait été déposée à la réception. Rob les avait aperçus quand il s'était esquivé pour passer quelques appels.

Frankie avait été prévenue, comme les parents de Jenny – qui avaient répondu par téléphone satellite depuis le fin fond de l'Himalaya – ainsi que Loïs et Paul. Ces derniers l'avaient félicité, avant de suggérer timidement qu'ils feraient peut-être le voyage pour voir ce bébé qui venait compléter leur famille.

Rob espérait leur visite – leur relation s'était apaisée au point que ses beaux-parents seraient maintenant les bienvenus. Mais pas aujourd'hui, car cette journée n'était que pour Jenny et lui.

Il avait rapporté à Jenny deux cadeaux déposés à la réception. Il y avait un nounours, offert par Anna qui était maintenant la mère d'un grand garçon de deux ans. Le mot qu'elle avait joint disait simplement :

Merci pour mon miracle. Bienvenue au vôtre.

L'autre cadeau était un bouquet de fleurs sauvages de la part de Skye et Douglas, et leur message était presque le même.

Jenny avait eu les larmes aux yeux en lisant ces billets. Elle s'était blottie dans ses bras, leur petite fille douillettement endormie entre eux.

C'était sa famille, son bonheur privé, pensa Rob.

Non ! se reprit-il. Il y avait aussi Minnie, Angus, Cathy, Frankie, Loïs et Paul, et toute la communauté de Willhua. Car l'amour qui emplissait son cœur les englobait tous.

— Jen, je t'aime tant.

— Pas autant que je t'aime, murmura-t-elle avec émotion. Oh Rob, comment pourrais-je être plus heureuse ?

— Et si nous travaillions là-dessus ? dit-il avant de capturer ses lèvres d'un baiser tendre. Cela pourrait être un beau défi pour toi et moi, notre famille, tous les gens de Willhua et même nos chiens. Qu'on se le dise, ma chérie, le bonheur est là pour toujours.

ALISON ROBERTS

Conquise par un Italien

Traduction française de
ANOUK

BLANCHE

HARLEQUIN

Titre original :
THE ITALIAN, HIS PUP AND ME

1

Et si je tirais un trait sur mes bonnes résolutions ?

Premièrement, c'était elle qui les avait prises, ces résolutions.

Deuxièmement, elle avait une excellente raison de balayer ce qu'elle s'était promis jusqu'à présent...

Car Nico Romano incarnait tout, absolument tout ce qu'elle aimait chez un homme. Le physique, la voix, l'énergie, la gentillesse... Il était parfait.

M. Parfait est mon coéquipier !

Sauf que M. Parfait était italien, et pour le coup, question perfection, ça n'allait plus du tout.

Je ne pourrai jamais m'entendre avec un Italien... Jamais !

Francesca Moretti laissa échapper un soupir suffisamment mélodramatique pour attirer l'attention de ses collègues masculins à table avec elle. Elle sentit les regards se braquer vers elle.

— Il y a un problème, Frankie ?

Colin, le responsable de la Red Watch, la base de sauvetage aérien du sud de Sydney, la contemplait d'un air inquiet.

— Non, pourquoi ? demanda-t-elle, sincèrement surprise.

— On dirait que tu viens d'apprendre la fin du monde ! Est-ce que j'ai loupé une information majeure dans le journal ?

— Ne cherche pas, on est restés trop longtemps sans rien faire, c'est tout, intervint Mozzie, le principal pilote d'hélicoptère de la Red Watch. Notre super Frankie s'ennuie vite.

— Tu exagères, Mozzie, répliqua Frankie en haussant les épaules. Tu veux savoir ? Je trouve que ça fait du bien de souffler un peu.

Elle sentit que le beau Nico Romano la dévisageait de manière insistante.

Il ne manquait plus que ça...

Elle n'avait aucune envie d'attirer davantage l'attention de son nouveau partenaire. Déjà qu'elle trouvait compliqué de collaborer avec lui... D'autant qu'il la regardait souvent, de façon fugace. À croire que Nico ne s'apercevait pas qu'elle remarquait ses œillades.

Un peu agacée, Frankie posa sa tasse de café vide sur l'assiette parsemée des miettes de son sandwich du déjeuner, et jeta un rapide coup d'œil au vaste espace de plain-pied où ses collègues et elle se réunissaient entre chaque intervention.

C'était un lieu fonctionnel, clair et haut de plafond, équipé de tables de travail et d'ordinateurs mais aussi de fauteuils confortables et d'un coin cuisine moderne. Une salle adjacente, de la même superficie, s'agençait en vestiaires, cabines de douche, sanitaires et se prolongeait avec une salle de sport. Dans son casier personnel, Frankie laissait toujours de quoi se changer. Au fil du temps, la base de la Red Watch était un peu devenue comme sa deuxième maison.

— Bon, au fond, Mozzie a raison, je déteste me tourner les pouces, admit-elle soudain. Tiens, justement, je vais aller soulever quelques poids, ça me défoulera ! Ce matin, il y avait tellement de vent que j'ai annulé mon jogging. Des branches se sont cassées sur le sentier où j'aime courir.

— Ah oui, les bourrasques étaient sacrément violentes, tout à l'heure, dit Mozzie. Bon, on a l'impression que ça se calme pour le moment. Mais la tempête risque de revenir ! C'est la saison !

Frankie hocha la tête, évitant de croiser le regard de Nico qui écoutait leur conversation en silence.

— Encore une, oui. Ça n'arrête pas. Le climat est complètement déréglé, ajouta-t-elle.

On était au mois de mars et, en cette saison automnale sur la côte sud-est de l'Australie, soleil et intempéries se succédaient souvent. La mer pouvait être lisse comme un miroir le matin, et se déchaîner le soir. Mais récemment, il pleuvait beaucoup plus que d'habitude, puis suivaient des pics de chaleur qui donnaient naissance à de gros orages.

— Oh oui, c'est sacrément déréglé, renchérit Colin. Conséquence des intempéries, nous, on a de plus en plus de travail.

— Et ça, dans un sens, c'est bien. Vous le savez tous, j'aime quand ça bouge, lança Frankie avec un petit rire provocateur.

Cette fois, en se levant, elle ne put s'empêcher de glisser un regard vers M. Parfait.

Nico la contemplait toujours sans rien dire, une expression indéchiffrable sur son visage.

La nouvelle recrue de la Red Watch, l'équipe de sauvetage par hélicoptère dont Frankie faisait partie depuis quelques années, était décidément l'archétype du beau brun ténébreux. Il remplaçait Jenny, la meilleure amie et collègue de Frankie qui avait dû démissionner du jour au lendemain, fuyant le scandale provoqué par sa relation amoureuse avec un homme marié. Jenny s'était réfugiée dans un petit village encore plus au sud de Sydney, où elle travaillait à présent comme secouriste et ambulancière.

Nico...

Nico Romano.

Il n'y avait pas que son nom qui était clairement d'origine italienne. Nico arborait une superbe peau mate, et de longs cheveux noirs ondulés, maintenus en une sorte de chignon à l'arrière du crâne lorsqu'il était en service. Ses lèvres étaient sensuelles à souhait, et ses prunelles aussi sombres que le péché.

On a les yeux noirs tous les deux... Le même noir ! réalisa Frankie, s'agaçant du trouble qu'elle ressentait.

Rien qu'en l'observant, Nico déclenchait en elle une pure bouffée de désir.

Arrête de fantasmer !

Énervée contre elle-même, Frankie se ressaisit et se dirigea vers la salle de sport.

Elle ne devait en aucun cas laisser son esprit s'emballer.

Revenez vite, mes bonnes résolutions ! implora-t-elle en son for intérieur.

D'accord, Nico Romano était beau… Oui, très beau. Et alors ? De toute façon, entre professionnels, il était fortement déconseillé d'écouter la voix de la séduction. C'était très dangereux pour la stabilité des relations au travail.

Mais Nico était aussi un excellent secouriste. Frankie avait déjà effectué deux missions avec lui et, à chaque fois, elle avait admiré le savoir-faire de son nouveau coéquipier.

Auparavant, Nico travaillait comme secouriste à Milan, également dans une équipe de sauvetage aérien, puis il avait intégré une mission du même ordre en Australie, dans le Queensland, avant d'être recruté par la Red Watch. Il parlait anglais avec une délicieuse pointe d'accent italien, et possédait une expérience impressionnante des situations d'urgence. Frankie le savait puisque, jusqu'à présent, ils n'avaient parlé ensemble que de leurs métiers respectifs. Rien de personnel… Ils n'avaient même pas abordé leurs origines similaires. Dès qu'ils se retrouvaient à la même table, chacun discutait de son côté.

Pour sa part, née en Australie, Frankie avait grandi dans une communauté italienne et avait été élevée par sa mère et sa grand-mère – sa *nonna* bien-aimée. Des femmes fortes et indépendantes, qui restaient toutefois proches des valeurs d'un autre temps. « Pourquoi veux-tu continuer à exercer ce métier dangereux ! se lamentait souvent sa *nonna*. Tu travailles tous les jours dans un hélicoptère, *per amor del cielo* ! Trouve-toi un gentil Italien, Francesca, et marie-toi pour avoir *molte bambini*. Donne-moi des *pronipoti* avant que je meure… »

Ce que Frankie n'envisageait pas du tout… Mais alors vraiment pas.

Parvenue dans la salle de sport, elle s'apprêtait à ôter son sweat-shirt quand le bip qu'elle gardait à sa ceinture vibra. Aussitôt, elle retourna l'espace commun d'un pas vif.

Le temps de l'action revenait déjà ! Tant mieux.

Frankie attrapa la tablette qu'elle avait laissée dans son casier, et consulta le message qui s'affichait tout en rejoignant Colin, Nico et Mozzie. Un frisson la parcourut lorsqu'elle lut l'information.

Grave accident de voiture au bord des falaises près de Willhua. Un blessé grave, peut-être deux.

— Willhua, c'est près du village où vit Jenny, annonça-t-elle en sentant déjà son taux d'adrénaline grimper.

— Jenny ? Ah oui, ton ancienne collègue, se souvint Nico en lisant lui aussi ce qui défilait sur son écran. Je vois son nom dans l'équipe d'intervention locale.

— La camionnette d'un agriculteur s'est encastrée dans un arbre et a presque basculé dans le vide... Ils ont déjà extrait le conducteur de l'épave et l'ont emmené à l'hôpital local, mais il y a peut-être un rescapé : un certain Bruce, résuma Colin. Un hélitreuillage est probablement à prévoir au cas où la deuxième victime aurait survécu... Si elle a survécu, ajouta-t-il d'un ton bref. Croisons les doigts.

Frankie échangea un regard avec Nico. L'air grave, il désigna d'un index la fenêtre donnant sur la cour intérieure de la base de la Red Watch : dehors, tout était sombre. La nuit venait de tomber.

— Les meilleurs sauvetages sont souvent les plus risqués !

— Et ça tombe bien parce que nous autres, on aime le risque, renchérit Frankie.

Nico lui jeta un coup d'œil où se reflétait une lueur de défi, et elle fut soudain très consciente de l'accélération de son rythme cardiaque.

Du stress, vraiment ?

À cet instant, Frankie aurait été incapable de préciser si c'était à cause de la mission qui les attendait, ou du regard ardent de Nico.

— Il n'y a pas que le risque qu'on aime, affirma-t-il alors. La vitesse, l'imprévu... N'est-ce pas, Mozzie ? Tu es le meilleur pilote que j'aie jamais rencontré.

— Merci, Nico, lança Mozzie en enfilant sa combinaison. Les gars, je vous attends...

Les gars...

Frankie ne put s'empêcher de sourire. Quelquefois, ses collègues oubliaient qu'elle était une femme. Mais ça ne la gênait pas. Elle s'estimait chanceuse d'être aussi bien intégrée dans cette équipe devenue exclusivement masculine depuis la démission de Jenny.

— Je suis prête dans cinq minutes. On se retrouve à bord !

Elle fila chercher ses affaires au pas de course. Nico la suivait de près, mais elle ne se retourna pas de crainte d'être déconcentrée par les yeux de braise de M. Parfait.

— Tu te rends compte que la camionnette a été retenue au bord du précipice par un arbre ? lança Nico. Un miracle !

— Un vrai miracle, oui, admit Frankie d'un ton bref.

Tous deux se préparaient rapidement dans le vestiaire. Anticipant le pire – la marée montante, les vagues s'écrasant sur les rochers... –, ils revêtaient un justaucorps étanche pouvant faire effet de tenue de plongée si nécessaire. Frankie s'était abritée derrière un simple paravent afin de ne pas être vue en maillot par son coéquipier. Resté dans la salle, Nico, apparemment déjà prêt, continuait à lire à voix haute les informations qui leur parvenaient.

— La section de la route où l'accident s'est produit a déjà été fermée... On devrait pouvoir atterrir sur la chaussée.

— Donc ça ne s'annonce pas trop mal !

Frankie remonta les fermetures Éclair au niveau de ses chevilles, et enfila ses chaussures dotées de semelles en néoprène qui permettaient d'escalader une paroi rocheuse en cas de besoin.

— Pourquoi ai-je l'impression que tu te réjouis qu'on parte de nouveau en mission ? la taquina Nico lorsqu'elle le rejoignit.

— Peut-être parce que tu es content, toi aussi ?

Et Frankie enfila son casque.

Consciente que Nico la regardait d'un air amusé, elle sortit du bâtiment et courut vers l'aire de décollage. Nico lui emboîta le pas au même rythme. Colin, lui, était retourné à son poste pour suivre chaque phase de l'opération, et envoyer des renforts au cas où.

Les pales de l'hélicoptère tournoyaient déjà, et les phares étaient actionnés. Aux commandes, Mozzie avait chaussé ses lunettes de vision nocturne. Il en tendit une paire à Frankie, et une autre à Nico dès que tous deux furent à bord. La porte coulissa derrière eux et, quelques instants plus tard, ils décollèrent dans la nuit. Heureusement, pour l'instant, il ne pleuvait plus, et il n'y avait presque pas de vent.

— Temps de vol ? demanda Frankie.

— Moins de trente minutes, annonça Mozzie.

— On a du nouveau ? questionna Nico.

— Pas encore. Un policier est sur place pour essayer de voir s'il y a un ou plusieurs survivants, mais il ne possède qu'une simple torche pour éclairer la zone.

— Le lieu de l'accident est vraiment au-dessus de la côte rocheuse de Willhua, observa Frankie.

Elle tapotait l'écran de sa tablette pour faire apparaître tous les renseignements dont ils disposaient pour le moment.

— C'est bien là que Jenny a été embauchée comme ambulancière et secouriste. Elle ne devait pas commencer son nouveau travail avant un jour ou deux, mais je confirme qu'elle est intervenue tout à l'heure pour ce sauvetage.

— Pourquoi est-ce qu'elle a démissionné ? demanda Nico.

Il continuait d'étudier ce qui défilait sur son écran.

— Willhua est visiblement un tout petit village où il ne doit pas se passer grand-chose... Elle a vraiment laissé tomber le sauvetage aérien ?

— Jenny avait besoin de changement... Et de calme, précisa Frankie, volontairement évasive.

Elle n'en dirait pas plus. De toute façon, Nico entendrait sans doute parler de la liaison de Jenny avec leur directeur général. Jenny avait été si malheureuse en découvrant qu'il était marié…

— Du calme ? répéta Nico, surpris. Dans notre métier, je croyais qu'on n'aimait pas trop ça…

— Je suis d'accord avec toi. Mais là, il s'agissait de sa vie privée. Mieux valait qu'elle s'en aille, résuma Frankie.

— Je vois. Chacun son choix. Personnellement, si j'ai des problèmes d'ordre personnel, je préfère être débordé plutôt que tranquille. Ça évite de trop réfléchir, ajouta Nico d'un ton où perçait une pointe d'amertume.

Intriguée, Frankie s'abstint toutefois de commentaires. Elle peinait à imaginer M. Parfait en proie à des dilemmes sentimentaux ou autres. Il dégageait une telle assurance en lui… Et il était si séduisant qu'il semblait protégé de tout.

Je suis ridicule de penser ça… Totalement ridicule !

Chassant les pensées confuses qui surgissaient à son esprit, Frankie regarda à travers le hublot, en bas.

Ils laissaient derrière eux le littoral urbain et éclairé du sud de Sydney pour se diriger vers la côte. Les lunettes de vision nocturne donnaient au monde un aspect vert et noir, et les lumières brillaient comme de petites étoiles.

Peu à peu, les habitations s'espacèrent et, en suivant des yeux les voitures qui circulaient sur la route côtière, on discernait la zone où la terre finissait, et celle où la mer commençait.

Un autre monde, songea Frankie.

Puis chassant toutes ses préoccupations, elle se concentra sur sa mission.

Nico Romano se trouvait exactement là où il aimait être : à bord d'un hélicoptère en vol pour une destination encore inconnue, là où chacun devrait donner le meilleur afin de sauver une vie… Ou plusieurs.

Il jeta un bref coup d'œil à Frankie, sa nouvelle coéquipière.

Francesca... alias Frankie ! Une femme déterminée... Et très belle...

En vérité, Frankie lui rappelait beaucoup ses sœurs. Elle avait de longs cheveux noirs ondulés à peine domptés par une lourde tresse, et sous son épaisse frange, des yeux sombres et éclatants. Des cils noirs très longs et recourbés... Et une bouche charnue, d'un rose naturel qui semblait appeler les baisers.

Elle avait beau être australienne, ses origines italiennes ne trompaient pas. Elle était d'une nature expansive, utilisait beaucoup ses mains lorsqu'elle parlait et... elle parlait et riait beaucoup !

Hors de question que je tombe sous son charme !

Depuis qu'il avait rencontré la jeune femme pour la première fois, il la trouvait follement attirante. Mais il savait aussi qu'il ne devrait pas se laisser aller à l'élan qui, naturellement, jaillissait en lui. Ce désir sourd, difficilement maîtrisable, qui de jour ou jour, se logeait au plus profond de sa chair.

Si je me maîtrise, rien n'arrivera, se répéta-t-il.

Rien de grave, en tout cas.

Il ne rêverait pas, ne ferait pas confiance, ne tomberait pas amoureux, et ne se retrouverait pas de nouveau avec le cœur brisé et une piètre estime de lui-même.

Nico avait déjà commis cette erreur une fois, lorsqu'il était tombé amoureux de Sofia – son premier amour – au point de l'épouser. Cette très mauvaise expérience, ô combien regrettable, l'avait marqué à vie. Émotionnellement et physiquement.

Plus jamais ça...

Cette envie de trouver l'âme sœur, il ne la voulait plus. De toute façon, aucune âme sœur n'existait pour lui...

Devenir le meilleur mari du monde et le père d'enfants qui grandiraient au sein de la nouvelle génération bien-aimée de la famille Romano ? C'était dorénavant une illusion définitivement enterrée. Sofia l'avait emportée avec elle.

Nico refoula les souvenirs douloureux. Forcément, quelquefois, une étincelle se ravivait en lui. L'espoir fou, bien que très fugitif, qu'il pourrait quand même recommencer sa vie sans se brûler les ailes, cette fois. Mais rapidement, il se rappelait ce qu'il avait vécu et enduré…

Et il se détournait, certain de ne plus jamais tenter de trouver une femme qui serait sur la même longueur d'onde que lui.

Regardant de nouveau Frankie à la dérobée, Nico songea que peut-être, ce qui le troublait, c'était cette familiarité qu'elle semblait posséder avec ses propres sœurs…

Ou alors, peut-être se sentait-il une affinité particulière avec Frankie parce que, de fait, elle et lui partageaient le même héritage culturel !

En même temps, Nico se rendait compte que Frankie le considérait plutôt avec méfiance. Depuis qu'ils avaient été présentés l'un à l'autre, elle ne recherchait pas particulièrement sa compagnie. Avait-elle perçu qu'il était attiré par elle ? Lui faisait-elle alors clairement comprendre qu'elle n'était pas intéressée ?

Dans un sens, c'était un peu déroutant…

Et décevant.

Il n'avait plus qu'à espérer que grâce à ses compétences professionnelles, il s'attirerait les bonnes grâces, et surtout, l'amitié de Frankie.

Oui, l'amitié, c'était tout ce qu'il attendait de sa partenaire, aussi séduisante soit-elle. Même si, par sa simple présence et son énergie si singulière, Frankie aurait sans doute pu l'aider à surmonter le mal du pays qu'il ressentait encore… Peut-être parce qu'il n'était pas retourné en Italie depuis longtemps.

Oddio… En vérité, la jeune femme pourrait devenir une bonne amie, mais ce serait risqué.

Parce qu'elle ne me rappelle pas seulement mes sœurs…

Non, Frankie incarnait toutes les femmes italiennes.

Sofia comprise.

Surtout Sofia, son ex-femme l'ayant littéralement séduit en un clin d'œil. Nico avait été happé par un coup de foudre explosif qu'il avait ensuite amèrement regretté.

Mais c'est le passé !

Sauf que le destin le remettait face à une très belle femme d'origine italienne. Un sacré défi !

Nico réprima un sourire en regardant de nouveau Frankie à la dérobée. Cette fois, il ne commettrait pas la même erreur. D'accord, elle était *bellissima,* mais pour autant, il ne tomberait pas fou amoureux.

Songeuse, Frankie s'obligea fermement à rester concentrée sur ce qui les attendait. Elle refusa de laisser son regard s'attarder sur Nico. Oh ! elle sentait bien que régulièrement, il lui coulait des regards insistants...

Elle ne lui adressa pas la parole non plus. De toute façon, il restait silencieux, lui aussi, et c'était très bien ainsi.

Heureusement, ils parvinrent bientôt sur le lieu de l'accident. Mozzie activa ce qu'il appelait le « soleil de nuit », un projecteur ultra-puissant fixé à l'avant gauche de l'hélicoptère. Ils restèrent en vol stationnaire juste au-dessus de la mer le temps de pouvoir observer la scène.

Frankie guettait le signal que donnerait leur pilote.

— À vous de jouer ! lança enfin Mozzie.

Le cœur battant, elle se redressa, s'attacha à un cordage de sécurité et ouvrit la porte latérale pour pouvoir s'asseoir au bord de l'appareil. Une bourrasque s'engouffra aussitôt à l'intérieur et Nico, également sécurisé par une corde, se tint près d'elle, debout quant à lui.

Ensemble, ils regardèrent vers le halo lumineux projeté par le phare de l'hélicoptère.

La camionnette accidentée avait encore glissé et s'était retournée sur le toit avant de se retrouver au milieu d'énormes rochers. À marée haute comme maintenant, l'écume des embruns éclaboussait déjà le châssis...

— Si quelqu'un était encore dedans, il doit être noyé depuis longtemps, déclara Frankie, la gorge nouée.

— Restons optimistes, tu veux bien ? Si on est ici, c'est parce qu'on espère qu'il y a encore un ou des rescapés, dit Nico. Mozzie, tu peux éclairer l'endroit où se trouvait le pick-up avant de dégringoler ?

— Tout de suite.

L'intense faisceau du projecteur se déplaça vers le haut de la falaise à mesure que l'hélicoptère reprenait de l'altitude.

— C'est exactement là que le véhicule s'est encastré ! lança Frankie en désignant un arbre au tronc entaillé et aux branches déchiquetées.

Elle plissa les yeux pour mieux voir, essayant d'imaginer où un corps risquerait de se trouver s'il avait été éjecté. Au bord de la falaise ? Sur les rochers en contrebas, au milieu de la végétation clairsemée ?

Soudain, son cœur s'emballa.

— J'aperçois quelque chose... Quelqu'un... Quelqu'un qui bouge, je crois !

— Où ?

Nico se pencha davantage hors de l'hélicoptère et, ce faisant, se rapprocha de Frankie qui sentit alors, contre elle, la chaleur du corps de son coéquipier. Mais elle ne s'attarda pas sur le trouble qui la gagnait de nouveau.

— Derrière cet amas rocheux, à droite, tu vois ? Il y a des broussailles et quelque chose de blanc...

— Je ne remarque rien, dit Nico.

— Mais si...

Frankie tendit un doigt.

— On dirait... Je ne suis pas sûre... La manche d'un T-shirt, peut-être ? Un bout de vêtement clair, en tout cas. Je pense que quelqu'un nous fait signe. Oui, la victime appelle sûrement à l'aide...

Frankie pivota, effleura Nico et retourna rapidement dans la cabine.

— Mozzie, est-ce que la voie est libre pour atterrir ?

— On va vite le savoir, répondit le pilote.

L'appareil reprit encore un peu d'altitude.

Comme Mozzie et Nico, Frankie scruta la zone qu'ils survolaient afin de repérer les obstacles potentiels tels que des lignes électriques. Une voiture de police, gyrophares allumés, se trouvait plus haut sur la route, près d'un virage, afin d'empêcher les véhicules en approche de s'engager sur cette section. Une dépanneuse barrait également l'accès depuis l'autre côté de ce même axe. Une seconde voiture de police stationnait près d'un camion de pompiers. Tout était en place pour faciliter le sauvetage.

— On descend, annonça Mozzie.

Quelques instants plus tard, l'hélicoptère se posait en douceur sur la bande de bitume dégagé, et le treuil fut bientôt positionné au-dessus du vide donnant sur le précipice le long de la falaise.

— Je descends et tu m'assures, dit Frankie à Nico.

— Comme tu veux. Mais pourquoi moi, je ne t'assurerais pas ? ajouta Nico, légèrement sur la défensive.

— Ne te vexe pas… J'ai envie d'y aller, c'est tout, expliqua Frankie en vérifiant l'attache de la longe à son baudrier de secouriste, puis en enfilant ses gants.

Elle regarda Nico dans les yeux.

— Tu vas tenir ma vie entre tes mains… C'est une première, entre nous ! Avec Mozzie, j'ai déjà eu tant de missions que je suis tranquille, mais avec toi, cette situation ne s'est pas encore produite de nuit…

— Ne t'inquiète pas, j'ai l'habitude, affirma Nico en ébauchant un sourire.

Malgré elle, Frankie sentit son pouls s'accélérer.

— Je veillerai à ta sécurité, Frankie. Je te le promets, ajouta-t-il.

Nico accrocha la longe de Frankie au treuil.

— Prête ?

— Prête.

En quelques secondes, Frankie fut lentement descendue vers la corniche où se trouvait l'arbre contre lequel la camionnette s'était encastrée. Elle transportait un harnachement supplémentaire qui pourrait être utilisé pour extraire une autre victime, vivante ou non. Si un traitement médical s'avérait nécessaire, ce serait dans un second temps… Elle n'avait aucun matériel ni médicament avec elle.

Frankie évalua la distance des rochers dont elle se rapprochait rapidement.

— Dix mètres, indiqua-t-elle à Nico par l'intermédiaire du micro de son casque. Six… quatre… deux… OK ! lança-t-elle, une fois ses pieds bien ancrés sur le sol. Décrochage !

Elle devait se libérer rapidement du treuil pour éviter que les attaches s'emmêlent avec les branches des arbres à proximité. Après l'avoir retiré, elle le tint haut et loin de son corps, et fit un signe de son autre main pour indiquer à Nico qu'il pouvait le remonter. Une fois que ce fut effectué, Mozzie éloigna l'appareil afin de protéger Frankie du souffle violent des pales.

Prenant une profonde inspiration, elle scruta la zone.

Maintenant, elle était seule sur ce rebord à flanc de falaise abrupte…

Dans l'obscurité.

En dessous, elle perçut la ligne sombre des arêtes rocheuses, et l'écume des vagues illuminées de manière intermittente par les lumières de l'hélicoptère.

Effrayant…

Mais elle connaissait le meilleur moyen de repousser toute peur : se concentrer sur la raison de sa présence à cet endroit. Sa mission.

Où est la victime ?

Frankie descendit prudemment le long des broussailles qui avaient réussi à pousser au milieu des rochers arides.

Des branchages suffisamment épais pour amortir une chute, se dit-elle.

Elle poursuivit encore et encore, lentement…

Et repéra enfin, de nouveau, la tache blanche.

Sauf que ce n'était pas un vêtement. Pas du tout…

C'était le bout d'une longue queue très duveteuse qui appartenait à un gros chien noir et blanc. Un chien qui la regardait droit dans les yeux alors que Frankie écartait doucement les branches du buisson où il s'était réfugié.

Dites-moi que je rêve...

L'animal, visiblement terrorisé, remua un peu et, sentant qu'il risquait de tomber encore plus bas, se figea, prostré.

Frankie lui attrapa aussitôt l'épais collier de cuir qu'il portait autour de son cou. Un nom avait été écrit au feutre indélébile : BRUCE.

— Incroyable, murmura-t-elle.

— Qu'est-ce qui se passe ?

La voix de Nico dans les écouteurs de son casque semblait juste à côté d'elle.

— J'ai trouvé Bruce.

— Catégorie d'urgence ?

Frankie regarda le pauvre chien. Il avait les poils humides à cause des embruns, et tremblait autant de froid que de peur. Quand il essaya de se relever, il poussa un gémissement de douleur en voulant poser l'une de ses pattes antérieures.

— Modérée. U3, je pense. Je vais l'aider à se harnacher.

Tout en parlant, Frankie réalisa que ce qu'elle s'apprêtait à faire n'avait encore jamais été consigné dans les recommandations de leur métier. La situation était inédite. Mais pas question qu'elle abandonne ce chien ! S'il n'était pas sauvé maintenant, la nuit lui serait probablement fatale.

Frankie caressa gentiment la tête de l'animal, essayant de le tranquilliser.

— Allez, tout va bien maintenant, on va s'en sortir...

Et Bruce sembla la comprendre.

Elle passa les pattes du chien dans les trous du harnais conçu pour les humains, puis elle le sangla afin qu'il soit en sécurité avant de l'attacher à son propre harnais. Ensuite, laborieusement, ignorant la lourdeur de sa charge, elle se hissa jusqu'à l'espace le plus dégagé sur la corniche, et contacta Nico pour qu'il fasse redescendre le treuil.

Très vite, elle perçut une pause dans la communication avec ses coéquipiers.

Nico et Mozzie essayaient de comprendre ce qui se passait.

— Bruce est... un enfant ? demanda Nico, perplexe.

— Non. C'est un chien.

Un autre silence s'établit.

Frankie attacha le crochet du treuil à son harnais et signala qu'elle était prête à être soulevée.

— Allez, embarquez-nous ! Ensuite, on discutera...

L'agent de la police locale, les deux secouristes de la brigade de pompiers, et le conducteur de la dépanneuse semblaient trouver quelque peu cocasse qu'un hélicoptère valant plusieurs milliers de dollars, et son équipage hautement qualifié, aient utilisé leurs impressionnantes ressources pour sauver un chien de ferme à l'apparence extrêmement dépenaillée.

Mais Frankie comprit vite qu'ils n'avaient aucune intention de s'occuper de l'animal. Après avoir échangé quelques plaisanteries, ils s'éloignèrent, décrétant que leur mission était terminée.

Déconcertée, Frankie rejoignit Nico qui discutait avec Mozzie un peu plus loin. Ce dernier avait fait atterrir l'hélicoptère sur la voie préparée par leurs collègues.

— Allons voir si cette pauvre bête est blessée, proposa-t-elle.

— Je ne suis pas véto, moi. Tu as l'habitude de secourir les animaux et les humains ? répliqua Nico.

— Non... Bien sûr que non, assura Frankie, déçue par sa réaction. Mais je n'allais pas l'abandonner, quand même... Et maintenant qu'il est là, on ne peut pas le laisser au bord de la route !

— De là à le transporter dans notre hélico... Tu ne crois pas qu'on va se faire taper sur les doigts par Colin ? souligna Mozzie.

Frankie jeta un coup d'œil à Bruce, qui restait prostré sur le bitume. Son regard évitait tout contact direct avec Nico et Mozzie.

Nico lança un regard perplexe au chien.

— Il a l'air d'avoir drôlement froid. On a juste besoin d'une serviette pour le sécher... Et après tout, hein, on peut l'examiner.

— Je vais essayer de joindre Jenny et savoir s'il y a un vétérinaire local ou un responsable de refuge qui pourrait venir le chercher, dit Frankie, soulagée que Nico manifeste quand même un peu de compassion.

— Bonne idée, approuva Mozzie. Mais fais vite. On ne doit pas tarder à rentrer, et je dois informer Colin de la situation.

Frankie s'éloigna de quelques pas, sortit son téléphone et appela Jenny. Lorsque celle-ci répondit, elle se rendit compte à quel point leur collaboration lui manquait. D'autant plus que Jenny était aussi sa meilleure amie.

— Alors, qu'est-ce que ça donne ? demanda aussitôt Jenny.

— Tu ne vas pas le croire, Jen. Bruce est un chien !

— Un chien ? répéta Jenny avec stupeur.

— Oui, un grand chien à poils longs. Nico et Mozzie essayent de le sécher.

— Où était-il ? Pourquoi je ne l'ai pas vu ?

— Il était recroquevillé sur une anfractuosité et caché par des broussailles, pas très loin de l'arbre qui retenait le pick-up. Il est noir et blanc, c'est justement grâce à son pelage blanc que je l'ai repéré. Mais du camion, il devait être totalement invisible. À propos, comment va le gars que vous avez sorti ?

— Il vient de mourir, lui apprit Jenny.

— Oh non ! Je suis tellement désolée, Jen. Pour ton premier jour dans ta nouvelle équipe...

— Mon premier jour aurait dû être lundi.

— Toi qui voulais une vie tranquille...

— Avec nos métiers, la tranquillité n'existe pas, répliqua Jenny d'un ton presque amusé. Comment va ton toutou rescapé ?

Frankie tourna la tête pour jeter un bref coup d'œil à Nico et Mozzie, tous deux accroupis auprès de Bruce.

— Pas très bien. Nico et Mozzie sont en train de l'examiner.

— Qui est Nico ?

— Ton remplaçant à la Red Watch.

— Il est sympa ?

— Il est italien.

— Ah...

Jenny comprit aussitôt ce que cela impliquait pour Frankie, mais l'heure n'était pas aux confidences.

— Revenons-en à nos rescapés... fit Frankie. Sais-tu si un vétérinaire est disponible pour prendre la relève ?

— Il n'y en a pas à Willhua. Je vais m'occuper de Stumpy, le chien que j'ai récupéré blessé. Mais Frankie, je ne peux pas gérer les deux bêtes. Tu crois que tu pourrais t'occuper de Bruce ? L'emmener à la Red Watch, et ensuite, vous avisez ?

Comme Jenny la mettait en attente au bout du fil, Frankie regarda de nouveau en direction de Nico et Mozzie. Nico avait enveloppé le chien dans une couverture et... il le portait dans ses bras.

— Alors, tu es d'accord pour prendre le chien ? reprit Jenny.

— Je vais voir ce que je peux faire...

— Merci, Frankie. Je dois te laisser maintenant. Stumpy a beaucoup de plaies, et Rob va m'aider à le soigner.

— Qui est Rob ? s'étonna Frankie.

— C'est... Oh ! je t'expliquerai une autre fois. Tu peux te charger de Bruce, alors ?

— Oui, si je parviens à convaincre Mozzie d'embarquer un chien à bord de l'hélico...

— Fais appel à toute ta force de persuasion ! Je compte sur toi, Frankie. Et si on découvre que ce chien a une famille dans les parages, je te fais signe.

— Jen...

— Je dois y aller, désolée. Je t'adore, ma belle !

Et Jenny coupa la communication.

Frankie glissa son téléphone dans sa poche, et courut jusqu'à l'hélicoptère dont les pales tournoyaient déjà. Baissant la tête, elle se hissa, s'engouffra à l'intérieur et referma derrière elle.

Nico était déjà assis, harnaché à son siège, les bras toujours autour du grand chien qui était affalé sur ses genoux. La tête appuyée contre la poitrine de Nico, Bruce gardait les yeux rivés sur l'homme qui le sauvait... Et Nico le contemplait également.

En les voyant ainsi, Frankie éprouva une drôle d'émotion.

On a l'impression qu'ils se parlent sans mots...

— Il n'y a pas de vétérinaire à Willhua, annonça-t-elle en s'installant en face de Nico.

Elle boucla son harnais de sécurité et, un court instant plus tard, l'hélicoptère décolla.

— Jenny m'a demandé si on pouvait ramener Bruce à la Red Watch. Il faudrait qu'on trouve une clinique à Sydney pour le soigner. De son côté, elle va chercher s'il a une famille.

Dans le silence qui suivit, elle s'attendit à un refus catégorique, voire à un sermon sur ce qui était acceptable, ou non, pour des spécialistes de sauvetage aérien...

Mais Nico hocha la tête d'un air solennel.

— Pas de souci, dit-il. Je m'occuperai de lui.

— C'est vrai ?

Frankie le dévisagea, aussi étonnée qu'émue. Il venait de prononcer cette phrase comme s'il s'agissait d'un vœu. Un peu plus tôt, il lui avait promis de veiller sur elle lorsqu'elle était descendue avec le treuil, et il l'avait fait. Et maintenant, avec cet animal blessé, il s'engageait aussi.

Quand Nico releva la tête pour la regarder, elle, Frankie ressentit un long frisson. Il lui souriait, et ses prunelles sombres évoquaient le plus doux, le plus chaud des velours...

Profondément troublée, Frankie s'absorba alors dans la contemplation des éclairages de la cabine. Et pendant toute la durée du vol, au lieu d'essayer de discuter avec Nico, elle laissa son esprit vagabonder.

Elle pensa qu'à son âge – trente-quatre ans –, elle adorerait rencontrer un homme avec qui elle pourrait fonder une grande famille nombreuse, à l'italienne. Une famille où aucun enfant ne se sentirait jamais seul. Le contraire de ce qu'elle-même avait vécu...

Elle songea aussi que décidément, oui, Nico incarnait exactement le genre d'hommes dont elle rêvait. Viril, sportif, plutôt risque-tout mais conscient en même temps des dangers, beau à en couper le souffle… et italien.

— Atterrissage dans trois minutes, annonça Mozzie, tirant brutalement Frankie de sa rêverie.

Elle rouvrit les yeux et s'aperçut que Nico continuait à la regarder tout en caressant doucement la tête du chien.

— Fatiguée ? demanda-t-il.

— Oui, un peu, avoua Frankie. La journée a été longue… C'est une très bonne nouvelle que tu t'occupes de Bruce.

— Il a besoin d'aide.

— Je sais. Dans son malheur, il a eu quand même de la chance.

— Disons qu'il n'est plus seul.

— Non…

Puis Frankie détourna le regard, refusant de laisser Nico essayer de lire en elle.

2

— Bonne nouvelle, il n'y a aucun symptôme de fracture. Je pense que sa patte avant est juste très endolorie et qu'il pourrait y avoir des lésions ligamentaires au niveau des articulations. C'est assez enflé autour du carpe, qui est l'équivalent de notre poignet, et le coude est également douloureux. Je vais lui mettre un bandage sur toute la patte, mais il faudra qu'il ne s'appuie pas dessus pendant au moins une semaine !

— J'y veillerai, dit Nico.

La vétérinaire s'appelait Phoebe. Elle avait les yeux bleus et de longs cheveux blonds ramenés en queue-de-cheval. Lorsque Nico était entré en portant le grand chien dans ses bras, la jeune femme s'était clairement réjouie de les accueillir pendant son service de nuit – très calme – dans cette clinique pour chiens et chats. Rapidement, aux coups d'œil un peu insistants qu'elle lui lançait, il avait deviné qu'elle n'aurait pas été contre le fait de le revoir, lui et rien que lui.

C'était exactement le genre de scénario dont Nico aurait pu profiter… Une rencontre agréable débouchant sur une aventure éphémère également des plus agréables… Mais courte. Très courte. Fut un temps où ça lui aurait plu.

Après avoir divorcé et réorganisé sa vie, il s'était totalement consacré à sa profession de secouriste. En dehors du travail, plus rien ne l'intéressait, et il s'accordait parfois une parenthèse dans les bras d'une femme qu'il ne revoyait jamais plus de deux ou trois fois. Il expliquait avec franchise ce qu'il voulait… et ne voulait pas.

Il lui en avait fallu, du temps, pour être sûr qu'il pouvait faire l'amour tout en se protégeant complètement de sentiments qu'il aurait pu éprouver malgré tout… Juste pour satisfaire une envie, un besoin purement physique, un peu comme manger…

Au fil des mois, puis des années, Nico s'était rendu compte qu'il pouvait parfaitement supporter de très longues périodes d'abstinence totale, et en dix ans, les quelques femmes qu'il avait fréquentées avaient parfaitement compris qu'il ne souhaitait qu'une relation très temporaire.

Phoebe continuait à lui lancer des regards intéressés, mais Nico ne réagit pas. Il n'était pas attiré par elle, et ce n'était pas seulement parce qu'elle n'avait pas les cheveux et les yeux aussi noirs que ceux de Frankie…

Non, en vérité, il se concentrait sur Bruce, le chien dont le sauvetage resterait dans les annales de la Red Watch.

— Il a l'air bien nourri. Je dirais qu'il a entre six et huit ans et que c'est un chien de ferme, ajouta la vétérinaire.

Elle sourit à Nico.

— Il sent un peu le mouton, pas vrai ?

— Je ne sais pas…

Nico haussa les épaules.

— Je n'ai pas fait attention. Mais rassurez-moi, il va s'en sortir ?

— Physiquement, oui. Sauf qu'il est un peu traumatisé, ce qui est compréhensible après l'accident. En même temps, il ne montre pas la moindre agressivité, ce qui en dit long sur sa personnalité. Je pense que c'est un chien de berger très gentil. Si personne ne le réclame, je suis sûre qu'on lui trouvera facilement un bon foyer. Moi-même, je l'adopterais volontiers, mais j'ai déjà trop d'animaux. Qu'est-ce que vous comptez faire avec lui ?

— Pour l'instant, je m'en occupe, répondit Nico.

— Tant mieux. Je peux vous proposer de la nourriture, des boîtes de pâté et des croquettes. Vous voulez prendre un rendez-vous de suivi dans mon cabinet d'ici trois ou quatre jours ? Je n'exerce pas loin.

Phoebe ponctua ses paroles d'une œillade insistante.

— Je suppose que vous habitez près de la base de sauvetage aérien ? Vous accomplissez un travail tellement impressionnant…

Nico garda le silence. Il n'allait pas révéler qu'il vivait actuellement dans un camping très éloigné de son nouveau travail. Il n'envisageait pas non plus de deuxième consultation, ce qui aurait pu faire croire à Phoebe qu'il s'intéressait éventuellement à elle.

Pour le moment, seul Bruce comptait.

Il n'avait jamais pensé avoir un chien. Il était bien trop occupé par son métier, et lorsque du temps libre s'offrait à lui, il recherchait les meilleures plages pour faire du surf ou du paddle. Et il aimait habiter à plein temps dans son vieux fourgon Volkswagen Kombi aménagé mais peu spacieux. Où ce chien se caserait-il ?

Seulement, il avait promis à Bruce de veiller sur lui… Et il n'avait qu'une parole.

De toute façon, comment aurait-il pu agir autrement ? Au moment du décollage de l'hélicoptère, le chien lui avait adressé un tel regard que Nico en avait eu le cœur brisé.

Dans ce regard, il avait perçu tant de choses qu'il reconnaissait…

La tristesse… La solitude totale… Le désespoir.

Il avait maintenu le contact visuel avec Bruce et, avant même d'avoir prononcé les mots à voix haute, il avait su que le chien comprenait. Qu'il lui faisait confiance.

— Je peux vous communiquer une liste de refuges pour chiens, juste au cas où.

Phoebe le contemplait avec curiosité.

— Votre travail doit être très prenant. Ce ne sera pas un problème de garder Bruce ?

— Non, je me débrouillerai, affirma-t-il. Merci beaucoup pour votre aide. Et ne vous inquiétez pas, je vais m'organiser pour que Bruce ne manque de rien.

La facture de la vétérinaire s'avéra exorbitante, surtout après que Nico eut ajouté la nourriture, une gamelle, une brosse et une couverture. Il porta Bruce jusqu'à son fourgon, et l'installa sur son propre lit qui occupait presque tout l'arrière du van. Puis il conduisit jusqu'au camping et se gara sur son emplacement, heureusement délimité par d'épaisses haies.

On sera tranquilles pour ce soir... et peut-être plus longtemps ! songea-t-il avec optimisme.

Il ignorait si les animaux domestiques étaient autorisés sur ce site. Quoi qu'il en soit, pour le moment, Bruce ne risquait pas de se promener aux alentours... Donc s'il n'aboyait pas, sa présence passerait inaperçue pendant au moins quelques jours.

On va rester tous les deux, comme de vrais amis...

Lorsque Nico se glissa enfin sur l'espace encore libre de son lit, il poussa un long soupir de soulagement et de fatigue. Il ne lui restait que quelques heures de sommeil avant de retourner au travail.

— Quelle journée étrange, dit-il à Bruce.

Le chien l'observait attentivement. Pensait-il que Nico regrettait de l'avoir ramené ?

Nico lui caressa gentiment la tête.

— Ça va aller, promit-il. Maintenant, on doit dormir un peu.

Mais Bruce continua de l'observer pendant que Nico s'abandonnait peu à peu à une douce somnolence. Bientôt, il sentit le corps du chien se blottir contre lui, puis Bruce lui lécha délicatement la main comme pour exprimer de la gratitude.

De la confiance...

Et une grande affection.

Un lien indéfectible.

Gagné par le sommeil, Nico fut soudain envahi par la certitude étrange que c'était la fin d'une journée où s'était amorcé un virage important dans son existence.

Sì... Tutto bene...

Peut-être avait-il trouvé une porte qui lui ouvrait vraiment une voie différente. Et si c'était le cas, était-il prêt à l'emprunter ?

Oui. Plus que prêt. Cela faisait trop longtemps qu'il s'immergeait dans son travail pour ne pas avoir le temps de réfléchir à des considérations personnelles. Le moment était peut-être venu de lever le pied et prendre conscience qu'il pouvait aussi profiter des bonnes choses de la vie.

Bien sûr, Frankie avait remarqué le fourgon rouge et blanc garé sur le parking depuis que Nico travaillait avec la Red Watch. Comment ne pas le repérer ? Des planches de surf étaient fixées sur le toit, et il ne manquait plus que quelques fleurs peintes sur la carrosserie pour transformer ce van en relique de l'ère hippie des années 1960 !

Mais jamais elle n'aurait soupçonné que le véhicule appartenait à Nico...

Lorsqu'elle était arrivée à la base quelques minutes plus tôt, elle avait aperçu son coéquipier debout, à côté de la porte ouverte sur le côté. Lui tournant à moitié le dos, Nico semblait réfléchir en regardant l'intérieur de la fourgonnette immobilisée à l'ombre des palmiers bordant l'aire de stationnement.

Frankie sentit son pouls s'accélérer. Et voilà, il suffisait qu'elle pose les yeux sur lui et, en elle, ça palpitait, ça s'enflammait de nouveau...

Il me plaît vraiment beaucoup, se dit-elle en fermant le cadenas de la chaîne de sécurité autour de sa moto.

C'était quand même perturbant !

Et mes bonnes résolutions, alors ?

Une petite voix intérieure lui souffla alors que oui, parfaitement, elle avait aussi très envie de se laisser aller à cet élan...

Et il fallait croire que c'était viscéral.

Irrésistible.

Peut-être parce que Nico était le contraire des beaux sportifs blonds qu'elle avait fréquentés jusqu'à présent ? Leur seul point commun ? La planche de surf !

Chassant les fantasmes qui l'assaillaient de nouveau, Frankie plaqua son plus beau sourire sur ses lèvres et s'approcha.

— Salut ! C'est ton van ?

Nico se tourna aussitôt vers elle. Une lueur perplexe brillait dans ses yeux sombres.

— *Sì*... Il est mal garé, peut-être ?

— Pas du tout. Mais j'imaginais que tu conduisais un autre genre de véhicules ! avoua Frankie sur le ton de la plaisanterie.

— Ah bon ? Et quel genre ?

— Une Lamborghini ou une Ferrari ! le taquina-t-elle.

— Pourquoi ? Parce que je suis italien ? ajouta Nico avec une évidente provocation.

Un peu gênée de s'être lancée de ce dialogue, Frankie haussa les épaules.

— Parce que tu as l'allure d'un homme qui pourrait être à l'aise au volant d'une superbe voiture de sport, affirma-t-elle sans détour.

En parlant, elle le détailla d'un clin d'œil.

Nico portait son uniforme de secouriste, mais il n'avait pas encore attaché ses cheveux dont les boucles frôlaient le col de sa chemise bleu foncé. Une chevelure brillante et noire, qui semblait aussi douce que de la soie.

Et j'y passerais bien mes doigts...

Se ressaisissant, Frankie regarda les planches de surf sur le toit du van de Nico.

— Tu es un adepte de la glisse sur l'eau ?

— Oui, j'adore. La mer, les vagues, le vent... J'en ai besoin au quotidien.

Nico laissa échapper un petit rire.

— Et toi, tu conduis quel genre de véhicules ?

— Je ne conduis pas, je pilote. Une Ducati, précisa Frankie, amusée.

Elle lui désigna son élégante moto au carénage sombre garée entre un hangar et les bâtiments principaux de la base.

— Ducati... Parce que c'est italien ?

Frankie fit semblant d'être choquée.

— Parce que c'est la meilleure routière ! Mais je te préviens, à part la nourriture, j'ai comme principe d'éviter tout ce qui est d'origine italienne, ajouta-t-elle sur le ton de la plaisanterie.

— Heureusement, en Australie, il y a beaucoup de bons restaurants italiens, répliqua Nico, le regard malicieux.

Puis il jeta un coup d'œil à l'intérieur de son fourgon.

— À propos de nourriture, je vais en laisser à Bruce au cas où il aurait faim. Il n'a encore rien avalé depuis ce matin.

Il prit un sac de croquettes et en versa un peu dans une gamelle, puis il regarda de nouveau Frankie d'un air intrigué.

— Tu es sérieuse quand tu dis que tu évites tout ce qui est d'origine italienne ?

Surprise, Frankie réfléchit à ce qu'elle pouvait lui confier, puis décida de faire comme si elle n'avait pas entendu cette question.

— Bruce est dans ta camionnette ?

Se rapprochant du véhicule, elle aperçut le chien couché sur un matelas, et elle se pencha pour le caresser.

— Sa patte est bandée, mais pas plâtrée. J'en déduis qu'elle n'est pas cassée ?

— Par chance, non. Bruce s'est peut-être déchiré les ligaments et pour le moment, il a mal. Il ne doit pas utiliser cette patte pendant une semaine ou deux. Du coup, il restera plus facilement dans mon van pour se reposer ! Surtout si je peux être garé à l'ombre, comme ici, précisa Nico en désignant les palmiers du parking. Il peut faire chaud en cette saison.

— Chaud, humide… Et il pleut aussi beaucoup. En tout cas, il a l'air très à l'aise sur le couchage que tu lui as préparé. Il a même des couvertures et des oreillers ! s'exclama Frankie, stupéfaite.

— En fait, c'est mon lit.

— Oh… Tu ne lésines pas, commenta-t-elle, touchée par tant de gentillesse. Et ce van, tu l'utilises souvent ?

— Tout le temps. Je n'ai pas encore trouvé de logement à louer, donc je vis au camping sur la route de Bundeena.

Frankie eut du mal à dissimuler son étonnement.

— C'est un peu loin de notre base.

— Environ quarante-cinq minutes. Et toi ? Où habites-tu ?

— Lilli Pilli Point. Pour venir ici, c'est rapide par l'autoroute. Et je vis à environ dix minutes de la réserve naturelle de Lilli Pilli Point, que tu connais peut-être ?

— Pas encore.

— C'est un grand espace, superbe, avec un lac d'eau salée où on peut se baigner. Je fais mon jogging là-bas tous les matins avant de venir travailler, sauf si un vent de tous les diables m'en empêche.

Et voilà qu'on discute comme de bons camarades…

Frankie n'arrivait même plus à garder la distance qu'elle aurait dû s'imposer. Au-delà de son physique à couper le souffle, Nico lui paraissait tellement sympathique !

— Et pour le surf, où est-ce que tu me conseillerais d'aller ? demanda-t-il.

— Pas à Lilli Pilli Point, en tout cas. Il y a un port, des bateaux, un accès à la mer, mais pour surfer, tente plutôt la plage de Bondi.

Nico secoua la tête.

— Il y a trop de monde, là-bas. J'aime le calme et, en fait, je préfère le paddle au surf.

— Je comprends. Tu auras l'occasion d'explorer les environs… Personnellement, je ne peux pas vraiment te conseiller. Le surf ou le paddle, ce n'est pas mon domaine ! Bon, la journée va commencer…

Frankie caressa une dernière fois la tête de Bruce.

— Repose-toi bien et récupère, murmura-t-elle à l'attention de l'animal.

— Tu as de quoi manger et boire, dit Nico, s'adressant au chien comme si ce dernier pouvait tout comprendre. Et les fenêtres restent un peu ouvertes pour que tu puisses respirer de l'air frais… et que ça ne sente pas trop mauvais à l'intérieur tout à l'heure ! Tu auras besoin d'un bon bain, toi… Je viendrai te sortir quand on ne sera pas trop occupés, d'accord ?

Frankie remarqua la façon dont Bruce écoutait Nico, le regard intensément rivé sur son protecteur. Elle se rappela aussi comment Nico avait tenu le chien contre lui la veille au soir, d'un geste tellement affectueux...

— Pourquoi tu ne l'amènerais pas dans notre salle ? suggéra-t-elle. Je parie que nos collègues l'accepteraient sans problème. Je crains que, même si ta camionnette est à l'ombre, il risque d'avoir trop chaud. Il fait lourd, aujourd'hui.

Nico la regarda, l'air surpris.

— Tu crois que ce serait possible ? Parce que oui, ce serait bien mieux et plus confortable pour lui...

Comme Frankie l'avait supposé, personne ne vit d'inconvénient à ce que le chien reste tranquillement assis dans un coin de l'espace commun de la Red Watch.

Au cours des jours suivants, tout le monde s'habitua même à voir Nico arriver en compagnie de Bruce, et s'occuper de l'animal dès qu'il avait un moment. Il lui apportait à boire et à manger, le sortait en le portant dans ses bras pour qu'il fasse ses besoins sur l'herbe près du parking... Il le lava à l'aide du tuyau d'arrosage et lui brossa soigneusement son long pelage, ôtant avec patience tous les nœuds qui s'étaient incrustés.

Au fil des journées, Nico se rendait compte à quel point Bruce lui faisait confiance. L'affection de l'animal devenait débordante, il le voyait dans son regard. Et c'était réciproque.

Jamais je ne vais pouvoir le laisser à quelqu'un d'autre... S'il n'a pas de famille, je l'adopterai, se répéta-t-il à plusieurs reprises.

Ce matin-là, comme tout était encore calme à la Red Watch, Nico en profita pour boire un café en s'installant dans un fauteuil, près de Bruce. Il avait bien conscience que ses coéquipiers le considéraient avec amusement, mais peu lui importait !

Quelques instants plus tard, Mozzie les rejoignit et s'accroupit devant le chien.

— Tu pourrais au moins faire semblant de bien m'aimer, hein ? dit-il en caressant Bruce derrière les oreilles.

Mais le chien remua à peine la queue.

— Quand même, tu exagères ! J'étais là, moi, quand tu as été secouru !

— Et moi donc ! intervint Frankie qui se préparait une tasse de thé. Je vous rappelle que c'est moi qui ai risqué ma vie pour le récupérer !

— Psst... Restons discrets à ce sujet, lança Colin en passant près d'eux. Je n'ai pas envie que le sauvetage en hélicoptère de cet animal s'ébruite.

— Quelqu'un sait si on a des informations sur la famille de Bruce ? demanda Mozzie. À part le fait que son maître soit malheureusement mort...

— Aucune nouvelle, répondit Nico. Hier, j'ai rappelé la police locale de Willhua. Ils m'ont promis de me contacter s'ils apprenaient quelque chose, mais on m'a bien fait comprendre qu'il valait mieux que je ne m'attende à rien.

— J'ai parlé à Jenny, annonça Frankie. Elle prévoit d'adopter l'autre chien qui se trouvait dans la camionnette accidentée. Il s'appelle Stumpy.

Nico croisa le regard de la jeune femme, mais aussitôt, elle détourna les yeux.

— Nico, qu'est-ce que tu vas faire avec ce chien ? demanda Mozzie.

— Ce que je vais faire ?

Nico regarda l'animal qui, à cet instant, avait les yeux mi-clos. Mais à coup sûr, il observait Nico.

— Si personne ne le réclame, je le garderai. Mais il faudra que je trouve une maison à louer. Au camping où je vis pour le moment, les chiens sont interdits. Je ne pourrai plus cacher Bruce quand il ira mieux. Il aura envie de sortir...

— C'est sûr. L'ennui ? Tu auras peut-être du mal à trouver une location si tu as un animal de compagnie, commenta Mozzie.

Il resta songeur quelques secondes.

— Je te laisserais bien te garer sur ma pelouse si j'en avais une, mais tout ce que je possède, c'est un garage dans le sous-sol de mon immeuble ! Frankie, tu as un jardin, non ?

— Exact, mais j'ai aussi des colocataires qui n'apprécieraient peut-être pas qu'un van stationne dehors. Ce n'est pas chez moi, précisa-t-elle d'un air embarrassé, toujours sans regarder Nico.

— Ne vous inquiétez pas, je vais me débrouiller, affirma Nico.

Il voulait en finir avec cette conversation. Il ne voulait pas que Frankie se sente mal à l'aise à cause de lui. D'autant qu'elle ne paraissait décidément pas très heureuse de travailler avec lui. Il avait la désagréable impression qu'elle lui faisait à peine confiance. De plus, elle semblait avoir sérieusement cru que comme il était italien, il aurait pu aimer conduire une belle voiture de sport... Quel cliché ! Sans parler du fait qu'elle évitait sciemment tout ce qui avait un lien avec l'Italie !

On a déjà bavardé ensemble, mais elle garde manifestement ses distances...

Cependant, par moments, Nico ressentait quelque chose de très troublant à propos de sa belle partenaire. Par exemple, il remarquait qu'elle évitait de le regarder, preuve qu'elle ne voulait lui montrer aucun intérêt. Il avait aussi noté qu'elle s'adressait à lui avec une indifférence étudiée. Tiens, là, n'était-elle pas en train de refuser de nouveau tout contact visuel avec lui ?

Peut-être que je me fais des idées ?

En tout cas, qu'il le veuille ou non, l'attrait que Frankie exerçait sur lui s'approfondissait de jour au jour. Il adorait qu'elle s'inquiète pour Bruce, qu'elle pilote une moto, qu'elle soit sportive et, comme lui, toujours prête à intervenir pour sauver quelqu'un... De plus, elle était vraiment jolie. Son sourire le faisait craquer.

— Si tu cherches une maison, j'ai vu un panneau « à louer » sur le côté de la route qui mène à la réserve naturelle, pas loin d'ici, déclara alors Frankie, tirant Nico de ses réflexions. C'est un écriteau simplement manuscrit. Peut-être qu'il s'agit d'une bâtisse en mauvais état, je ne sais pas… Elle se trouve derrière une rangée d'arbres, donc on ne la voit pas.

— Si elle est dans la nature, le propriétaire acceptera peut-être de louer les lieux à quelqu'un qui a un chien ? dit Nico, soudain plein d'espoir.

Frankie lui sourit gentiment, ce qui le surprit.

— C'est ce que je pense. Ça vaut peut-être la peine d'y jeter un coup d'œil ?

— Absolument.

— Je te montrerai où c'est, si tu veux.

Encore de la gentillesse ?

Pour le coup, Nico n'en revenait pas. Qu'est-ce qui expliquait ce brusque changement d'attitude chez la jeune femme ? En tout cas, ça lui fit chaud au cœur.

Au même instant, leurs bips se déclenchèrent simultanément. Une intervention d'urgence s'annonçait.

— On y va après le travail ? demanda-t-il en se levant d'un bond.

Frankie leva un pouce pour acquiescer, puis elle fila en courant vers le vestiaire. Chassant toute autre considération, Nico lui emboîta le pas.

3

Ce soir-là, après leur intervention qui dura plus longtemps que prévue – l'équipe avait dû secourir et transporter plusieurs personnes accidentées dans un impressionnant carambolage sur l'autoroute –, Frankie enfourcha sa moto pour montrer à Nico où se trouvait la maison à louer. Elle était heureuse de pouvoir l'aider… Même si au fond d'elle-même, elle s'en voulait déjà de se montrer trop empathique.

En partant de la base de la Red Watch, ils furent sur place en moins d'un quart d'heure. Nico, qui l'avait suivie au volant de son van, se gara à l'entrée du chemin devant lequel le panneau à louer était planté. Il sauta à terre et, tout en rejoignant Frankie, observa les alentours : les champs de maïs, le petit bois, les grands eucalyptus devant la bâtisse et, au-delà, à environ deux kilomètres, la mer. On apercevait la vaste étendue marine entre les arbres et, à l'horizon, le soleil couchant.

— Hé, hé, j'ai l'impression que tu m'as déniché un coin de paradis ! s'exclama-t-il.

Il ébaucha un sourire, clairement déjà conquis.

— Tu viens visiter avec moi ?

Frankie hésita. La journée avait été intense, comme toujours, et elle était fatiguée. En même temps, elle se sentait curieuse. Et elle aimait être en compagnie de Nico.

Un peu trop, même…

— D'accord.

À côté de Nico, elle s'engagea sur un sentier qui menait à un vaste jardin non clôturé, envahi d'herbes et fleurs sauvages. Au bout s'élevait une habitation de plain-pied qui devait mesurer environ soixante mètres carrés.

Frankie s'immobilisa pour mieux la regarder.

Un toit de tôle ondulée, une véranda en bois ornée d'une balustrade qui, à une époque, avait dû être blanche… Des façades peintes en bleu ciel, fissurées par endroits… Les fenêtres comportaient de vieux volets plutôt grisâtres, mais encore fonctionnels.

Nico émit un sifflement.

— Une petite maison bleue à cinq minutes de la plage ! J'adore ! D'ici, je peux aller faire du paddle quand je veux !

— J'avoue que ça a du charme… Oui, c'est plutôt poétique, comme endroit, dit Frankie en grimpant les deux marches conduisant à la véranda.

Elle jeta un coup d'œil à travers les vitres sales de la porte d'entrée. Tout près d'elle, Nico fit de même.

— Ce n'est pas en bon état, mais ce n'est pas totalement délabré non plus, observa-t-elle en apercevant une pièce vide avec un parquet et une cheminée. Tu aimes bien ?

— Bien ? Beaucoup, oui ! C'est parfait… Plus que parfait, ajouta Nico en se retournant. Regarde ce paysage !

De là où ils se trouvaient, à travers les arbres, ils pouvaient apercevoir la mer nimbée des reflets orangés du soleil couchant.

— C'est beau, murmura Frankie, rêveuse.

En un clin d'œil, elle imagina la maisonnette rénovée, des chaises et une jolie table blanche sous la véranda restaurée. Des rires d'enfants résonneraient dans le jardin fleuri et ombragé grâce aux eucalyptus… Et elle-même tiendrait la main d'un bel homme aux cheveux noirs et aux prunelles d'encre…

Comme Nico ? Remets les pieds sur terre illico presto !

— Tu vas contacter le propriétaire ? demanda-t-elle, s'obligeant difficilement à revenir à la réalité. Son numéro de téléphone est indiqué sur le panneau.

— Oui, je vais l'appeler tout à l'heure. Il faut que je visite l'intérieur, que je sache s'il y a de l'eau courante et de l'électricité. Mais au fond, pour moi, ces aspects ne sont pas si importants…

Nico haussa les épaules.

— Si je peux stationner ici avec mon van, j'ai de quoi me préparer des repas puisque j'ai un réchaud. La mer est à deux pas, donc je peux très bien aller chercher de l'eau pour me laver. Du moment que le loyer n'est pas trop cher, et qu'on peut être tranquilles, mon chien et moi, à l'abri…

— C'est sûr. Contacte le propriétaire et…

Frankie s'interrompit, se remémorant soudain son agenda.

— On est bien vendredi ?

— Oui, pourquoi ? Tu as un rendez-vous ?

— Eh oui ! Chez moi ! J'habite près d'ici… Avec mes colocataires, on cuisine à tour de rôle le vendredi soir, et on invite ceux et celles qui sont libres. Comme tu as parlé de préparer à manger, je m'en suis souvenue d'un coup ! Et heureusement ! Il vaut mieux que je file…

Confuse, Frankie descendit les marches de la véranda et s'engagea sur le chemin bordé de hautes herbes. Son cœur battait trop fort dans sa poitrine. Pourquoi ? La réponse était si évidente ! La présence de Nico auprès d'elle, dans cet endroit si bucolique, la troublait délicieusement. Pour autant, elle se rendit compte qu'elle n'avait aucune envie de repartir sans lui, là, maintenant, en sachant qu'il était seul.

— Tu es le bienvenu, si tu veux.

Comment ne pas le lui proposer ?

Nico l'observa d'un air désemparé.

— Vraiment ? C'est gentil, mais je dois m'occuper de Bruce. Le nourrir, le laisser un peu dehors… Enfin, tu imagines.

— Bruce est le bienvenu, lui aussi.

Nico resta silencieux, visiblement hésitant.

— J'ai prévu des *pasta alla gricia*, ajouta Frankie en lui adressant un clin d'œil. Demain, je suis en congé pour quatre jours, alors c'est la fête !

— Je te comprends. Et… des *pasta alla gricia* ? Tu me prends par les sentiments ! lança gaiement Nico. C'est mon plat préféré… Tu utilises des spaghettis ou des *rigatori* ?

— Des *rigatori*, bien sûr. On me livre les ingrédients, précisa-t-elle. On va se régaler. Alors, tenté ?

Nico hésitait toujours.

— Se détendre est important, insista Frankie. Il y aura des bières fraîches au frigo, et tu vas rencontrer d'autres amis et collègues. Sympa, non ? Viens !

Alors, Nico sourit, et une lueur gourmande se refléta dans son regard.

— Ah, là, là… Des *pasta alla gricia*, ça ne se refuse pas ! En plus, j'avoue que je meurs de faim… Allez, j'accepte ta belle invitation ! *Grazie mille* !

Frankie se sentit inhabituellement nerveuse pendant les cinq minutes du trajet jusque chez elle. Dans le rétroviseur, elle apercevait le van de Nico qui la suivait.

Comment n'aurait-elle pas pu l'inviter ? Elle venait d'évoquer la soirée prévue avec ses colocataires ! Elle aurait paru bien égoïste. Et même si ce dîner amoindrirait la distance professionnelle que Nico et elle devaient garder entre eux, elle ne regrettait pas sa propre spontanéité.

Une fraction de seconde, Frankie imagina alors sa maison… vide. Ses camarades seraient ailleurs, pris par d'autres occupations survenues à la dernière minute… Un concert… Une sortie imprévue…

Et ainsi, Nico et elles seraient seuls.

Ils se retrouveraient tous les deux pour déguster un plat typiquement italien et faire connaissance.

Continue à fantasmer comme ça et tu tomberas de haut !

Quelques instants plus tard, parvenant chez elle, Frankie fut soulagée de constater que tout le monde était là…

Pendant que Nico se changeait dans son van, elle gagna sa chambre et, se débarrassant de son uniforme, attrapa les vêtements qu'elle avait laissés sur une chaise. Jean, T-shirt ample noué à la taille... Pas question d'enfiler une jolie robe qui aurait pu faire croire qu'elle voulait plaire à Nico !

Sans se soucier d'enfiler ses sandales, elle se dirigea vers la cuisine, savourant la fraîcheur du sol dallé sur sa peau., Quelques instants plus tard, Nico la rejoignit. Il portait un bermuda noir et un vieux T-shirt orné d'un drapeau italien au graphisme en grande partie effacé par le temps.

Bruce boitillait près de son maître et, baissant les yeux vers l'animal, Frankie s'aperçut alors que Nico était également pieds nus.

Un picotement tourbillonna alors dans le creux de son ventre. Une bouffée de désir brûlante, impossible à juguler.

Dissimulant son trouble, Frankie s'attela à la tâche. Ingrédients pour la sauce, volumineux faitout, planche à découper, couteau bien aiguisé, râpe... Puis elle commença à préparer son plat. Ses colocataires ne tardèrent pas à se rassembler dans la cuisine et, tout en s'activant, elle fit les présentations.

— Nico, voici Suzie, et Justin – il est ambulancier à Miranda –, avec sa petite amie Janine. Les amis, ce soir on accueille mon nouveau coéquipier Nico et son super chien, Bruce. Je vous ai raconté comment on l'a sauvé l'autre soir !

Suzie, infirmière au bloc opératoire de l'hôpital St Mary, s'agenouilla aussitôt pour caresser affectueusement Bruce. Au même instant, Derek, le troisième colocataire, s'engouffra dans la pièce.

— Salut tout le monde ! Qui veut une bière ? demanda-t-il en ouvrant la porte du réfrigérateur.

Un « oui » collectif lui répondit. Frankie entendit la voix de Nico dans ce chœur enthousiaste, ce qui la réjouit. Il s'intégrerait sans problème dans son groupe d'amis... D'autant plus que Derek venait de l'apostropher amicalement.

— On s'est déjà vus quelque part, non ? Ah, oui, c'était sur le toit de l'hôpital St Mary. Tu étais dans l'hélicoptère qui a transporté une victime d'un arrêt cardiaque il y a environ dix jours... Avec toi, Frankie, c'est ça ?

— Exact. C'était notre première mission ensemble, acquiesça Frankie en lançant un bref regard à Nico.

Il la contemplait en souriant, l'air rêveur. Un doux frisson envahit Frankie et elle se concentra sur le *guanciale* – de la viande séchée non fumée –, qu'elle était en train de découper pour la faire cuire ensuite à feu doux.

— Ça sent tellement bon, commenta Suzie en regardant par-dessus l'épaule de Frankie. Qu'est-ce que c'est ? Du salami ? De la *pancetta* ?

— Une sorte de salami fait à partir de joues de porc, expliqua Frankie. C'est plus fort que la *pancetta*. C'est épicé avec du poivre noir et du piment.

Nico s'approcha également d'elle.

— Et ça, c'est du *pecorino romano.*

— Un fromage qui sent vraiment mauvais, dit Justin en riant. On en a déjà mangé. C'est fabriqué à partir de lait de brebis, pas vrai ?

Janine esquissa une grimace.

— Pardon, mais ça ne me tente pas...

— Tu devrais te régaler, assura Nico. Mais si ça ne te plaît pas, je prendrai ta part ! Ma *nonna* nous en préparait quand j'étais petit, et j'adore ça.

— Tu viens de quelle région d'Italie, Nico ? questionna Suzie. Et qu'est-ce qui t'a poussé à venir à Sydney ?

— Je préciserai cette question : qu'est-ce qui t'a donné envie de travailler avec Frankie ? demanda Derek d'un ton taquin. J'espère que tu sais qu'elle a un sacré caractère...

— Un sacré caractère ? C'est-à-dire ? demanda Nico, l'air surpris.

— J'en déduis que tu n'as pas encore vu notre amie à l'œuvre. Disons que Frankie est plutôt autoritaire, poursuivit Derek. Quand elle veut quelque chose, elle l'obtient.

— Tu exagères, protesta Frankie. Je suis une personne déterminée. Nico, n'écoute pas Derek...

Mais il se contenta de hausser les épaules et évita bizarrement le regard de Frankie.

Ennuyé ? Choqué ?

Gênée, regrettant les commentaires de Derek, Frankie reporta son attention sur sa préparation culinaire, bientôt terminée.

— Et si on allait dîner dans le jardin ? proposa Suzie. On va apporter des chaises supplémentaires…

— Bonne idée, dit Frankie, espérant voir Nico sourire de nouveau.

Il faisait doux, et le ciel était constellé d'étoiles. Dans les branches du haut sapin au milieu du gazon, les guirlandes solaires scintillaient.

Un silence satisfait régna tandis que chacun dégustait son assiette de pâtes fumantes et parfumées.

En remarquant à quel point Nico se régalait, Frankie fut étrangement émue. Il fermait les yeux de plaisir…

Et de nouveau, elle ressentit la morsure du désir. En même temps, elle se félicita d'avoir pu lui offrir un moment de pure détente. Il semblait si seul… Mais il paraissait aussi apprécier sa solitude, à présent adoucie par la présence du chien dont il s'occupait si gentiment. L'adopterait-il complètement, par la suite ?

Lorsqu'ils eurent fini le délicieux repas que Frankie avait préparé, Nico discutait avec tout le monde. Ils avaient tous en commun de travailler dans le monde médical et il était facile d'échanger des anecdotes. Les rires fusaient.

Frankie, elle, souriait. Il faisait suffisamment sombre pour que personne ne remarque que son regard s'attardait sur Nico et que son esprit s'était à nouveau égaré. Elle aimait ce genre de soirées. Être en groupe… et accompagnée d'un homme.

Elle avait été élevée dans une grande communauté italienne de Melbourne, mais elle était fille unique, sa mère ne s'étant jamais remariée après la mort du père de Frankie. Au quotidien, l'ambiance était donc exclusivement féminine…

C'était peut-être pour cette raison que petite, Frankie aimait sortir dans la rue pour jouer au foot avec les garçons. Elle n'aimait pas rester chez elle, seule. Elle aurait tant voulu avoir un frère ou une sœur… Au fond, grandir sans présence paternelle ne l'avait pas autant touchée que l'absence de fratrie, même si sa mère et sa grand-mère l'avaient beaucoup choyée.

Cependant, Frankie avait aussi pu constater que les hommes s'attribuaient un rôle parfois beaucoup trop traditionnel dans les foyers de son quartier : les femmes s'occupaient des enfants, de la maison, du ménage, et faisaient la cuisine. Les maris, eux, connaissaient bien d'autres passions et s'accordaient de nombreuses activités ! La jeune Francesca Moretti avait alors décidé que son destin de femme ne serait certainement pas calqué sur le modèle maternel ou grand-maternel. Elle serait heureuse aussi bien professionnellement que personnellement !

Sauf que, pour le moment, sa vie privée laissait plus qu'à désirer. Célibataire, Frankie avait mis de côté tous ses rêves sentimentaux. Mais ce soir, tandis que Nico et ses amis riaient ensemble, elle se rendit compte que quelque chose changeait en elle. Un rêve inavouable s'immisçait de nouveau dans son esprit… Un rêve où apparaissait un homme brun, séduisant, gentil, drôle… Où un amour irrésistible les unissait… Et ils donnaient naissance à beaucoup d'enfants.

Et pourquoi pas ?

Frankie sourit. Oui, Nico incarnait tout ce qu'elle aimait : un physique à couper le souffle, la virilité, le courage… Et il était visiblement seul, lui aussi. Comment resterait-elle indifférente ?

— Qui veut un café ? demanda Derek, interrompant les rêveries de Frankie. Je vais en préparer.

— Je te donne un coup de main, proposa Nico.

Il aida également à débarrasser la table et, quand il passa devant Frankie, elle lui tendit son assiette et ses couverts.

M. Parfait…

— Si tu fais la vaisselle, tu risques d'être invité régulièrement ! prévint-elle.

Nico se mit à rire.

— Tant mieux ! En tout cas, merci de nous avoir concocté un si délicieux repas. *È stato delizioso.*

Frankie sentit son pouls s'accélérer. Parce qu'il lui avait parlé dans la langue tellement chantante de leur pays ? Parce qu'il avait aimé ce repas et qu'en plus, il l'avait complimentée ? Parce que lui, si beau et si masculin, se dirigeait vers la cuisine en portant les assiettes sales ?

Toutes les règles que j'avais fixées disparaissent complètement...

Au diable sa résolution de ne pas craquer pour un Italien...

Gommée, son autre résolution de ne pas trop sympathiser avec un collègue de la Red Watch...

Oubliée, sa troisième résolution de ne pas laisser ses fantasmes prendre le dessus...

Lorsque Nico les rejoignit de nouveau, et que tous se rassemblèrent pour siroter un café en dégustant des chocolats offerts par Suzie, Frankie se sentait prête à prendre une décision radicale.

Je m'étais promis de ne jamais demander à un homme de sortir avec moi, mais là, c'est impossible ! se répéta-t-elle, soudain grisée par l'audace qui s'emparait d'elle.

Et pourtant, au plus profond d'elle-même, elle manquait cruellement de confiance en elle. La faute à ses innombrables erreurs et illusions. Les quelques petits amis australiens blonds, sportifs et séducteurs qu'elle avait eus l'avaient tous laissée tomber pour une autre femme. Même celui avec lequel elle avait noué une relation de longue durée et qui, avait-elle cru, finirait par être le père de ses enfants. De la poudre aux yeux !

Mais Nico était différent. Comme il était italien, il voulait probablement beaucoup d'enfants, lui aussi... Et elle savait qu'il était un peu plus âgé qu'elle. Il avait trente-huit ans, avait-elle lu dans son dossier.

Peut-être que les étoiles s'alignaient enfin.

Arrête d'imaginer ta vie comme s'il s'agissait d'un film romantique !

Se ressaisissant tant bien que mal, Frankie regarda Nico à la dérobée. Il s'était allongé dans l'herbe, à côté de son chien dont il caressait doucement les oreilles. Bruce, les yeux mi-clos, semblait aux anges.

— Il sait que tu l'as sauvé, remarqua Suzie. Il t'adore, n'est-ce pas ?

— Oui… Autant que moi. On s'adore, ajouta Nico avec un petit rire. Je n'aurais jamais cru qu'un chien me rendrait aussi heureux.

Justin éclata de rire.

— Tu t'es trouvé un enfant à fourrure.

— Hum… C'est mieux qu'un enfant. Moins compliqué ! précisa Nico. De toute façon, les enfants et moi, ça fait deux.

Frankie tressaillit. Allons donc, ce que Nico venait d'énoncer ne faisait pas partie du scénario romantique qu'elle avait laissé jaillir dans son esprit.

— Pourquoi tu n'en veux pas ? demanda Suzie.

Frankie se concentra sur la tasse de café qu'elle tenait à la main et guetta la réponse de Nico.

— Il faudrait que je sois en couple… Malheureusement, ce sera difficile. *Il gatto scottato teme l'acqua fredda*, poursuivit Nico

— Ce qui veut dire ?

— Chat échaudé craint l'eau froide, traduisit Frankie.

Pour sa part, c'était comme si elle venait d'être plongée dans de la glace !

— Il faut juste que tu rencontres la femme de ta vie, reprit Justin en lançant un clin d'œil à Janine. Ça peut tout changer.

Nico sourit en secouant la tête.

— Non merci. Je n'y pense même pas. Bon, pour le moment, il est temps que je ramène mon grand bébé poilu à la maison ! Merci beaucoup à vous tous de m'avoir accueilli. Si je loue la petite maison bleue que j'ai visitée tout à l'heure, je vous inviterai. Frankie, profite bien de tes jours de congé ! On se revoit au travail la semaine prochaine.

Au travail.

En tant que collègue.

Frankie réalisa brutalement que son magnifique fantasme venait de fondre comme neige au soleil. Nico tenait à rester seul, et fonder une famille ne l'intéressait absolument pas. Il ne voulait pas d'enfant du tout.

Comme c'était décevant !

Et que je suis ridicule...

Quelques instants plus tard, alors que Frankie regardait le van de Nico disparaître dans la nuit, elle se forgea un nouveau vœu. Puisqu'elle avait quatre jours de congé, elle allait en profiter pour s'occuper d'elle, se ressourcer et, ensuite, repartir d'un bon pied. Elle finirait même, peut-être, par se moquer d'elle-même !

Je ne vais pas faire comme Jenny et me lancer dans une relation impossible qui m'obligera à tout plaquer...

Non, surtout pas. Elle allait plutôt continuer à s'engager dans son métier, à ne penser qu'à son métier...

Corps et âme...

Comme Nico.

4

Frankie posa le pied à terre pour stabiliser sa moto, coupa le moteur et cala la béquille. Alors qu'elle passait souplement sa jambe par-dessus la selle pour descendre, elle aperçut, dans le rétroviseur, la fourgonnette Kombi rouge et blanche de Nico.

Elle se retourna et remarqua que la portière coulissante était ouverte.

Visiblement, Nico se trouvait encore dans son véhicule, ce qui signifiait qu'ils allaient se croiser d'ici peu. Il serait en compagnie de son fidèle chien, à qui il ferait faire un petit tour avant de l'emmener avec lui dans leur salle de travail...

Elle sentit son pouls s'accélérer. Il lui suffisait de penser à Nico pour éprouver encore tant de sensations confuses mêlées de désir. Pourtant, durant ses quatre jours loin de la Red Watch, elle avait tout tenté pour oublier son stupide fantasme ! Jogging quotidien d'une dizaine de kilomètres, natation, gymnastique, repas animés avec ses colocataires... Qui lui avaient évidemment demandé si, entre Nico et elle, quelque chose se tramait. Frankie avait catégoriquement nié... Mais son cœur s'était serré.

Cherchant à s'apaiser, elle s'était quand même un peu confiée à son amie Jenny à qui elle avait téléphoné la veille au soir. Jenny, étonnamment gaie, lui avait conseillé de suivre son impulsion.

— On ne vit qu'une fois ! Amuse-toi, Frankie... Change-toi les idées !

— Mais tu sais bien que je suis une romantique, avait répliqué

Frankie. J'ai besoin de sentiments ! On ne joue pas avec les sentiments, pas vrai ?

Jenny s'était mise à rire.

— Jamais. Les sentiments, c'est sacré. Pour changer de sujet, le dossier est clos à propos du chien que vous avez sauvé avec Nico. J'ai enquêté personnellement puisque, tu le sais, j'ai recueilli Stumpy, l'autre toutou qui se trouvait avec lui dans la voiture accidentée. Personne ne réclame ni Stumpy ni Bruce. Du coup, ils sont adoptables tous les deux, et moi, je garde Stumpy.

— J'en parlerai à Nico… Mon petit doigt me dit qu'il fera tout pour devenir le vrai maître de Bruce !

— Bonne nouvelle. Et j'ai une autre bonne nouvelle à t'annoncer, avait poursuivi Jenny. Je suis de nouveau amoureuse, et cette fois, c'est réciproque.

— Waouh !

Frankie n'avait pas pu cacher son étonnement. En même temps, elle avait presque éprouvé une pointe de jalousie… Elle rêvait tant d'aimer et d'être aimée…

— Et qui est l'heureux élu ?

— Il s'appelle Rob… Le Dr Rob Pierson. Malheureusement, il est marié, lui aussi, avait précisé Jenny. Mais c'est très différent de ce que j'ai vécu avant. La femme de Rob est plongée dans un profond coma depuis des années suite à un accident. Les médecins ignorent si elle se réveillera un jour. Rob a craqué… Il ne voulait pas qu'on se fréquente, mais oui, vraiment, il a craqué, tu comprends ? La solitude et le chagrin lui pèsent. Oh ! Frankie, tu vois, parfois, le destin nous amène à vivre des choses qu'on imaginait impossibles… C'est ce qui se passe en ce moment pour Rob et moi ! Rob revit, tout comme moi. Je crois de nouveau au bonheur !

Se remémorant les paroles de Jenny, Frankie songea à sa propre situation. M. Parfait n'était pas du tout parfait pour elle puisqu'il ne voulait pas fonder de famille. Mais au fond, ne pouvait-elle pas mettre son idéal et ses fantasmes de côté, et juste prendre du bon temps ?

Amuse-toi, Frankie... Change-toi les idées !

Exactement comme Jenny le lui avait conseillé...

— Hey, Frankie !

La voix chaleureuse de Nico interrompit les pensées de Frankie.

— Comment va ma super coéquipière ?

Émergeant de sa fourgonnette, il s'avançait vers elle, l'air détendu, Bruce sur ses talons. Il portait déjà son uniforme bleu foncé barré de bandes rouges au niveau du torse.

Qu'il est beau !

— Très bien. Et toi ? demanda Frankie en descendant la fermeture Éclair de son blouson de cuir.

Soudain, elle avait l'impression d'avoir trop chaud... Et son cœur battait précipitamment.

Évidemment, songea-t-elle, moqueuse envers elle-même.

Il suffisait que Nico s'approche pour qu'elle réagisse à fleur de peau.

— Je suis en pleine forme. Et toi aussi, on dirait. Ne pas travailler te réussit, ajouta-t-il d'un air taquin. Tu as une mine superbe.

— Merci ! J'ai fait pas mal de sport, ça me détend toujours.

Nico approuva d'un sourire et Frankie sentit son pouls s'accélérer encore. Mais cette fois, elle le regarda dans les yeux, assumant pleinement ce qu'elle éprouvait. Tant pis s'il sentait qu'elle était follement attirée par lui. À partir de maintenant, elle allait se montrer plus joueuse.

— Alors, cette maison ? Tu es retourné la visiter ?

— Oui, et je l'ai louée dans la foulée. Grâce à toi, j'ai trouvé un super logement pas cher. Figure-toi qu'il y a l'électricité, l'eau... J'ai juste à acheter un peu de mobilier. J'ai repéré un dépôt-vente en ligne, et un autre en ville.

— Bonne nouvelle ! Je suis vraiment contente pour toi, se réjouit Frankie avec sincérité.

— Encore merci, dit Nico, les yeux brillants. Un de ces soirs, tu viendras dîner chez moi ? ajouta-t-il en caressant affectueusement Bruce. Je te dois bien ça.

Surprise et plus troublée qu'elle ne le montrait, Frankie hocha la tête.

— Tu ne me dois rien du tout. J'avais vu le panneau qui annonçait la location, et je t'en ai parlé, c'est tout.

— Mais tu es venue sur place avec moi. C'était très gentil. Et tu m'as invité chez toi. Adorable de ta part ! Je te signale que je cuisine, moi aussi, des spécialités italiennes, poursuivit Nico avec un grand sourire. Des gnocchis, par exemple.

Pour le coup, Frankie ne put s'empêcher de rire.

— Je suis impressionnée. On en reparle, d'accord ? Merci de l'intention, en tout cas. Bon, c'est l'heure, ajouta-t-elle en jetant un bref coup d'œil à sa montre. On y va ?

Elle se détourna et gagna le bâtiment de la Red Watch où ses autres collègues se trouvaient sûrement déjà.

Toujours accompagné de Bruce, Nico lui emboîta le pas, mais Frankie choisit de ne plus bavarder. Elle ignora les battements de son cœur et les idées décousues qui s'efforçaient encore de se frayer un chemin dans son esprit.

Nico est d'origine italienne, ne l'oublie pas... Il est célibataire mais ne veut pas être en couple... De toute façon, il est trop beau pour toi... Mais amuse-toi quand même... On ne vit qu'une fois ! Il est peut-être attiré par toi, lui aussi ?

Irritée contre elle-même, Frankie réprima un soupir et s'engouffra dans la grande salle.

Aussitôt, elle aperçut Ricky, un autre secouriste qu'elle appréciait beaucoup, de retour après dix jours de vacances bien méritées. C'était un homme âgé d'une quarantaine d'années, toujours de bonne humeur, qui n'avait jamais caché l'intérêt qu'il ressentait pour elle.

— Salut, Frankie ! s'exclama-t-il. Décidément, tu es de plus en plus belle, ajouta-t-il en l'enveloppant d'un long regard admiratif.

— Merci ! Toi, tu as l'air en pleine forme. Contente de te retrouver, Ricky, ajouta-t-elle d'un ton enjoué. Tu as déjà rencontré notre nouveau coéquipier et son rescapé ?

Elle désigna Nico et son chien. Ricky fit signe que oui.

— J'ai aussi appris comment vous avez sauvé ce pauvre toutou. Il a eu de la chance.

— C'est sûr, renchérit Nico. Grâce à Frankie ! Frankie, tu as été la bonne étoile de Bruce... et la mienne.

Gênée, Frankie hocha la tête. Que de compliments à son égard, tout à coup ! Détournant son attention, elle salua Colin qui lui adressa un sourire amical tout en se dirigeant vers son bureau, une liasse de documents à la main. Puis elle regarda Mozzie qui était en train de se préparer un copieux sandwich derrière le comptoir du coin cuisine.

— Je meurs de faim, ce matin... Et visiblement toi aussi, ajouta-t-il, s'adressant au chien de Nico. Ah, ah, j'ai l'impression que subitement, tu m'aimes bien ?

L'animal venait de s'asseoir devant Mozzie, l'œil vif et la gueule entrouverte.

Frankie échangea un regard amusé avec Nico.

— Ah, il va mieux... Et il le montre !

— Il montre surtout qu'il est hyper gourmand, répliqua Nico d'un ton amusé, en s'approchant de la machine à café. Mozzie, ne lui donne rien, s'il te plaît ! Bruce a déjà bien mangé. Qui veut un expresso ?

Mais au même instant, l'équipe reçut un appel pour une intervention.

— Briefing ! lança Colin en les rejoignant au pas de course.

Il les invita à se rassembler devant la vaste carte aérienne qui s'étalait sur un mur entier de la salle. Se rapprochant de ses coéquipiers, Frankie évita de se mettre près de Nico. Elle avait l'impression que des ondes magnétiques pulsaient entre eux...

Des ondes que moi seule, j'émets ! M. Parfait est parfaitement indifférent, se dit-elle dans un élan d'humour ironique.

Puis elle se concentra totalement sur ce que Colin leur expliquait.

— Un ULM s'est écrasé quelque part par ici, déclara-t-il en désignant un vaste espace verdoyant et vallonné en bordure d'un des parcs nationaux au sud de Sydney. Un témoin a assisté à la chute, mais pour le moment, les secours locaux cherchent encore la victime. Ils sont en train de circonscrire la zone.

— C'est autour de Wallaby Flats, intervint Mozzie en scrutant la partie de la carte montrée par Colin. Je connais bien cette région. Il y a de nombreuses pistes forestières où de gros véhicules peuvent passer. Atterrir par là-bas ne devrait pas être un problème.

— On est sûrs que c'était un ULM, pas un deltaplane ? demanda Frankie.

Colin esquissa une grimace.

— Oui, un ULM qui allait assez vite… Le crash a dû être violent.

Soucieuse, Frankie échangea un coup d'œil avec Nico. Il avait le visage grave, mais à l'expression de son regard, focalisée, déterminée, elle devina qu'il était déjà prêt à agir. Tout comme elle.

En vol, Frankie et Nico reçurent davantage d'informations.

Le lieu de l'accident avait enfin été localisé, et une ambulance ainsi qu'un camion de pompiers venaient d'arriver sur place. Heureusement, le pilote de l'ULM avait survécu. Il était même conscient. Mais il avait été piégé dans l'épave de l'appareil et souffrait d'une fracture ouverte au niveau du tibia gauche. Il avait aussi très mal au cou car il avait été happé par l'un des câbles soutenant la structure de l'aile… Câble qui, ensuite, s'était rompu lors de l'impact.

Après avoir pris connaissance de cette information, Frankie croisa le regard de Nico. Ils se comprirent aussitôt. Une blessure au niveau du cou pouvait s'avérer très grave et provoquer une détresse respiratoire potentiellement fatale.

Dès l'atterrissage, Frankie bondit dehors et devança Nico en se glissant sous les pales de leur hélicoptère. Découvrant l'état de l'ULM, elle réprima une grimace. Métal tordu, cassé… Et avec tout ça, la victime était encore vie ?

Un miracle…

— On a fini la désincarcération du pilote il y a cinq minutes, lui apprit l'un des trois pompiers présents. On a pu lui poser une perfusion alors qu'il était encore coincé. Il a reçu cinq milligrammes de morphine.

Frankie acquiesça d'un bref signe de tête tout en regardant l'attelle déjà fixée sur la jambe du rescapé, un homme d'une trentaine d'années.

— Bonjour, dit-elle en s'agenouillant près de lui. Je m'appelle Frankie et je suis secouriste. Mon coéquipier Nico m'accompagne. Comment vous vous appelez ?

— Levi.

— Un joli nom…

Tout en souriant, Frankie observa attentivement leur patient. Sa respiration était trop rapide, et sa voix rauque.

— Avez-vous des difficultés à respirer ?

— Oui… J'ai mal au cou…

L'homme toussa, poussa un gémissement et quand il s'essuya la bouche sur la manche de sa combinaison de pilote, laissa une trace de sang sur le tissu.

Dissimulant son inquiétude, Frankie prit son stéthoscope.

— Je vais écouter vos poumons. Nico, s'il te plaît, tu t'occupes du monitoring cardiaque ? Il nous faut aussi une SpO2 dès que possible.

Quelques instants plus tard, tandis que Nico ajustait les électrodes du moniteur sur le torse pour obtenir un tracé ECG, Levi commença à paniquer.

— Je ne peux presque plus respirer… J'ai vraiment mal…, balbutia-t-il d'une voix rauque.

— Je comprends, dit doucement Frankie.

Elle lui examina minutieusement le cou, mais quand elle voulut le lui palper, Levi poussa un gémissement de douleur. Frankie percevait des crépitations dans la sphère laryngée, ce qui évoquait une lésion – peut-être une fracture – du larynx.

Pourvu qu'il ne fasse pas un arrêt cardiaque dans l'hélicoptère… On sera obligés de l'intuber…

Frankie savait aussi que si l'intubation endotrachéale ne s'avérait pas suffisante, seule une chirurgie d'urgence serait salvatrice.

— On mettrait combien de temps pour nous rendre à l'hôpital le plus proche par la route ? demanda-t-elle.

— Environ trente minutes, dit Nico.

— Trop long…

Frankie réfléchit rapidement. Il ne leur faudrait qu'une petite dizaine de minutes de plus pour atteindre l'héliport sur le toit de l'hôpital St Mary.

La fréquence respiratoire de Levi augmentait et, plus inquiétant, le taux d'oxygène dans son sang chutait à un niveau très préoccupant – moins 90 % –, même avec l'apport d'oxygène administré à un seuil élevé dans son masque. Il avait le teint livide.

Frankie échangea un coup d'œil avec Nico, et il acquiesça, devinant ce qu'elle avait à l'esprit. Il lui désigna le matériel qu'ils avaient emporté : vidéo-laryngoscope, tubes endotrachéaux, masques laryngés, médicaments spécifiques pour anesthésier un patient en vue d'une intubation rapide…

— Intuber comporte un sacré risque, mais ne pas le prendre, c'est encore plus risqué, chuchota-t-elle de manière que seul Nico puisse l'entendre.

— C'est sûr. Mais son état se dégrade. On le fait, décida-t-il.

— OK.

D'ici peu, Levi ne respirerait plus, Frankie le savait.

Ensemble, ils se concentrèrent pour réussir l'intervention en un temps record. Pendant qu'elle choisissait les médicaments, Nico administra l'anesthésie et se prépara à introduire un tube pour sécuriser les voies respiratoires le plus rapidement possible.

— Je vais utiliser une petite sonde trachéale, indiqua-t-il. Six millimètres. Pas de pression sur le cricoïde.

Accroupi au-dessus de la tête de Levy, Nico garda les yeux rivés sur l'écran du vidéo-laryngoscope pendant qu'il insérait la lame.

— Je vais faire un essai, tout doucement… Tu as le kit chirurgical ?

— Prêt, dit Frankie.

La première tentative de Nico échoua.

Il s'empara du masque à valve pour ventiler manuellement et réoxygéner leur patient.

Frankie sentit sa gorge se nouer.

C'était peut-être leur dernière chance de transporter Levi à l'hôpital encore en vie.

Nico plaça un dispositif spécial, rembourré, sous les épaules de Levy. Ainsi, le cou de ce dernier se retrouva tendu vers l'arrière. D'une main, Frankie lui maintint le larynx pendant qu'elle incisait la peau, le tissu sous-cutané et la membrane cricothyroïdienne sur la ligne médiane. Elle espérait juste qu'il n'y aurait pas de dommages majeurs à un niveau plus bas de la trachée…

À l'aide d'un fil de guidage, elle mit en place une sonde endotrachéale, puis gonfla le brassard et le fixa. Nico était prêt à attacher et à presser le masque à valve afin de surveiller le mouvement des poumons lors des inspirations de Lévi, ce qui serait une preuve de réussite. Dans ce cas, l'état de Levi se stabiliserait et, secondés par tous les autres secouristes encore sur place, ils pourraient le transporter dans l'hélicoptère jusqu'au service d'urgence le plus proche, déjà prévenu…

Tout en continuant d'agir, Frankie formula une prière silencieuse.

Ce ne fut que bien plus tard, alors que l'hélicoptère retournait à la base, et pendant que Nico et elle-même vérifiaient leurs kits de secours, que Frankie réalisa à quel point tous deux travaillaient bien ensemble.

Ils formaient un binôme parfait.

En alliant leurs efforts et compétences, ils avaient réussi à sauver Lévi.

Et tous deux, parfois sans mots, se comprenaient immédiatement.

Au cours des dernières heures, pas une seule seconde elle n'avait pensé à lui comme à un éventuel amant. Elle s'était concentrée totalement sur sa mission, tout comme lui.

Si seulement ça pouvait continuer comme ça entre nous...

— Il va nous manquer des tubes endotrachéaux de taille 6, souligna-t-elle en reportant son attention sur le matériel qu'elle triait.

— C'est noté, dit Nico en cliquant sur sa tablette.

Son regard s'attarda sur Frankie pendant un court instant.

— On a assuré, pas vrai ? Quel soulagement de savoir que l'état de Lévi est stable. Il va rester en soins intensifs pendant quelques jours... On pourrait peut-être aller lui rendre visite la prochaine fois qu'on va à l'hôpital St Mary ?

— Bonne idée. On a quand même eu une bonne étoile, ajouta Frankie. La situation était critique.

— Oui...

Nico sourit.

— Mais on a assuré, répéta-t-il.

— Oui, on a sauvé une vie.

Et, ébauchant un sourire, Frankie continua son tri.

Maintenant qu'ils n'étaient plus en pleine action, elle pouvait regarder Nico sans presque ressentir le moindre trouble...

Presque.

En elle, quelque chose avait évolué, mais quoi ? Sans doute n'était-elle plus seulement attirée par lui. Elle savait qu'elle pouvait compter sur lui professionnellement. Elle savait aussi ce qu'elle ne voulait plus...

Rêver à l'impossible...

Fantasmer.

Pour autant, elle resterait elle-même... Une femme à l'esprit libre et ouvert.

5

Au cours des jours suivants, Frankie demeura dans le même état d'esprit : confiante et rassurée par rapport à sa collaboration avec Nico. Heureusement ! En effet, les interventions de secours aériens se succédaient et il fallait vraiment qu'ils forment une équipe soudée.

Jusqu'à présent, entre eux, il n'y avait eu aucune fausse note. Et Frankie se félicitait de parvenir à travailler en compagnie de Nico sans se laisser happer par des fantasmes irréalisables !

Son quotidien devait sans doute l'aider à rester réaliste. L'automne s'installait, et il pleuvait beaucoup plus que d'habitude. Pas d'été indien cette année ! Pour le moment, des inondations sans gravité avaient coupé l'accès à certaines routes intérieures, mais l'équipe de la Red Watch avait quand même dû transférer plusieurs patients dans différents hôpitaux de la région.

En pilote avisé, Mozzie surveillait de près toutes les cartes météorologiques concernant les zones aériennes, enrichies de précisions envoyées par d'autres pilotes ou d'hélicoptères.

— La météo ne va pas s'arranger, annonça-t-il d'un air soucieux pendant la pause-déjeuner. Les prévisions à long terme pour le reste du mois de mars sont même inquiétantes. Je vous préviens, on va sortir nos cirés et bottes en caoutchouc !

— Dorénavant, c'est comme ça, en Australie, remarqua Rickie, désinvolte. Le climat se détraque.

— Il n'y a pas qu'ici, objecta Nico. En Italie, il fait de plus en plus chaud. Ici, au moins, on a de la pluie... Trop, peut-être ?

— Tu pourras peut-être bientôt venir travailler en paddle, lui lança Frankie sur le ton de la plaisanterie. Il suffira que tu apprennes à Bruce à s'asseoir dessus, et hop, le super tandem débarque à la Red Watch !

Nico se mit à rire.

— C'est drôle que tu me dises ça. Hier soir, justement, j'ai fait du paddle et Bruce a voulu nager jusqu'à moi pendant que je revenais vers le rivage. Il a essayé de grimper sur la planche, mais il n'a pas réussi et je suis tombé à l'eau.

Frankie rit à son tour et soutint le regard de Nico un peu trop longtemps. Sentant son cœur battre plus vite, elle détourna les yeux et reporta son attention sur Mozzie et Rickie qui se levaient de table.

— Je vais préparer du café, dit Mozzie. Qui en veut ?

— Non merci, répondit Frankie exactement en même temps que Nico.

Amusée, elle le regarda de nouveau en arquant un sourcil étonné.

— Aujourd'hui, je me sens plutôt... survolté, expliqua Nico. Sûrement l'effet de mon bain involontaire d'hier soir ! Tu sais faire du paddle ?

— Pas vraiment, avoua Frankie. Je pratique surtout la planche à voile ou la natation. Mais j'imagine que le paddle n'est pas très différent du surf classique.

— C'est vrai. Il faut surtout posséder un bon équilibre, un ventre musclé, des cuisses solides... Ce qui semble être tout à fait ton cas, ajouta Nico en enveloppant Frankie d'un rapide coup d'œil. Tu es sportive.

— Exact.

— Et motarde.

— Ah oui !

Nico esquissa un sourire admiratif.

— J'aime travailler avec une femme comme toi.

— Je peux te retourner le compliment. Et, oui, on forme une bonne équipe, renchérit Frankie, étonnée de la tournure que prenait la conversation.

— Une excellente équipe. On devrait le fêter… Tu viens dîner à la maison ce soir ? proposa Nico, ignorant les regards curieux que leur adressaient Mozzie et Rickie.

— Quoi, ce soir ? répliqua Frankie, prise de court.

— Je te dois toujours un dîner, tu te souviens ?

— Mais non, voyons, on en a déjà parlé : tu ne me dois rien du tout. Et… tu sais vraiment cuisiner ? poursuivit Frankie malgré elle. J'avoue que les Italiens que j'ai connus ne mettaient jamais les pieds dans une cuisine… Et s'ils voulaient faire à manger, c'était soit des crevettes grillées, soit de la viande au barbecue !

Nico lança sa main en arrière, esquissant ainsi un geste très italien traduisant son rejet pur et simple d'une telle critique.

— Ma mère et mes sœurs – j'en ai quatre ! –, se sont décarcassées pour m'enseigner à préparer des lasagnes, du poulet *parmigiana*, la pizza *calzone*, le risotto et, comme je te l'ai déjà dit, les gnocchis, énuméra-t-il avec une évidente fierté.

— Magnifique ! Bravo à elles de t'avoir transmis leur savoir-faire, et bravo d'avoir appris… Quatre sœurs ? répéta Frankie, sa curiosité piquée au vif.

— Oui, quatre. Et toi ?

— Ni frère ni sœur. Mon père est mort trop jeune… J'ai été élevée par ma mère et ma grand-mère, qui vivent toutes les deux, ensemble, à Melbourne. Dis-moi, Nico, tu concoctes réellement des gnocchis ? demanda Frankie après un court silence, en le regardant dans les yeux.

Ça l'amusait…

Ça lui plaisait fortement.

— *Certamente*. Je n'en achète jamais des tout prêts. Infamie !

— Bien d'accord. Ce n'est jamais bien bon. Avec quelle sauce tu les prépares ?

— Beurre et sauge. *Cos'altro* ?

— *What else ?* Quoi d'autre, en effet ?

Frankie humecta sa lèvre inférieure du bout de la langue.

— Tu me donnes envie, et pourtant, je viens de terminer de déjeuner !

Une lueur amusée traversa les prunelles de Nico.

— Tant mieux. Donc je te tente.

Je te tente...

— Assurément, oui, dit Frankie, osant de plus en plus franchement ce petit jeu empli de sous-entendus.

— Alors, ce soir ? Vers 19 h ? Tu viens les mains vides, évidemment. On va juste passer un bon moment. On le mérite, pas vrai ?

Elle soutint de nouveau le regard de Nico. Un regard ardent où elle pouvait lire autre chose qu'un simple intérêt professionnel... ou culinaire par rapport à leur soirée.

— C'est sûr. On le mérite amplement.

Les paroles avaient été énoncées clairement, les promesses faites... Toute marche arrière était à présent impossible. En se levant de table, Frankie songea que cette fois, les dés étaient lancés. Elle venait allègrement de tordre le cou à tous les principes qu'elle avait érigés dans sa vie.

Tant pis...

Ou tant mieux !

Oui, tant mieux, se répéta-t-elle en croisant une fois de plus les yeux de Nico. Un frisson de désir et d'impatience l'envahit à la perspective de cette soirée avec lui... Et cette sensation lui donna soudain des ailes.

Elle s'était préparée en fredonnant. Jean, T-shirt rouge, bottes de cuir noir comme toujours, puisqu'elle se rendrait chez Nico à moto. Parfois, elle aurait préféré pouvoir porter une jolie jupe et des sandales... Mais il lui aurait fallu un mode de transport moins sportif.

Un jour, peut-être...

Le cœur battant, Frankie enfourcha sa Ducati, fit vrombir le moteur et prit la route. Ce soir-là, le ciel était chargé de nuages qui masquaient le soleil couchant. La pluie s'annonçait de nouveau, mais il ne faisait pas froid du tout.

Quelques minutes plus tard, elle parvint devant la petite maison bleue entourée d'eucalyptus. En se garant, elle se demanda de nouveau si elle n'était pas en train de commettre une erreur colossale. Elle avait clairement senti l'onde de désir qui circulait entre Nico et elle. En le rejoignant, elle se jetait dans ses bras...

Mais elle savait aussi que ce serait une relation éphémère. Un simple bon moment, ainsi que Nico l'avait précisé.

Oui, et alors ? On ne vit qu'une fois !

Si elle ne se berçait d'aucune illusion, elle ne regretterait rien.

La porte étant restée entrouverte, elle frappa un coup bref.

— Entre ! lança Nico.

Elle s'avança dans la pièce principale et, en un clin d'œil, remarqua à quel point l'endroit avait changé depuis sa seule et unique visite. Les murs avaient été repeints en blanc, des coussins colorés jonchaient le sol, et sur une épaisse couverture pliée en quatre, Bruce somnolait tranquillement. Dans un coin, une table sans aucune chaise... Et un four dans lequel Nico glissait un plat de pommes de terre. Il se retourna et contempla Frankie en souriant.

— Je suis content que tu sois venue.

Il était en short, débardeur et pieds nus. Très détendu. Terriblement séduisant.

— Je suis contente que tu m'aies invitée, répondit Frankie en posant son sac. J'arrive les mains vides, comme tu me l'as conseillé.

— Les mains vides, mais d'humeur gourmande ?

Les yeux brillants, Nico fit quelques pas vers elle.

— On doit attendre au moins une heure avant que les pommes de terre soient assez cuites pour que je puisse les transformer en gnocchis. La nuit sera tombée d'ici là.

— Ce n'est pas un problème, dit Frankie. J'ai tout mon temps.

Avisant un bouquet de feuilles de sauge sur la table, elle s'en empara et le huma avec délice avant de le poser de nouveau.

— Je suis d'humeur tout à fait gourmande et patiente !

Nico ébaucha un sourire.

— Voilà qui change de notre quotidien où je te vois souvent pressée et impatiente...

— Mais là, je me relaxe, et ça fait du bien, précisa Frankie en jetant un coup d'œil circulaire à la pièce quasiment vide.

— Je n'ai pas encore eu le temps d'acheter des meubles, expliqua Nico, devinant ses pensées. Rien ne presse. En plus, j'avoue que j'aime cette ambiance dénudée.

— Moi aussi. On se sent bien, ici.

Elle se tourna vers Nico, et il s'avança encore. Tout près. De plus en plus près.

Sans bouger, Frankie lui sourit, consciente du sang qui pulsait à ses tempes, et du désir frémissant en elle.

— Que va-t-on faire pendant une heure ? murmura-t-il d'un air taquin. Tu as une idée ?

— On pourrait... jouer aux cartes ? Au tarot, par exemple ?

Il laissa échapper un rire amusé.

— Je n'ai pas de cartes. Mais une autre intention m'habite, là, maintenant...

Doucement, il lui effleura la joue du bout des doigts, puis fit glisser son pouce sur la lèvre inférieure de Frankie. Elle réprima un gémissement.

— Un autre jeu. Quelque chose de délicieux, plutôt coquin... Tu crois que ça te plairait ?

— Mmm... J'en suis certaine.

— Tu es tentée ?

— Absolument tentée. Sinon, je ne serais pas venue, tu t'en doutes, ajouta Frankie d'une voix basse, assourdie par le tourbillon de sensations qui l'envahissait déjà.

— Oui, je m'en doute. On se comprend bien, toi et moi, pas vrai ?

Le regard rivé sur la bouche de Frankie, Nico resta immobile pendant quelques secondes, silencieux, intense. Puis il enlaça Frankie par la taille et la souleva contre lui aussi facilement que si elle avait été un poids plume. Le cœur battant, elle enroula ses jambes autour des reins de Nico, et il la porta ainsi jusqu'à sa chambre, fermant la porte derrière eux d'un coup de talon pour empêcher son chien de les suivre.

Dès que Frankie fut allongée sur le grand matelas à même le sol, plus rien d'autre ne compta que le volcan qui s'embrasait déjà en elle.

Nico s'empara de sa bouche avec passion, et ils échangèrent un long baiser, prélude à d'autres, de plus en plus avides. Bientôt nue, elle s'offrit avec une audace et une liberté qu'elle n'avait encore jamais connue. Elle l'embrassa partout, savourant les muscles durs sous la peau de Nico, sa virilité, son odeur musquée, et fut surprise de l'orgasme qui l'envahit dès qu'il vint en elle... Une jouissance immédiate, suivie d'un torrent sensuel qui déferla au plus profond de son être, emportant toute réserve. Et elle cria de plaisir, agrippée aux épaules de Nico, succombant encore et encore à la morsure du désir tandis qu'il lui caressait les seins, les hanches et le ventre. Des caresses brûlantes, exquises, qui la transportaient dans un monde enivrant...

Quand ils partagèrent un ultime paroxysme, Nico s'abandonna contre Frankie, enfouissant la tête dans sa longue chevelure.

Frankie ferma les yeux. Cette étreinte torride était donc déjà finie ? Elle se sentait comblée, grisée... Et encore pleine de désir.

Elle se serra contre Nico, et sans un mot, il l'enlaça étroitement, presque tendrement. Ils restèrent ainsi quelques secondes, attendant que leurs souffles s'apaisent.

— Il faut que j'aille éteindre le four, murmura-t-il en s'écartant à regret. Toi, tu ne bouges pas.

— OK...

Un peu étourdie, Frankie se redressa légèrement et se cala contre l'oreiller, puis elle tira le drap afin de se couvrir le buste. Un court instant plus tard, simplement vêtu d'un débardeur, Nico revint avec une bouteille de vin rouge et deux verres. Bruce trottinait derrière lui et se coucha par terre, près du lit, observant Frankie avec curiosité.

— Il faut que les pommes de terre refroidissent, sinon je vais me brûler les doigts pour préparer nos gnocchis ! annonça gaiement Nico. En attendant, continuons à nous détendre ici... De toute façon, je n'ai pas encore de chaises pour qu'on puisse prendre place à table.

— On est très bien comme ça, assura Frankie.

Il les servit, huma le breuvage et lui tendit un verre.

— À la tienne, charmante partenaire.

Elle trinqua en souriant.

— Merci, charmant partenaire.

Le vin était délicieux et l'ambiance merveilleuse... Elle adora ce moment, très intime et complètement différent de leurs ébats érotiques un peu plus tôt. Une douce obscurité baignait la chambre qui était dénuée de meuble en dehors de la literie à même le sol, et d'une lampe de chevet également posée par terre. Frankie remarqua aussi deux cartons empilés sous la fenêtre à travers laquelle on voyait le ciel de la nuit, étonnamment sombre ce soir-là. Pleuvait-il de nouveau ?

Jamais je n'oublierai ce qu'on est en train de vivre...

Elle appuya sa tête contre l'épaule de Nico et laissa échapper un soupir d'aise.

Ici et maintenant... Voilà ce qui est important !

Elle chassa de son esprit toutes les pensées qui auraient pu faire obstacle à la sérénité de ces instants.

— On a passé une belle journée, dit-elle, soudain rêveuse. Même si on a dû intervenir un peu trop souvent à cause des inondations...

— Oublie donc le travail ! D'autant que le meilleur reste à venir, ajouta Nico. Tu n'as pas encore goûté mes gnocchis.

Frankie se mit à rire. Comme si Nico pouvait lui offrir quelque chose de meilleur que le plaisir qu'il lui avait déjà donné ! Elle se rappela alors qu'elle ne lui avait pas appris la nouvelle que Jenny lui avait donnée.

— Au fait, tu sais que Jenny a définitivement adopté Stumpy, le camarade de Bruce ?

— *Sì*... Je crois en avoir entendu parler. Bonne nouvelle.

— Mais elle m'a également précisé que personne n'a réclamé Bruce. Tu vas pouvoir garder ton super chien pour toujours. Si tu le veux, bien sûr.

Nico sourit en jetant un coup d'œil affectueux à l'animal couché près d'eux.

— Bien sûr que je le veux. Merci de me rassurer sur le sort de mon protégé. Tu as raison, aujourd'hui est une très bonne journée.

Et il l'embrassa avec une surprenante tendresse. Sentant le goût du vin sur la bouche de Nico, Frankie lui taquina le bout des lèvres avec sa langue.

— Je me doutais que ça te ferait plaisir, murmura-t-elle entre deux baisers, de nouveau submergée de désir.

— Mais tu pensais aussi que j'aurais pu refuser de l'adopter, je me trompe ? En tout cas, ton amie Jenny doit être contente, elle aussi, puisqu'elle gardera Stumpy.

— C'est sûr. Elle adore les animaux. Mais je m'inquiète pour elle, poursuivit Frankie en s'écartant pour regarder de nouveau autour d'elle.

Comme si je voulais graver à ma mémoire tout ce que je vois et vis... Pour ne pas oublier ce délicieux moment...

— Pourquoi ?

— Tu sais pourquoi elle a démissionné de son travail chez nous ?

— Mozzie et Ricky m'ont vaguement expliqué qu'elle était sortie avec un homme marié, quelqu'un qui avait un rôle important à la Red Watch.

— C'est ça. Le directeur. Mais Jenny a découvert qu'il était marié. Il avait bien caché son jeu... Du coup, elle a été tellement humiliée qu'elle a démissionné aussitôt. Un peu prématurément, je pense, parce que son ex-amant est parti travailler à New York. Mais le comble, c'est que Rob, son nouvel amoureux est, lui aussi, marié.

Nico esquissa une grimace, et Frankie pensa à ce qu'il avait lui-même déclaré au sujet de son propre célibat.

Chat échaudé craint l'eau froide.

— En même temps, là, c'est différent. Rob est marié, mais sa femme est sous assistance respiratoire. Elle est en état de mort cérébrale depuis des années.

— Oui, c'est différent. Mais c'est triste.

Puis Nico garda le silence, plongé dans ses pensées. Frankie l'étudia, incertaine. Peut-être n'aurait-elle pas dû lui confier ce qu'elle venait de lui dire.

— En fait, je t'ai confié un secret. Je compte sur toi pour le garder.

— Bien sûr. Motus et bouche cousue, affirma Nico en levant son verre.

Tandis qu'il buvait une nouvelle gorgée, Frankie remarqua une cicatrice qui marquait le haut de l'épaule de Nico. Une lésion arrondie, d'une circonférence d'environ quinze centimètres, très nette, même si la blessure devait dater.

— Qu'est-ce qui t'est arrivé ? demanda-t-elle en lui effleurant délicatement sa peau abîmée.

Nico tressaillit soudain, puis un rire ironique lui échappa.

— Morsure de requin ! Bon, les fourneaux m'attendent...

Il se redressa d'un coup, enfila caleçon et short, puis un T-shirt à manches longues par-dessus son débardeur.

Il a refusé de me dire la vérité, songea Frankie.

La marque sur l'épiderme de Nico évoquait plutôt une vilaine brûlure.

— Et ça tombe bien, parce que j'ai faim, répondit-elle en se levant à son tour.

Elle n'insisterait pas, ne poserait pas de question indiscrète. Si Nico préférait plaisanter et cacher son passé, c'était son choix. Sauf que tout ce mystère le rendait encore plus attirant...

Mais elle ne tomberait pas dans le piège de la curiosité. Entre eux, c'était léger et éphémère. Sans véritables confidences.

Le temps que Frankie s'habille et fasse de son mieux pour remettre de l'ordre dans sa chevelure emmêlée, Nico avait réduit en purée les pommes de terre cuites au four et préparait une pâte en ajoutant de la farine. De toute évidence, il savait ce qu'il faisait !

S'approchant de lui, Frankie observa les mouvements habiles de ses mains alors qu'il rassemblait les pâtons, et en prélevait des morceaux pour les rouler en lamelles avant de les ciseler en petits rectangles. Ensuite, il utilisa avec dextérité les dents d'une fourchette afin de façonner les gnocchis avant de les plonger dans une casserole d'eau bouillante.

— Un véritable savoir-faire ! le complimenta-t-elle, sincère.

— Eh oui…

Visiblement de nouveau détendu, Nico se mit à rire.

— Il faut les strier, expliqua-t-il. Ces stries permettent de mieux retenir la sauce. C'est ma sœur Rosa qui m'a appris cette astuce.

— Je vois… J'imagine que les rôles traditionnels changeraient s'il existait plus de femmes comme tes sœurs, commenta Frankie malgré elle.

— Oui, peut-être. Tu aimes la cuisine italienne, mais tu n'aimes pas les hommes italiens… Je me trompe ?

— Toi, je t'aime bien, dit Frankie, amusée.

— Parce que je sais cuisiner ?

— Un peu, oui, je l'avoue ! Et tu fais merveilleusement bien l'amour…

— Oh ! oh… *Grazie mille* ! Je te retourne le compliment.

Frankie rit à son tour, puis elle leva les mains, paumes tournées vers le haut. Un geste spontané, très méditerranéen.

— Pour en revenir à ce qu'on disait, je pense avoir été profondément influencée, mais de façon négative, par ce que j'ai vécu dans mon enfance et mon adolescence… Les hommes italiens m'ont vite déplu.

— Qu'est-ce qu'ils t'ont fait ?

— Rien de vraiment bien méchant… Ils étaient surtout indifférents et moqueurs ! Par exemple, alors que j'avais environ dix ans, je rêvais de jouer au foot avec eux, mais ils ne m'ont pas acceptée parce que j'étais une fille.

— Ah… Mais ça a dû changer lorsque tu as grandi, j'imagine, répliqua Nico d'un ton amusé.

— C'est devenu encore pire ! Ils me sifflaient, me lançaient des « *Bella*, tu viens ? » Et leurs yeux me déshabillaient... J'avais l'impression d'être une proie, se remémora Frankie avec un frisson de déplaisir. Je me suis juré que jamais je ne sortirais avec un Italien !

Nico mit le dernier gnocchi dans l'eau bouillante. Puis, d'une main encore couverte de farine, il saisit délicatement le menton de Frankie et se pencha vers elle pour l'embrasser sur la bouche. Elle ferma brièvement les paupières, savourant le contact délicieusement sensuel des lèvres de Nico.

— Heureusement qu'on ne sort pas ensemble, pas vrai ? murmura-t-il.

— C'est sûr..., dit-elle en croisant son regard.

Nico sourit gentiment.

— Moi, je jouerai au football avec toi si tu veux, proposa-t-il en mettant un morceau de beurre à fondre dans une poêle.

Frankie ne put retenir un éclat de rire, mais mine de rien, ces paroles la touchaient, réveillant une blessure à laquelle elle n'avait pas pensé depuis de très nombreuses années. Une blessure liée à sa solitude d'enfant unique. Petite, elle ne s'intéressait ni aux poupées, ni au maquillage, ni, plus tard, aux centres commerciaux où elle aurait pu admirer de belles tenues, des bijoux, et bavarder avec d'autres filles pour évoquer des garçons... Elle se sentait si différente.

Elle regarda Nico hacher les feuilles de sauge et les disposer dans le beurre.

M. Parfait...

Séduisant, compétent, sympa, gentil avec les chiens, engagé, sportif, merveilleux amant, véritable cuisinier, attentif... La liste de tous ses atouts devenait vertigineuse.

Mais il était aussi... tel le chat échaudé.

Elle pouvait encore entendre la détermination dans la voix de Nico lorsqu'il avait annoncé à son groupe d'amis qu'il n'avait aucune envie d'être de nouveau en couple. Que lui était-il donc arrivé ? Que préférait-il cacher ? Quelle déception ? Quelle blessure ?

Il pourrait être tellement parfait pour moi...

Mais elle savait pertinemment que ce qu'ils étaient en train de partager là, ce soir, serait exceptionnel. Une aventure passagère. Un simple bon moment, voilà tout.

Malgré elle, Frankie sentit alors des larmes lui piquer les paupières. Afin de cacher l'émotion qui la submergeait soudain, elle s'accroupit pour caresser Bruce derrière les oreilles.

— Tu es un chien chanceux, murmura-t-elle. Tu as trouvé un bon foyer... Nico tient à toi et t'aime.

Pourquoi suis-je finalement incapable de me détacher ?

Elle aurait tant voulu que Nico l'aime aussi, elle... Elle avait beau savoir que cela n'arriverait jamais, elle ressentait déjà un manque douloureux.

Nico la rejoignit en lui tendant une assiette contenant une généreuse portion de gnocchis et de sauce.

— Je ne sais pas où on va manger... Dans mon van, ou sur les marches de la véranda s'il ne pleut pas... Ou sur le lit. Je te promets de trouver une table, des chaises ou un canapé avant que tu reviennes dîner une autre fois, ajouta-t-il tandis qu'elle prenait l'assiette.

— Merci ! Mais pour moi, tout va bien comme ça, mentit-elle. Optons pour les marches de la véranda, et si nécessaire, on se réfugiera dans ton fourgon.

Surtout pas le lit... Je risque de pleurer malgré moi !

Et elle se ridiculiserait devant un Nico incrédule qui devinerait peut-être de ce qu'elle ressentait... Et se détournerait d'elle encore plus vite !

Le pire, c'est qu'ensuite, ils seraient obligés de travailler ensemble, mais entre eux, l'ambiance serait emplie de malaise... Et l'un ou l'autre finirait peut-être par démissionner pour aller travailler ailleurs, loin...

Comme Jenny l'a fait !

Non, une telle situation ne se produirait pas. Hors de question. Frankie savait qu'elle était capable de ne pas montrer ce qu'elle ressentait. Après tout, elle avait été à bonne école dès son enfance ! Ces garçons qui refusaient de jouer au foot avec elle ne s'étaient jamais doutés de ce qu'elle éprouvait. Sa blessure, sa vexation profonde... Non, elle s'éloignait d'eux, tête haute, le sourire aux lèvres, mine de rien.

Et Nico n'avait-il pas promis qu'il y aurait « une autre fois » ? Que d'ici là, il aurait même acheté des chaises ou un canapé pour qu'ils puissent s'asseoir ?

Mieux valait qu'elle se concentre sur la quiétude du moment présent.

Ici et maintenant, se répéta-t-elle.

Elle devait se focaliser sur ce qu'elle vivait en ce moment. Surtout, ne pas anticiper le futur...

Surtout, ne pas regretter...

Encore moins s'apitoyer sur elle-même.

Au fond, peut-être qu'au fil du temps, s'ils s'entendaient bien, Nico aurait envie d'enfreindre ses propres règles ?

Bien que très hypothétique, cette perspective lui remonta le moral et la fit même sourire.

— *Deliziosa*, dit Frankie après avoir avalé sa première bouchée du repas que Nico avait préparé avec tant de soin. J'adore. *Grazie molte*...

Ma vie ne pourrait pas être plus belle !

Quelques jours plus tard, Nico se répéta cette évidence tandis qu'il regardait son chien assis, fier et imposant, à l'avant de son paddle. L'animal évoquait l'une de ces superbes sculptures en bois placées à la proue des navires de haute mer pour protéger l'équipage et leurs voyages...

Ce soir-là, Bruce portait le gilet de sauvetage canin orange vif que Nico lui avait acheté sur Internet.

Maintenant que sa blessure à la patte était guérie, le chien avait rapidement appris à se tenir sur la planche. Il y parvenait d'autant plus facilement qu'il avait confiance en Nico.

Une chose était sûre : de jour en jour, l'affection grandissait entre eux. Pour Nico, Bruce représentait bien plus qu'un simple animal de compagnie. C'était un autre être vivant qui partageait sa vie... Un ami loyal, aimant et tellement heureux d'être avec Nico ! Un complice joyeux, tout simplement.

Je ne pourrais plus me passer de lui...

Nico secoua la tête pour débarrasser ses cheveux des gouttes d'eau. Il pleuvait légèrement, mais cela ne le gênait pas vraiment puisqu'il ne faisait pas froid.

D'accord, peut-être que son existence pourrait s'améliorer encore un peu si le climat s'améliorait ! Mais ni lui ni Bruce ne voyaient d'inconvénient à être dehors sous cette bruine... D'autant que l'eau de la mer était si claire et calme qu'il pouvait voir leurs reflets à mesure qu'ils voguaient vers le rivage.

Une fois à la maison, je sécherai Bruce avec une vieille serviette...

Quant à lui, il prendrait une bonne douche chaude.

Ou je m'essuierai aussi avec une vieille serviette, et j'irai me doucher plus tard, avec Frankie !

À cette pensée, Nico sourit, déjà impatient de retrouver la jeune femme. Elle était partie faire des courses parce que c'était son tour de cuisiner. Encore une fois, ils dîneraient ensemble. Depuis leur folle étreinte de l'autre soir, leurs relations se poursuivaient sur le même mode léger et délicieusement sensuel.

Une liaison idéale...

Nico redoubla tellement d'efforts pour pagayer plus vite qu'il sentit les muscles de ses épaules se crisper. À l'avant du paddle, Bruce ne bougeait pas d'un millimètre.

Il avait l'impression que Frankie et lui avaient commencé à rivaliser pour voir qui pourrait concocter le meilleur repas italien ! Ce soir, elle préparerait une pizza *Caprese.* Elle avait promis une pâte maison pour que la base soit croustillante, de la mozzarella moelleuse, des tomates juteuses et du basilic frais afin de concocter un assaisonnement balsamique qui était l'un des secrets de sa *nonna*.

En anticipant le repas, Nico eut l'eau à la bouche.

Oui, sa vie allait encore s'améliorer ! Parce qu'il se régalerait en compagnie de Frankie. Parce qu'ils feraient de nouveau l'amour, et avec Frankie, il prenait un plaisir fou. Et parce que, tout comme Bruce était le chien idéal, Frankie s'avérait l'amante parfaite. Vive, drôle et chaleureuse, mais aussi très intelligente, extrêmement talentueuse et fabuleusement sexy.

Pour autant, elle n'exigeait rien de lui. Aucun engagement. Ils savaient tous les deux qu'entre eux, ça ne durerait jamais. Nico ne voulait pas fréquenter une femme de façon sérieuse, Frankie l'avait compris. Elle l'avait su dès le début, donc il n'y avait aucune ambiguïté possible.

Même quand ils se disaient : « allez, juste une dernière fois ! », c'était comme une sorte de plaisanterie. Ils riaient, mais ils savaient que la vérité avait été exprimée de manière sous-entendue. Oui, il aurait fallu qu'ils cessent leur liaison, sauf que ni l'un ni l'autre ne semblait vraiment se décider. Pourquoi ? Parce que c'était tout simplement… trop bon ? Pourquoi se priver de moments aussi savoureux ?

Peut-être que je devrais m'inquiéter…

Nico se remémora leurs différents rendez-vous chez lui. Aucune déception. Aucune fausse note. Ils partageaient le même plaisir : un repas succulent fait maison, et une étreinte torride qui les transportait au septième ciel.

— On en profite, ici et maintenant, répétait joyeusement Frankie. Après tout, on ne vit qu'une fois !

Et il acquiesçait, rassuré.

De toute façon, qu'ils soient devenus amants ne les empêchait pas de travailler ensemble. Au contraire, leur complicité s'approfondissait, tout comme leur amitié. Ils s'appréciaient de plus en plus.

Pourvu que ça aille aussi bien entre nous quand on cessera de se voir après le travail…

À cette pensée, Nico sentit un frisson glacé lui parcourir la colonne vertébrale. Était-ce parce que l'air fraîchissait de plus en plus ? Ou parce que ses pensées s'orientaient vers une réponse qu'il savait inacceptable ?

Si la situation avait été différente, peut-être que Frankie aurait eu envie qu'on poursuive ensemble… Elle m'aurait montré qu'elle tient à moi…

Mais il n'était pas un homme qu'une femme voulait fréquenter. Il ne pouvait pas l'être, même s'il l'avait voulu. D'autant moins qu'il restait hanté par la lente spirale destructrice de son propre mariage, une chute douloureusement inexorable qui avait duré bien trop longtemps.

Pourrait-il jamais oublier les critiques incessantes de Sofia ? Elle lui avait si souvent répété qu'il l'avait déçue, qu'il avait été incapable de faire quoi que ce soit de bien… Elle lui avait reproché, encore et encore, de ne pas s'être assez intéressé à elle, l'accusant de consacrer trop de temps à sa famille, sans elle, puisque Sofia ne supportait plus les grandes réunions familiales…

Parfois, il ressentait encore un frisson d'humiliation lorsqu'il se rappelait comment son ex-femme recourait à la gentillesse en guise de récompense, et à une cruelle indifférence lorsqu'elle lui en voulait. Il ne savait jamais quand elle se montrerait affectueuse, aimante, ou quand, au contraire, elle serait sèche, sévère et culpabilisatrice.

Combien de milliers de fois avait-il entendu Sofia lui répéter qu'il l'avait rendue malheureuse ! Qu'il était un mauvais mari… et un piètre amant ! Qu'elle se mettait très souvent en colère par sa faute à lui ! Qu'aucune femme n'envisagerait jamais d'avoir des enfants avec lui car il n'était qu'un bon à rien !

Hors de question que Frankie soit au courant de mon passé…

De toute façon, aujourd'hui, il allait mieux. Il exerçait un métier certes risqué, mais qui le passionnait et pour lequel il était doué. Grâce à Frankie, il avait aussi découvert qu'il était capable de donner du plaisir à une femme, contrairement à ce que Sofia lui affirmait avec méchanceté. Et il commençait enfin à se remettre de son affreuse expérience du mariage...

Pour autant, il ne voulait rien changer dans sa vie. Rien du tout. Il craignait trop de souffrir de nouveau.

De toute façon, pourquoi j'imaginerai un changement alors que ma vie est idéale telle qu'elle est ?

Il aimait rentrer dans cette simple petite bâtisse du bord de mer, retrouver son fourgon garé à l'extérieur, être accompagné de son chien fidèle... Oui, pour lui, c'était le bonheur.

Et tout à l'heure, Frankie le rejoindrait avec ses provisions... Et son si beau sourire.

Ils préféraient se retrouver dans sa petite maison bleue, peut-être parce que leurs ébats passionnés n'étaient pas toujours silencieux... Et ils tenaient à protéger leur intimité. Sans en avoir parlé ensemble, l'un et l'autre savaient que si leur entourage découvrait leur liaison, il y aurait des rumeurs, des commentaires, peut-être des « vous êtes faits l'un pour l'autre »...

Non, ce n'était pas envisageable.

De même, il ne faudrait pas que Frankie apprenne à quel point, en tant que mari, il avait lamentablement échoué autrefois.

Si on se sépare rapidement, je ne serai jamais tenté de tout lui raconter...

Sauf que Nico ne voulait pas de cette absurde solution. Même s'il savait que plus il reporterait la rupture, plus ce serait difficile de quitter Frankie.

Beaucoup plus difficile...

Parce que ce qui le rendait si heureux en ce moment, c'était de vivre avec son chien, et de retrouver Frankie jour après jour. Oui, Bruce et Frankie comblaient le vide qui existait en lui depuis qu'il avait quitté son pays et sa famille. Il avait besoin d'eux.

Sa petite maison bleue lui faisait l'effet d'un refuge...

La cuisine italienne était comme un cadeau supplémentaire, un temps de partage magnifique avec Frankie, en qui il voyait avant tout une amie...

Et qui, de plus, était une merveilleuse amante.

Oddio… Je meurs de faim, maintenant, et ce n'est pas seulement de nourriture dont j'ai envie…

Nico ferma les yeux un court instant, conscient du désir ardent qui l'envahissait alors que retentissait le vrombissement sourd d'une moto roulant dans l'allée menant chez lui.

6

Les jours suivants, Nico se rendit compte que ce qu'il ressentait pour Frankie évoluait. Des sentiments naissaient en lui, un mélange de tendresse et d'amitié de plus en plus profondes.

Il ne se lassait pas d'être en sa compagnie, que ce soit la journée, pendant leurs missions, ou le soir, quand ils se retrouvaient chez lui. Ils continuaient à dîner ensemble, cuisinant un plat italien à tour de rôle, mais parfois, ils achetaient des plats tout préparés. Ensuite, inévitablement, ils faisaient l'amour...

Et c'était toujours délicieusement bon. Frankie se donnait à lui avec une telle sensualité qu'il éprouvait pour elle un désir de plus en plus intense. Peau contre peau, ils s'abandonnaient à un plaisir sans cesse renouvelé, sans se poser de question. Sans demander à l'autre quoi que ce soit. Et au petit matin, Frankie repartait à moto, passant chez elle pour se changer avant de le rejoindre à la Red Watch.

Une fois sur place, ils endossaient leur rôle avec le même professionnalisme, mais de temps en temps, ils se jetaient des coups d'œil discrets, des petits sourires... Leurs collègues avaient-ils remarqué leur complicité ? Parfois, Nico surprenait le regard amusé que Mozzie leur adressait...

En tout cas, entre Frankie et lui, c'était juste idéal. Nico n'aurait pas cru pouvoir un jour vivre une relation aussi gratifiante... Exaltante. Il en oubliait même ce qui, autour d'eux, ne tournait pas rond. Les intempéries se poursuivaient, de plus en plus fortes.

Les averses redoublaient d'intensité, parfois accompagnées de vents violents... Et aucune accalmie n'était à prévoir.

Ce jeudi-là, à la base de la Red Watch, la journée débuta sur un rythme stressé, comme les autres jours : réunion rapide, débriefing des interventions de la veille, vérification du matériel, consignes. Colin, leur responsable, ne cacha pas son inquiétude : autour de Sydney, la pluie qui tombait sur le sol déjà détrempé, en particulier à l'intérieur des terres et au sud, stagnait et s'accumulait à la surface des champs et des routes.

— Le fleuve Hawkesbury est en crue, ses affluents débordent, les chaussées se transforment en rivière. Des villages entiers sont coupés des grands axes... C'est du jamais-vu, par ici, conclut-il.

Nico échangea un coup d'œil avec Frankie, assise près de lui. Elle soutint son regard et hocha la tête, l'air soucieux, avant de reporter son attention sur Colin.

— Il y a des inondations partout...

— Et ça ne va pas cesser, hélas, renchérit Nico.

— C'est terrible. En quelques semaines, on a eu l'équivalent de six mois de précipitations annuelles, dit Mozzie.

— Trop d'eau, trop d'eau... Et nous, on a du boulot, lança Rickie.

Nico consulta les dernières nouvelles qui s'affichaient sur sa tablette. Depuis la veille au soir, des évacuations avaient lieu pour éviter le pire. Il fallait éviter que la population locale panique, et on rassemblait les familles dans des gymnases ou des écoles.

— Première alerte de la journée, annonça Colin, tandis que son bipeur se déclenchait. Une femme, qui accouche deux semaines plus tôt que prévu, s'apprêtait à se rendre à l'hôpital, accompagnée par son mari..., énonça-t-il, lisant les informations qui lui parvenaient de leur central à Sydney. Mais le pont qu'ils devaient emprunter vient d'être submergé par le courant... Ils sont complètement isolés dans leur ferme.

Mozzie se leva aussitôt.

— L'hélico sera prêt dans cinq minutes.

— Allez, c'est parti, lança Frankie d'un ton énergique, en se redressant à son tour. Nico ? Rickie ? Venez !

— On te suit, répondit Nico, réprimant un sourire.

Ne lui avait-on pas précisé, quelques semaines auparavant, que Frankie était plutôt autoritaire ? Mais dans leur métier, c'était plutôt une qualité. Nul doute que la jeune femme avait l'âme d'un capitaine...

Et en lui emboîtant le pas, il la trouva plus séduisante que jamais.

L'hélicoptère put atterrir sur une vaste étendue de terrain encore préservée des inondations, et hâtivement préparée par Ben, l'agriculteur qui avait contacté l'équipe de Colin. En un temps record, aidé de ses deux chiens de berger, il avait en effet déplacé son troupeau de brebis sur une autre parcelle de terre qui, par chance, était surélevée, donc à l'abri de l'eau que déversait une rivière un peu plus loin.

Observant les lieux, Nico vit qu'il s'agissait d'une ferme traditionnelle, de forme carrée, aux façades blanches. Le temps de porter leur matériel sous la pluie battante et de grimper les marches du perron jusqu'à la grande véranda, Frankie et lui furent trempés. Mozzie resta aux commandes de l'appareil sans couper le moteur, pour qu'ils puissent repartir au plus vite. Dans la cabine, Rickie était en lien téléphonique avec l'hôpital le plus proche

Une femme vêtue d'une robe ample sur son ventre proéminent les accueillit dans le couloir. Elle avait les traits tirés mais souriait.

— Merci d'être déjà là. Je suis Shannon, l'épouse de Ben, qui vous a appelés.

— Bonjour, Shannon, dit Frankie.

Nico remarqua aussitôt les yeux anormalement brillants de leur patiente qui, de toute évidence, s'efforçait de ne pas grimacer de douleur. Sans doute parce que deux enfants en bas âge – deux garçons de cinq ans environ, des jumeaux – la suivaient de près, la mine inquiète.

— Ah, voilà nos sauveurs ! s'exclama Ben, en apportant une valise et un sac de voyage.

Derrière lui, une vieille femme apparut, probablement la grand-mère.

— Non, non, vous ne pouvez pas accompagner votre maman, expliqua-t-elle aux petits. Faites-lui un bisou, et nous irons regarder l'hélicoptère décoller. Ce sera un beau spectacle !

— Non, mamie, nous, on veut rester avec maman, gémit le petit garçon.

— Oui, avec maman ! répéta son frère sur le même ton plaintif.

Ils sont effrayés, songea Nico.

Observant rapidement cette scène familiale, il s'efforça de sourire. C'est alors qu'il aperçut, par terre, quelque chose qui déclencha en lui une montée d'adrénaline.

Une traînée de gouttes de sang maculait le parquet du couloir, sous les jambes de Shannon.

Ils allaient devoir agir extrêmement vite.

— Les enfants, il faut que vous alliez dans une autre pièce avec votre mamie. Je suis Nico, et voici Frankie. On est secouristes, et on va s'occuper de votre maman pour que tout aille bien.

La vieille femme comprit l'urgence de la situation et, aussitôt, emmena ses petits-enfants en les tenant par la main.

Nico se tourna vers Shannon, mais Frankie, qui contemplait leur patiente, le devança. Elle aussi avait vu l'écoulement entre les jambes de Shannon.

— Vos contractions se produisent à quel intervalle ? demanda-t-elle.

— Environ six ou sept minutes, je crois. Ben les a chronométrées…

Le mari de Shannon consulta sa montre.

— La dernière a eu lieu il y a quatre minutes et demie. Elle a duré environ soixante secondes.

— Merci. Shannon, vous avez perdu les eaux, reprit Frankie d'une voix apaisante.

Mais Nico l'avait vue jeter un nouveau coup d'œil par terre.

— Oui, c'est pourquoi on voulait partir à la maternité, dit Shannon.

— Ma mère est venue garder nos jumeaux, et en arrivant, elle nous a prévenus que la rivière était en crue. Mais on n'avait pas imaginé que ce serait aussi grave… Le pont a été littéralement englouti sous l'eau ! ajouta son mari.

— Franchement, on a eu peur, renchérit Shannon. Mais par chance, vous êtes là. J'ai déjà préparé mes bagages. Ben peut m'accompagner ?

— Bien sûr. Mais on voudrait vous examiner avant d'embarquer à bord de l'hélicoptère, précisa Frankie. On va juste vérifier votre tension artérielle et le rythme cardiaque du bébé.

— On ferait mieux d'aller directement à l'hôpital, non ? objecta Ben. On préférerait éviter un accouchement à la maison… On serait trop éloignés des services médicaux et comme visiblement notre nouveau bébé a décidé d'arriver un peu en avance…

— Je comprends, mais comme l'a expliqué ma coéquipière, on doit d'abord effectuer une ou deux vérifications, insista gentiment Nico. Shannon, depuis combien de temps saignez-vous ?

— Pardon ?

Shannon baissa les yeux et regarda les taches sur le sol.

— Oh… Ce n'est rien. J'ai seulement perdu les eaux, comme vous le savez. Il faudrait que je change ma protection.

Nico se baissa pour toucher, de son doigt ganté, le liquide par terre. Puis, se redressant, il en montra la teinte rouge vif.

Shannon et Ben parurent stupéfaits.

— Qu'est-ce qui se passe ? s'inquiéta Ben.

— C'est ce qu'on veut savoir, dit Frankie en posant une main tranquillisante sur le bras de Shannon. Allons dans une pièce où vous pourrez vous allonger. Vous disposez de vieilles serviettes qu'on utilisera pour recouvrir un lit ou un canapé ?

Ben les fixait d'un regard anxieux. Soudain, Shannon lui attrapa le bras et se courba en avant, mains sur le ventre, le visage crispé de douleur.

— Encore une autre… Et celle-là fait vraiment mal ! balbutia-t-elle.

Il fallait attendre que cette contraction passe pour installer Shannon ailleurs. Nico estima que la dernière remontait à cinq minutes, et que celle-ci durait environ quatre-vingt-dix secondes. Entre-temps, les saignements de Shannon s'étaient intensifiés.

S'éloignant de quelques pas, il prit son talkie-walkie et contacta Mozzie.

— Tu peux arrêter le moteur, on ne repartira pas tout de suite. S'il te plaît, demande à Ricky de nous apporter des compresses supplémentaires.

— Bien reçu, dit Mozzie. Bon courage.

Nico coupa la communication et retourna vers Shannon. Soutenue par Frankie, elle s'efforçait de ne pas gémir sous l'assaut d'une nouvelle contraction. Dans la salle voisine, les enfants sanglotaient. Un grand chien à poils longs fit soudain irruption dans le couloir, mais Ben l'empoigna énergiquement par le collier et l'éloigna.

— Shannon, respirez profondément et essayez de maîtriser votre souffle, conseilla alors Frankie. Ben, accompagnons votre femme là où elle peut s'allonger… Là-bas, ce sera parfait, ajouta-t-elle en désignant le canapé du salon qu'on apercevait de l'autre côté de la porte. Nico, tu peux soutenir Shannon ?

Avisant alors la grand-mère qui venait de se camper sur le seuil d'un air préoccupé, Frankie lui sourit avec bienveillance.

— Vous pourriez faire bouillir de l'eau ? Et préparer une boisson chaude, tisane ou thé, par exemple ? Surtout, veillez sur les enfants… Et le chien ! Il ne faut pas qu'ils reviennent près de nous pour le moment.

Nico nota de nouveau que la jeune femme formulait ses instructions gentiment, mais sur un ton qui ne laissait place à aucune discussion.

La vieille femme obtempéra tandis que Ben et Nico conduisaient Shannon jusqu'au canapé. Mais une nouvelle contraction la foudroya… Et elle s'effondra à terre.

Nico échangea un coup d'œil avec Frankie. La situation devenait grave. Les saignements de Shannon étaient-ils provoqués par une rupture utérine ou un décollement placentaire ? Il faudrait qu'ils surveillent le rythme cardiaque du bébé pour détecter une éventuelle détresse respiratoire... Et ils devraient poser une intraveineuse à Shannon pour lui administrer tout ce dont elle aurait besoin en cas de problèmes plus sérieux encore, notamment une baisse de la tension artérielle.

La gorge serrée, Nico s'efforça de juguler sa propre angoisse. Une urgence obstétrique s'avérait toujours très compliquée, et c'était celle qu'il redoutait le plus. Parce que deux vies, et non une seule, étaient en jeu.

Frankie, pour sa part, ne montrait aucune inquiétude. Elle s'était accroupie à côté de Shannon, une main sur le poignet de la jeune femme pour lui prendre le pouls, et de l'autre, elle lui massait le dos. Tout en tranquillisant Shannon, elle recueillait autant d'informations que possible auprès de Ben. Ses questions se succédaient, posées d'une voix douce :

— Y a-t-il eu des problèmes avec la grossesse ? Quand votre femme a-t-elle passé sa dernière échographie ? Cette fois-ci, ce ne sont pas des jumeaux, mais un seul bébé que vous attendez, c'est bien ça ? Vous savez dans quelle position il se trouve ?

Les réponses s'avérèrent toutes rassurantes. Malgré tout, Nico commença à déballer tout le matériel susceptible de leur être utile, notamment un kit de réanimation néonatale au cas où. Quand Rickie les rejoignit avec ce que Nico avait demandé ainsi qu'une civière, il resta en retrait, prêt à intervenir.

— Il faut que je vous ausculte, dit Frankie à Shannon. J'ai l'impression que votre bébé ne va pas attendre l'hôpital pour venir au monde ! Il est drôlement pressé !

— Elle est pressée... C'est une fille ! s'écria alors Shannon. Oh... ça recommence déjà. Je dois pousser...

Frankie l'aida à mieux se positionner sur le sol, lui releva sa robe et la débarrassa de sa culotte. D'instinct, Shannon replia les jambes et adopta une position antalgique tandis que Nico plaçait des compresses près de Frankie ainsi qu'une grande serviette sous Shannon.

— Inspirez et expirez fortement. Vous l'avez déjà fait, Shannon, vous êtes expérimentée ! encouragea Frankie.

Tout en se plaçant devant la future maman, elle restait remarquablement calme.

— Je vois le crâne de votre bébé, Shannon... Inspirez pendant cette nouvelle contraction et poussez pendant la suivante.

Admirant le savoir-faire de Frankie, Nico prépara une dose d'ocytocine dont l'administration devrait permettre de contrôler les saignements anormaux et réduire le risque d'hémorragie post-partum.

D'un rapide coup d'œil, il constata alors que le bébé, qui apparaissait de plus en plus, avait son cordon ombilical enroulé autour de son cou. Mais cela ne sembla pas perturber Frankie.

— Arrêtez de pousser pendant une seconde, Shannon. Soufflez encore, encore...

Frankie glissa son doigt sous le cordon et le fit passer par-dessus la tête du bébé.

— Parfait... Vous vous débrouillez très bien... Une dernière poussée devrait suffire !

Avec des gestes délicats mais fermes, Frankie exerça une légère traction vers le bas pour faire paraître la première épaule, puis une autre vers le haut afin de permettre à la deuxième épaule de jaillir...

Et le nourrisson vint au monde.

Nico garda les yeux rivés sur le visage fripé de la minuscule petite fille qui, bouche ouverte, prenait sa première inspiration et lançait un cri plaintif.

Comme c'est émouvant...

Bouleversé, Ben enlaça Shannon afin de l'aider à se tourner vers leur fille. Se redressant, Frankie attrapa une des serviettes propres qu'on leur avait apportées, en enveloppa le bébé qu'elle déposa ensuite délicatement sur la poitrine de sa mère, pour un peau-à-peau.

— Tu nous as préparé dix unités d'ocytocine ? demanda-t-elle à Nico.

Il acquiesça, et elle lui sourit.

— Merci. On va attendre quelques minutes avant de couper le cordon.

Elle s'adressa de nouveau à leur patiente.

— Je vais vous injecter de l'ocytocine dans la cuisse, lui expliqua-t-elle. Ça va faciliter la délivrance de votre placenta, ce qui est très important, pas vrai ? Mais ça pourrait aussi vous aider à ne pas perdre plus de sang…

Shannon acquiesça d'un air soulagé. Dans les bras de Ben, elle contemplait intensément la petite fille qu'elle venait de mettre au monde, et tremblait. Son mari semblait tout aussi fasciné par leur nouveau-né.

— Rickie, la grand-mère du bébé est dans la cuisine, juste à côté, avec les autres enfants de Shannon et Ben, dit Frankie. Tu veux bien aller la voir et lui demander de trouver une couette ou des couvertures ?

Ricky s'exécuta et, bientôt au chaud, Shannon lâcha un soupir d'aise. De leur côté, après que Ben eut coupé le cordon ombilical, Frankie et Nico effectuèrent ensemble les premiers tests pour évaluer le score d'Apgar du nourrisson. Fréquence cardiaque, mouvements respiratoires, tonus musculaire, coloration de la peau…

— Il obtient 8, ce qui indique que tout va bien même si votre fille est née un peu précipitamment ! annonça Nico, ravi.

Shannon cessa presque aussitôt de trembler.

— On peut demander à ma mère de faire venir nos deux autres enfants pour qu'ils rencontrent leur petite sœur ?

Frankie sourit.

— Bien sûr ! Ensuite, on fera le nécessaire pour que vous puissiez vous rendre à l'hôpital.

La mère de Ben les rejoignit quelques instants plus tard,

accompagnée des jumeaux, tout excités, et du chien qui se mit à japper joyeusement. Frankie laissa échapper un éclat de rire pendant que la famille se réunissait autour de la maman.

— Quel beau moment, n'est-ce pas ? Vous pouvez féliciter Shannon ! Et célébrer l'arrivée de cette ravissante petite fille... Vive la vie ! s'exclama-t-elle.

Observant Frankie, Nico sentit alors une profonde émotion l'envahir. Elle semblait tellement à l'aise à cet instant... Et si heureuse, si généreuse... Elle avait tant d'amour à donner, c'était évident ! Et quand il la vit effleurer tendrement le front du nourrisson, son cœur s'emballa. Difficile de ne pas imaginer Frankie agir ainsi un jour... avec son propre enfant.

À ce moment-là, une autre sensation s'empara de Nico. Une pulsion glaçante composée d'appréhension, de peur et de regret.

Il venait de comprendre une autre évidence.

Sa liaison avec Frankie devait s'arrêter. Il lui faisait perdre son temps... Elle avait tout intérêt à fréquenter un homme capable de lui offrir la joie d'être mère à son tour.

Et ce n'est pas moi... Ce n'est pas moi ! se répéta Nico, la gorge nouée.

Mais comment mettre un terme à leurs relations sans blesser Frankie ?

Je tiens déjà tellement à elle...

Avec sa gentillesse, son caractère fougueux, sa sensualité, Frankie avait ébranlé toutes les certitudes qu'il s'était forgées. Et Nico réalisa alors qu'il éprouvait bel et bien des sentiments pour Frankie. De vrais sentiments. Du respect, de l'admiration, de l'amitié, du désir...

De l'amour ?

En tout cas, oui, ça y ressemblait.

Songeuse, Frankie observait Nico à la dérobée.

Ce soir, entre eux, l'ambiance lui semblait étrangement différente.

Peut-être ressentait-elle cette impression parce qu'ils étaient tous deux fatigués après cette longue journée de travail compliquée par les intempéries incessantes ?

Après avoir terminé les formalités administratives en lien avec leurs diverses missions du jour, achevé la vérification et le réapprovisionnement de leurs kits de secours, ils avaient quitté la base l'un après l'autre, et s'étaient retrouvés à la petite maison bleue. Sentant que ni l'un ni l'autre n'aurait envie de cuisiner, Frankie avait proposé d'aller acheter deux portions de *fish and chips*, pendant que Nico offrirait à Bruce une petite promenade avant la tombée de la nuit. Nico avait accepté sans hésitation. Il semblait exténué.

Pour une fois, ils n'avaient pas envisagé de dormir ensemble. Nico ayant acheté un canapé qu'il avait placé dans la pièce principale, ils s'y étaient installés pour partager leur dîner et un petit verre de vin. Ils n'avaient même pas pris la peine d'utiliser des assiettes ou des couverts, et avaient mangé directement sur le papier d'emballage posé entre eux.

— Je ne vais pas tarder à rentrer chez moi… Demain, on risque encore d'avoir beaucoup d'interventions, ajouta Frankie.

Nico eut un bref haussement d'épaules.

— On sera prêts, de toute façon. Comme toujours.

Il lui adressa un regard qui troubla Frankie, et elle s'approcha de lui pour l'embrasser.

Là, de nouveau, elle perçut quelque chose de différent dans leur baiser. Le contact des lèvres de Nico lui parut plus retenu que d'habitude, tout en étant paradoxalement très tendre. Mais lorsqu'ils mêlèrent leurs souffles, elle eut la sensation que le désir de Nico refluait au lieu de se répandre en lui… Et en eux.

— Tout va bien ? demanda-t-elle lorsqu'ils s'écartèrent l'un de l'autre.

— Bien sûr. Pourquoi ça n'irait pas ?

Elle dissimula son inquiétude en ébauchant un sourire.

— La journée a été longue, avec son cortège de problèmes à

régler. Je ne sais pas comment tu l'as vécu, mais personnellement, j'ai vraiment eu peur de ce qui risquait d'arriver à Shannon.

Nico hocha la tête, l'air grave.

— Moi aussi. Qu'est-ce qui a provoqué une telle hémorragie, à ton avis ?

— Je l'ignore. On peut supposer que son col de l'utérus s'est peut-être dilaté si brusquement que des vaisseaux sanguins se sont déchirés. J'ai vraiment craint le pire, comme une rupture utérine ou un décollement du placenta... En général, de tels saignements indiquent quelque chose de grave. Notre patiente a eu de la chance.

— C'est certain. Quant à toi, tu as été incroyablement rassurante et efficace. Tu m'as impressionné.

— Merci. Toi aussi, tu as été impressionnant. On forme vraiment une bonne équipe, tous les deux...

Frankie réprima difficilement ce qu'elle aurait voulu lui exprimer.

Tu es mon âme sœur... Je le sens, je le crois en tout cas... Et j'aime tellement être avec toi, tellement...

Toutefois, d'instinct, elle choisit de rester aussi détachée que possible.

— C'est très agréable de travailler avec toi, Nico.

Elle l'embrassa de nouveau sur les lèvres, tout doucement, si doucement qu'elle provoqua chez lui un gémissement de plaisir.

— Moi aussi, Frankie, j'aime travailler avec toi, murmura-t-il. Tu as tout géré *magnificamente.*

Et il lâcha un petit soupir soit de soulagement, soit d'abandon. Puis il s'empara de la bouche de Frankie avec passion. Vibrante de désir, elle se blottit contre lui et, d'une main, repoussa les emballages de leur dîner qui encombraient le canapé. Confusément, elle aperçut le chien qui saisissait un reste de poisson frit dans la gueule et filait vers la véranda en emportant son trophée. Elle ne réagit pas, Nico non plus...

Il continua à caresser Frankie, la déshabillant en même temps, avide de la caresser partout, accentuant ses effleurements sensuels jusqu'à ce qu'elle se cambre déjà de plaisir. Les yeux mi-clos, elle laissa ses doigts courir sur le corps de Nico, savourant ses muscles, son ventre plat…

Et elle s'offrit à lui pleinement, avec cette audace incroyable qu'elle éprouvait à chaque fois dans les bras de Nico.

Pourtant, tout en faisant l'amour, Frankie sentit que là encore, quelque chose avait changé entre eux. Leur étreinte lui parut moins fougueuse. La faute au canapé, trop petit pour deux personnes ? Ce fut plus doux, plus apaisé, comme lorsqu'un homme et une femme se connaissent bien et sont un peu fatigués ou… distraits.

Un peu plus tard, elle s'allongea contre Nico, l'esprit et le cœur emplis de pensées qu'elle ne pouvait pas formuler à voix haute.

Je t'aime…

Je suis tombée amoureuse de toi…

Je ne veux pas qu'on se sépare…

Autant de déclarations qui lui étaient interdites.

Elle avait fini par s'abandonner à une légère somnolence quand elle perçut confusément une sonnerie. Elle sursauta et se rendit compte que c'était le son d'un appel vidéo provenant de l'ordinateur portable de Nico, resté par terre.

— Excuse-moi, c'est peut-être Rosa, ma sœur ! dit Nico en en levant d'un bond. Il faut que je réponde, ma mère ne se sentait pas très bien, l'autre jour.

Il enfila T-shirt et short, et jeta un coup d'œil à sa montre.

— Il est presque 23 heures ici, ce qui veut dire que c'est l'heure du déjeuner en Italie !

Frankie sourit tout en reboutonnant son chemisier. Ce serait gênant si la sœur de Nico l'apercevait à moitié dénudée !

Mais Nico prit son ordinateur et, tout en répondant à l'appel, il s'éloigna, l'écran tourné seulement face à lui.

Il ne veut pas qu'on me voie… Ce n'est pas grave, c'est même normal…

Soudain, des cris de joie s'élevèrent dans la pièce, tellement perçants que Bruce revient dans la pièce, les oreilles en alerte. Constatant qu'il ne se passait rien de particulier, le chien en profita pour chaparder quelques frites restées sur le papier d'emballage et repartit aussitôt dans le jardin.

Frankie entendit une femme qui riait et parlait en italien si rapidement qu'elle-même avait du mal à comprendre ses paroles.

— Nico, quelle heure est-il chez toi ? On t'a réveillé ? Il fait chaud en Australie ? Ici, c'est la canicule, on n'en peut plus !

— Tonton Nico...

Des enfants s'exclamaient à leur tour.

— Tu nous manques trop, trop, trop !

— Vous me manquez, vous aussi, Cara, Paolo, et toi, Tommaso. Vous êtes gentils avec votre maman ?

— Oh non, alors ! lança la sœur de Nico avec un grand éclat de rire. Ce sont de parfaits petits monstres ! Quand est-ce que tu reviens ? Quand tu es là, ils m'écoutent davantage !

— Bientôt, j'espère. Comment va maman ?

— Beaucoup mieux. Elle est avec nous. Et tes autres sœurs aussi, mais nous savons tous que je suis ta préférée, pas vrai ?

En arrière-plan, d'autres voix s'élevèrent, créant un joyeux brouhaha.

— D'accord, d'accord. Attendez... Nico, tout le monde veut te parler...

Le regard fixé sur l'écran, Nico posa l'ordinateur sur la table, tournant le dos à Frankie. Le message était clair.

Frankie se leva et s'habilla. Après avoir enfilé ses bottes et son blouson, elle s'approcha de Nico pour lui faire un signe amical.

Il lui adressa un simple geste de la main pour lui dire au revoir.

La gorge nouée, Frankie s'éloigna, s'arrêtant juste pour caresser le chien au passage. Puis elle jeta un nouveau coup d'œil à Nico.

Il était en train de rire, visiblement ému, heureux d'être en lien avec les siens. Il les adorait tous, elle le voyait bien, et cette affection était chaleureusement réciproque.

Quelques instants plus tard, sur sa moto, Frankie emprunta la route qui menait chez elle. Une fine pluie tombait de nouveau, mais ça ne la démoralisa pas.

Au fond d'elle-même venait de jaillir une bouffée d'espoir. Nico était un amant merveilleux, un coéquipier parfait, un bon ami, mais aussi un oncle et un frère que sa propre famille aimait. Pour une raison mystérieuse, il avait décidé qu'il ne voulait ni femme, ni enfant, mais avec le temps, peut-être changerait-il d'avis ? Peut-être désirerait-il la même chose que Frankie ?

Et alors on restera ensemble...

Même si pour le moment, les souhaits de Nico étaient aux antipodes des rêves qu'elle gardait secrets, Frankie décida de rester optimiste... Et de continuer à rêver à un heureux dénouement.

7

Durant les jours suivants, la pluie continua de tomber de façon régulière, dense, continuant à tout inonder. Et ce samedi-là, en fin d'après-midi, Frankie fut appelée en urgence à la base. Elle y retrouva Colin, Nico ainsi que ses autres coéquipiers.

— On va travailler dur ! prévint Mozzie.

— C'est la première fois que la météo est aussi mauvaise à cette saison, renchérit Rickie. Diabolique !

— D'autant plus qu'une nouvelle dépression se dirige tout droit vers le sud de l'Australie, et particulièrement la zone côtière où nous sommes, ajouta Frankie, échangeant un regard avec Nico.

Il se contenta de hausser les épaules.

— On va s'adapter, et tout faire pour que nos interventions soient les plus efficaces possibles.

— C'est sûr, dit Frankie en détournant les yeux.

Elle n'était plus retournée dans la petite maison bleue devenue le domicile de Nico. Depuis leur dernière rencontre qui s'était achevée brutalement par un appel vidéo de la famille de Nico, elle n'avait pas proposé de nouveau rendez-vous... Et Nico non plus.

Oui, entre eux, tout avait changé.

Il doit avoir envie qu'on arrête, se répéta-t-elle.

N'aurait-elle pas dû s'y attendre ?

Refusant de broyer du noir, elle se concentra sur les informations qui parvenaient à la Red Watch. Le déluge qui frappait la région avait des conséquences de plus en plus dramatiques :

inondations encore et toujours, victimes isolées, noyades... Un frisson d'appréhension lui parcourut le dos.

Cette fois, ça se passait de nouveau du côté de Willhua.

Frankie parcourut rapidement le document qui s'affichait sur sa tablette.

Une bonne partie de l'approvisionnement en eau potable du sud de Sydney provenait d'un immense réservoir artificiel situé au milieu des collines à une cinquantaine de kilomètres à l'intérieur des terres de Willhua, et la quantité d'eau contenue ne cessait d'augmenter. On redoutait maintenant un éclatement du barrage ! Le flot qui se libérerait provoquerait une inondation catastrophique, affectant tout sur son passage sur son trajet jusqu'à la mer...

Vers Willhua.

Dans un silence grave, Frankie poursuivit sa lecture.

Afin d'éviter la rupture de cette digue, un système d'évacuation avait été activé pour diminuer le volume hydrique. Sauf que le trop-plein se déversait ailleurs... Dans une terre déjà détrempée et des affluents du fleuve Hawkesbury qui débordaient déjà.

Dorénavant, tous les services de secours réunissaient leurs efforts. Volontaires locaux, personnel de l'armée, pompiers, policiers, ambulanciers... Tout le monde coopérait tandis que les interventions aériennes ou en bateau se multipliaient.

Des vidéos avaient été jointes aux documents transmis à l'équipe de la Red Watch. On voyait des scènes déchirantes d'agriculteurs qui essayaient désespérément de sauver leurs chevaux surpris par la montée des eaux. D'autres s'efforçaient de mettre leur bétail à l'abri, mais certaines bêtes se noyaient sous leurs yeux... Les habitants fuyaient leurs maisons et des files de véhicules se succédaient sur les routes, transportant familles, animaux de compagnie et biens. Comme bon nombre d'axes routiers étaient impraticables, des véhicules étaient abandonnés. Les secouristes rassemblaient les victimes dans des salles municipales, des églises ou des écoles jugées sûres et déjà gérées par des bénévoles qui pouvaient fournir des vêtements secs, de la nourriture chaude et l'accès à des soins médicaux...

La situation s'aggravait.

La South Sydney Air Rescue – la SSAR –, et son antenne du sud-est, la Red Watch, étaient mobilisées comme jamais. Depuis l'aube, tous les secouristes disponibles avaient été réquisitionnés et répartis en équipes dans différentes zones de cette région rurale du pays.

Le pire, c'est que la nuit ne va pas tarder à tomber... Tout va être encore plus difficile, songea Frankie.

Malgré tout, elle n'éprouvait aucune appréhension. Elle était prête à agir, à donner le meilleur d'elle-même.

— Mon petit doigt me dit qu'on ne rentrera pas chez nous de bonne heure ! lança Nico. Mon chien devra patienter bien à l'abri dans mon fourgon... Si jamais on s'absente trop longtemps, quelqu'un pourra le faire sortir quelques minutes ?

— On essaiera d'y penser, dit Colin. Bon, organisons-nous. Ricky, puisque tu assures aussi en hélitreuillage, je préfère que tu rejoignes l'équipe de Sydney, il leur manque un professionnel. Merci à toi. Mozzie, Nico et Frankie, vous allez travailler ensemble.

— Pas de problème, dit Frankie. On a l'habitude.

Croisant le regard de Nico, elle capta une petite lueur de connivence qui lui fit chaud au cœur. Son pouls s'accéléra et elle reporta aussitôt son attention sur le résumé des dernières interventions de la SSAR qui s'affichait à présent sur le grand écran mural. Il y avait eu, entre autres, le difficile sauvetage d'un agriculteur, grièvement blessé à la jambe en ayant tenté de sécuriser son bétail.

— On vient de recevoir notre ordre de mission, annonça alors Colin en consultant sa tablette. Cette fois, il s'agit de secourir un automobiliste... Sa voiture a été emportée par une rivière en crue au milieu d'un champ inondé.

— OK, on y va, lança Frankie en se levant d'un bond.

Nico fit de même.

— Toi, tu adores quand on s'active, je me trompe ?

— Non… Mais c'est pareil pour toi, je me trompe ?

Et Frankie fila dans le vestiaire rassembler ses affaires, consciente que Nico, qui lui emboîtait le pas, ne la quittait pas des yeux.

Il ne leur fallut pas longtemps pour repérer la petite voiture. Des troncs d'arbres enchevêtrés la bloquaient dans un champ totalement inondé, jonché de débris, et effectivement envahi par la crue de la rivière transformée en fleuve houleux.

Impressionnant, songea Frankie en découvrant la scène.

Pendant quelques instants, leur hélicoptère resta en vol stationnaire à une centaine de mètres au-dessus de la zone afin de guider, grâce à ses puissants faisceaux lumineux, l'équipe de secours qui tentait d'extraire le conducteur piégé. S'ils n'y parvenaient pas, Nico et Frankie entreraient en action, puis ils se chargeraient de l'évacuation du rescapé vers l'hôpital le plus proche.

Après s'être assurée avec la longe fixée à son harnais, Frankie se pencha par la porte ouverte de la cabine. Une soudaine bourrasque l'obligea à s'agripper fortement tandis qu'elle observait, en bas, les secouristes casqués en tenue jaune fluo. L'un d'eux luttait courageusement contre le courant pour atteindre le véhicule. Il réussit à briser la vitre de la portière, à ouvrir…

Un homme âgé était affalé sur le siège, tête affaissée contre le volant.

C'est alors qu'elle entendit l'échange entre Mozzie et l'un de leurs collègues au sol.

— Victime décédée. Je répète, victime décédée. Vous pouvez repartir, on a besoin de vous ailleurs…

— Bien reçu, dit Mozzie.

Et il fit aussitôt grimper l'hélicoptère.

Frankie retourna dans la cabine et ferma la porte.

— Pas de chance, dit Nico. Ces inondations sont vraiment catastrophiques. Et ce n'est pas fini.

— On va avoir besoin de beaucoup de forces, répondit Frankie en s'asseyant de nouveau.

Elle contempla le ciel sombre à travers le hublot. Lorsqu'ils ne réussissaient pas un secours, elle se sentait toujours un peu découragée, et même attristée. Mais son professionnalisme reprenait vite le dessus et elle se concentrait sur ce qu'elle pouvait continuer à faire. Agir, toujours agir pour sauver, aider autrui... Voilà ce qui comptait.

Mozzie, qui venait de prévenir Colin à la base, était déjà briefé pour une prochaine intervention.

— Filez à l'est de Coledale, déclarait Colin par radio. Une famille s'est réfugiée sur le toit de leur ferme. Deux adultes et un enfant de six ans. La toiture de la maison est trop pentue, donc ils sont sur celle de leur véranda, moins solide... Ils sont piégés par les inondations autour de chez eux... Voici les coordonnées GPS.

— Bien reçu, dit Mozzie. On y va.

Frankie leva un pouce d'encouragement, et Nico l'imita tout en échangeant un regard avec elle. Un regard où cette fois, elle perçut une lueur inquiète, et la volonté de réussir ce prochain sauvetage.

Ils volèrent à basse altitude au-dessus d'une vaste étendue aqueuse, brune et trouble, d'où émergeaient des cimes d'arbres ainsi que des bâtisses partiellement immergées. Le ciel devenait d'un gris charbonneux, menaçant. La nuit commençait à tomber.

Bientôt, sous les faisceaux lumineux de l'hélicoptère, ils repérèrent les trois personnes blotties l'une contre l'autre sur un pan de toiture à l'avant de leur ferme.

Agenouillée sur les tuiles, une femme tenait un jeune enfant serré contre elle. À côté, un homme ainsi qu'une caisse en plastique qui devait abriter un chat ou un petit chien. L'homme se leva et agita frénétiquement les bras dans leur direction. Puis il s'accroupit de nouveau et tenta de protéger sa femme et son enfant du souffle violent provoqué par les pales. Les retors faisaient voltiger les feuilles d'arbres et agitaient la surface du champ inondé.

— J'y vais, déclara Frankie.

— Et pourquoi toi ? répliqua Nico,

— Parce que... j'en ai envie.

Et parce que je ne veux pas que toi, tu prennes le moindre risque... Je tiens trop à toi !

Mais évidemment, jamais elle n'aurait pu lui avouer cette évidence qui venait de surgir à son esprit.

— Hors de question que tu descendes, marmonna Nico. C'est trop dangereux.

— Tu vas m'assurer, comme l'autre fois, et...

Mais Nico venait de passer à l'action, attachant en un éclair différents mousquetons à son harnais.

— Je vais d'abord remonter la mère, et ensuite, l'enfant. J'aurai besoin de sangles pour transporter la caisse où ils ont mis leur animal, et ensuite, je ferai monter le père.

— Treuil opérationnel dans quelques secondes, annonça Mozzie.

Frankie se retrouva donc chargée d'actionner le matériel et de sécuriser Nico. Une responsabilité qui lui parut soudain incroyablement lourde.

Un court instant plus tard, relié par une longe de sécurité, Nico se posa sur le toit où la famille s'était réfugiée, puis il se détacha du treuil... Et glissa sur la toiture détrempée. Il se rattrapa de justesse au rebord.

Le cœur serré, Frankie ne le quittait pas des yeux, plus que jamais consciente des sentiments inavouables qu'elle éprouvait pour lui.

Mozzie ayant un peu rapproché l'hélicoptère, elle vit que Nico parlait aux deux adultes en effectuant de grands gestes. Quelques interminables minutes s'écoulèrent.

Il doit avoir du mal à persuader la mère d'être la première à être sauvée... Mais il faut qu'il lui explique que ce sera moins difficile pour son enfant d'être hélitreuillé ensuite s'il sait que sa maman l'attend dans la cabine...

Mais il fallait qu'ils se dépêchent. Secouant l'appareil, le vent soufflait de plus en plus, ce qui compliquerait le sauvetage. Ça risquait même de devenir dangereux.

Enfin, la femme accepta de suivre les instructions de Nico. Gardant les bras baissés, elle fut stabilisée dans sa brassière de hissage.

— Vas-y, dit-il à Frankie dans le micro de son casque.

— Bien reçu.

Actionnant le mécanisme, elle fit monter la victime.

La rassurant d'un sourire, Frankie la détacha, l'enveloppa d'une couverture de survie, renvoya le treuil en bas…

Et malgré les bourrasques, la mission se poursuivit.

Un bon quart d'heure fut nécessaire pour faire monter à bord un petit garçon terrifié, son père et un terrier Jack Russell tout aussi apeuré. Ensuite, Mozzie dirigea l'hélicoptère vers le centre d'évacuation le plus proche : une salle communale près de l'hôpital de Willhua.

Maintenant, il faisait complètement nuit, mais ils purent se poser sur un grand terrain de sport transformé en aire d'atterrissage à proximité. Une fois hors de l'appareil, Nico souleva le petit garçon pour le caler sur une hanche et, de son autre main, il porta la caisse abritant le chien, puis il se dirigea rapidement vers le bâtiment.

Frankie les suivit, accompagnant les parents de l'enfant qui avaient l'air hagard mais soulagé.

À l'intérieur, une cinquantaine de personnes s'étaient réfugiées, enveloppées dans des couvertures, sur des chaises ou assises par terre. La même expression d'inquiétude mêlée de fatigue se lisait sur leurs visages.

Un homme grand, mince, aux cheveux grisonnants coupés court, ne tarda pas à s'avancer vers eux.

— Bonjour, je suis le Dr Rob Pierson. Merci de votre action salvatrice… On est débordés, mais ça va, on a réussi à soigner et rassurer tout le monde, indiqua-t-il en désignant l'équipe de bénévoles qui s'affairait dans la salle.

Le Dr Rob Pierson ?

Frankie le dévisagea, interloquée. S'agissait-il de l'homme dont Jenny était amoureuse depuis peu ? Oui, sûrement... Quel incroyable hasard !

— On s'entraide tous, en ce moment. Vu la situation, on fait de notre mieux, ajouta-t-elle en détaillant son interlocuteur.

Elle comprit pourquoi son amie avait craqué pour lui. Rob était visiblement dynamique, et son regard exprimait une grande bienveillance.

— Frankie, on redécolle ! appela Nico.

— J'arrive ! À la prochaine, dit Frankie à Rob.

Elle lui adressa un bref sourire et rejoignit Nico qui la précéda dehors au pas de course.

— Colin nous rappelle à la base. Le vent devient dangereux pour nous.

— Bon, ça va tanguer à bord ! plaisanta Frankie.

Elle lança un coup d'œil à Nico et sentit son pouls s'accélérer. Il lui souriait... Et elle aimait tellement son sourire.

— Sacrée Frankie... Tu es unique en ton genre.

— C'est un compliment ?

— Je pense, oui. Tu es unique... et même exceptionnelle.

— Tu exagères.

— Jamais. Tu es vraiment exceptionnelle.

En lui adressant un clin d'œil, Nico s'empara de la main de Frankie et l'entraîna vers l'hélicoptère dont les pales tournoyaient déjà.

Quand ils rejoignirent enfin leur base, ils étaient exténués. Frankie avait l'impression de ne plus tenir debout, et pâle de fatigue, Nico restait silencieux, absorbé dans ses pensées. Mozzie avait les yeux rougis de fatigue à force de se concentrer aux commandes de l'hélicoptère.

— Rentrez chez vous, et dormez ! recommanda Colin. Les prévisions de la météo s'annoncent a priori un peu moins mauvaises pour les prochaines heures. Mais même si, par miracle, la pluie cessait de tomber, on aura beaucoup de travail. Quoi qu'il en soit, et à moins d'un gros problème, je vais tout faire pour que vous trois, vous leviez le pied demain. Vous avez besoin de repos.

— C'est sûr. Décompresser nous permettra d'être plus opérationnels par la suite. Au fait, et mon chien ? Il va bien ? s'inquiéta Nico en se frottant les paupières.

— Ton chien ? Aucune idée. Je ne l'ai pas vu, et je crois que personne ne s'en est occupé, avoua Colin d'un air désemparé. Désolé, Nico.

— Personne ne s'en est occupé ? répéta Nico avec indignation. J'avais espéré qu'on veillerait un minimum sur lui...

— Il n'y avait personne pour ça, expliqua Colin. Tu le sais.

— C'est certain, marmonna Nico.

Sans un regard pour ses coéquipiers – il sentait bien que Frankie l'observait d'un air soucieux, mais à cet instant, il s'en moquait –, il sortit de la salle en trombes et se précipita vers son fourgon garé sur le parking. Frankie lui emboîta le pas, mais il l'ignora. La pluie avait fait place à une fine bruine qui rendait l'atmosphère plus humide que jamais. Presque étouffante.

Depuis combien de temps Bruce était-il enfermé ? Avait-il encore à manger et à boire ?

Il a dû se sentir abandonné ! songea Nico, la gorge nouée.

Dès qu'il eut ouvert la porte, l'animal bondit vers lui en remuant joyeusement la queue.

— Salut, mon copain, je suis là, oui, oui, tout va bien !

Nico le caressa avec affection tout en le laissant sauter à terre.

Visiblement heureux d'être libéré, Bruce se secoua vigoureusement, puis trottina vers le parterre de pelouse longeant la route. Pendant ce temps, Nico vérifia les gamelles. Plus de croquettes, bien sûr, mais il restait de l'eau.

C'est alors qu'il entendit Frankie pousser un cri perçant.

— Non ! Viens ici ! ordonnait-elle. Tout de suite, j'ai dit !

Le sang de Nico se glaça. Comment la Frankie qu'il connaissait pouvait-elle parler sur ce ton furieux ?

Affreux...

En une fraction de seconde, il eut la sensation d'être happé par un fantôme de son passé.

Celui de son ex-femme, Sofia, si colérique.

De quel droit Frankie s'adressait-elle à son chien de cette manière ? Pour qui se prenait-elle ?

Nico courut vers la pelouse qui bordait le parking. Au même instant, des phares trouèrent la nuit et son chien émit un drôle de gémissement.

— Frankie, arrête ! hurla-t-il. Tu n'as pas intérêt à lui faire du mal ! Arrête !

Je n'y crois pas...

Devant elle, M. Parfait s'était transformé en quelqu'un d'autre. Un homme hors de lui, qui semblait prêt à l'insulter.

Lâchant Bruce, Frankie se figea, choquée... Presque apeurée face à Nico qui dardait sur elle un regard étincelant de colère.

— Ton chien allait filer sur la route. Il aurait pu se faire écraser ! Pourquoi tu ne le surveillais pas ?

— Je t'interdis de m'accuser ! Et tu l'as tapé ? répliqua Nico en attrapant Bruce par le collier pour le maintenir contre lui.

Frankie le dévisagea, incrédule et oppressée.

— Tapé ? Jamais de la vie ! Je l'ai pris par son collier, comme toi maintenant, mais peut-être trop fort, c'est tout. Je voulais l'empêcher d'aller sur la route, répéta-t-elle. Une voiture est passée au même moment, à toute allure !

— J'ai entendu Bruce pousser un gémissement de douleur.

— Parce que j'ai dû trop serrer son collier malgré moi. Et il a eu peur. Moi aussi, Nico.

Frankie secoua la tête, atterrée que Nico ait pu penser une seule seconde qu'elle aurait pu faire du mal à son chien.

— Ce n'est pas mon genre d'être brutale, déclara-t-elle alors avec indignation. Que ce soit avec un animal ou avec un humain. Tu es sérieux, là ?

Mais Nico ne l'écoutait pas. Penché vers son chien, il lui caressait doucement les oreilles. Malgré son désarroi, Frankie remarqua que Bruce se détendait peu à peu, alors que quelques instants plus tôt, il lui avait paru aussi terrorisé que la première fois qu'elle l'avait vu, recroquevillé au bord du précipice, près de l'épave de la camionnette de son précédent maître.

— Les apparences sont souvent si trompeuses, dit Nico d'un ton amer, sans regarder Frankie. C'est bon, Bruce, poursuivit-il d'un ton rassurant. Tout va bien. Rentrons à la maison... Viens, mon copain, viens...

Frankie sentit son cœur se serrer. Nico avait parlé gentiment à son chien. Très gentiment. Mais avec elle, il venait de se montrer cinglant. Très dur.

— Nico, je suis désolée, mais...

Elle resta muette, bouche bée. Sans un mot, Nico était en train de s'éloigner avec son chien. Il n'avait même pas adressé un seul coup d'œil à Frankie.

Désemparée, elle demeura immobile sous la pluie pendant un long moment, les yeux fixés sur le fourgon de Nico qui s'engageait sur la chaussée détrempée.

Quoi, ça va se terminer entre nous aussi bêtement ?

Une telle fin lui paraissait aussi irréelle qu'injuste.

Nico, l'homme dont elle était tombée amoureuse, ne l'aimait pas du tout, c'était évident.

Ressaisis-toi et oublie tous tes rêves !

Des larmes lui piquèrent les yeux, et elle les laissa couler, se mélanger aux gouttelettes qui tombaient du ciel. Sa vue se brouilla tandis qu'elle s'obligeait à accepter la réalité.

Non seulement il ne m'aime pas, mais je ne compte pas pour lui...

Cruelle vérité.

Le plus difficile serait de travailler avec Nico comme si rien ne s'était passé entre eux. Comme si elle ne lui en voulait pas. Comme si elle n'avait rien espéré d'autre entre eux.

Mais elle y parviendrait… Oui, elle réussirait à surmonter cette situation à laquelle elle aurait dû s'attendre depuis le début. Au fond, c'était sa faute. Elle s'était emballée et s'était laissé emporter par ses fantasmes les plus inavoués. Elle avait cru voir en Nico l'homme idéal…

Elle tombait de haut.

De très haut.

8

Le lendemain, fidèle à sa parole, Colin se débrouilla pour que Nico, Frankie et Mozzie puissent se reposer pendant une journée. D'autres collègues assurèrent les interventions.

Miraculeusement, la pluie cessa et des rayons de soleil percèrent la couverture nuageuse. La population de la région en fut soulagée, même si les mauvaises nouvelles étaient diffusées en boucle dans les médias. On comptait le nombre de blessés, de disparus, les pertes d'animaux, de biens… Les inondations avaient incontestablement engendré d'innombrables dégâts.

Frankie coupa la télévision. Malgré son épuisement total, elle avait à peine dormi la nuit précédente. Elle ne voulait plus voir les images des rescapés parfois désespérés, abasourdis par le mauvais coup que la vie venait de leur porter.

Son propre cœur lui donnait aussi l'impression de saigner, comme si elle-même avait perdu un être cher. Elle se sentait encore plus mal, consciente que pour sa part, elle n'avait objectivement aucune raison de se plaindre.

Pour tenter de se débarrasser de cette sensation, Frankie décida d'aller courir. Elle enfila un débardeur, un short, noua les lacets de ses baskets usagées et sortit sur le chemin qui, depuis sa maison, filait jusqu'au lac. La course à pied lui permettait toujours de retrouver la forme. La libération d'endorphines, grâce à l'effort physique, l'aiderait sans doute à surmonter la déception et le chagrin qui l'habitaient depuis la veille.

Elle se dirigea vers le petit bois qui bordait le rivage et accéléra dès qu'elle fut sur le sentier couvert de fins cailloux blancs.

Alors, au fur et à mesure qu'elle allongeait ses foulées, son esprit s'emplit de souvenirs. Sa toute première rencontre avec Nico… Le sourire qu'il lui avait adressé ce jour-là… Leur premier baiser… Leur première étreinte… Leur complicité grandissante… Et le choc, hier soir, face à lui.

Je n'aurais jamais dû oublier qu'entre nous, ça ne durerait pas…

En fait, elle ne l'avait pas oublié… Elle avait ignoré cette réalité au fur et à mesure que les jours passaient. Surtout, elle n'avait pas prévu de tomber aussi amoureuse. Ni que Nico serait aussi détaché. Aussi radicalement éloigné des rêves qu'elle avait heureusement gardés secrets. Et elle s'était jetée dans ses bras, donnée à lui avec passion…

Elle avait joué avec le feu et s'était brûlée.

Avait-elle réellement cru que Nico pourrait finalement l'aimer, elle, alors qu'il n'avait jamais caché refuser de s'engager ? Avait-elle sincèrement pensé qu'elle serait peut-être la seule femme possédant le pouvoir de faire disparaître les invisibles barrières qu'il avait érigées autour de lui ?

Accélérant l'allure, Frankie émergea du bois et continua à courir le long du rivage. Elle se sentait à peine essoufflée, probablement à cause du mélange de colère et de tristesse qu'elle éprouvait. Elle s'en voulait d'avoir été aussi naïve, aussi stupidement romantique et submergée par des fantasmes impossibles à maîtriser.

Mais c'était bon d'être avec lui… On ne vit qu'une fois ! Est-ce que je recommencerais si j'avais le choix ? Oui, mille fois oui !

Elle ne regrettait rien… Vraiment rien. Sauf qu'elle aurait préféré ne pas ressentir ce qui s'était logé dans son cœur, ce sentiment intense qui l'avait grisée et, maintenant, lui donnait envie de pleurer.

On ne contrôle jamais ce qu'on sent… Je le savais et pourtant, j'ai pris le risque…

Tout à coup, Frankie tressaillit. Au loin, sur le lac, se dressait la silhouette d'un homme debout sur un paddle. Avec lui, un grand chien était assis fièrement à l'avant.

Frankie s'immobilisa, le cœur battant.

Comme par hasard...

C'étaient bien Nico et son fidèle Bruce.

La planche se déplaçait rapidement sur l'eau calme. Même à cette distance, Frankie percevait la puissance des muscles de Nico. Et cet effort qu'il fournissait pour pagayer, vite, très vite, comme s'il essayait de fuir...

Elle se rappela alors la réaction qu'il avait eue la veille en pensant protéger son chien. Une réaction viscérale, à la limite de l'agressivité. Comment avait-il pu supposer qu'elle avait voulu faire du mal à Bruce ?

Ensuite, sans doute très gêné, il s'était littéralement échappé sans lui parler.

Frankie regarda encore Nico qui ne l'avait pas vue, elle. Là, il devait avoir besoin d'être seul.

Un loup solitaire... Avec son ami chien.

Cette pensée aurait dû la faire sourire, mais Frankie se retrouva de nouveau en pleurs.

Je n'aurais pas imaginé avoir autant de larmes...

Depuis hier soir, elle avait déjà tant pleuré.

Frankie reprit sa course en se dirigeant vers le bois.

Puisque Nico recherchait la solitude, elle ne se manifesterait pas. Elle le laisserait tranquille. N'était-ce pas la preuve qu'elle tenait à lui ? Qu'elle le comprenait ? Qu'elle l'aimait ?

En sanglotant, elle continua sur le sentier qui s'éloignait du lac, courant jusqu'à ce que l'effort physique finisse par l'apaiser.

Tout son corps lui faisait mal.

Les muscles de ses épaules étaient douloureux, de même que ses jambes, tendues et raidies par l'effort continu qui lui permettait de garder l'équilibre sur son paddle.

Mais Nico ne voulait pas ralentir. Surtout pas.

Cette souffrance physique était presque bienvenue, parce qu'elle créait en lui une sorte de rempart très efficace face à ce qui le tourmentait tant. Il ne pensait à rien, concentré sur ses mouvements. Lorsqu'il cesserait de pagayer, les réflexions et souvenirs afflueraient à son esprit, et il serait alors forcé de réfléchir sérieusement...

À sa réaction de la veille au soir. Et au fait qu'il devrait s'excuser auprès de Frankie.

Mais s'il lui présentait des excuses, il serait obligé de lui expliquer pourquoi il avait réagi ainsi... Et il finirait par lui raconter toute l'histoire, ce qu'il ne voulait pas.

Jamais.

Si Frankie apprenait ce qu'il avait vécu, elle l'estimerait moins, et il se sentirait... honteux. Insupportablement honteux.

Jusqu'à présent, il avait réussi à éviter cette situation.

En fait, il parvenait à garder le silence depuis si longtemps qu'il en oubliait même, parfois, les mots qu'il redoutait d'entendre dans la bouche de Frankie... Mots qui se mélangeaient à ceux dont il se souvenait encore, lancés par Sofia et destinés à le blesser.

Elle avait sûrement de bonnes raisons d'être en colère contre toi, ton ex-femme !

Tu m'as accusée pour rien ! Tu es injuste ! Si tu étais pareil avec elle, pas étonnant qu'elle t'en ait autant voulu !

Tu as fui ! C'est lâche ! Tu es un lâche !

Nico continua à pagayer vigoureusement pendant quelques instants, puis regardant soudain son chien, il effectua un lent demi-tour en direction du rivage.

Si Bruce n'était pas là, j'aurais continué vers le large...

Il refusait de faire courir le moindre risque à son fidèle compagnon. Il avait besoin de le protéger. Il tenait tellement à cet animal !

C'est alors qu'il prit conscience d'une évidence.

Si Bruce se trouvait actuellement assis sur cette planche, avec lui, c'était parce que Frankie l'avait empêché de se faire écraser la veille au soir. La pauvre bête s'était ruée vers la pelouse sans prêter attention à la route. Encore moins au véhicule qui arrivait...

Si je l'avais perdu, je serais désespéré !

L'esprit en ébullition, Nico se répéta plusieurs fois cette vérité.

Oui, c'était grâce à Frankie que son chien l'accompagnait encore aujourd'hui, tranquillement installé sur le paddle.

Et plusieurs semaines auparavant, c'était Frankie qui avait tout risqué – sa sécurité, sa réputation de secouriste... –, pour attacher ce grand chien à un harnais et le hisser jusqu'à leur hélicoptère. Elle l'avait sauvé.

Finalement, sans les interventions de Frankie, je n'aurais jamais adopté Bruce...

Encore une autre certitude.

La jeune femme ne méritait absolument pas qu'il se fâche contre elle de cette manière. La veille au soir, il avait mal, très mal réagi et il devait vite lui présenter des excuses. D'autant que tous deux avaient quand même forgé une sorte de pacte tacite. Quoi qu'il arrive dans leurs vies une fois qu'ils ne seraient plus amants, ils devraient continuer à bien s'entendre. Indispensable puisqu'ils travaillaient ensemble, n'est-ce pas ? Et cette bonne entente nécessitait une totale franchise entre eux.

Je ne ferai plus l'amour avec elle, mais je la respecte infiniment, et il faut qu'elle le sache...

— Tout à l'heure, on va aller se promener, lança-t-il à Bruce. On ira chez Frankie... On lui dira bonjour.

Et merci.

Et pardon.

Et finalement, peut-être lui expliquerait-il aussi pourquoi la veille au soir, il avait perdu son sang-froid, quitte à ce que cela change la vision que Frankie avait de lui.

— Désolé, elle n'est pas là. Elle est partie faire une balade à moto.

— Tu sais quand elle va revenir ?

Derek secoua la tête.

— Aucune idée. Mais j'imagine qu'elle va rouler un moment. Elle adore ça, Frankie. En moto, elle se libère de tous ses soucis. Je sais que vous avez eu une journée assez difficile hier.

— Très rude, renchérit Nico.

Non seulement à cause des dangereuses conditions d'intervention et de la charge de travail incessante, mais aussi en raison du sérieux malentendu qui existait à présent entre Frankie et lui.

En s'éloignant de la maison de la jeune femme, il sentit son cœur se serrer. Puisqu'il ne pouvait pas la voir maintenant, et comme son colocataire ignorait l'heure à laquelle Frankie rentrerait, il avait l'impression qu'il n'aurait plus aucune chance de réparer leur amitié.

Frankie avait tous les droits d'être fâchée contre lui. Peut-être même que sa colère s'aggraverait… Et Nico avait appris depuis longtemps qu'il valait mieux éviter toute discussion si l'autre éprouvait encore rancune et ressentiments.

À moto, elle va probablement se changer les idées et tant mieux !

Il n'avait plus qu'à espérer qu'elle ne commettrait pas d'imprudence…

Et que dès qu'ils se retrouveraient au travail, ils auraient un moment pour discuter et arranger les choses. À défaut, Nico se contenterait d'un regard de Frankie…

Un regard qui lui permettrait de patienter jusqu'à ce qu'ils puissent se parler.

9

Le lendemain matin, à peine arrivée à la base, Frankie fut réquisitionnée d'urgence avec Nico et Mozzie. Ils partaient secourir un homme blessé dans sa maison isolée à cause des inondations.

En s'engouffrant dans l'hélicoptère, Frankie évita de regarder Nico. Derek lui avait appris qu'il était passé chez elle la veille, accompagné de son chien. Sans doute était-il venu s'excuser et lui annoncer que même s'ils n'étaient plus amants, ils pouvaient encore être amis et travailler ensemble en bonne harmonie…

Elle n'était pas prête à en parler.

De toute façon, avaient-ils le choix ? Ils collaboraient, qu'ils le veuillent ou non.

Tant mieux si on a beaucoup de missions aujourd'hui, songea-t-elle.

Outre ce premier secours de la matinée, il y avait encore une liste d'attente de personnes qui devaient être évacuées de différentes zones rendues inaccessibles à cause de la montée des eaux.

Frankie jeta un coup d'œil à travers le hublot. Pour le moment, il ne pleuvait pas, mais une épaisse masse nuageuse teintait le ciel d'un gris lugubre. Une impressionnante étendue d'eau boueuse recouvrait les champs et les routes. Et le vent se levait de nouveau… Concentré à cause des bourrasques qui secouaient l'appareil, Mozzie pilotait l'hélicoptère sans prêter attention au silence qui régnait dans l'habitacle.

Songeuse, Frankie remarqua que le niveau de l'eau semblait avoir un peu baissé autour de la petite ville qu'ils survolaient, mais des débris de toutes sortes s'amoncelaient un peu partout. Les rues restaient en grande partie inondées. Çà et là, des habitants s'efforçaient de récupérer du mobilier, des tapis ou autres objets encombrants... Le patient qu'ils s'apprêtaient à secourir avait été victime d'une chute sur la tête en portant un matelas depuis son grenier jusqu'à la salle à manger. Il avait glissé sur les marches de l'escalier et s'était cogné le crâne contre une cheminée en briques.

Jetant un bref coup d'œil à Nico, Frankie sentit qu'il était, lui aussi, préoccupé.

— L'homme a été assommé, mais il a repris conscience, annonça-t-il en lisant à voix haute l'actualisation des données qui s'affichaient sur sa tablette. Il communique mais est confus, nous indique le secouriste déjà sur place.

— Si on veut un bon plateau technique en neurochirurgie et soins intensifs, il faudra aller à l'hôpital St Mary. Trajet estimé à plus de dix minutes, annonça Mozzie.

— On risque de devoir intuber la victime si son taux d'oxygène tombe trop bas, ou en cas d'évanouissement. Il faudra assurer, ajouta Frankie, songeant qu'en cas de suspicion de traumatisme crânien grave, il y avait des paramètres très spécifiques à prendre en compte pour stabiliser la pression artérielle.

— On va réussir, ne t'inquiète pas, acquiesça tranquillement Nico.

Lui lançant un coup d'œil, Frankie fut surprise de la gravité qu'elle lut sur son visage. Une gravité qui contrastait avec son ton calme.

— Je m'inquiète toujours avant... Mais une fois sur le terrain, ça va.

— Oui, je sais. Je t'ai vue à l'œuvre. Ensemble, on se débrouille très bien.

Ensemble, on se débrouille très bien...

Frankie parvint à sourire. Nico avait raison. Oui, ils formaient un bon tandem de secouristes. Et ils donneraient le maximum d'eux-mêmes pour réussir leur mission, en oubliant leurs ressentis personnels.

Gerald, leur patient, était âgé de soixante-huit ans. Il gisait au milieu de sa maison saccagée par les inondations. L'eau était redescendue, abîmant tout sur son passage, et un peu partout, des objets – bibelots, livres, albums photos… – étaient éparpillés, détrempés ou brisés.

Se précipitant auprès de Gérald, Frankie s'aperçut aussitôt que son état s'était dégradé. L'homme pouvait ouvrir les yeux lorsqu'on le lui demandait, mais il ne faisait que gémir en guise de réponse.

— Il est en hypoxie, diagnostiqua Nico.

Il avait fixé le moniteur de saturation sur le doigt de Gerald.

— Son taux d'oxygène est inférieur à 90 %, précisa-t-il. Mettons-lui un masque à oxygène haute concentration. Si ça ne suffit pas à faire remonter le taux à 95 % au minimum, on passera à l'insufflateur pour éviter l'insuffisance respiratoire. Tu t'en occupes pendant que je pose une perfusion ?

— Bien sûr.

Frankie était déjà en train de relier le masque à une bouteille d'oxygène. Il fallait impérativement qu'ils ramènent la saturation en oxygène de leur patient à des niveaux plus normaux. Sinon, il risquait des dommages cérébraux catastrophiques. Il fallait aussi faire en sorte que sa tension artérielle soit suffisamment élevée pour que l'oxygène continue à circuler.

Ils n'eurent pas besoin de décider qui prendrait la direction des opérations. Frankie savait qu'entre Nico et elle, tout serait simple et efficace. Professionnellement, ils étaient au top.

Quelques minutes s'écoulèrent, le temps qu'ils s'efforcent de stabiliser l'état de Gérald, et de minimiser les conséquences de la lésion cérébrale dont il souffrait.

— La saturation reste trop faible, dit Nico. Même si ce qu'on lui administre améliore la pression sanguine, c'est vraiment trop faible.

— Exact.

— Plus on repousse l'intubation, plus il va devenir hypoxique.

— Gerald ?

Frankie se pencha vers l'oreille de leur patient qui était en train de s'évanouir de nouveau.

— Vous pouvez ouvrir les yeux ?

Aucune réponse.

— Chute du GSC, annonça Nico.

Le score de Glascow était un indicateur de récupération en cas de coma. Plus il était bas, plus les risques de mortalité étaient élevés.

Nico échangea un regard avec Frankie, puis s'adressa au secouriste arrivé sur les lieux avant eux, maintenant en retrait.

— Tu nous apportes l'unité d'aspiration ? demanda-t-il en ouvrant sa sacoche médicale.

Son collègue s'exécuta et, de son côté, Nico prépara tout ce dont il avait besoin pour anesthésier le patient

Frankie ajusta délicatement la canule nasale sur le visage de Gerald, et veilla à ce que la préoxygénation se poursuive grâce au masque déjà en place. Il fallait augmenter suffisamment le taux d'oxygène pour permettre au patient de tenir le coup pendant la pose du tube dans la trachée.

Une fois que ce fut fait, elle disposa une serviette préalablement enroulée sous la tête du patient, en lui positionnant la nuque dans l'axe de la fourchette sternale.

Ce fut Nico qui administra les médicaments. Ensuite, il introduisit le laryngoscope et le tube qui sécuriserait les voies respiratoires pendant qu'ils transporteraient Gerald jusqu'à l'hôpital.

Frankie avait déjà prévu de quoi fixer le tube, le ballon de ventilation comportant une valve PEP, et un stéthoscope qu'elle tendit à Nico pour qu'il puisse vérifier que le tube était correctement placé.

C'était le cas.

Un peu stressée malgré tout, elle observa les mouvements

ascendants et descendants des poumons de leur patient pendant qu'elle pressait le ballon de ventilation.

Ça va... oui, tout va bien jusque-là...

Tout près d'elle, Nico gardait également les yeux fixés sur Gerald.

Soudain épatée par ce qu'ils étaient en train d'accomplir, Frankie réprima un soupir. Grâce à leur intervention, ce sexagénaire retrouvait peu à peu toutes les chances de vivre... Et c'était merveilleux.

Entre Nico et elle, tout se passait aussi à merveille. Professionnellement, du moins.

Beaucoup de volontaires se proposèrent de les aider à porter la civière jusqu'au terrain de rugby non inondé où Mozzie avait pu faire atterrir l'hélicoptère.

— Merci pour votre solidarité, dit Nico. On est touchés !

— Touchés et soulagés, renchérit Frankie.

Le décollage fut quasi immédiat, et ils arrivèrent rapidement à destination. Alors qu'ils se posaient sur le toit de l'hôpital, Frankie s'aperçut qu'ils n'étaient pas attendus uniquement par les urgences. Un agent technique poussait vers eux une civière chargée de cartons et boîtes de toutes tailles.

— Je ne vous en ai pas parlé tout à l'heure, parce que vous étiez occupés à surveiller notre patient, expliqua Mozzie. Mais on nous a chargés d'apporter du matériel à un hôpital rural un peu plus au sud. Ils manquent de pansements, d'attelles et de médicaments. Ils nous ont aussi demandé des batteries de défibrillateurs de secours et un chargeur. L'équipe locale de secouristes a emprunté toutes les batteries disponibles. On n'en aura pas pour longtemps, précisa-t-il. La rue principale a été dégagée pour nous permettre d'atterrir et quelqu'un nous attendra.

— Pas de souci, dit Nico.

Avec un regain d'énergie qui l'étonna elle-même, Frankie commença à ranger du matériel dans la soute de l'hélicoptère, puis à l'arrière de la cabine. Nico l'aida et, secondés par les autres secouristes, ils eurent fini d'entreposer le chargement en quelques minutes.

Plus on travaille ensemble, moins on a besoin de parler de nous... Et c'est très bien comme ça, songea Frankie.

Oui, ces moments d'action intense retardaient l'inévitable confrontation qu'elle aurait tôt ou tard avec Nico. À ce moment-là, ils ne pourraient plus s'abriter derrière leurs préoccupations professionnelles et seraient obligés de faire face à ce qui avait vraiment changé entre eux.

Frankie s'installa près d'un hublot et, après le décollage, regarda dehors en silence. Nico s'était assis en face d'elle. Il pleuvait de nouveau, et le vent créait des turbulences par intermittence. Le paysage se brouilla peu à peu à cause de l'humidité ambiante qui donnait au ciel de cette fin de matinée un aspect cotonneux.

Tout à coup, alors qu'elle scrutait l'extérieur, quelque chose d'anormal attira son attention.

— Hé, dans la rivière, vous avez vu ?

— Quoi ? demandèrent Mozzie et Nico en même temps.

— J'ai cru voir quelque chose de blanc !

En prononçant cette phrase, Frankie se rappela l'une de ses premières interventions avec Nico... Celle où elle avait repéré Bruce près du précipice. Son cœur se serra tandis que ce souvenir si particulier lui revenait à l'esprit.

— Quelque chose d'imposant, ajouta-t-elle précipitamment. Peut-être le toit d'une voiture ?

— Allons jeter un œil, dit Mozzie en faisant bifurquer l'hélicoptère.

En raison du changement de direction mais aussi des rafales de vent, l'appareil tangua fortement, puis il se stabilisa.

Ils se rapprochèrent rapidement de l'endroit indiqué par Frankie. En dessous, la rivière était aussi large que houleuse, et ses méandres bruns charriaient d'innombrables débris. Frankie constata qu'un pont s'était écroulé, et l'un de ses piliers, brisé, s'était effondré dans l'eau. Tout autour, un éboulis de pierre retenait un impressionnant tas de branchages et troncs d'arbre.

— Quel chaos, dit-elle, attristée par un tel spectacle. Mais non…

Munie de jumelles, elle étudiait attentivement les remous et les berges tandis que Mozzie leur faisait perdre de l'altitude pour faciliter l'observation.

— Finalement, non, je ne remarque plus rien, déclara-t-elle. Rien sauf la vitesse du courant !

— Peut-être que ce que tu as vu a déjà été englouti, commenta Nico d'un ton préoccupé.

Frankie lui jeta un bref coup d'œil mais il garda les yeux rivés sur le hublot afin de continuer à regarder dehors.

— Par mesure de prudence, on va survoler la rivière sur un kilomètre ou deux. Je pense aussi que la zone du pont qui s'est abîmé dans l'eau est à examiner de près, précisa Mozzie.

Alors que l'hélicoptère pivotait de nouveau pour changer de direction, Frankie sentit la queue de l'appareil osciller de façon anormale. Les rafales de vent devenaient si brutales que la cabine fut violemment secouée.

Mossie devrait nous faire prendre de l'altitude… On vole beaucoup trop bas !

Soudain, ils furent déséquilibrés en avant. Ensuite, tout se produisit si vite que Frankie n'eut même pas le temps d'avoir peur.

Ils venaient de basculer dans l'eau.

Le matériel embarqué dégringola, et Frankie enfouit la tête dans ses bras pour se protéger des boîtes et contenants en plastique qui se détachaient par à-coups des casiers de rangement.

En une fraction de seconde, elle se remémora quelques-unes des consignes qu'elle avait apprises en cours de survie.

Ne pas quitter l'appareil tant qu'il est en mouvement…

Défaire sa ceinture du harnais…

Garder des repères pour savoir où est la porte…

Respirer calmement, ne pas paniquer…

Un choc violent interrompit son énumération mentale.

Les rotors cessèrent de tourner, le moteur se coupa.

Quelque chose de solide avait complètement freiné l'hélicoptère. L'un des montants du pont démoli au-dessus duquel ils volaient juste avant l'accident ?

Soudain, une grosse branche fractura leur pare-brise et, instantanément, un puissant jet d'eau gicla à l'intérieur de la cabine. Affolée, Frankie vit Mozzie se débattre pour se libérer de son harnais. Il essaya de se retenir à l'une des poignées de son poste de commande, mais le courant le happa brusquement, et il fut entraîné dans le flot brunâtre.

Un cri se bloqua dans la gorge de Frankie.

Ne panique pas !

Il fallait qu'elle garde son sang-froid, d'autant que près d'elle, Nico se démenait pour défaire les attaches de son harnais. Il essayait d'une seule main, son autre bras semblant être tordu et coincé entre la paroi de la carlingue et le dossier de son siège.

L'hélicoptère s'était figé, et pour le moment, il flottait encore, même si de l'eau se déversait à travers le pare-brise cassé.

Tout en s'efforçant de respirer calmement, Frankie parvint à détacher sa ceinture de sécurité. Elle se leva et s'accrocha à tout ce qui se présentait – poignée, dossier de siège, montant… – pour ne pas risquer d'être emportée comme Mozzie. Puis elle s'approcha de Nico. Il la regarda d'un air désespéré et, de nouveau, s'évertua vainement à libérer son bras.

Jamais elle ne quitterait cet hélicoptère sans lui.

Jamais.

Mais tout à coup, l'appareil plongea encore davantage en avant…

10

Une peur glaciale envahit Frankie.

L'eau allait monter rapidement. Ensuite, ils couleraient...

Mais à cet instant, elle se sentit aussi prête à tout pour les sauver, Nico et elle.

Nos chances de survivre dans une situation catastrophique dépendent de notre volonté et de notre mental...

Elle l'avait entendu encore et encore en cours de survie.

Le pire était de ne pas se faire confiance, et de ne pas résoudre les problèmes les uns après les autres. Il fallait être méthodique et s'acharner. Ne pas perdre espoir.

Première étape, sécuriser la sortie...

Avisant la porte latérale de l'hélicoptère, Frankie décida de l'ouvrir tant que c'était encore possible, l'appareil n'étant que partiellement immergé. Il fallait tenter le coup immédiatement, et si elle n'y arrivait pas, il ne leur resterait plus qu'à s'extraire à travers le pare-brise brisé... Mais ce serait plus dangereux.

Elle s'arc-bouta devant le battant, rassembla toutes ses forces et le fit glisser tant bien que mal. De l'eau entra dans la cabine, accélérant la vitesse de l'immersion.

Deuxième étape, libérer Nico...

Concentrée, Frankie utilisa la pince multi-usages attachée à sa ceinture pour couper la sangle du harnais de Nico coincée dans un interstice de la carlingue.

Pâle, immobile, Nico suivait du regard tout ce que Frankie entreprenait.

Ni l'un ni l'autre ne parlait.

Frankie se rendit alors compte que le bras de Nico restait quand même bloqué entre le siège et la paroi.

Malgré elle, le découragement la gagna. L'espace d'un minuscule instant qui la hanterait à jamais, elle eut peur de ne pas réussir à les sauver tous les deux.

Avant de mourir, je penserai à lui, rien qu'à lui, et ce sera doux...

Cette pensée confuse s'imposa à elle. D'autant que pas une seule seconde, elle n'envisagea de quitter l'hélicoptère sans lui.

Croisant les yeux de Nico, elle y perçut de la reconnaissance, de la tristesse et une profonde tendresse également. Un sentiment qui devait être proche, très proche de ce qu'elle éprouvait...

De l'amour ?

Oui, c'était sûrement de l'amour.

Ce fut sans doute cette conviction qui lui insuffla une nouvelle impulsion, et une force intérieure qu'elle n'aurait jamais soupçonnée.

Alors que l'eau continuait à grimper autour d'eux, Frankie tenta quelque chose de radical. Elle se campa devant Nico, lui saisit son bras coincé et le tira vers elle d'un coup sec.

Elle sentit un os craquer sous ses doigts...

Frankie se sentit nauséeuse, mais se ressaisit en découvrant que la fracture qu'elle avait provoquée modifiait l'angle de la main et du poignet de Nico...

Abasourdi, Nico put enfin se dégager en laissant échapper un petit gémissement de douleur.

— Viens ! ordonna Frankie en l'attirant devant la porte ouverte.

Elle entrelaça sa main à celle de Nico et, ensemble, ils se jetèrent dans la rivière. L'eau s'infiltra dans leurs casques et, hâtivement, Frankie ouvrit la visière du sien, puis fit de même sur celui de Nico. Enfin, ils pouvaient respirer à l'air libre...

Sauf que tout autour, sous la pluie, ce n'était qu'un amas grisâtre et bouillonnant. Leurs tenues de secouristes les alourdissaient. Un court instant, Frankie redouta de ne pas réussir à lutter contre le flot violent qui les emporterait tels des fétus de paille...

Elle nagea tant bien que mal. Près d'elle, Nico la suivait en grimaçant de douleur.

Soudain, elle aperçut devant eux une sorte d'îlot de branchages et de troncs d'arbres enchevêtrés...

Un volumineux tas de végétaux accroché à ce qui avait été l'un des piliers du pont démoli par la crue. Ironie du sort, des boîtes et conteneurs provenant de l'hélicoptère s'étaient ajoutés à cet amoncellement.

On va tenter de grimper dessus...

— On essaie, dit Nico, comprenant l'intention de Frankie.

C'étaient ses premières paroles depuis l'accident.

Qu'il eût parlé la soulageait tellement que Frankie faillit fondre en larmes.

Ensemble, ils s'accrochèrent aux branches et escaladèrent cet étrange agglomérat naturel. Lorsqu'ils se retrouvèrent en haut, à environ un mètre du niveau de l'eau, Frankie sut que leur refuge de fortune tiendrait.

Elle regarda Nico et s'efforça de sourire.

Elle était vivante.

Lui aussi.

— Je t'ai cassé le bras, je crois.

— Tu m'as surtout sauvé la vie, Frankie.

— C'est vrai...

Malgré elle, Frankie se mit à trembler. De froid, d'émotion... Et le regard que Nico gardait rivé sur elle accentuait cette sensation incontrôlable. Spontanément, il se pencha vers elle et, de son bras valide, l'enlaça et la serra contre lui. Frankie éprouva alors une impression complètement déstabilisante, mélange de joie, de crainte, de gratitude...

Oubliant presque où ils se trouvaient, elle appuya la tête contre l'épaule de Nico et s'efforça de se maîtriser. Il y avait tant à craindre en ce moment. Et si personne ne venait les secourir à temps ? Et s'ils mouraient d'hypothermie ? Trempés, ils frissonnaient déjà. Même s'ils se blottissaient l'un contre l'autre, ce qui devait faire mal au bras de Nico, cela ne suffisait pas pour les réchauffer.

Frankie releva la tête pour regarder Nico en face, et des larmes coulèrent sur ses joues.

— J'ai eu si peur, Nico… Je te jure que j'aurais préféré t'aider à te libérer sans te casser un os !

— C'était nécessaire pour me sauver la vie. Tu as bien agi, acquiesça-t-il, les yeux brillants d'émotion. Sans toi, j'aurais été emporté avec l'hélicoptère qui coulait. Tu te rends compte ? Sans toi, je serais mort.

La gorge nouée, elle fit signe que oui.

— Fais-moi voir ce bras, murmura-t-elle.

Nico défit la fermeture Éclair latérale et remonta la manche de sa combinaison. Puis il fit rouler vers le haut le tissu de la manche du T-shirt qu'il portait en dessous.

Frankie regarda la blessure de près. Bien que la lumière du jour soit blafarde sous la pluie fine qui continuait à tomber, elle remarqua distinctement les écorchures autour de l'avant-bras et la déformation du poignet. Il s'agissait manifestement d'une fracture classique du radius distal, avec angulation dorsale.

Une fracture de Colles, pensa-t-elle.

— Tu peux bouger tes doigts ? Si je les touche, tu sens quelque chose ?

— Je crois que oui… un peu.

Nico esquissa une moue qui trahissait à quel point c'était douloureux.

— Je peux à peine sentir ton pouls, s'inquiéta Frankie en plaçant l'extrémité de son index et de son majeur sur la face interne du poignet de Nico.

— Rassure-toi, je suis vivant… Vivant !

Frankie s'aperçut que Nico lui souriait.

— Tu peux bouger ton coude ? demanda-t-elle, émue.

— Oui.

— Est-ce que ça te fait mal ?

— Non.

— Je dois quand même te poser une attelle…

Frankie jeta un coup d'œil sur les différents objets et boîtes qui avaient été éjectés de leur hélicoptère, et qui s'amoncelaient au milieu des branchages.

Des kits de secours… On a enfin de la chance…

Elle se redressa avec délicatesse, priant le ciel pour que le fragile édifice sur lequel ils s'étaient réfugiés tienne toujours le coup. Tout autour d'eux, la rivière continuait à charrier des branchages et débris de toutes sortes.

— Je vais voir ce que je peux trouver… Toi, s'il te plaît, tu restes tranquille, OK ?

— Promis. Je ne m'en irai pas, s'efforça de plaisanter Nico.

— Ah, ah…

Elle lui plia très doucement le bras pour que son avant-bras se place contre sa poitrine, et lui positionna son autre main sous le coude afin de le maintenir immobile.

Fouillant la première boîte qu'elle put attraper, Frankie découvrit des bandages et pansements. Ils étaient complètement détrempés, mais s'avéreraient quand même utiles.

S'il avait été sec, le carton aurait pu servir à fabriquer une attelle…

Frankie choisit deux branches ni trop grosses ni trop épaisses au milieu de celles qui s'étaient agglomérées, et en cassa les bouts pour les ajuster. Entendant le bruit sec que ça produisit, elle se remémora le moment où elle avait involontairement fracturé le bras de Nico.

Il ne serait pas encore en vie si je ne l'avais pas fait… Et moi non plus, parce que je ne l'aurais pas laissé mourir seul… Je l'aime tellement !

Cette pensée s'imposa à elle de façon obsédante tandis qu'elle prenait de la gaze mouillée dans une boîte et la roulait pour former une boule qu'elle posa dans la paume de la main de Nico. Voilà qui créerait un soutien sous les phalanges, ce qui minimiserait la douleur. Les nerfs ou les vaisseaux sanguins touchés par la fracture ne seraient pas endommagés davantage.

Ensuite, elle plaça les deux branches de chaque côté du bras de Nico, depuis le coude jusqu'en dessous des doigts. D'une main, elle les maintint en place tandis qu'elle utilisait ses dents pour déchirer le plastique protecteur d'un rouleau de bande de crêpe. D'un geste précis, elle relia les attelles de fortune. Elle ouvrit un autre paquet de bandage pour plaquer le bras de Nico le long de son corps afin de sécuriser encore plus le maintien.

— Est-ce que ça va ?

— Très bien. *Ben fatto, cara.*

Frankie hocha la tête, incrédule. Nico la complimentait alors qu'elle avait elle-même causé la fracture dont il souffrait...

Mais il lui souriait.

Et elle lui sourit également, consciente que son propre visage devait exprimer tout l'amour qu'elle ressentait pour Nico.

De l'amour pur, oui...

Et de la gratitude.

Au fond, si elle n'avait pas franchi ses propres limites et dépassé sa zone de confort, si elle n'avait pas ouvert son cœur, elle n'aurait peut-être jamais découvert qu'un tel amour pouvait exister. Ce sentiment était si intense, si merveilleux, que même dans une situation catastrophique comme à cet instant, elle avait envie de sourire.

Frankie croisa le regard de Nico, qui continuait à l'observer, un léger sourire aux lèvres. Une lueur brillait dans ses prunelles... Une lueur qui exprimait de la gentillesse, de la tendresse, de la complicité, de la reconnaissance aussi... Et tant encore. Tout ce que Nico ne pouvait sans doute pas formuler avec des mots.

Alors, et même s'il ne lui avait rien dit, rien avoué, elle eut de nouveau la conviction qu'il l'aimait également.

Oui, il m'aime ! Il m'aime sûrement autant que je l'aime !

Cette certitude déclencha en elle un cortège d'émotions aussi brûlantes que délicieuses et, aussi bizarre que cela puisse paraître compte tenu de leur situation, elle se sentit plus rassurée que jamais.

— *Dai, andiamo*...

— On va où ? Ce serait plus prudent d'attendre qu'on vienne nous chercher, non ?

— Je n'ai plus très mal, *cara*. Tu m'as si bien soigné ce bras... Un bras que je m'étais déjà fracturé, figure-toi.

— Le même bras ? s'étonna-t-elle.

— Eh oui. J'ai eu un petit accident dont je garde une belle cicatrice.

— Une cicatrice ?

Frankie se remémora soudain la lésion sur le haut de l'épaule de Nico qu'elle avait remarquée un soir alors qu'ils venaient de faire l'amour. Une lésion arrondie, d'une circonférence d'environ quinze centimètres, encore très marquée.

— Celle que j'ai déjà vue ?

— Oui.

— Tu m'as dit que c'était à cause d'une morsure de requin.

Nico secoua la tête.

— Il n'y a jamais eu de requin.

— Je m'en doutais.

Frankie regarda Nico, consciente qu'il s'apprêtait à lui révéler quelque chose d'essentiel dans sa vie.

— C'était plutôt une brûlure, pas vrai ?

— Exact. Cette fois-là, je me suis approché trop près d'un fer à repasser !

— Quoi ? Quel rapport avec la fracture de ton avant-bras ?

Nico détourna le regard un court instant, l'air tellement grave et malheureux que Frankie regretta presque de lui avoir posé cette question.

— Le rapport ?

Il reporta son attention sur Frankie.

— C'est une bagarre. Une vilaine bagarre avec Sofia. Elle m'a cassé le bras… Elle a utilisé le fer à repasser pour me brûler… Et elle a fait encore tant d'autres choses pour me blesser.

Soudain glacée, Frankie fut incapable de cacher sa stupeur.

— Sofia ? Et qui est Sofia ?

— C'était ma femme.

Voilà…

Il le lui avait dit.

Dans la situation la plus inimaginable qui fût, alors qu'ils se trouvaient en danger d'être emportés par une rivière déchaînée…

J'aurais dû me taire…

Mais les mots étaient sortis tout seuls. Le comble ? Il avait presque dû les crier afin que Frankie les entende par-dessus le grondement des remous autour d'eux autour de leur fragile refuge, et le fracas des débris charriés par le courant.

Comme un cri de victoire et de liberté !

Il n'avait pas pu faire autrement que d'avouer la vérité…

Parce que Frankie l'aimait. Il ressentait ce qu'elle éprouvait au plus profond de lui-même, même si elle ne lui avait rien dit.

Parce qu'elle avait tout risqué pour le sauver.

Mais surtout, parce qu'il l'aimait.

Oui, je l'aime…

Et il avait confiance en elle. Une confiance totale, absolue. Il savait maintenant qu'il pouvait lui confier non seulement sa vie, mais aussi son cœur et son âme. Jamais Frankie ne lui ferait de mal.

Avec elle, il se sentait en sécurité.

Au fond, Nico avait toujours su que Frankie était une femme différente. Une femme fiable. Depuis son expérience désastreuse avec Sofia, il s'était barricadé intérieurement, mais tout, chez Frankie, le poussait à s'ouvrir de nouveau…

Il la regarda. Elle paraissait tellement choquée par ce qu'il venait de lui révéler…

Et ça lui évite de s'inquiéter si oui, ou non, des secours viendront nous chercher...

Mais face à l'expression effarée qu'elle affichait, il comprit soudain qu'elle pensait à la fracture de son bras, à la douleur que ça lui avait infligée. Sauf qu'elle lui avait fait mal pour le sauver...

Le libérer.

— Frankie, je sais que tu ne voudrais jamais blesser quelqu'un. Oublie tes doutes ! Tu t'es engagée corps et âme pour sauver les autres... Et je sais que tu n'as jamais voulu faire de mal à Bruce. Pardon de t'avoir parlé aussi désagréablement. Pardon, Frankie. Je sais que tu ne me ferais jamais le moindre mal...

Il lui effleura le visage.

— Je sais que tu m'aimes.

— Tu le sais ?

Sous l'effet de la surprise, les prunelles de Frankie paraissaient couleur d'encre.

— Comment tu l'as su ?

Nico toucha son propre torse, juste au-dessus de son bras maintenu par une attelle. Juste au-dessus de son cœur.

— Parce que je peux le sentir. Ici. Et je sais que c'est vrai parce que je ressens exactement la même chose au même endroit. Je t'aime, Frankie...

Des larmes jaillirent des grands yeux sombres de la jeune femme.

— Tu m'aimes ?

Elle poussa un drôle de soupir, comme si elle était à la fois saisie et soulagée.

— Oh ! Nico, tu vois, j'ai cru le deviner, mais je n'étais pas vraiment sûre de tes sentiments... Donc je ne t'ai rien dit.

— Je comprends, *cara*. Et moi, je ne pouvais rien t'avouer parce que je ne voulais pas te parler de mon passé. Je craignais que tu me considères comme un homme mauvais...

— Mauvais ? Toi ?

Frankie secoua la tête.

— Dès que je t'ai vu t'occuper de Bruce, j'ai su que tu étais bienveillant… Et gentil. Très gentil. Et je pense que c'est dès cet instant-là, dans l'hélicoptère qui nous ramenait le soir du sauvetage de Bruce, que je suis tombée amoureuse de toi ! Je t'aime tellement…

— Mon amour, moi aussi je t'aime !

Ignorant la douleur fulgurante qui lui déchirait le bras, Nico se pencha vers Frankie pour l'embrasser. Elle l'enlaça doucement et lui caressa tendrement le visage.

— Quel endroit original pour se déclarer notre amour…

— On doit être les seuls au monde à avoir choisi un lieu pareil, plaisanta-t-il à son tour.

Il était si heureux qu'il en oubliait presque où ils se trouvaient…

— Tu as été marié pendant combien de temps ?

— Trop longtemps. Cinq ans. On était jeunes et on croyait qu'on s'aimait.

— Mais quand on aime l'autre, on ne veut pas lui faire du mal, objecta Frankie.

— Non, bien sûr. Mais au début, ça allait entre nous. Je savais que Sofia avait du caractère et qu'elle s'énervait facilement. Ça s'est aggravé… Quand elle se fâchait, elle hurlait en me lançant des objets à la figure. Une vraie harpie ! La première fois qu'elle m'a heurté, j'ai cru que c'était un accident. Elle a jeté une bouteille sur moi. Une bouteille en verre, qui s'est brisée. Je porte les cheveux longs pour cacher la cicatrice qui me reste sur la nuque.

Frankie le contempla en silence.

— C'est affreux.

— Oui, affreux. Ensuite, ça ne s'est plus produit pendant quelque temps… Puis les crises ont recommencé. Fréquemment, et en empirant.

— Personne d'autre n'était au courant ?

— Non. Je ne pouvais pas en parler autour de moi.

Nico secoua la tête.

— On vivait en Italie, et tu connais ce pays. Ce sont les hommes qui contrôlent tout. Dans l'esprit des gens, un homme ne peut pas recevoir des coups de la part d'une femme. C'est inconcevable, ironisa-t-il. Si par malheur, il se retrouve dans ce cas, on dit de lui qu'il n'est pas un homme.

Une lueur d'indignation brilla dans les yeux de Frankie.

— Ah, ces préjugés qui s'incrustent... Mais tu as fini par la quitter ?

— Ça n'a pas été facile. Elle me menaçait de raconter à tout le monde que moi, j'étais violent et qu'elle ne faisait que se protéger... Que j'étais un bon à rien, un mari épouvantable... ... Puis elle s'excusait, m'assurait qu'elle m'aimait et qu'elle ne recommencerait jamais... Un cauchemar.

— Tu t'es retrouvé piégé.

— Exactement. C'est ma sœur Rosa qui a découvert ce qui se passait. Je lui ai fait jurer de garder le secret, de ne pas alerter la police et de ne pas ébruiter la situation auprès de notre famille. Elle n'a accepté qu'à la condition que Sofia accepte de divorcer et de disparaître de ma vie. Sofia n'a plus eu le choix. Ma sœur peut se montrer très impressionnante quand elle protège les gens qu'elle aime ! Comme toi...

— Je suis impressionnante ? Moi ?

— Et comment ! Je n'oublierai jamais l'expression de ton visage quand, tout à l'heure, tu t'acharnais à me libérer. Tu ne m'aurais pas abandonné, pas vrai ?

Des larmes brillèrent dans les yeux de Frankie.

— Jamais. J'avais le sentiment de me battre pour ma propre vie autant que pour la tienne. J'avais tellement peur de te perdre...

— Tu ne me perdras jamais ! Je t'aime, je tiens à toi immensément...

Faisant de nouveau abstraction de la douleur dans son bras, il resserra son étreinte autour des épaules de Frankie.

— Moi aussi, je tiens énormément à toi, renchérit Frankie d'une voix vibrante d'émotion. Si tu savais comme j'ai essayé de ne pas t'aimer ! Je voulais juste passer de bons moments avec toi...

Elle laissa échapper un petit rire.

— Et peu à peu, les sentiments ont été plus forts que moi. Il faut croire que le destin a décidé qu'on devait être ensemble.

— Oui... Et maintenant, j'aimerais bien que le destin nous fasse sortir de ce pétrin ! J'en ai assez qu'on soit coincés sur cet amoncellement de débris qui risque de s'écrouler dans l'eau d'une minute à l'autre et...

Au même moment, comme si l'univers avait épié leur extraordinaire conversation, un bruit sourd s'éleva au-dessus d'eux.

Nico et Frankie levèrent la tête.

C'était un hélicoptère en vol stationnaire.

— Enfin ! s'exclama Nico.

La balise de localisation de l'hélico a dû se déclencher automatiquement avant que l'appareil coule...

Et le rouge vermillon de leurs combinaisons était sans doute visible à travers le brouillard humide qui les entourait.

— Ne bouge pas, s'il te plaît, recommanda-t-il à Frankie.

Se tenant debout tant bien que mal sur l'amas de pierres et de branchages, Nico dressa son bras valide et effectua de grands signes.

La porte latérale de l'hélicoptère était ouverte et, assis sur le rebord, un secouriste scrutait la zone.

Nico lança de nouveau un signe et, en réponse, il vit que leur sauveteur levait un pouce.

Puis une autre tête apparut dans l'embrasure de la porte.

— Mais c'est Ricky ? s'exclama Franky.

— Oui... On est sauvés ! Ils vont nous hélitreuiller l'un après l'autre, ajouta Nico. *Dai, andiamo* ! Remets ton casque, tu montes en premier.

— Et pourquoi moi d'abord ? répliqua-t-elle. Je ne suis pas blessée et...

— S'il te plaît, *amore mio*.

Il lui tendit la main pour l'aider à se redresser.

— Cette fois, c'est à moi de m'occuper de toi.

11

— Frankie, oh mon Dieu… Colin ne savait pas où Nico et toi aviez été emmenés. J'ai appelé tous les hôpitaux de Sydney… Tu es gravement blessée, Frankie ? Tu peux parler ? Pourquoi tu ne dis rien ?

— Parce que je n'arrive pas à placer un mot, répondit Frankie.

Elle voulut rire, mais ça lui fit mal aux côtes. Elle souffrait de quelques contusions légères dont elle ne s'était même pas rendu compte jusqu'à ce qu'on la transporte au service des urgences pour un examen attentif.

— Je vais bien, Jenny. Nico aussi, heureusement, même s'il a un poignet cassé. En ce moment, il est pris en charge en chirurgie orthopédique.

Au bout du fil, Jenny renifla, visiblement émue.

— Et Ricky ? Et Mozzie ? Je n'ai pu joindre personne à la Red Watch. Colin m'a informée par e-mail, mais je n'ai pas réussi à communiquer avec lui directement, son équipe est débordée.

— Ricky n'était pas avec nous quand l'accident s'est produit. Il travaillait avec une autre équipe, celle qui est justement venue nous sauver.

— Et Mozzie ?

Frankie réprima un sanglot en se remémorant la scène.

— Il a survécu, mais on a eu si peur ! Je l'ai vu être littéralement happé dans l'eau à travers le pare-brise brisé du poste de pilotage…

Elle prit une inspiration pour tenter d'affermir sa voix tremblante.

— Mozzie a été emporté par le courant… Mais j'ai appris qu'il a été secouru par des collègues en aval de la rivière, à bord d'un bateau de sauvetage gonflable. Il va bien. Il est hospitalisé en ce moment, en chirurgie orthopédique comme Nico, parce qu'il s'est blessé à la cheville. Il a été transporté en fauteuil roulant jusqu'ici, pour qu'on se voie… C'est Mozzie qui a donné l'alerte à propos de l'accident, précisa Frankie. Heureusement qu'il a pu agir.

Sa voix se brisa, et Jenny garda le silence quelques instants.

— Et toi, ma Frankie, comment vas-tu, maintenant ?

— Plutôt très bien. Je me sens épuisée, mais je suis chanceuse d'être encore vivante.

Volontairement, Frankie n'ajouta pas que quelque chose d'extraordinaire était également en train de se produire dans sa vie. Cet amour merveilleux entre Nico et elle…

Pendant le trajet entre la rivière et l'hôpital le plus proche, blottis l'un contre l'autre, ils s'étaient juré de garder le secret pour l'instant. Personne d'autre qu'eux ne devaient savoir qu'ils s'aimaient. Était-ce par superstition ? Ou par respect de ce fragile sentiment qui les unissait enfin ? En tout cas, oui, elle préférait se taire.

— Et toi, Jenny ? Comment vas-tu ?

— Oh ! moi ?

Jenny laissa échapper un petit rire ravi.

— Bien… Tellement bien ! Je crois que tu as rencontré mon Rob ?

— Ton Rob ? Le Dr Pierson, tu veux dire ?

— Oui, c'est ça, affirma Jenny d'un ton exalté. J'ai finalement rencontré l'homme avec qui je veux passer le reste de mon existence. Il a fallu du temps, mais mieux vaut tard que jamais, pas vrai ?

C'est alors que, par l'entrebâillement du rideau de protection qui entourait son lit, Frankie vit un homme entrer dans la salle où elle se trouvait.

Un homme dont le bras plâtré était maintenu par une écharpe bien plus professionnelle que du bandage fixé tant bien que mal.

— Oui, mieux vaut tard que jamais, affirma-t-elle à Jenny. Je me réjouis vraiment pour toi. Bon, je dois raccrocher... Je t'embrasse, et à très bientôt, d'accord ?

— J'y compte bien ! Tu...

Mais Frankie avait déjà coupé la communication. Elle posa le téléphone sans fil sur le casier à côté de son lit, et regarda Nico apparaître entre les pans du rideau qu'il referma derrière lui.

Moi aussi, j'ai rencontré l'homme de ma vie... On restera ensemble pour toujours...

Quand Nico lui sourit, elle fut emplie d'un bonheur indescriptible. Souriant également, elle lui saisit une main et la posa doucement sur sa poitrine. Elle voulait qu'il perçoive les battements de son cœur.

— Mon amour, murmura-t-il en s'asseyant tout près d'elle. Comment te sens-tu ?

En guise de réponse, elle lui tendit ses lèvres et lui donna un baiser qui exprimait tout ce qu'elle lui aurait avoué si elle avait trouvé les mots justes.

— Je dois y aller.

À contrecœur, Nico se leva après avoir embrassé Frankie une dernière fois.

— J'ai eu Colin au téléphone. Il m'a dit que mon chien devenait nerveux. Il faut que je le rassure. Colin a récupéré des vêtements de rechange dans mon casier, et il va conduire mon van jusqu'ici pour me récupérer et nous ramener tous les deux à la maison.

— Nous deux ? Il m'apporte aussi des vêtements ? s'étonna Frankie.

Nico hocha la tête d'un air attendri.

— Nous deux : Bruce et moi. Je pourrais te donner mes vêtements, même s'ils seraient un peu grands... Mais de toute façon, il n'y a que deux places à l'avant de mon fourgon.

— Sauf que Colin peut prendre un taxi, non ? répliqua Frankie. Et moi, je conduirai. Il faut que quelqu'un veille sur toi !

Elle agita une main en l'air pour souligner ses paroles.

— Et si tu souffrais d'un traumatisme crânien qu'ils n'ont pas diagnostiqué ? Bruce ne te serait pas d'une grande aide si tu faisais un malaise !

Nico l'observa, à la fois ému et amusé. Frankie se montrait de nouveau elle-même : sûre d'elle et gentiment autoritaire. Et démonstrative. Et généreuse. C'était rassurant. Tout redevenait normal… et tant mieux. Il n'aurait pas pu être plus heureux.

En même temps, entre eux, plus rien ne serait comme avant. En quelques heures, leurs relations avaient radicalement changé.

— Je ne ferai pas de malaise. Comme tu peux le constater, ma chérie, je n'ai aucune blessure à la tête.

Il se pencha pour l'embrasser de nouveau.

— Et toi, tu dois te reposer. Ils veulent te garder en observation pour la nuit.

— Toi aussi, tu devrais rester. Ils voudront aussi vérifier que tu vas bien, insista Frankie.

— Je ne peux pas. Mon chien m'attend. Il a besoin de moi. Il est comme un enfant… Un enfant à fourrure, ajouta Nico en souriant.

Frankie ne fit aucun commentaire, mais elle se renfrogna visiblement.

— Je viendrai te chercher demain matin, promit-il.

— Alors que tu ne peux utiliser qu'un seul bras ? Non, non et non…

Repoussant sa couverture, Frankie fit glisser ses jambes sur le côté du lit.

— Tu as appris à Bruce à conduire ?

— Ah, ah, très drôle. Pour l'instant, Bruce se cantonne au paddle. Malheureusement, on en sera privés pendant un moment…

Puis Nico ne put s'empêcher de rire. Il sentait que la jeune femme allait avoir gain de cause, mais au fond, cela ne le dérangeait pas du tout.

— Toi, quand tu as une idée en tête, tu ne lâches pas…

— C'est vrai. Surtout si je sens que j'ai raison et que je ne cause du tort à personne, admit Frankie en haussant les épaules.

— Je te comprends, *amore mio*. De toute manière, on est là l'un pour l'autre.

Un sourire ému se dessina sur les lèvres de Frankie. Debout, elle redressa les épaules, s'avança vers lui et l'enlaça tendrement.

— C'est certain. Tu pourras toujours compter sur moi.

— Et toi, sur moi, affirma Nico.

Une bouffée de bonheur le submergea, tellement intense qu'il eut la sensation de rêver.

Lui, Nico, était tombé fou amoureux de Frankie… Et Frankie l'aimait ! N'était-ce pas merveilleux ?

Elle se blottit contre lui et, en l'étreignant, il prit pleinement conscience de l'amour et du désir magnétique qui les liait. Entre eux, ça n'aurait pas pu être autrement.

— Alors je peux rentrer à la maison avec toi ? murmura-t-elle.

Nico posa sa bouche sur celle de Frankie et, en lui effleurant délicatement les lèvres, il chuchota :

— Oui, rentrons ensemble à la maison… Je ne veux pas que tu sois ailleurs que chez nous. On ne se quittera plus jamais, mon amour…

Puis il l'embrassa passionnément.

Épilogue

Trois ans plus tard…

— Bouge un peu, dit Nico à sa sœur Rosa.

— « Bouge » ? répéta Rosa. *Non capisco.*

— Je croyais que tu voulais parler la langue de mon nouveau pays pendant tes vacances. Ça signifie *spostati*. Il faudrait juste que tu te rapproches pour que je puisse prendre une photo de tout le monde et l'envoyer au reste de la famille, ajouta Nico.

Rosa se décala sur le banc en bois placé devant la grande table de jardin. Ils se trouvaient sur la terrasse, à l'ombre d'une jeune vigne vierge dont la fraîcheur serait appréciée pendant l'été.

— Et voilà ! s'exclama-t-elle en italien, en passant son bras autour des épaules de Frankie.

Toutes deux échangèrent un sourire de connivence.

— On aura une belle photo, dit Frankie, émue.

Les quatre enfants de Giovanni et Rosa jouaient joyeusement devant Nico. Impossible de les inciter à se calmer, en dépit des appels de leurs parents.

— Vite, on veut retourner à la plage ! s'exclama l'aîné.

— Ouiiii ! On veut aller à la plage ! répéta le cadet.

— Je vous préviens, évitez de partir en vacances avec vos *bambinos* ! soupira Rosa. C'est toujours le bazar… En même temps, on ne peut pas se passer d'eux, pas vrai ?

Frankie ne put s'empêcher d'éclater de rire.

— C'est sûr. On les aime tant !

Quand Nico les photographia, elle ne regardait pas l'appareil. Elle avait reporté son attention vers sa mère et sa *nonna*, assises à l'autre bout de la tablée.

Sa grand-mère tenait dans ses bras Paolo, le bébé de Frankie et Nico, maintenant âgé de six semaines. Le bébé le plus parfait au monde... Il ressemblait même déjà à son *papà*.

M. Parfait.

Certes, Frankie savait bien que la perfection n'existait pas. Mais plus les jours passaient dans sa nouvelle vie en compagnie de Nico, plus elle avait la sensation que son mari était... juste parfait.

Ils vivaient toujours dans la petite maison bleue près de la plage que Nico avait louée, mais ils en étaient maintenant les propriétaires. Ils restauraient ensemble, et agrandissaient les lieux quand le temps et l'argent le permettaient.

Ils avaient commencé par créer la terrasse dallée. Ils y avaient installé une grande table en bois rustique et des bancs, sous une belle vigne vierge qu'ils avaient plantée. Au fil du temps, cet espace extérieur aménagé se transformerait en jardin d'été avec beaucoup d'ombre, ce qui serait très appréciable pendant les mois de forte chaleur.

Et c'est un endroit où la famille peut se réunir, songea Frankie avec bonheur.

Comme les Romano l'avaient fait, dans leur propre cour arborée, lorsque Frankie et Nico étaient retournés en Italie pour se marier, deux ans plus tôt.

Jen et Rob étaient venus leur rendre visite deux semaines auparavant, avec leur adorable petite fille Stephanie, qui fêterait bientôt son premier anniversaire. Évidemment, ils étaient accompagnés de leur chien Stumpy. Bruce avait été très heureux de retrouver son vieil ami ! Il avait partagé avec lui la meilleure place – sous la grande table en bois –, particulièrement intéressante car les enfants, qui s'y asseyaient, laissaient tomber beaucoup de nourriture.

— Maintenant, une photo de Nico et Frankie, déclara Rosa. Avec Paolo. Ce sera pour maman.

Elle secoua la tête en poussant un profond soupir.

— On pourrait penser que Paolo est son petit-fils préféré, mais on sait tous que je suis la préférée de la famille, par conséquent, mes enfants sont aussi ses préférés !

Croisant le regard de Nico, Frankie sourit. Personne ne contredirait Rosa, mais tous deux pensaient que Paolo était dorénavant le chouchou… Après tout, n'était-il pas parfait ?

Quand, quelques instants plus tard, elle alla doucement retirer son fils des bras de sa *nonna*, celle-ci la regarda d'un air entendu.

— J'avais raison, n'est-ce pas, Francesca ? dit-elle. Tu devais seulement rencontrer un sympathique Italien, te marier et mettre au monde ton *bambino*. Pourquoi est-ce que ça a pris tant de temps ?

— Voyons, *nonna*, il fallait que je trouve l'homme parfait, *nonna*.

Frankie sourit.

— C'était ça, ou rien.

Portant son beau bébé dans ses bras, elle se dirigea vers Nico. Derrière elle s'élevèrent les voix et les rires de sa famille – à présent quelque peu agrandie –, tandis que Giovanni s'apprêtait à prendre une photo des jeunes parents.

Mais cette fois, Frankie ne voyait que le regard de Nico. Comme elle l'aimait… Autant qu'il l'aimait.

Elle garderait précieusement ce cliché. Un jour, quand elle deviendrait elle-même une *nonna*, elle pourrait le retrouver parmi tant d'autres souvenirs de la vie qu'elle avait rêvé de mener… et qu'elle aurait bel et bien vécue. Elle montrerait cette photographie à Nico et ils échangeraient un sourire complice.

Quel jour merveilleux c'était…

Sì. C'était *perfetto…*

AMY ANDREWS

Le médecin aventurier

Traduction française de
MARCELLE COOPER

BLANCHE

HARLEQUIN

Titre original :
THE OUTBACK DOCTOR'S SURPRISE BRIDE

1

Le Dr James Remington releva la visière de son casque pour mieux contempler le paysage sauvage du bush qui semblait irréel dans la douce lumière du crépuscule. Il se délectait d'entendre le grondement régulier du moteur de sa Harley, de sentir le vent sur sa peau. C'était ça, la vie. Une route déserte. La vitesse. La liberté. Il poussa un cri d'allégresse.

Au loin, un panneau solitaire se rapprochait, annonçant sa destination : Skye, cinq kilomètres.

James était curieux et impatient, comme avant chaque mission. Celle-ci saurait-elle le convaincre de renoncer à sa vie nomade ? Il chassa cette pensée ridicule de son esprit. Qu'avait-il besoin de racines ?

Cette ville ne serait qu'une étape de plus dans son parcours de médecin intérimaire. Cela faisait déjà quelques années qu'il sillonnait le Queensland du nord au sud. Il s'arrêterait à l'océan Pacifique. Et ensuite... Il aviserait.

Les plantes rases et broussailleuses cédèrent bientôt la place à d'épais bosquets de gommiers et la route devint de plus en plus sinueuse. James ralentit un peu pour pouvoir suivre la courbe des virages qui ajoutaient du piment au trajet.

Soudain, au détour de l'un d'eux, les silhouettes de quelques vaches égarées surgirent dans la lumière de ses phares.

James freina désespérément et tenta de changer de trajectoire.

Mais il perdit le contrôle de sa Harley.

Helen Franklin jeta un coup d'œil à la pendule. Que faisait le remplaçant de Geneviève ? Son arrivée était prévue en fin d'après-midi. Il était 21 heures désormais et, si ses bagages avaient été livrés par transporteur privé, toujours aucune nouvelle de leur propriétaire. Le ragoût de bœuf qu'elle avait mitonné en guise de bienvenue patientait dans le réfrigérateur.

Elle devait pourtant se rendre au Drovers'Arms pour le concours hebdomadaire auquel elle participait avec ses amis. Il s'agissait de répondre à des questions de connaissances générales qui devenaient de plus en plus pointues au fil des semaines. L'équipe de Helen menait et elle ne pouvait pas faire faux bond à ses partenaires.

A plusieurs reprises, elle avait essayé de joindre le médecin vacataire sur son téléphone mobile dont l'agence de placement lui avait communiqué le numéro. Mais pas de réponse. Bien sûr au milieu du bush, la réception était mauvaise. Située à plus de cinq cents kilomètres, l'antenne relais la plus proche fonctionnait de manière épisodique. Ici, même pour appeler son voisin, mieux valait avoir recours aux bons vieux postes fixes.

Un mauvais pressentiment gagna Helen. Pourvu qu'il ne soit pas arrivé malheur au médecin.

« Du calme, se raisonna-t-elle. Il n'a qu'un peu de retard. »

Le shérif et son adjoint lui riraient au nez si elle leur demandait de lancer des recherches pour deux malheureuses petites heures de retard. Non, elle n'avait d'autre choix que d'attendre. Le Dr Remington finirait bien par arriver. Ou du moins, par téléphoner.

Pourtant, Helen ne pouvait s'empêcher d'imaginer le pire. Parmi toutes les catastrophes possibles, celle de la défection du médecin intérimaire semblait la plus probable. Sans doute avait-il changé d'avis et renoncé à venir à Skye. Sans même prendre la peine de les prévenir.

C'était la croix et la bannière pour faire venir des praticiens dans les coins reculés du Queensland. Aussi, dès que Geneviève avait su qu'elle était enceinte, elle en avait informé Helen qui avait aussitôt sollicité un remplaçant pour quatre mois. Sa collègue était maintenant presque au terme de sa grossesse, et toujours en exercice. Mais outre qu'elle avait une tension trop élevée, elle souffrait de rétention d'eau. Ses chevilles qui avaient doublé de volume la gênaient considérablement dans ses déplacements. Il était grand temps que Geneviève s'arrête. Pas plus tard qu'hier, elle avait admis être complètement épuisée à la mi-journée.

Helen soupira d'impatience. Tant pis. Elle n'allait pas attendre toute la nuit un individu qui n'avait même pas la politesse de téléphoner pour l'avertir de son retard.

Il avait intérêt à se présenter demain à la première heure.

Rédigeant un mot lapidaire, elle le déposa sur la table de la salle à manger, puis prit ses affaires et sortit. Inutile de fermer à clé. Ici, à Skye, personne ne verrouillait ses portes.

Demain matin, si le Dr James Remington daignait se présenter, elle lui dirait ce qu'elle pensait de son attitude. Et tant pis si cela devait compromettre l'entente entre son futur colocataire et elle.

Le chant des oiseaux et le soleil qui dardait ses rayons sur ses paupières réveillèrent James. Il ouvrit les yeux.

Un miracle qu'il ait pu s'assoupir avec cette blessure à la jambe droite. Chaque muscle de son corps était endolori après cette nuit passée à même le sol. Il avait faim, soif, et un goût désagréable de poussière lui restait dans la bouche.

Malgré l'attelle de fortune qu'il était parvenu à confectionner à l'aide d'une branche, sa jambe lui faisait horriblement mal.

Mais il ne devait pas désespérer : le jour était revenu. Quelqu'un finirait bien par passer sur cette route et ce serait la fin de son calvaire. Il aurait dû arriver à Skye depuis déjà une douzaine d'heures. Le personnel du cabinet devait sûrement s'inquiéter...

Pour augmenter ses chances d'être secouru, il lui fallait impérativement se rapprocher du bord de la route. Et prier pour que celle-ci soit davantage fréquentée le jour que la nuit. Après le coucher du soleil, il n'avait entendu que deux voitures passer au loin.

Parcourir quelques mètres pour être visible des automobilistes s'avéra extraordinairement difficile.

Hier soir, il avait préféré ne pas s'écarter de la route. De toute façon, il en aurait été incapable, à cause de sa fracture mais aussi des ténèbres qui avaient englouti le bush en quelques minutes. Au prix d'un effort surhumain, il était parvenu à se traîner jusqu'à sa moto, en se guidant au bruit du moteur, qui tournait toujours.

Il avait extrait une torche du coffre et trouvé quelques accessoires de soins d'urgence ainsi qu'une bouteille d'eau.

En constatant l'absence de réseau sur son portable, il avait compris qu'il serait bloqué dans le désert jusqu'à l'aube.

Aussi tentant que cela puisse être, il avait jugé plus prudent d'attendre le matin pour se relever et clopiner sur une jambe. Il pouvait s'estimer heureux. A part cette fracture et quelques ecchymoses, il s'en sortait plutôt bien. Cheminer cahin-caha sur une route plongée dans l'obscurité l'aurait exposé à un nouvel accident. D'autant que sa combinaison de cuir sombre le camouflait parfaitement. Il avait même des cheveux noirs pour parfaire le costume de l'homme invisible...

Maintenant qu'il faisait jour, il devait absolument chercher du secours. Mais après plusieurs tentatives qui lui arrachèrent des gémissements de douleur, il renonça à se redresser. Il jeta un dernier coup d'œil à sa moto puis, les dents serrées, entreprit de ramper vers la route.

Helen fut réveillée par la sonnerie du téléphone vers 6 heures du matin.

En traversant le couloir, elle vit que le mot posé en évidence sur la table de la salle à manger n'avait pas bougé. La seconde chambre de l'appartement était toujours désespérément vide.

Le médecin intérimaire n'avait pas honoré son engagement.

Prête à dire ses quatre vérités à James Remington, elle décrocha le combiné.

Mais elle fut surprise d'entendre au bout du fil la voix d'Elsie, qui se lamentait d'avoir perdu une partie de son cheptel pendant la nuit.

Dix minutes plus tard, Helen raccrocha et repensa au médecin absent.

Tout de même, ce retard d'une demi-journée n'était pas normal...

N'écoutant que son intuition, elle composa le numéro du domicile du shérif.

— Allô ! répondit ce dernier, d'une voix endormie.

— Désolée de vous réveiller, Reg. C'est Helen. Toujours aucune trace du nouveau médecin. Vous aurait-on signalé un accident ?

— Non. Vous croyez qu'il lui est arrivé malheur ?

— Je ne sais pas, mais je commence à trouver qu'il met beaucoup de temps pour arriver à Skye.

— Ne vous inquiétez pas trop. Il est sans doute seulement en retard.

— J'espère que vous avez raison.

— De toute façon, je ne pourrai pas lancer de recherche officielle avant ce soir, mais, si vous voulez, je peux prendre la voiture de patrouille pour aller faire un tour jusqu'à l'autoroute.

Helen hésita. Elle ne souhaitait pas déranger Reg pour rien.

— Non, je vous remercie, Reg. Je vais rendre visite à Elsie et j'en profiterai pour ouvrir l'œil. Certaines de ses vaches se sont encore échappées de leur enclos hier soir. La pauvre vient de m'appeler, elle est dans tous ses états... Si je n'ai toujours pas de nouvelles du Dr Remington ce soir, nous lancerons les recherches.

Elle raccrocha et se dirigea vers la salle de bains.

« Vous feriez mieux d'être au fond d'un fossé ou couché avec quarante de fièvre, James Remington. Sinon, je me chargerai de vous enseigner la politesse. »

James progressait lentement à reculons, en prenant appui sur les mains.

Il s'aidait de sa jambe gauche pour se déplacer, traînant à terre la droite, inerte. Les secousses le mettaient au supplice et il crut pendant un moment qu'il allait défaillir. Mais il tint bon.

Le soleil commençait à peine sa course dans le ciel, pourtant, James transpirait abondamment. La chaleur de la combinaison en cuir était supportable, mais son front se couvrait de fines gouttelettes glacées à cause de la douleur. Que n'aurait-il pas donné pour un analgésique...

A mi-chemin, il s'arrêta pour reprendre son souffle. La route n'était plus qu'à quelques mètres maintenant.

C'est alors qu'il aperçut une voiture grise qui arrivait. Il agita la main et cria. En vain. Le véhicule passa sans s'arrêter. Il se trouvait encore trop loin de la route pour être vu.

Mais c'était de bon augure. La circulation reprenait. Tout ce qu'il lui restait à faire, c'était de se rapprocher du bord de la route et d'attendre le passage du prochain véhicule.

Après une demi-heure passée en compagnie d'Elsie, Helen quitta la ferme des Desmond. Sa petite Fiat grise connaissait le chemin par cœur. Durant son enfance, elle avait effectué de nombreux séjours chez Elsie qui l'avait accueillie définitivement sous son toit à la mort de sa mère.

La santé mentale de Mme Franklin avait toujours été des plus fragiles ; elle avait été internée à plusieurs reprises en hôpital psychiatrique pour des traitements au long cours.

Dépassé par la maladie de sa femme puis bouleversé par son décès, son père n'avait pas su s'occuper de sa fille unique et l'avait abandonnée aux bons soins d'Elsie.

Helen avait connu la douceur d'un foyer chaleureux chez les Desmond où elle avait grandi, aux côtés de Duncan et Rodney, les petits-fils d'Elsie, qu'un tragique accident de voiture avait rendu eux aussi orphelins.

Elsie prodiguait désormais sa tendresse aux enfants de Duncan, qui était resté à Skye pour s'occuper de la ferme. Elle était âgée de quatre-vingts ans, et depuis que sa santé déclinait, son moral paraissait plus fragile. Elle s'inquiétait par exemple pour des problèmes auxquels elle n'aurait accordé aucune importance jadis.

Quand quelque chose la tourmentait, c'était à Helen qu'elle téléphonait. Une demi-heure à converser autour d'une tasse de thé suffisait d'habitude à rasséréner Elsie. Helen se rendait toujours disponible et écoutait de bon cœur la vieille dame pour laquelle elle nourrissait un sentiment d'immense gratitude. La voix douce et les câlins de la fermière avaient apaisé bien souvent ses angoisses et l'avait aidée à surmonter les épreuves de l'enfance. C'est pourquoi Helen répondait toujours présente pour Elsie.

Perdue dans ses pensées, elle n'accordait guère d'attention à la route. Mais celle-ci devenait de plus en plus sinueuse et Helen chassa ses pensées afin de se concentrer sur la conduite.

De temps à autre, elle jetait un coup d'œil sur les côtés, et dans le rétroviseur. Juste au cas où...

James s'essuya le visage avec son bandana. Ses efforts n'avaient pas été vains car il était presque au bord de la route. Soudain, il vit une voiture approcher.

Rassemblant ses forces, il tenta de couvrir rapidement les derniers mètres. Mais une douleur aiguë le cloua sur place. Il poussa un juron : son corps ne suivait plus. La voiture risquait de passer sans le voir car il était encore caché par les broussailles.

Mu par l'énergie du désespoir, il leva le bras et agita son bandana rouge. L'automobile passa sans s'arrêter. James s'effondra en laissant échapper un cri de rage.

Dans son rétroviseur, Helen perçut un mouvement fugace. Un éclair rouge. Elle ralentit. Sans doute son imagination lui jouait-elle des tours. Elle regarda de nouveau dans le rétroviseur. Plus rien.

De nouveau, elle eut un étrange pressentiment.

Elle rangea sa voiture sur le bas-côté pour effectuer un habile demi-tour et revenir lentement vers l'endroit où elle avait vu quelque chose bouger.

Elle scruta le remblai et les buissons, mais ne vit que de la terre pourpre, des nuages de poussière et des broussailles brûlées par le soleil.

Elle allait renoncer quand elle vit une silhouette étendue à quelques mètres de la route.

— Seigneur !

Elle s'arrêta et bondit de la voiture.

James vit soudain les jambes admirablement fuselées d'une femme s'approcher de lui. Un bermuda bleu marine. De gracieux mollets, bronzés et lisses.

Jamais il n'aurait cru que la vue de simples jambes pût suffire à le combler de joie.

Il sourit à cette pensée. Lui, James Remington, qui se targuait d'avoir une fille dans chaque port et aucune dans son cœur, était prêt à se prosterner pour baiser les pieds de cette inconnue providentielle.

Il ferma les yeux, caressant des doigts sa médaille de St Christophe, puis les rouvrit. De somptueux yeux vert jade pailletés d'ambre le fixaient avec anxiété.

Helen s'agenouilla dans la poussière à côté de lui.

Etait-ce le remplaçant de Geneviève ? Il avait l'air un peu jeune pour un médecin...

— Est-ce que ça va ?

— Maintenant, ça va.

Il esquissa un geste pour se redresser.

— Ne bougez pas, dit Helen en appuyant doucement sur ses épaules pour qu'il se rallonge. Etes-vous James Remington ?

Sans attendre sa réponse, elle entreprit un examen clinique des plus minutieux. Ses mains lui auscultèrent le crâne, le cou, les omoplates, puis descendirent vers la cage thoracique.

Cela n'avait rien d'étonnant qu'elle sache son nom, songea James. Skye était une petite ville ; l'arrivée du futur médecin était sans doute commentée par chacun.

Les doigts de la jeune femme palpaient à présent son abdomen.

En temps normal, il aurait lâché quelque plaisanterie licencieuse. Aujourd'hui, la douleur l'en empêchait.

D'habitude, il ne perdait pas de temps pour conter fleurette aux femmes, mais celle-ci le prenait de vitesse — sa tactique de rapprochement physique battait des records. Voilà à peine une minute qu'ils se connaissaient et elle le pétrissait déjà de ses mains expertes comme de la pâte à modeler.

Elle avait un joli visage et une exaspérante queue-de-cheval qui oscillait à droite et à gauche suivant ses mouvements.

— Je suis James Remington, en effet.

Elle toucha doucement son bassin en guettant sa réaction.

« Qu'elle ne s'avise pas de faire de même avec ma jambe. »

— On s'inquiétait pour vous. Au fait, je ne me suis pas présentée. Helen Franklin, l'infirmière du cabinet médical de Skye. Que s'est-il passé ?

Tout s'expliquait. Il avait affaire à une professionnelle.

Les doigts de la jeune femme exploraient à présent sa jambe gauche à partir de l'aine. Malgré la douleur, James sentit son corps réagir.

— Je suis tombé de ma moto. Des vaches bloquaient la route.

— Celles d'Elsie, dit-elle d'un air distrait en se tournant vers l'autre jambe. Vous avez passé la nuit à la belle étoile ?

L'expression poétique ne convenait guère, mais il ne releva pas car les doigts de sa secouriste se posaient sur sa cuisse.

— Attention, j'ai le tibia cassé, dit-il en lui écartant les mains.

Helen se redressa pour examiner l'attelle de fortune. « Posée dans les règles de l'art, songea-t-elle. Pas question de la déplacer pour l'heure. »

— Est-ce une fracture ouverte ?

— Dieu merci, non.

Hier soir, à la lueur de la lampe torche, il avait estimé les dégâts.

— Avez-vous perdu conscience ?

— Non, à aucun moment.

Elle hocha la tête. Le Dr Remington semblait posséder toutes ses facultés. A première vue, il ne souffrait ni d'une commotion cérébrale ni d'un syndrome de stress post-traumatique.

Ce qui ne changeait rien au fait qu'il ne leur serait désormais plus d'aucune utilité. Dès son retour au cabinet, elle appellerait l'agence pour réclamer un autre remplaçant.

— Je vais vous ramener à Skye. Pensez-vous pouvoir monter dans la voiture avec mon aide ? Ce sera plus rapide que l'ambulance.

James évalua du regard le gabarit de l'infirmière. La demoiselle était du genre brindille. Il lui faudrait surtout compter sur lui-même. Qu'à cela ne tienne, pour arriver plus vite à l'hôpital et recevoir un anti-douleur, il était prêt à tout.

— Bien sûr.

Helen se gara le plus près possible de James et ouvrit la portière arrière.

— On va vous installer sur la banquette.

« Plus facile à dire qu'à faire », songea-t-elle. L'homme avait la stature puissante d'un athlète, et semblait lourd à porter. Lors de son examen, elle avait senti la force de ses biceps et la dureté de ses abdominaux. C'était de toute évidence quelqu'un qui entretenait sa forme. Tant mieux, car, avec son petit mètre soixante, elle ne ferait pas le poids et il allait devoir solliciter tous ses muscles pour se soulever et s'asseoir dans la voiture.

Comme tout à l'heure, James se déplaça assis jusqu'à la portière ouverte.

— Je vais me soulever sur ma jambe gauche. Mais j'aurais besoin que vous souteniez la droite.

— D'accord.

Elle s'agenouilla pour glisser ses mains sous l'attelle et sentit les muscles lésés se crisper sous ses doigts. Inquiète, elle jeta un coup d'œil au blessé et remarqua pour la première fois le bleu de ses yeux. Un bleu turquoise à couper le souffle. Ombré de longs cils noirs. De si beaux yeux étaient presque indécents chez un homme...

— Avez-vous mal ?

— A votre avis ?

— Ça va faire encore plus mal.

— Je sais.

— Nous pourrions attendre Tom. Il a toujours de la morphine dans l'ambulance.

James secoua la tête.

— Finissons-en.

Il plaça ses paumes contre la carrosserie, plia sa jambe gauche et parvint à se hisser dans la voiture à la seule force de ses triceps.

Une douleur intense transperça sa jambe cassée. A bout de souffle, il s'assit sur le sol du véhicule et ferma les yeux.

— Ça va ? s'enquit Helen.

Sans un mot, il fit un dernier effort pour atteindre la banquette. Il s'y effondra en laissant échapper un juron.

— Excusez-moi.

Helen sourit.

— Vous êtes tout excusé. Vous pouvez blasphémer, étant donné les circonstances.

— Mais je ne voudrais pas choquer vos chastes oreilles...

— N'ayez crainte, elles en ont entendu d'autres.

Il s'esclaffa, mais une douleur aiguë le rappela à l'ordre.

— Pitié, ne me faites pas rire.

— Alors, ne me provoquez pas.

Elle soutint sa jambe tandis qu'il reculait contre la portière opposée afin de pouvoir allonger le membre blessé sur la banquette.

Sa petite voiture paraissait minuscule avec un tel passager à son bord.

— J'ai des coussins dans le coffre ; je vais les chercher. Ne bougez pas.

Où voulait-elle donc qu'il aille ?

Elle revint avec les coussins. Après en avoir glissé deux sous sa jambe, elle cala le dernier sous son dos.

Alors qu'elle se penchait sur lui afin de le placer le plus confortablement possible, il eut un aperçu de sa lingerie. Un bout de dentelle rose dépassait de l'échancrure de son T-shirt qui laissait également entrevoir deux petits galbes fermes et satinés.

Il ferma les yeux pour ne pas être pris en flagrant délit de lorgner ses seins. La maudite queue-de-cheval frôla son visage. Les cheveux de l'infirmière, d'un brun noisette, dégageaient un parfum de rose. En se balançant, ils effleurèrent son nez et son front.

Après cette nuit éprouvante passée dans le bush, cette caresse procura un étrange sentiment de réconfort à James. L'envie absurde de nouer cette queue-de-cheval autour de son poignet, afin qu'elle cesse de danser dans tous les sens, lui traversa l'esprit.

— Prêt ?

James rouvrit les paupières et esquissa un sourire.

Helen s'installa au volant et jeta un coup d'œil dans le rétroviseur. S'y encadraient les magnifiques yeux turquoise du Dr Remington. C'était sans conteste le plus bel homme qu'elle ait jamais vu.

— Accrochez-vous, dit-elle sèchement. On a quelques kilomètres de route défoncée. Ça va secouer...

Elle mit le contact et démarra.

— Ayez pitié d'un pauvre éclopé, Helen. Soyez douce avec moi...

Dans le rétroviseur, les yeux bleus la fixaient, taquins. Il flirtait !

« En plus d'être beau comme un dieu, le Dr Remington est un séducteur. »

Heureusement pour elle, Helen connaissait bien cette race d'hommes. Son propre père en était un exemple typique. Même une jambe cassée n'empêchait pas ces individus de faire les jolis cœurs.

Le regard de James recelait une part d'ombre, de tristesse. Peut-être était-elle due à la douleur. Ou bien à un souvenir pénible. Un événement de son passé l'avait peut-être rendu prudent, méfiant. Fascinant.

Et terriblement dangereux pour les femmes. Les aventuriers charismatiques de son genre vous faisaient vivre à cent à l'heure et vous donnaient l'impression d'avoir des ailes. Jusqu'à ce qu'ils vous laissent tomber. La chute n'en était alors que plus brutale.

Les hommes comme James Remington ou Owen Franklin ne restaient jamais au même endroit bien longtemps. La soif d'aventure était plus forte. Et rien ni personne ne pouvait les retenir.

En guise de réponse, elle secoua la tête d'un air exaspéré. Qu'il sache que sa voix de velours ne produirait aucun effet sur elle.

Dès son arrivée à l'hôpital, James passa une radio et reçut une injection de chlorhydrate de morphine.

Helen ne cessait de regarder sa montre. Elle allait être en retard au cabinet.

Il y avait plus grave. Au lieu des deux demi-journées qu'il lui restait pour passer le relais à James avant de prendre son congé maternité, Geneviève serait obligée de continuer à exercer à plein temps jusqu'à l'arrivée d'un hypothétique remplaçant. Etant donné le mal que l'agence avait eu à trouver le Dr Remington, le prochain vacataire ne se présenterait pas avant que le bébé de Geneviève fasse ses dents...

Geneviève ne pouvait tout de même pas travailler jusqu'à la veille de son accouchement. Qu'allaient-elles faire ? Réduire les horaires d'ouverture du cabinet ? Ou le fermer complètement ? Et que deviendraient leurs malades ?

En proie à ces inquiétudes, Helen écarta le rideau pour entrer dans le box de soins. Les yeux fermés, James était allongé sur le lit-brancard.

Comme il avait le torse dénudé, elle pouvait voir ses abdominaux, sa peau bronzée, et son ventre plat d'athlète. Une chaîne en argent avec une médaille était nouée autour de son cou. Etrangement, celle-ci donnait au Dr Remington une touche de virilité supplémentaire. Et d'érotisme.

Il remua un peu et sourit dans son sommeil. Il eut alors l'expression d'un prédateur. Puis ses traits se détendirent de nouveau.

James rêvait de dentelle rose, de cheveux sur ses lèvres, de doigts de fée effleurant sa peau... Il poussa un soupir et murmura « Helen ».

Sa propre voix le réveilla. Il ouvrit les paupières et fut saisi d'un vertige. Ses mains agrippèrent les montants de sécurité du lit. Il avait l'impression de flotter dans un brouillard d'où émergeaient deux yeux verts.

— On fait des rêves de morphinomane ? demanda Helen.

James n'avait jamais rien pris de plus puissant que du paracétamol. Rien d'étonnant à ce qu'il ait des pensées étranges sous l'effet de la morphine.

— Cet anti-douleur est fort, remarqua-t-il, laconique.

La sensation de flottement n'était pas désagréable, mais il n'aimait pas perdre le contrôle de son corps. Il se sentait vulnérable et cette impression de fragilité lui rappelait douloureusement la détresse qu'il avait ressentie enfant, ballotté entre des adultes trop occupés à se déchirer pour se soucier de son sort.

— On m'a dit que, dans votre malheur, vous aviez eu de la chance.

James essaya de se remémorer les mots de l'orthopédiste. Etrange, cette impression d'être désincarné.

— Exact. Je m'en tire avec une fracture du tibia sans déplacement. On n'a pas eu besoin de la réduire. Ce qui est moins réjouissant, c'est le plâtre que je vais devoir porter pendant six semaines, de l'aine jusqu'au pied.

— Ne vous plaignez pas. Vous vous en sortez bien.

— C'est vrai... Dans quel état se trouve ma moto ?

Elle leva les yeux au ciel. C'était typique des motards, de se préoccuper de leur engin de malheur après un accident où ils avaient risqué leur vie.

— Alf va la remorquer ce matin.

— On dirait que vous n'approuvez guère ce type de véhicule...

Elle haussa les épaules. Les services d'orthopédie étaient remplis de motards handicapés.

— L'épaisseur des portières laisse à désirer. Et les ceintures de sécurité ne protègent pas de grand-chose.

La plaisanterie ne sembla pas amuser James. Il lui lança un regard apitoyé. La queue-de-cheval de l'infirmière valsait tantôt à droite, tantôt à gauche. Cette femme était sérieuse et appliquée, songea-t-il. Sage comme une image.

— Ça vous ferait du bien de faire un tour en moto. Il n'y a rien de tel que de filer sur la route, le soleil sur la peau et le vent dans les cheveux.

Ses yeux brillaient à cette pensée. Avec ce sourire canaille aux lèvres, songea Helen, il avait vraiment l'air d'un aventurier intrépide. Mais il se méprenait sur son compte en croyant qu'elle n'avait jamais roulé à moto. Jadis, elle était souvent montée à l'arrière, sur celle de son père. Elle ne ressentait aucune nostalgie pour ces ballades chaotiques et périlleuses et aurait préféré marcher des heures plutôt que de monter de nouveau sur un maudit deux-roues.

— Il faut que j'aille travailler. Je reviendrai vous voir ce soir. Avez-vous besoin de quelque chose ?

James ferma les yeux. La chambre recommençait à tourbillonner autour de lui.

— J'aimerais manger.

Elle rit.

— Vous êtes dans un hôpital. On ne vous laissera pas mourir de faim.

— La nourriture des hôpitaux est insipide. Je veux un vrai repas.

— Comme par exemple ?

— Un roast-beef nappé de sauce, des frites... Et une bière.

— Pour le roast-beef, on verra plus tard. J'ai au réfrigérateur un ragoût de bœuf et une purée maison. Par contre, je ne crois pas que la morphine fasse bon ménage avec la bière.

James ne cacha pas sa déception.

— Mademoiselle Franklin, vous êtes une rabat-joie.

— Soyez poli. C'est moi qui rédigerai votre chèque à la fin du mois.

Il rit jusqu'à ce que le vertige le saisisse soudain et le plonge dans un brouillard peuplé de dentelle rose.

Pourvu que ce ne soit que l'effet de la morphine, espéra-t-il. Ensuite, il veillerait à ne plus rêver de Helen Franklin. Elle était un peu trop sérieuse à son goût.

Mais pouvait-on contrôler ses rêves ?

2

A 18 heures, Helen revint à l'hôpital. Elle trouva James en compagnie de trois infirmières qui minaudaient sans vergogne à son chevet.

La journée avait été éprouvante. L'escapade du troupeau d'Elsie, l'accident du Dr Remington, et les mauvaises nouvelles de l'agence intérimaire concernant l'arrivée improbable d'un remplaçant avant plusieurs semaines avaient rendu Helen d'humeur maussade.

— Vous vous sentez mieux, on dirait ? s'enquit-elle sèchement.

Les infirmières s'éclipsèrent en promettant d'une voix enjôleuse à leur patient qu'elles reviendraient le voir « plus tard ». Helen fusilla du regard ses collègues qu'elle savait mariées et mères de famille. Peut-être n'aurait-elle pas dû y accorder tant d'importance, mais cela la chagrinait qu'elles fassent les yeux doux au Dr Remington.

— Enfin, vous voilà. Faites-moi sortir d'ici.

Vêtu d'un T-shirt noir, il était assis dans son lit, la jambe surélevée par des oreillers.

Elle secoua la tête. Croyait-il qu'il pouvait claquer des doigts pour obtenir ce qu'il voulait ?

— Le médecin chef tient à vous garder en observation cette nuit.

— C'est ridicule. Il s'agit d'une fracture de la jambe, pas d'une commotion cérébrale.

— Simple mesure de précaution.

— J'étouffe dans ce box. Et le matelas est plus dur que la terre du bush.

Malgré sa mauvaise humeur, Helen rit de bon cœur. Il avait raison. Les matelas du service laissaient vraiment à désirer.

Elle se plaça au pied du lit.

— Vous vous habituez à votre plâtre ? Remuez les orteils.

Un soupir aux lèvres, James s'exécuta pour la énième fois. Depuis qu'on lui avait posé ce plâtre de malheur, c'était la rengaine préférée des médecins et des aides-soignantes.

Helen se pencha sur les doigts de James.

— Est-ce qu'ils...

— Non, ils ne picotent pas, l'interrompit-il, excédé. Non, je n'ai pas de fourmillements. Mes sensations sont parfaitement normales. Satisfaite ?

Helen haussa les sourcils. Elle répondit sur un ton moqueur.

— Bravo. Vous excellez dans le rôle du malade insupportable. Ne dit-on pas que les médecins font les plus mauvais patients ?

— J'aimerais simplement passer une bonne nuit avant de commencer à travailler demain matin. Si ça n'est pas trop demander.

— Travailler ?

— C'est pour cela que je suis à Skye, non ?

Helen sentit son cœur faire un bond dans sa poitrine. Elle n'osait y croire.

— Vous voulez toujours honorer le contrat ?

— Bien entendu. A moins que vous ne retiriez votre offre d'emploi.

— Oh, non. Je... je pensais que vous voudriez peut-être attendre la fin de votre convalescence et le retrait de votre plâtre, poursuivit-elle en continuant à toucher d'une main distraite les orteils dépassant de la résine.

Il haussa les épaules en s'efforçant de ne pas se laisser troubler par la caresse de ses doigts.

— Je limiterai mes déplacements, voilà tout. Mais je ne vois pas en quoi ce plâtre m'empêcherait de recevoir mes patients et de leur prescrire les soins nécessaires. Avez-vous besoin d'un médecin, oui ou non ?

Helen respira. Elle se sentait soulagée.

— Oui.

— Alors, je suis votre homme.

Il déplaça précautionneusement sa jambe hors du lit et tendit la main pour attraper ses béquilles.

— Si vous savez où se trouvent mes bagages, vous pourrez peut-être m'apporter quelques vêtements. Joignez-y les formulaires qui me permettront de sortir d'ici. Il faut absolument que je vérifie l'état de ma moto.

Helen le regarda ajuster les béquilles sous ses aisselles.

— Elle n'est pas trop abîmée. Je m'en suis assurée. A cette heure, Alf a baissé son rideau de fer. Si vous le désirez, vous pourrez la voir demain.

— Elle ne risque rien durant la nuit ?

— Nous sommes à Skye, pas à Chicago.

Les craintes de James se comprenaient, toutefois. Sa Harley de collection devait valoir une petite fortune.

— J'irai au garage demain, durant ma pause déjeuner.

— Inutile de commencer si tôt, protesta-t-elle. Prenez quelques jours pour vous remettre de l'accident. Au début, votre jambe doit rester surélevée le plus possible.

Ce délai n'affecterait pas le service puisque Geneviève avait prévu de rester à la clinique jusqu'en milieu de semaine pour la passation de pouvoirs.

— Ne vous inquiétez pas pour ma jambe, dit-il avec assurance, je la garderai en l'air toute la nuit.

Sur ce, il pivota habilement sur ses béquilles et lui tourna le dos.

En le voyant debout pour la première fois, vêtu seulement d'un T-shirt et d'un boxer en coton noir qui dévoilait ses cuisses, Helen sentit un trouble l'envahir : James était terriblement attirant.

Il ressemblait à l'un de ces mannequins qui posaient pour les sous-vêtements masculins. Avec son corps parfait et ses traits de dieu grec boudeur, nul doute qu'il aurait pu avoir sa photo dans les pages glacées des magazines, ses yeux turquoise vampant amoureusement l'objectif. Ou juché sur sa moto en combinaison de cuir.

James Remington avait manifestement raté sa vocation.

« Ça suffit. Assez fantasmé. » se réprimanda Helen.

Que lui prenait-il ? Elle réagissait comme une collégienne énamourée. Pourtant, depuis le temps qu'elle voyait défiler les hommes en petite tenue dans les salles d'examen, leur anatomie ne lui réservait plus aucun mystère. Et puis James était loin d'être nu. On croisait tous les jours des hommes bien plus dévêtus sur la plage.

— Je vais vous apporter des vêtements, dit-elle subitement. Le temps de faire l'aller-retour à la maison, j'en ai pour une petite heure. Ne bougez pas.

Ça semblait être son expression favorite, songea James après son départ. Où voulait-elle donc qu'il aille en sous-vêtements ?

En sortant de l'hôpital, James apprit qu'il vivrait sous le même toit que son infirmière durant la durée de son séjour à Skye. L'agence d'intérim lui avait assuré qu'il serait hébergé sur place, et il n'avait pas cherché à en savoir plus. Il avait campé plus d'une fois dans des logements spartiates et couché à même le sol dans des sacs de couchage, et n'accordait guère d'importance à ces détails. Un toit au-dessus de sa tête, c'était l'essentiel. Que ce soit celui de Pierre, Paul, Jacques ou de Mlle Franklin lui importait peu.

Pourtant, quand Helen se pencha sur lui pour l'aider à sortir de voiture, il sentit son sang affluer brusquement dans ses veines. Etait-ce son parfum de rose, le mouvement obsédant de sa queue-de-cheval ou l'éclat de ses magnifiques yeux ambre qui le charmait ?

A vrai dire, elle devait partager son trouble. Elle semblait en effet éblouie, et le regardait hypnotisée comme un animal se figeant dans la lumière des phares.

Elle était attirée par lui, cela se voyait, même si elle essayait coûte que coûte de le dissimuler.

De son côté, il s'efforcerait également de cacher son attirance. Aussi séduisante que fût sa jolie secouriste en bermuda et dentelle rose, il ne devait céder à la tentation sous aucun prétexte.

Au cours de ses pérégrinations, il avait collectionné les aventures, mais toujours avec des partenaires qui connaissaient les règles du jeu. Jamais de serment d'amour, ni de promesse d'engagement. Ainsi, pas de fil à la patte.

Un flirt avec Helen Franklin aurait été une erreur. Tout en elle annonçait la fille sérieuse. « Candidate au mariage. Aventuriers s'abstenir » semblait inscrit dans ses yeux.

Il était prévenu. Mieux valait ne pas s'approcher de ce genre de demoiselles.

— Bienvenue à la maison, dit-elle en déposant son sac dans le vestibule.

Elle s'effaça pour le laisser entrer sur ses béquilles.

— Vos bagages sont dans la chambre. Celle du milieu, poursuivit-elle en désignant l'une des trois portes qui se trouvaient en face de la salle de séjour. La cuisine est au fond du couloir. Je vais réchauffer le ragoût. Vous devez avoir faim ?

— J'ai un appétit d'ogre mais, si vous le permettez, je vais prendre une douche avant de me mettre à table. La terre du bush a résisté à la toilette sommaire que j'ai effectuée à l'hôpital...

Il regarda sa jambe plâtrée.

— Hum, je suppose qu'un bain sera plus pratique.

Guère rassurée, Helen hocha faiblement la tête.

« Seigneur, pourvu qu'il n'ait pas besoin d'aide. »

— Euh, pourrez-vous vous débrouiller seul pour... ?

James, amusé, dévisagea Helen. Elle paraissait angoissée à l'idée de devoir l'assister dans cette opération. Ce serait amusant d'exagérer son handicap...

— Pourquoi ? Vous proposez de me frotter le dos ?

Les joues de Helen s'enpourprèrent. A l'hôpital, elle avait aidé à maintes reprises ses patients à se déshabiller et à entrer dans une baignoire. Mais James Remington, c'était une autre histoire.

Elle ouvrit la bouche pour lui dire qu'elle n'était pas son infirmière. Mais elle fut incapable d'articuler un mot.

Il eut pitié d'elle.

— Je plaisantais, Helen. De toute façon, vous avez déjà fait plus que votre devoir.

— Très juste, répondit-elle dans un souffle, avant de s'enfuir dans la cuisine, poursuivie par le rire moqueur de James.

Une heure plus tard, Helen commençait à s'inquiéter. La porte de la salle de bains était toujours fermée. Et un silence complet régnait. Peut-être prenait-il juste son temps. A moins qu'il ne soit bloqué dans la baignoire, incapable d'en sortir...

Pour chasser de son esprit l'image de James en tenue d'Adam, elle alluma la télévision et tenta de se concentrer sur une émission de divertissements.

Au bout de quelques minutes, il la rejoignit sur ses béquilles. Il portait un short et un T-shirt qui moulait ses pectoraux. Des boucles noires humides pendaient sur sa nuque et l'odeur de savon l'enveloppait, ainsi que celle d'un parfum plus ambré qui imprègnerait sans doute les lieux longtemps après son départ.

Il s'était rasé. Elle aurait voulu pouvoir effleurer son menton lisse...

— Ça va mieux ? demanda-t-elle sur un ton désinvolte pour masquer son émoi.

Elle se sentait terriblement vulnérable en sa présence.

Il hocha la tête.

— Je revis.

Alors qu'il clopinait vers une chaise, elle l'arrêta.

— Non. Prenez le canapé. Vous pourrez ainsi allonger votre jambe.

— D'accord.

Nerveuse, elle s'agitait telle une abeille. Elle alla chercher des coussins qu'elle cala sous sa jambe puis partit trouver refuge dans la cuisine.

— Je vous apporte votre ragoût. Ne bougez pas.

Helen s'appuya lourdement contre l'évier. Que lui arrivait-il ? Elle se comportait comme si elle n'avait jamais vu d'homme auparavant. Elle avait pourtant plusieurs prétendants. Skye comptait trois célibataires de moins de quarante ans mais aucun d'eux n'avait le charme et le charisme de James. Quant aux médecins qui venaient parfois assurer des missions d'intérim dans le bush, ils ne la séduisaient guère : chauves, la cinquantaine bedonnante, ils avaient en outre la fâcheuse habitude de pontifier et de prendre des airs condescendants, comme si elle sortait de l'école d'infirmière.

Il lui fallait se ressaisir. Si elle continuait à rougir et à bafouiller comme une collégienne chaque fois qu'elle croisait le beau James, la situation deviendrait vite insupportable.

Le Dr Remington lui plaisait énormément. Mais dans quatre mois, il reprendrait la route puis s'éloignerait dans le soleil couchant.

Et il n'était pas question qu'il reparte avec son cœur.

James prit le plateau des mains de Helen.

— Mmm, cela sent divinement bon.

Il trempa avec enthousiasme un morceau de pain dans la sauce et le dégusta.

— Votre verdict ?

— Délicieux !

Helen le laissa à son ragoût et se tourna vers la télévision. De temps en temps, des soupirs de satisfaction lui parvenaient et elle s'appliquait à les ignorer. Elsie lui avait dit un jour qu'il n'y avait rien de plus gratifiant que de nourrir un homme. Helen avait alors jugé cette remarque vieux jeu. Elle devait reconnaître à présent qu'elle n'était pas insensible au spectacle du Dr Remington qui se délectait de sa cuisine.

Tandis qu'il mangeait, James observait en catimini sa colocataire. Le regard fixé sur l'écran de télévision, elle semblait absorbée par son émission. Ses mains reposaient sagement croisées sur ses genoux.

Elle semblait petite et délicate dans le grand fauteuil en cuir où elle avait pris place. Son bermuda bleu marine et son chemisier blanc ne mettaient guère en valeur ses charmes féminins. S'il n'avait été au courant de la lingerie rose, il aurait trouvé cet uniforme disgracieux.

— Alors, racontez-moi tout sur ce cottage, dit James en sauçant son assiette avec son dernier morceau de pain. Il a l'air ancien.

Helen se résigna à croiser son regard.

— Il date de la fin du XIXe siècle. A l'origine, c'était un atelier de tisserand. Les propriétaires successifs l'ont agrandi au fil des décennies et l'ont transformé en maison d'habitation. Depuis plus de quarante ans, elle sert à loger le personnel médical. Le Dr Jones a acheté la propriété à la fin des années soixante et il a fait construire en tête de terrain le bâtiment qui héberge à présent le cabinet.

— Vivait-il dans ce cottage ?

— Au début, oui, mais il s'y est vite senti à l'étroit — lui et sa femme ont eu sept enfants. Ensuite, Frank, notre employeur, y a habité un moment avant d'acheter sa propre résidence. Geneviève y a également posé ses valises pendant quelques mois avant d'emménager chez Alec.

— Et vous, depuis combien de temps êtes-vous ici ?

A la naissance des enfants de Duncan et Denise, Helen avait senti qu'il était temps pour elle de quitter la ferme d'Elsie. Personne ne le lui avait demandé et ils avaient tous protesté avec la dernière énergie quand elle avait annoncé son intention de les quitter, mais elle s'en était tenue à sa décision.

Les Desmond l'avaient accueillie à bras ouverts et toujours traitée comme un membre de leur famille. Mais les petits-enfants d'Elsie avaient besoin d'une chambre supplémentaire.

Helen s'était sentie coupable d'occuper une pièce alors qu'elle avait parfaitement les moyens de louer un appartement ou une maisonnette. Elle avait donc quitté le cocon dans lequel elle avait vécu tant d'années. Malgré l'affection sincère que toute la famille Desmond lui témoignait, Helen s'était toujours sentie un peu une intruse à la ferme.

Sa mère n'était plus là. Quant à son père, il préférait cheminer sur les routes australiennes plutôt que de s'occuper d'elle.

Soudain déprimée, elle promena son regard dans la pièce. Elle n'avait jamais eu, songea-t-elle, un endroit vraiment à elle, qu'elle puisse appeler sa maison. Ce cottage n'était après tout qu'un logement de fonction.

— Je me suis installée ici il y a environ deux ans.

Il y avait dans sa voix une note de tristesse qui n'échappa pas à James. Le vert jade de ses yeux paraissait soudain plus sombre.

En dépit de son apparence sereine et posée, Helen Franklin avait eu à l'évidence un passé douloureux.

Mu par un sentiment de solidarité, il fut tenté de la prendre dans ses bras pour la serrer contre lui. Elle semblait à présent si fragile. Bien sûr, il ne le fit pas. De toute façon, son plâtre l'en aurait empêché.

— Vous n'êtes à Skye que depuis deux ans ?

— Seigneur, non, dit-elle en riant. J'y suis née.

Comment ne l'avait-il pas deviné plus tôt, se demanda-t-il. Son ragoût, sa queue-de-cheval, tout en elle indiquait qu'elle était native du bush. Elle s'insérait parfaitement dans le décor de ce cottage perdu au fin fond du Queensland.

Le sentiment de solidarité qu'il éprouvait à son égard s'évanouit tandis que l'attirance resurgit. Et pourtant, elle appartenait à ce type de femmes sérieuses qu'il fuyait comme la peste.

— Alors, vous avez vécu ici toute votre vie ?

Il paraissait incrédule, remarqua Helen. Passer vingt ans au même endroit représentait sans doute pour lui un sacrifice inimaginable. C'était un homme qui préférait l'aventure à la vie sédentaire, tout comme son père.

— Oui, j'ai toujours vécu à Skye, excepté durant mon cursus à l'Université.

Il hocha lentement la tête.

« Non, vraiment, elle n'est pas du tout mon genre. » songea James. Il préférait les femmes qui avaient voyagé. Elles avaient l'esprit plus ouvert que celles qui n'avaient jamais quitté leur patelin. Et elles n'espéraient pas qu'on leur passe la bague au doigt dès qu'on leur témoignait de l'attention.

— On dirait que cela vous chagrine ?

Il haussa les épaules.

— Pas du tout. Chacun vit à sa guise. Mais à votre place, j'aurais l'impression d'étouffer.

« Quel toupet ! » pensa-t-elle, indignée. Sous prétexte qu'elle avait passé la majeure partie de son existence à Skye, il insinuait qu'elle n'avait rien fait de sa vie. Cet homme ne manquait pas d'arrogance !

— Il n'y a rien de mal à demeurer dans la ville de son enfance. N'en avez-vous pas assez de cette perpétuelle fuite en avant ?

Il sourit de sa naïveté. Sa réaction était tout à fait prévisible. C'était celle d'une provinciale obtuse qui soupçonnait quiconque aimait le changement d'être perturbé psychologiquement.

Mlle Franklin ne lui paraissait plus si fragile soudain. Elle semblait au contraire pugnace et presque agressive.

— Moi, je vois plutôt cela comme un voyage initiatique, répliqua-t-il, une aventure qui se renouvelle tous les jours.

Helen soupira. Il parlait exactement comme son père.

— Chacun son point de vue...

Amusé par son air buté, James rit pour détendre l'atmosphère. Le timbre profond de sa voix fit frissonner Helen. La sensualité de ce rire la troublait.

— Alors, après Skye, où vous mènera votre quête du Graal ? demanda-t-elle afin qu'il reprenne son sérieux.

— Toujours plus au sud, vers le Pacifique. En chemin, je ferai étape là où on aura besoin de mes services. A Cape York, je m'offrirai des vacances. Il paraît que la baie est de toute beauté.

Jadis, lors d'un été inoubliable, son père avait emmené Helen à Cape York. Le site était effectivement magnifique. Mais inutile de le dire à cet homme convaincu d'avoir affaire à une paysanne qui n'est jamais sortie de son village. A quoi bon le détromper ?

— D'où êtes-vous originaire ?

— De Melbourne. Je n'y suis plus retourné depuis la fin de mes études.

— Laissez-moi deviner... Vous avez passé tout votre temps à voyager ?

— Gagné.

— Avez-vous de la famille à Melbourne ?

— Ma mère.

Le sourire de James s'était figé.

— Et votre père ?

— Il est décédé au cours de ma dernière année d'internat.

— Je suis désolée...

Regret et chagrin se mêlaient dans le regard turquoise du médecin.

— Nous n'étions pas très proches.

Le silence s'installa après cette confession. La relation de James avec ses parents semblait compliquée et Helen ressentit tout à coup de la compassion pour son pensionnaire.

James observait son interlocutrice. Ses yeux s'étaient adoucis. Elle paraissait le comprendre, et son empathie le touchait profondément.

« Souviens-toi qu'il serait dangereux de te rapprocher d'elle, lui murmura une petite voix. Helen Franklin est le genre de fille qu'on épouse. Alors, garde tes distances. »

La douleur le rendait sans doute plus sensible. En temps normal, l'allure sage et proprette de l'infirmière l'aurait probablement laissé de glace. Et puis, ce ragoût divin l'avait certainement mis aussi dans de bonnes dispositions à son égard.

— A sa mort, mon père m'a légué sa moto. C'est un cadeau précieux. Le seul qu'il m'ait jamais fait.

Voilà pourquoi il attachait tant de prix à cet engin, songea Helen.

— C'est une très belle Harley. Est-ce le modèle 60 ou 61 ?

James ne cacha pas son étonnement :

— Vous vous y connaissez en motos ?

— Un peu.

— C'est un moteur de 1960.

— Elle a bien résisté au choc de l'accident.

— En ce temps-là, on faisait du solide.

Helen n'en revenait pas. Owen Franklin aurait pu prononcer la même phrase. Sa Harley représentait tout pour lui. En regardant James, elle comprit comment sa mère avait pu tomber amoureuse d'un homme si farouchement épris de liberté. Le Dr Remington était tout aussi charismatique et séduisant que son père. Et sans doute tout aussi allergique à la vie de famille.

— Alors, votre activité se résume à sillonner le pays au gré de vos missions d'intérim ?

— En gros, c'est cela.

— Ça a l'air… intéressant.

« Hypocrite, se sermonna-t-elle, tu penses exactement le contraire. »

Un travail de médecin devait s'inscrire dans la durée, la continuité. Or, James ne restait jamais suffisamment longtemps dans un endroit pour connaître ses patients, ses collègues ou ses voisins. Ses missions de remplacement le condamnaient à une errance et une solitude perpétuelles.

— C'est intéressant, en effet. Le bush est un désert médical. Beaucoup de cabinets réclament des remplaçants à cor et à cri, sans les obtenir. Faute de pouvoir prendre un peu de repos, les médecins généralistes se tuent à la tâche. Bien plus qu'en ville.

J'ai vraiment la sensation d'être utile ici. Et les habitants du bush sont tellement chaleureux et accueillants.

— Ça ne vous donne pas parfois envie de prolonger votre séjour ?

— Non. Je préfère aider le maximum de collègues débordés plutôt que de diminuer le nombre de mes missions et d'allonger leur durée. De toute façon, ça me convient — j'ai la bougeotte.

— Vous pourriez gagner plus d'argent à l'hôpital ou dans une clinique.

— Je m'en sors. La médecine généraliste est un métier enrichissant à plus d'un titre.

Fils unique d'un foyer où régnait la discorde, James ne s'était jamais senti désiré par ses parents. Il n'avait pas été maltraité, mais il avait eu l'impression durant toute son enfance d'être un boulet.

Son père et sa mère étaient restés ensemble à cause de lui et n'avaient cessé de se déchirer et de se rendre malheureux.

Depuis qu'il exerçait son métier de médecin itinérant, il se sentait enfin utile, apprécié voire aimé, par ses patients, ses collègues et les habitants des différentes bourgades où il posait ses bagages pour quelques semaines ou quelques mois. Et ce sentiment n'avait pas de prix.

Certaines récompenses valaient mieux que des espèces sonnantes et trébuchantes.

— Entièrement d'accord avec vous sur ce point.

Ils regardèrent ensuite la télévision. A plusieurs reprises Helen fut tentée de contempler furtivement son colocataire.

— Je crois que je vais aller me coucher, dit-elle en bâillant.

Tandis qu'elle se penchait pour ramasser le plateau, le parfum ambré de James chatouilla ses narines : cette expérience était irrésistiblement enivrante.

— Je ne vais pas tarder à vous suivre.

— A demain, dit-elle en se hâtant vers la porte.

— Bonne nuit. Dormez bien.

Il parlait dans le vide. Elle était déjà partie.

A 2 heures du matin, James se réveilla, en sueur. Sa jambe lui faisait mal. Pendant un quart d'heure, il essaya de trouver une position confortable puis y renonça. Il tendit le bras pour attraper ses béquilles et se souleva hors du lit. Quel étourdi d'avoir laissé les antalgiques dans la salle de bains.

Lentement, il emprunta le couloir, plongé dans l'obscurité. Il ne voulait pas allumer par peur de réveiller Helen. Sous aucun prétexte il n'aurait voulu la déranger dès la première nuit sous son toit.

Il mit la main sur le flacon de comprimés effervescents et en avala deux dans un peu d'eau.

Cela ne lui disait rien d'aller se recoucher avant qu'ils ne fassent effet et il décida d'aller s'asseoir dans le salon pour regarder la télévision en sourdine.

A tâtons, il avança dans la pièce en essayant de ne pas se cogner dans les meubles. Le canapé ne devait plus être très loin...

Quand il sentit les coussins contre son genou valide, il se retourna et se baissa pour s'asseoir. Hélas, l'une de ses béquilles lui échappa.

James essaya de la rattraper, mais la douleur l'en empêcha. La béquille tomba avec fracas sur la table basse.

Helen se redressa en sursaut dans son lit. James ? Avait-il fait une chute ? Elle se précipita vers la salle de séjour d'où provenait le bruit.

Elle appuya sur l'interrupteur et mit la main en visière pour éviter d'être aveuglée par le plafonnier.

— Que se passe-t-il ?

Les yeux fermés, James grimaçait, penché sur sa jambe.

— Désolé. Je ne voulais pas vous réveiller.

Lorsque ses paupières s'ouvrirent, James se demanda s'il ne rêvait pas. Helen se tenait devant lui, métamorphosée. Disparue, la queue-de-cheval. Une cascade de cheveux acajou tombait sur ses épaules nues.

Elle portait une nuisette de satin rose qui s'arrêtait en haut des cuisses. De ses merveilleux seins en forme de pomme, au galbe gracile de ses hanches, le tissu fluide ne cachait rien de son anatomie.

Il se l'imagina, chevauchant sa Harley dans cette tenue, et en resta sans voix. Sans doute encore une vision délirante à mettre sur le compte de l'antidouleur...

— Oh, non !

Le cri de consternation arracha James à son rêve éveillé. Il suivit le regard de Helen vers la table basse où gisait une photo encadrée. Le cadre était brisé.

— Désolé. Je ne m'étais pas rendu compte que j'avais cassé quelque chose. Je vous rembourserai les dégâts.

Helen s'agenouilla pour ôter les bris de verre. La photo la représentait à quinze ans, juchée derrière son père à moto.

— Ne vous inquiétez pas, dit-elle, la gorge serrée. Ce n'est que du verre. Ça se remplace. De toute façon, je devrais enlever mes photos. Depuis que j'habite ici, j'ai tendance à m'étaler, à prendre mes aises.

« A me croire chez moi. »

— N'en faites rien.

Il se pencha pour prendre sa main.

— Je ne suis que de passage. Dans quatre mois, je serai parti. Ne changez surtout rien à cause de moi.

Interdite, Helen regarda sa main puissante. Il était de passage. Comme l'homme sur la photo.

Il lâcha sa main et observa le cliché qu'elle semblait contempler avec une sorte de vénération mêlée de tristesse.

— Votre père ?

Elle hocha la tête.

— Est-il... ?

La phrase resta en suspens.

Helen leva les yeux vers lui. Malgré ses cheveux en bataille, ses traits tirés par la douleur et le plâtre qui emprisonnait sa jambe, cet homme dégageait un charme irrésistible. Heureusement, la table basse les séparait.

— Oh non. Il est bien vivant. Il vit même à cent à l'heure. Rien n'arrête sa course en moto sur les routes d'Australie.

Sa voix trahissait son amertume. Et son amour pour son père. Ce dernier éveillait de toute évidence en elle des sentiments conflictuels.

James savait à présent qui l'avait instruite sur les modèles de Harley. Il se doutait aussi que l'absence de ce père expliquait son désir d'enracinement.

Prenant conscience de sa tenue légère, Helen se releva pour échapper au regard de James qui la fixait intensément.

— Je vais vous laisser. Vous pourrez regagner votre chambre sans encombre ?

— Bien sûr. Je vais juste zapper un peu en attendant que l'antidouleur agisse.

La photo serrée contre sa poitrine, Helen recula vers le couloir. Les joues en feu. Sa nuisette ne cachait pas grand-chose. Et il ne ratait de toute évidence pas une miette du spectacle.

— Bonne nuit.

Parvenue au seuil, elle se retourna en espérant qu'il ne la regardait plus.

Mais James ne la quittait pas des yeux. Quand la jupe de la nuisette virevolta, il se dit que son séjour à Skye promettait d'être bien plus intéressant qu'il ne l'avait cru.

Sous ses tenues trop sages, Mlle Franklin cachait un corps des plus ravissants. Et elle s'y connaissait en Harley.

Finalement, elle serait peut-être son genre.

3

Avant de sortir de sa chambre, Helen s'habilla en veillant à ne pas laisser un millimètre de peau découvert. Elle se souvenait du regard brûlant de James durant la nuit. Cette cohabitation s'annonçait à hauts risques.

Bien sûr, elle se sentait attirée par lui. Quelle femme ne l'aurait pas été ? Mais le séduisant aventurier n'était pas pour elle.

Les prévenances des célibataires de Skye pour la séduire paraissaient bien fades en comparaison d'un seul regard torride de James.

« Souviens-toi qu'il sera parti dans quatre mois. »

De toute façon, elle n'avait jamais eu d'aventure sans lendemain. Elle attendait l'homme de sa vie.

Sur son chemin vers la cuisine, elle vit James endormi sur le canapé du salon. Là où elle l'avait laissé. Seigneur, qu'il était beau !

Une barbe naissante ombrait son menton. Sa poitrine se soulevait doucement au rythme de sa respiration. D'épaisses boucles de jais couvraient son front. Allongée hors du canapé, sa jambe valide exposait des muscles d'athlète parfaitement dessinés. N'avait-il pas eu froid durant la nuit ?

Elle fut tentée d'aller lui chercher une couverture puis se ravisa.

« Cesse de l'admirer comme une adolescente attardée et dépêche-toi. Sinon, tu vas être en retard. »

Elle mit rageusement deux tranches de pain dans le toaster en maudissant son colocataire d'avoir l'air si séduisant, même dans son sommeil. Il aurait pu au moins retourner dans sa chambre. Tout ce qu'il gagnerait, ce serait un bon mal de dos.

Pourvu qu'il ne lui impose pas ce spectacle d'Apollon endormi tous les matins. Sinon, cette cohabitation deviendrait vite intenable.

Les narines de James frémirent. Mmm, cela sentait les œufs et les toasts. Il ouvrit les yeux et grimaça en sentant son cou endolori. Grâce à l'effet des antidouleurs, sa jambe lui faisait moins mal que durant la nuit.

Péniblement, il se leva sur un pied et glissa les béquilles sous ses aisselles. Un café lui éclaircirait les idées. Il espérait que Helen avait autre chose à lui proposer qu'une horrible boisson instantanée.

Le café, c'était sacré. Il emportait toujours dans ses bagages une boîte de grains moulus extraits des meilleures plantations. La vie était trop courte pour boire de l'eau de vaisselle.

Il fallait la croquer à pleines dents. Il avait trop vu ses parents gâcher la leur en s'enlisant dans une situation sans issue à cause de leur sens du devoir. On ne l'y prendrait pas à commettre la même erreur.

James buvait du bon café. Roulait au gré de ses envies. Et suivait ses propres règles. Il s'arrêtait le temps de travailler et ne se liait sentimentalement avec aucune de ses conquêtes. De toute façon, il n'avait jamais rencontré personne qui lui donne envie de poser ses valises. Une telle femme existait-elle seulement ?

Sur le seuil de la cuisine, il s'arrêta. Debout devant l'évier, le dos tourné, Helen se balançait au rythme d'une ballade country diffusée sur la radio. Sa tête bougeait de droite à gauche, ses hanches ondulaient, son pied marquait le tempo.

Appuyé sur ses béquilles, il contempla la scène. Quel dommage qu'elle ait remis son uniforme et emprisonné de nouveau ses cheveux. Toutefois il la voyait différemment depuis cette nuit. Car il savait à présent ce qu'elle cachait sous son chemisier informe. De la dentelle rose. Et un corps à damner un saint.

« Elle pourrait être celle que j'attends. »

Ses doigts se crispèrent sur ses béquilles. Quelle pensée ridicule ! Certes, Helen lui plaisait. Il n'était après tout qu'un homme, et elle, une fort jolie fille. Mais cela s'arrêtait là.

L'attirance qu'il éprouvait pour elle était purement physique. L'idée qu'il puisse se passer quelque chose entre eux ne manquait pas d'attrait. Mais il avait trente-cinq ans et ne laissait plus ses hormones lui dicter sa conduite.

Il s'éclaircit la gorge.

— Je n'ose pas vous demander si vous avez du vrai café, ici, en plein bush.

Helen sursauta et se retourna.

— Vous m'avez fait peur. Je ne vous ai pas entendu venir.

Elle parlait en mâchouillant un toast.

— Désolé. J'appréciais le spectacle.

Depuis combien de temps l'observait-il ? se demanda-t-elle en le foudroyant d'un regard qui signifiait : « Ne jouez pas à ce petit jeu avec moi. »

— Eh bien, le spectacle est terminé.

Il haussa les épaules.

— De toute façon, je préfère le rock. Peut-on en capter sur les ondes locales ?

— Bien sûr. Du rock country.

James rit.

— Euh... Au sujet du café ?

Pour toute réponse, Helen lui désigna le percolateur et la boîte métallique posée à côté. Elle portait l'étiquette du café italien préféré de James.

Helen Franklin habitait peut-être au fin fond du Queensland, mais elle était une connaisseuse. En Harley. Et en café. Quelle autre surprise lui réservait-elle ?

— Ah, une femme qui sait vivre !

— La vie est trop courte pour boire du mauvais café.

James était stupéfait. Décidément, ce séjour promettait d'être riche en défis. Allait-il pouvoir résister à une jolie femme qui partageait l'un de ses principes fondamentaux ?

— Vous m'ôtez les mots de la bouche.

Sa voix de velours fit frissonner Helen. Elle était gênée de le sentir si proche.

— Je mets le café en route. Pourquoi n'allez-vous pas vous habiller ? lui demanda-t-elle, en pensant intérieurement : « Pour l'amour du ciel, passez une chemise et un pantalon. »

Puis elle ajouta :

— Voulez-vous des œufs ?

— Non, merci, juste des toasts. Et des céréales, si vous en avez dans vos placards.

— Maïs soufflé, flocons d'avoine, pétales de blé, énuméra-t-elle. Sans oublier du muesli aux fruits rouges.

Décidément, elle aimait les bonnes choses.

— Choisissez pour moi. Je vous fais confiance.

Et il pivota sur ses béquilles pour regagner sa chambre.

Ils remontèrent à pied l'allée qui menait au cabinet médical en silence. James clopinait sur ses béquilles, en regardant le soleil radieux.

— Nous y voilà, dit Helen.

Elle lui fit signe de la précéder. Comme il entrait dans la salle de repos, une jeune femme rousse, enceinte, vint les accueillir.

— Ah, James Remington ! Si vous saviez comme je suis contente de vous voir.

Sans crier gare, elle le serra dans ses bras.

— Eh bien, quel accueil ! Vous devez être Geneviève ?

— Oui. Vous devez me trouver un peu familière, mais je vous attendais comme le Messie. De plus, vous êtes très joli garçon, ce qui ne gâte rien...

Helen enviait le caractère spontané de sa collègue. Elle n'aurait jamais osé badiner de la sorte avec son colocataire. Bien sûr, elle ne soupçonnait à aucun moment Geneviève de vouloir flirter. Elle espérait la venue de son remplaçant depuis si longtemps qu'elle laissait simplement éclater sa joie.

— Vous allez me faire rougir, dit James avec un sourire ravageur.

Cet homme ne s'arrêtait-il jamais de tester son pouvoir de séduction ? se demanda Helen.

— Geneviève a raison, lança une voix bourrue depuis le seuil. Vous avez un physique d'acteur de cinéma.

La voix appartenait à un gros gaillard barbu.

— Vous n'allez pas m'embrasser, vous aussi ? s'enquit James sur le ton de la plaisanterie.

L'homme éclata de rire.

— Désolé, vous n'êtes pas mon genre !

Il s'avança, la main tendue.

— Frank. Frank Greer. Bienvenue à Skye, James. Etes-vous sûr que votre jambe pourra tenir le coup ?

— Bien sûr. Elle me fait un peu mal, mais le travail me permettra de penser à autre chose.

— J'espère que Helen s'est bien occupée de vous.

L'image d'une nuisette rose s'imposa un instant à l'esprit de James. Il se tourna vers Helen qui avait l'air contrarié.

— Très bien. Elle a été parfaite.

Helen fusilla Frank du regard. S'il comptait sur elle pour être aux petits soins avec le nouveau médecin, il se trompait.

— Dois-je vous rappeler que ce n'est pas dans mes attributions de servir d'infirmière aux remplaçants qui se cassent la jambe en moto ? J'ai bien assez à faire ici.

Frank s'esclaffa de plus belle.

— C'est vrai. Que ferais-je sans vous, Helen ? Elle est merveilleuse, James. C'est une perle.

— Si le cabinet tourne rond, c'est grâce à elle en effet, renchérit Geneviève.

— Heureuse de vous l'entendre dire. Souvenez-vous-en lorsque je réclamerai une augmentation.

Tous rirent de bon cœur. Une solide amitié liait ces trois-là, constata James. Ils étaient de toute évidence bien plus que de simples collègues.

— Ce n'est pas tout de bavarder, le travail m'attend, annonça Helen. Je vais commencer par faire le café, puisque personne n'y a pensé.

Elle soupira. Frank et Geneviève étaient des amours, mais en dehors de leur salle de consultation, ils ne levaient pas le petit doigt, se reposant sur elle pour toutes les tâches annexes. Voilà ce qu'elle récoltait pour s'être rendue indispensable et les avoir maternés pendant des années.

— Venez, James, dit Geneviève. Je propose de vous faire une visite guidée.

James observa la future maman. Elle avait de profonds cernes sous les yeux et changeait sans cesse d'appui sur ses jambes en soutenant son ventre de ses mains pour en alléger le poids. Il était 8 heures du matin à peine et elle semblait épuisée.

— C'est inutile. Montrez-moi simplement le bureau que j'occuperai. Pour le reste, je me débrouillerai au fur et à mesure. N'ayez crainte, j'apprends vite, métier d'intérimaire oblige.

Il était médecin remplaçant depuis cinq ans. Chaque cabinet avait ses habitudes, mais dans l'ensemble, ils fonctionnaient tous à peu près sur le même modèle.

— Mais...

— J'insiste, poursuivit-il en lui présentant une chaise. Vous êtes fatiguée. Par ma faute, vous avez dû accomplir une journée complète hier. Vous devriez rentrer vous reposer, soulager vos jambes, et prendre bien soin de ce petit et de vous.

— Je ne sais pas si je peux...

Geneviève s'assit et interrogea Frank du regard.

— Aucune objection à formuler en ce qui me concerne, dit ce dernier.

Partagée entre son désir de partir et son sens du devoir, elle hésitait.

— Tout se passera bien, dit James. De toute façon, Helen est là. Elle me montrera ce qu'il faut savoir. N'est-ce pas, Helen ?

« Me voilà prise au piège », songea Helen. Elle ne voulait pas passer la matinée à servir de guide au séduisant médecin. Mais comment refuser de rendre ce service à Geneviève ?

Elle s'efforça de sourire.

— Bien sûr. Pas de problème. Vas-y, et ne t'inquiète pas. Tes patients seront en de bonnes mains.

En fait, elle n'en savait rien car elle n'avait pas encore vu le Dr Remington à l'œuvre. Mais quelque chose lui disait que ses compétences étaient aussi remarquables que son physique. Pourvu qu'elle ne se trompe pas.

De toute façon, ils seraient vite fixés.

James n'avait pas menti. Il apprenait vite. Helen le conduisit dans les différentes salles d'examen et de consultation et lui expliqua le fonctionnement du logiciel puis du standard. Il posa deux ou trois questions pertinentes afin de clarifier certains points, et, sinon, se contenta de l'écouter sans l'interrompre.

— Voici votre registre de rendez-vous.

Assise derrière le comptoir de la réception, Helen ouvrit un grand cahier. James y jeta un coup d'œil.

— Je ne risque guère le surmenage.

— Ne vous fiez pas au programme d'aujourd'hui ni de demain. Geneviève avait réduit le rythme de ses consultations. A la fin de la semaine, les patients vont accourir.

— Pourquoi ?

— Le temps que la nouvelle de votre arrivée fasse le tour de la ville, et ils viendront sous des prétextes variés voir à quoi ressemble le nouveau médecin.

— Pourvu que je ne les déçoive pas, répondit-il amusé.

Les décevoir ? Helen ne s'inquiétait pas trop à ce sujet. Quand les premières patientes auraient passé le mot aux autres, ce serait une véritable vague d'épidémies fictives que cet homme déclencherait.

— A 13 heures, durant la pause déjeuner, je passerai au garage pour vérifier l'état de ma moto.

Cette moto était une véritable obsession, songea-t-elle.

— Vous n'allez pas pouvoir rouler pendant quelque temps, dit-elle en désignant son plâtre.

Il esquissa une grimace.

— Je vais devenir fou.

— Coincé dans une petite ville sans issue de secours... Est-ce votre pire cauchemar qui se réalise ?

— Pas du tout. Mais j'avais l'habitude de conduire tous les jours. Cela me procure un tel sentiment de liberté.

Helen connaissait le refrain par cœur. Chaque fois, Owen Franklin le lui répétait mot pour mot. Son charmant et charismatique père. Qu'elle n'avait pas revu depuis deux ans.

— A trop chercher la liberté, on risque de se perdre.

James l'observa. Comment expliquer l'appel du large à quelqu'un qui n'avait jamais franchi les limites de son village ? Pourtant, il aurait bien voulu qu'elle comprenne.

A cet instant, la porte s'ouvrit et le premier patient de la matinée entra. Il s'agissait d'un fermier qui consultait Frank depuis une vingtaine d'années. Helen tourna la tête vers le malade et lui sourit.

Tout en l'accueillant, elle sentit les yeux turquoise de James s'attarder intensément sur elle. Puis le médecin s'éloigna en direction de la salle de consultation.

Helen alluma son ordinateur et fixa l'écran. Sans le voir. Elle ne percevait plus que l'écho désordonné de son cœur.

Sur le chemin du garage, James repensa à sa matinée. Tous les patients y étaient allés de leurs commentaires sur son plâtre et avaient rivalisé de compassion et d'encouragements.

Il avait pris facilement ses marques au cabinet. Ces quatre prochains mois promettaient d'être fort agréables.

Le soleil était à son zénith. Des nuages de chaleur semblaient s'élever de la chaussée. James s'arrêta pour laisser passer quelques voitures et en profita pour jeter un coup d'œil le long de la grand-rue.

Elle ressemblait à celle de toutes les petites villes rurales d'Australie. Large, elle présentait des trottoirs défoncés, bordés de bougainvillées dont les grappes pourpres formeraient un somptueux tapis en octobre.

Les quatre pubs de rigueur l'encadraient, un à chaque coin. De rares passants déambulaient, à l'abri du soleil de plomb, sous les arcades des magasins. Il y avait une boulangerie. Un boucher. Un marchand de journaux. Un snack-bar flanqué d'un kiosque qui vendait des glaces.

Une petite bourgade typique du bush.

James passa dix minutes à bavarder avec Alf et à examiner sa moto. Cette dernière était en piteux état en dépit des propos rassurants de Helen. Un miracle qu'il n'ait pas été plus gravement blessé.

Après avoir communiqué au mécanicien les coordonnées d'un réparateur de Melbourne spécialisé dans les Harley de collection, il repartit à contrecœur.

C'était sur cette moto que son père avait enfin pris le large après des années de mariage raté. Aux yeux de James, elle symbolisait la liberté.

Celle de mener sa vie à sa guise, sans contraintes ni reproches. Il n'avait jamais vu son père aussi heureux que le jour où il avait enfourché sa Harley pour s'éloigner et s'affranchir de ses chaînes.

L'étalage de la vitrine du snack-bar était appétissant. Il décida d'acheter un friand à la viande. Tandis qu'il attendait son tour d'être servi, il aperçut Helen dans la rue. Sur un coup de tête, il acheta deux friands.

Il sortit du restaurant et regarda dans la direction qu'elle avait prise. Elle était déjà loin. Tant bien que mal, il hâta le pas sur ses béquilles. Helen s'arrêta, tourna à droite, ouvrit un portail et disparut. Quand il arriva devant l'immeuble, il vit un écriteau au-dessus de la porte. « Cercle Féminin du Comté de Skye ». Helen en faisait-elle partie ? Ce genre d'association ne regroupait-elle pas plutôt des femmes d'un certain âge ?

Il la suivit à l'intérieur. La salle de réunion était spacieuse. Le haut plafond faisait résonner les conversations pourtant feutrées de ces dames. Au fond, une estrade était surmontée du portrait d'Elizabeth II.

Une vingtaine de personnes étaient assises en cercle. Des piles de nourriture reposaient sur une table derrière elles. Les voix, de même que le cliquetis des aiguilles à tricoter, cessèrent à son arrivée.

Tous les yeux étaient braqués sur lui.

Helen n'en revenait pas. Que faisait James ici ? En plus de le côtoyer à la maison et au travail, il fallait encore qu'elle le rencontre durant son heure de déjeuner. Bien sûr, la présence du médecin en ce lieu ne devait rien au hasard.

— Je vous ai acheté un en-cas, dit-il en lui tendant le sachet de papier brun. Un friand à la viande.

Infiniment troublée, Helen s'efforça d'afficher un air glacial.

— M'avez-vous suivie ?

Il sourit.

— En quelque sorte. Je voulais vous remercier pour le ragoût.

Une vieille dame prit la parole.

— Savez-vous tricoter, jeune homme ?

— Non, madame. Ma grand-mère a essayé de m'apprendre il y a bien longtemps. Elle y a vite renoncé. Selon elle, j'avais deux mains gauches.

L'assemblée rit.

— Ça ne fait rien. Prenez une chaise et venez vous asseoir. C'est gentil d'avoir pensé à nourrir Helen. Quelques kilos ne lui feraient pas de mal ; elle n'a que la peau sur les os.

— Elsie ! se récria la principale intéressée.

Pour avoir exercé dans nombre de bourgades, James savait que ces dames du comité exerçaient une grande influence sur l'opinion locale. Organisatrices nées, elles décidaient de tout et donnaient le la dans la communauté. Il ne s'agissait pas de leur déplaire.

— Je ne voudrais pas vous déranger.

— Sottises, protesta Elsie. On ne refuse jamais la compagnie de beaux jeunes hommes, n'est-ce pas, mesdames ?

Toutes acquiescèrent et le cliquetis de leurs aiguilles reprit.

Helen avança une chaise pour James.

— Heureusement pour vous, j'ai un faible pour les friands à la viande.

« Je ne veux pas le savoir. »

Moins il en saurait sur ses goûts et ses préférences, mieux cela vaudrait, songea-t-il.

— Ainsi, vous êtes le médecin remplaçant que mes vaches ont renversé ? s'enquit Elsie, sur un ton amusé.

— Eh oui. La route leur appartenait. J'ai eu le tort de la leur disputer. Et voilà le résultat, dit-il en cognant sur son plâtre.

Helen fit les présentations et regarda ses vénérables amies minauder et rire aux éclats aux plaisanteries faciles de James. Cet homme était un incorrigible Casanova.

Elle dégusta son friand en s'efforçant d'ignorer la voix grave et sensuelle du seul homme de l'assemblée.

— Alors, mesdames, dans quel but exercez-vous vos talents ? Est-ce un cercle de tricot ou œuvrez-vous pour un projet particulier ?

— Nous envoyons nos travaux à la pouponnière du Royal Children's Hospital de Brisbane, répondit Elsie. Il leur faut des chaussons et des bonnets pour les prématurés. Et nous confectionnons aussi des ours pour les urgences pédiatriques.

— Admirable, commenta James.

— Ça nous occupe. Mais parlez-nous un peu de vous.

Habitué à cette question, James servit à son auditoire une version soigneusement édulcorée de ses pérégrinations. Il y ajouta juste ce qu'il fallait d'anecdotes piquantes et éluda toutes les interrogations un peu trop personnelles.

— Il me rappelle Owen, observa Elsie. Tu n'es pas de mon avis, Helen ?

— Pas vraiment.

— Owen ? s'enquit James.

— Le père de Helen.

Devant la mine effondrée de la jeune infirmière, James ne chercha pas à en savoir davantage.

— Ah.

Sachant combien il gardait jalousement sa propre histoire, il ne voulait pas encourager ces charmantes bavardes à des révélations indiscrètes. Même si sa curiosité était piquée au vif.

— J'espère que vous veillerez bien sur ma petite Helen, reprit Elsie. Je m'inquiète pour elle, toute seule dans cette maison.

Helen avala son thé de travers.

— Elsie, dit-elle entre deux quintes de toux, je n'ai pas besoin qu'on veille sur moi.

— Bien sûr que si. Tout le monde a besoin de quelqu'un, n'est-ce pas, mesdames ?

Forte de l'approbation de ses camarades tricoteuses, la fermière savoura sa victoire.

— Venez donc dîner un soir tous les deux. Mon gigot d'agneau aux haricots n'est pas mauvais — Helen pourra en témoigner.

Tandis que l'assemblée louait les mérites culinaires d'Elsie, Helen adressa un regard d'excuse à James.

Elle embrocha ses aiguilles dans sa pelote de laine et se leva.

— Il est temps de retourner au cabinet.

James se mordit la lèvre. Il se sentait désolé pour Helen qui semblait au supplice — elle affichait une mine si dépitée qu'elle en était presque comique.

Ils remontèrent la grand-rue côte à côte.

— Ne faites pas attention aux propos d'Elsie, murmura-t-elle.

— Je ne sais pourquoi, passé le cap des soixante-dix ans, les personnes âgées prennent un malin plaisir à embarrasser la jeune génération.

Elle rit, soulagée que le manège d'Elsie ne l'ait pas dérangé.

— Vous semblez très proche d'Elsie.

— Elle m'a élevée.

Il haussa les sourcils.

— Vos parents... ?

— Ma mère était souvent malade, et mon père... Disons qu'il ne possédait pas la fibre paternelle. J'allais et venais entre la maison et la ferme d'Elsie. Quand maman est morte, Elsie m'a accueillie chez elle.

Ainsi, il ne s'était pas trompé. L'enfance de Helen avait été aussi chaotique que la sienne.

— C'était fort généreux de sa part.

— La générosité n'est qu'une de ses nombreuses qualités.

— Est-ce que je ressemble vraiment à votre père ?

Helen s'arrêta net.

— Elsie n'avait pas le droit de dire cela.

— Vous ne m'avez pas répondu. Tout le monde paraissait partager son avis.

Au pli obstiné de ses lèvres, Helen sut que James ne lâcherait pas prise avant d'avoir sa réponse.

— Oui et non. Vous êtes, comment dire...

Elle cherchait désespérément un adjectif neutre. « Sexy » était bien sûr exclu et « séduisant » révèlerait trop l'effet qu'il lui faisait.

— Beau, je suppose, comme mon père.

— Merci pour le compliment.

— Mais je crois qu'Elsie parlait surtout de votre personnalité. Mon père affiche la même désinvolture, la même confiance en soi...

— Etes-vous proches ?

« Bonne question », songea-t-elle.

Ils se remirent à marcher.

— Je l'aime, c'est certain. Quand il arrive en ville sur sa Harley, je suis aux anges. On se retrouve, on parle, on rit comme au bon vieux temps. Puis, il commence à regarder au loin, vers l'horizon. Et je sais qu'il va partir. Et j'ai parfois le cœur gros.

— Parce que vous ne savez pas quand vous allez le revoir ?

Ils étaient presque arrivés au cabinet. Helen se retourna vers James.

— Parce qu'il préfère la route à moi. Chaque fois.

Elle entra.

Surpris par cette confession, James resta sur le trottoir, à réfléchir. Les mots de Helen trahissaient une telle douleur qu'il était sincèrement peiné pour elle. Pas étonnant qu'elle ne veuille guère s'aventurer hors de son village. Son père voyageait pour deux.

James pouvait comprendre la sensation d'abandon qu'elle éprouvait.

Raison de plus pour ne pas céder à la tentation, se dit-il. Helen Franklin n'était pas une femme qu'on pouvait aimer puis quitter. Elle avait déjà suffisamment souffert.

4

La première semaine de James à Skye se déroula sans encombre. Comme Helen l'avait annoncé, il y eut un afflux de patients jeudi et vendredi.

En dehors du cabinet, il la voyait très peu. A peine rentrée, elle ressortait pour aller rendre visite aux uns et aux autres. A tel point qu'il commençait à se demander si elle ne l'évitait pas.

Son plâtre l'obligeait à rester à la maison. Il consacrait ses soirées à la lecture, son passe-temps favori après la moto.

Les livres les plus passionnants ne pouvaient toutefois lui faire oublier Helen. Car, même absente, elle laissait son parfum de rose derrière elle. Les coussins du fauteuil en étaient imprégnés, et aussi la salle de bains où elle rangeait ses produits de beauté. Toute la maison était emplie de ses affaires. Des photos, des bibelots, des canards. Des dizaines de canards. En porcelaine, de bois, en céramique, ou en bronze.

— Vous avez la passion de ces bestioles ? s'était-il enquis un jour.

Elle avait haussé les épaules.

— Je les collectionne depuis toujours.

Une collectionneuse de canards. Bref, tout le contraire d'une aventurière.

Le parfum et les canards n'étaient pas des détails isolés. Tout portait la marque de Helen : la manière dont elle accrochait les torchons à la poignée du four, les fleurs coupées qu'elle changeait chaque matin, ou encore le malicieux message du répondeur téléphonique.

Le soir, il laissait le téléphone sonner afin de pouvoir entendre ce message enregistré. De toute façon, tous les appels étaient pour elle. Et puis, bien qu'il n'osât pas se l'avouer, il aimait entendre le timbre de sa voix.

A la fin de la semaine, il commença à en avoir assez d'être bloqué entre ces quatre murs : il maudissait les effluves de rose, le message téléphonique et les canards. Il n'était pas habitué à cette inactivité. Ne pas pouvoir prendre sa moto quand bon lui chantait était un supplice. L'envie de sortir le démangeait presque autant que la peau de son mollet sous le plâtre.

Dimanche soir, Helen eut pitié de lui.

— Je vous laisse dix minutes pour vous habiller, dit-elle. On sort.

Il leva les yeux de son livre. Elle portait un jean qui épousait la forme de ses jambes et un T-shirt avec un col en V de la même teinte que sa nuisette. Sous le décolleté, pointait un bout de dentelle rose.

Ses cheveux tombaient sur ses épaules. Elle avait dû les brosser longuement car leurs reflets acajou brillaient intensément. Contrairement à son habitude, elle s'était maquillée et le trait d'eyeliner soulignait l'émeraude de ses yeux.

— Où allons-nous ?

— Au pub. C'est soirée de concours.

Il la regarda. Elle était très attirante. Pourrait-il l'accompagner sans avoir envie de la toucher ? C'était beaucoup lui en demander.

Elle se méprit sur son silence.

— Ça ne vous dit rien ? Il nous manque un joueur, vous prendrez sa place. Rassurez-vous, il ne s'agit pas de karaoké. Vos neurones seront sollicités. Il faudra répondre à des questions de connaissances générales.

— Comme « Quelle est la couleur du cheval blanc d'Henri IV ? »

— Faites le malin. Quand vous verrez les questions, vous rirez moins. Je vous préviens, il faudra être à la hauteur. Mon équipe mène. Il vous reste... huit minutes.

James n'avait guère le choix. C'était ça ou devenir fou allongé sur ce canapé. De toute façon, si le désir de conter fleurette à la très sage Helen Franklin devenait impérieux, la présence des autres participants l'empêcherait de commettre une erreur.

Il se souleva sur ses béquilles.

— Déclenchez le chronomètre.

Six minutes et demie plus tard, il revint dans la salle de séjour.

— Ça ira ?

Helen retint son souffle. Elle avait sous-estimé l'effet qu'il produirait sur ses rétines. Même en bermuda et en polo, il dégageait une formidable prestance. Rebelles au coup de brosse qu'il s'était donné, des mèches bouclaient sur son front.

En respirant sa lotion après-rasage, Helen eut l'envie insensée d'enfouir son visage dans le cou de James.

Non seulement « ça irait », mais il serait la cible de tous les regards féminins.

— Très bien, dit-elle en se hâtant de détourner les yeux. Allons-y. D'habitude, j'y vais à pied, mais nous allons prendre la voiture pour vous éviter de clopiner tout le long du chemin.

Au Drovers'Arms, Glynis, la barmaid, se montra aux petits soins pour James. Elle lui porta sa bière à table, le contempla en papillonnant des cils et posa sa main sur son épaule, déployant sur son polo bleu de longs ongles écarlates semblables aux ailes d'un oiseau exotique.

Helen leva les yeux au ciel. A part elle, Glynis était la seule célibataire de la ville. Jeudi, elle était venue consulter James sous un prétexte fallacieux et était repartie avec le sourire béat du chat d'Alice au Pays des Merveilles.

« Ne sois pas de mauvaise foi », se réprimanda Helen.

Victime de maux imaginaires, la moitié de la ville avait défilé dans la salle d'examen de James. Glynis avait fait comme les autres, ni plus ni moins, et ne méritait pas d'être l'objet de son ressentiment.

Elle présenta James aux joueurs de son équipe. Puis Alf monta sur l'estrade, prit le micro et commença à poser les questions.

Helen n'en revenait pas. James possédait une culture encyclopédique. Fine mouche de surcroît, il savait déjouer tous les pièges dans lesquels tombaient ceux qui répondaient trop vite car, à ce niveau du jeu, les questions, de plus en plus perverses, recelaient des chausse-trappes.

Il était beau, intelligent et cultivé. Ce qui le rendait plus dangereux encore.

L'intelligence et la culture n'allaient pas toujours de pair. Helen connaissait bon nombre de médecins censés être intelligents — pour réussir des études au long cours, il fallait l'être un minimum — mais dont le niveau de connaissances générales avoisinait le degré zéro. Tel n'était pas le cas de James qui avait réponse à tout.

A sa grande surprise, James s'amusait. Tout le monde l'avait accueilli chaleureusement et c'était fort instructif d'observer les rapports entre Helen et ses partenaires.

Leur table regroupait des professionnels de la médecine : Frank et sa femme qui remplaçait Geneviève, Beverley qui travaillait en tant que réceptionniste à la maison de retraite et, comme par hasard, les trois célibataires de Skye — Graham, le vétérinaire, Tom, l'ambulancier et Brendan, le pharmacien. Tous les trois semblaient s'intéresser à Helen, surtout Tom qui la couvait des yeux.

A la fin de la soirée, toujours en tête, l'équipe de Helen avait réussi l'exploit de creuser l'écart avec ses concurrents.

— Si tu veux, Helen, je vais te raccompagner, proposa Tom tandis que leur groupe se dirigeait vers la sortie.

— Merci, Tom, mais c'est inutile. J'ai la voiture afin que Jambe de Bois n'ait pas trop à se fatiguer.

Elle désigna James qui entendit la remarque.

— Faites attention à ce que vous dites. Je risque d'hériter de ce surnom durant tout mon séjour.

Tous rirent de la plaisanterie, excepté Tom qui foudroya James du regard.

« Désolé, mon vieux, songea James. Je ne l'ai pas fait exprès. »

Il éprouvait sincèrement de la compassion pour le jeune auxiliaire médical. Ce ne devait pas être facile d'habiter dans une ville où les femmes célibataires étaient aussi rares que la neige sur les branches des jacarandas. Rien d'étonnant à ce que Tom se comporte comme un chien protégeant jalousement son os à moelle.

De retour à la maison, James essaya d'en savoir plus sur la relation entre Helen et l'ambulancier. Passé maître dans l'art de prêcher le faux pour connaître le vrai, il prit son ton le plus désinvolte.

— Alors, Tom et vous, c'est du sérieux ?

— Pardon ? dit Helen en posant son sac dans le vestibule. Ne soyez pas ridicule !

— Hum. Il me semble que vous protestez un peu trop...

Un soupir échappa à Helen. Elle ne voulait pas discuter de sa vie privée avec James. Malgré leur cohabitation, ils ne se connaissaient pas. Et cela devait rester ainsi.

— Tom et moi, nous sommes de vieux amis. Nous étions à l'école ensemble. Il est comme un frère.

Le scepticisme se lisait sur le visage de James.

— Seriez-vous aveugle ? Je peux vous assurer que lui ne vous considère pas du tout comme sa sœur. Il est fou de vous. Et Graham et Brendan sont également sur les rangs pour se disputer vos faveurs.

Helen sentit ses joues s'empourprer.

— Je ne les ai jamais encouragés.

— Ah non ? Vous n'êtes jamais sortie avec aucun d'entre eux ?

— Non.

Helen enleva rageusement ses chaussures dans la cuisine. Debout sur le seuil, en équilibre sur ses béquilles, James l'observait.

— Vous l'ont-ils demandé, au moins ?

Elle lui décocha regard exaspéré.

— Ce ne sont pas vos affaires.

Il eut le toupet de sourire.

— Un café ?

— Si vous le préparez.

Clopin-clopant, il se dirigea vers le percolateur tandis qu'elle se perchait sur le plan de travail.

— Etrange infirmière qui fait travailler les handicapés...

Handicapé ? Même privé momentanément de l'usage de sa jambe, James Remington dégageait plus de virilité et de puissance que tous les hommes de la ville réunis.

— Je superviserai.

Quelques minutes plus tard, le café répandait son arôme dans la cuisine.

James revint à l'attaque.

— Je me demande pourquoi aucun de ces trois gaillards n'est parvenu à vous capturer dans ses filets...

Parce qu'aucun d'eux ne lui faisait le moindre effet, se disait Helen. Alors qu'il suffisait à James de s'approcher d'elle comme à présent pour la mettre en émoi.

Elle éprouvait beaucoup de tendresse pour Tom, Graham et Brendan, mais elle n'était prête à sortir avec aucun d'eux. Pas encore.

James servit le café, y ajouta du lait et du sucre puis glissa une tasse vers elle. Même dans cette position, assise sur le comptoir, elle devait lever la tête pour le regarder.

— Le choix d'un partenaire est limité à Skye... Dès l'âge adulte, la plupart des jeunes s'empressent de quitter la ville. Faute de trouver l'âme sœur, les célibataires sont obligés de composer avec ceux qui restent. Ce sera mon lot.

— Vous êtes bien pessimiste. C'est terrible de se résigner ainsi.

Soudain déprimée, elle contempla sa tasse.

— Je suis lucide, voilà tout.

Debout devant elle, appuyé sur ses béquilles, il la fixait intensément.

— Alors, aucun de ces trois lascars ne vous intéresse ?

— Non. Et ils le savent.

Ils sirotèrent leur café en silence.

— J'ai pourtant l'impression qu'ils attendent leur heure. Dans l'espoir que vous changerez d'avis.

— Sans doute finirai-je par le faire. Tôt ou tard.

— Pourquoi ? Qu'est-ce qui vous y contraint ?

Helen sentait la moutarde lui monter au nez. Forcément, M. le motard, libre comme l'air, grand séducteur devant l'Eternel, ne pouvait comprendre.

— Parce que j'ai envie de fonder une famille, voilà pourquoi. Si je ne rencontre pas l'homme de ma vie, je prendrai ce qui se présente.

James n'en croyait pas ses oreilles.

— N'avez-vous pas envie du grand amour ? Je croyais que toutes les femmes en rêvaient.

Helen eut un rire amer.

— Tout ce que je demande, c'est un mari qui ne voyage pas trop.

— Que faites-vous de la passion ?

— On peut très bien vivre sans.

Helen savait pertinemment que l'amour qu'avaient ressenti ses parents au début de leur mariage avait été passionnel. Mais leur union n'avait pas résisté aux épreuves du quotidien. Ils s'étaient unis pour le meilleur. Quand le pire était survenu, sa mère s'était laissée couler et son père avait déserté le bateau.

— Vous plaisantez ? La passion est un élément essentiel de la vie. Seul quelqu'un qui n'en a jamais fait l'expérience peut se permettre une déclaration aussi naïve.

— Doucement, dit-elle en posant sa tasse. Ce n'est pas parce que j'habite au milieu de nulle part que je n'ai jamais rien éprouvé pour personne. Je suis allée à l'université, vous savez.

Ce fut au tour de James d'afficher un air moqueur.

— Ah, les amourettes de campus ! Les caresses à tâtons, les baisers baveux...

— Si vous avez été maladroit, c'est votre problème. Tout le monde n'a pas vos déficiences !

Comment osait-il insinuer qu'elle n'avait jamais connu la

passion ? Lors de sa seconde année, elle avait entretenu une liaison torride avec un étudiant en histoire. Ils avaient tous deux dix-neuf ans et un appétit charnel insatiable.

— Ce n'est pas ma faute si vous embrassez mal, ajouta-t-elle en colère.

Elle savait qu'elle le provoquait. Tant pis. De quel droit se proclamait-il maître es passion ?

James avait reçu beaucoup de reproches dans sa vie. Mais jamais celui-là. A en juger par sa respiration saccadée et sa voix haletante, Helen était hors d'elle. Pour un motif ridicule.

Mais elle lui jetait le gant. Et il n'avait jamais pu résister à un défi.

Ah, il embrassait mal. On allait voir.

Il se pencha pour toucher sa cuisse.

— Je vous propose de le vérifier.

Helen sentit la chaleur de sa main à travers le tissu de son jean. Elle regretta sa hardiesse. Emportée par la colère, elle avait parlé sans réfléchir et s'en mordait les doigts. Les yeux de James pétillaient de désir et leur éclat fiévreux la fit frissonner.

— James, je...

Il attrapa soudain ses deux jambes et l'attira vers le bord du comptoir. Puis il posa les mains de chaque côté de son corps pour mieux l'emprisonner.

Leurs visages n'étaient plus qu'à quelques centimètres. James sentait sur sa joue le souffle de Helen, parfumé de café.

— Alors, comme ça, je ne sais pas embrasser ?

— Je...

Pour la faire taire, James s'empara de ses lèvres. Elles étaient douces et chaudes. Il les dompta avec une ardeur affamée, presque brutale.

— Vous disiez ?

Pantelante après ce baiser fougueux, Helen avait du mal à respirer. Pourtant, elle ne souhaitait qu'une chose : qu'il recommence.

Comme s'il lisait dans ses pensées, il l'embrassa de nouveau, en prenant cette fois son temps.

Helen noua ses bras autour de son cou et s'abandonna à lui. Ensuite, elle plaiderait la folie passagère, mais pour l'heure, elle voulait que ce baiser dure toujours.

La sonnerie stridente du téléphone retentit soudain et leur fit l'effet d'une douche froide.

— Ne réponds pas, murmura-t-il en déposant un chapelet de baisers le long de sa gorge.

— Non, dit-elle d'une voix tremblante. Laisse-moi descendre.

Il s'écarta pour lui rendre sa liberté.

Sur des jambes flageolantes, Helen entra dans la salle de séjour. Il était 23 heures passées. L'écran affichait le numéro d'appel. C'était Elsie.

D'une main mal assurée, elle souleva le combiné.

— Allo ! Elsie ?

Le silence lui répondit.

— Elsie ?

Elle crut entendre un bruit au bout de la ligne. Semblable à un râle.

L'inquiétude balaya la sensation grisante du baiser sur ses lèvres.

— Est-ce toi, Elsie ? Quelque chose ne va pas ?

Toujours rien. Elle raccrocha.

— Que se passe-t-il ? s'enquit James.

— Je ne sais pas. C'était le numéro d'Elsie, mais il n'y avait personne au bout du fil.

Il fronça les sourcils.

— Un plaisantin ?

— Qui appellerait de la ferme ? Impossible.

Elle plongea les mains dans son sac pour en retirer ses clés de voiture.

— Où vas-tu ?

— Chez Elsie.

— Mais il est presque minuit.

— Justement. D'ordinaire, elle se couche avec les poules. Ce doit être une urgence, sinon elle ne me téléphonerait pas à cette heure.

Mon numéro est enregistré dans la mémoire de son téléphone, il lui suffit d'appuyer sur une touche.

— Appelle une ambulance, au cas où.

La main sur la poignée de la porte, Helen se retourna.

— Inutile de tirer Tom du lit si ça n'est pas nécessaire. Il est préférable d'évaluer d'abord la situation.

— Comme tu voudras.

Il la suivit dans l'allée.

— Je n'ai pas besoin de toi, protesta-t-elle.

— Pas question de te laisser prendre la route seule en pleine nuit.

Helen rit.

— Merci de vouloir me servir de garde du corps, mais je te rappelle qu'on est à Skye. Aucun bandit de grands chemins n'est posté sur les routes.

— Tout de même. Si Elsie a été victime d'un malaise, tu auras ainsi un médecin sur place.

Un argument imparable, songea Helen. Il aurait été préférable d'éviter cet homme auquel elle avait failli se donner dans la cuisine, mais elle céda, inquiète pour Elsie.

— Dans ce cas, d'accord.

Durant le trajet, un silence embarrassé régna dans l'habitacle. Ils étaient à mi-chemin quand James s'éclaircit la gorge.

— Euh... Au sujet de tout à l'heure...

En effet, il valait mieux dissiper tout malentendu, se dit Helen. Et même couper l'herbe sous le pied de James avant qu'il lui récite un laïus du genre : « On a passé un bon moment, mais n'y vois surtout rien de sérieux. »

— C'était une erreur, je sais.

— Sans doute...

— Tu n'es à Skye que pour quatre mois. Et moi, j'y suis née et je compte y passer le restant de ma vie. Ce baiser était certes agréable...

— Plus qu'agréable.

— Là n'est pas la question.

— Alors, où est-elle ?

— As-tu oublié qu'il s'agissait d'un test ?

— Ah oui, le test ! Et alors, quel est ton verdict ?

Un soupir échappa à Helen.

— Peu importe. Ce que je veux te faire comprendre, c'est que ça n'est pas dans mes habitudes de batifoler sur une table de cuisine.

— Eh bien, tu devrais peut-être en faire ton habitude. Pour une première, tu t'en sortais très bien.

Le compliment la flatta malgré tout.

Helen avait raison, songea James. Il fuyait toute relation sérieuse. Le seul couple qu'il avait connu était celui de ses parents et cela l'avait guéri à vie des engagements. Un baiser explosif n'allait certainement pas le faire renoncer à sa vie nomade.

— Sois tranquille, ça ne se reproduira pas. A condition que tu admettes que je sais embrasser.

Elle leva les yeux au ciel.

— Quel âge mental avez-vous, James Remington ?

— J'estime avoir le droit d'exiger réparation. Tu m'as blessé dans mon ego...

— Un peu d'humilité ne te fera pas de mal.

Il éclata de rire.

— Allons, Helen. Admets-le. Ensuite, je ne poserai plus jamais les mains sur toi. De tout mon séjour. Nous serons colocataires et bons camarades, rien de plus, c'est promis.

— Vrai ?

Il hocha la tête.

— A moins que tu ne me supplies de recommencer, bien sûr.

Helen se tourna vers lui et aperçut son sourire canaille.

— Tu es incorrigible !

Elle reporta son attention sur la route.

— Tu embrasses bien. Voilà, je l'ai dit. Content ?

— Quelle note me donnerais-tu ?

Une réaction typiquement masculine. Sans doute notait-il les filles depuis qu'il savait compter jusqu'à dix.

— Oh, écoute, je n'en sais rien !

— Eh bien, moi, je te donne vingt sur vingt. C'est le meilleur baiser que j'aie jamais reçu.

Helen se sentit rougir de plaisir.

« Concentre-toi sur la conduite. Sinon, on va finir dans le fossé. »

— Je parie que tu dis cela à toutes les petites provinciales que tu séduis.

Elle ressentit un pincement au cœur en entendant James rire aux éclats, et se recroquevilla dans son siège. Quatre mois. Ce serait long. Aussi interminable que la route qui s'étirait devant elle.

5

Les chiens de la ferme accueillirent la voiture en aboyant bruyamment. Dès que Helen mit pied à terre, Shep, le border colley gardien de troupeau, fonça sur elle. Son grognement féroce se transforma en jappements de bienvenue dès qu'il reconnut sa voix.

— Mon Shep, dit-elle en le gratouillant derrière les oreilles. Quel bon chien de garde tu fais. Où est ta maîtresse ?

Sans attendre James dont les béquilles foulaient lentement le gravier de l'allée, elle se précipita vers la maison, armée de la sacoche du médecin.

La porte s'ouvrit. Le visage ensommeillé, Duncan apparut sur le seuil.

— Helen ?

— Bonsoir, Duncan. Désolée de te déranger en pleine nuit. Comment va Elsie ?

Duncan fronça les sourcils.

— Elle allait très bien lorsqu'elle est montée se coucher.

— J'ai reçu un appel de chez vous. Peut-être a-t-elle appuyé accidentellement sur la touche, mais je préfère m'en assurer.

Visiblement inquiet, Duncan la précéda dans l'escalier et ouvrit la porte de la chambre de sa grand-mère sans frapper.

— Mamie !

Helen entendit son cri avant d'entrer.

« Prépare-toi au pire », se dit-elle, avec anxiété.

Allongée sur le dos, Elsie gisait à terre, près de son lit. Sa main tenait encore le combiné du téléphone qu'elle avait entraîné dans sa chute.

Le fermier s'agenouilla près de son aïeule et la secoua par les épaules.

— Mamie, mamie.

Surmontant sa propre angoisse, Helen se pencha pour prendre le pouls d'Elsie à la carotide. Après plusieurs secondes, elle le sentit battre, très faible. Les yeux de sa mère adoptive, grands ouverts, exprimaient la peur. Sans doute avait-elle eu le temps de comprendre ce qu'il lui arrivait.

Son visage montrait un affaissement du côté droit, de très mauvais augure. C'était le signe caractéristique d'un accident vasculaire cérébral. De la bave s'échappait des commissures de sa bouche.

« Seigneur, faites qu'elle vive et ne conserve pas de séquelles. » Tout en faisant cette prière muette, Helen essaya de ne pas se départir de son calme.

— Appelle Tom, ordonna-t-elle à Duncan.

Manifestement sous le choc, il la fixa comme si elle était une créature extraterrestre. Elle comprenait sa détresse et la partageait. Elsie les avait tant choyés tous les deux.

James évalua la situation en un coup d'œil.

— Duncan, dit-il d'une voix ferme et posée, laissez-nous nous occuper d'Elsie. Il nous faut une ambulance. Je compte sur vous pour l'appeler. Dites à Tom qu'Elsie a fait une syncope, qu'il s'agit peut-être d'un A.V.C. Vous vous en souviendrez ? Un A.V.C.

Dieu merci, James s'en tenait aux initiales de l'expression médicale au lieu de parler d'attaque ou de congestion, ce qui aurait accru la panique de Duncan. Et d'Elsie, qui les entendait peut-être.

Impossible d'estimer l'étendue de l'A.V.C. pour l'heure. Dans les jours prochains, un hématome se formerait dans le tissu cérébral, autour de la zone de l'hémorragie. Il faudrait attendre qu'il se résorbe pour être fixé sur l'état d'Elsie et ses chances de récupération.

— Un A.V.C..., d'accord.

— Utilisez l'appareil du vestibule, dit James en extrayant le combiné des mains d'Elsie pour le raccrocher sur son support.

La chambre n'était pas très grande et ils auraient besoin de tout l'espace disponible pour étaler leur matériel et prodiguer les premiers soins.

— Du vestibule, répéta Duncan tel un automate, d'accord. Une syncope. Un A.V.C...

James s'assit prudemment sur le sol en gardant sa jambe plâtrée à l'horizontale.

— Elsie, vous me reconnaissez ? dit-il en caressant le front de la vieille dame. Moi qui espérais vous revoir autour d'un gigot d'agneau...

Les larmes montèrent aux yeux de Helen. Elle avait tenu bon jusque-là, et elle devait se ressaisir. Si elle cédait à son chagrin, elle ne serait d'aucune utilité à Elsie.

James accomplit un examen rapide. Le teint livide et les lèvres cyanosées de l'octogénaire ne lui disaient rien qui vaille.

Pour pallier l'insuffisance respiratoire, il la plaça en position latérale de sécurité. Comme il se penchait sur elle, elle parvint à entrouvrir la bouche, mais aucun son n'en filtra. Ses yeux étaient toujours écarquillés, emplis d'effroi.

— Ne t'inquiète pas, Elsie, dit Helen en glissant un oreiller sous sa tête. Nous sommes là. Et Tom va arriver.

La respiration d'Elsie devint moins saccadée, ses lèvres se colorèrent un peu. Mais le râle ne faiblissait pas. James craignait qu'elle ne vomisse. L'A.V.C. avait peut-être entravé l'œsophage. La malade risquait alors de s'étouffer. Malheureusement, la trousse d'urgence ne comprenait pas de bouteille d'oxygène ni de kit de trachéotomie.

— Elsie, ma belle, je vais tenir votre menton pour dégager vos voies respiratoires.

Il plaça deux doigts sous le menton d'Elsie qu'il leva doucement, ce qui lui permit en même temps de reprendre le pouls à l'artère carotide.

Le râle diminua puis disparut.

Helen remercia le ciel d'avoir James à ses côtés. Aurait-elle été capable sans lui de garder la tête froide et d'accomplir ces gestes de premiers secours ? Rien n'était moins sûr.

— Tom est en chemin, annonça Duncan depuis le seuil.

Derrière lui, se tenait Denise, sa femme.

En temps normal, James n'aurait guère été pressé de revoir Tom, l'amoureux transi, et néanmoins possessif, de Helen. Mais la respiration d'Elsie était faible. Chaque minute risquait d'aggraver les séquelles causées par la non-oxygénation du cerveau lors de l'accident vasculaire. Il était urgent de la transporter à l'hôpital.

— Va-t-elle s'en sortir ? s'enquit Duncan.

Voyant Helen hésiter, James vola à son secours.

— Elle sera en de bonnes mains, dit-il de sa voix la plus rassurante. Les examens qu'on pratiquera sur elle nous permettront d'en savoir plus.

Bien que la réponse fût assez vague, Duncan parut soulagé.

— Merci, doc. Je ne sais ce que nous deviendrions sans elle.

Dans l'attente de l'ambulance, Helen reprit les constantes d'Elsie tandis que Denise préparait un sac avec des affaires de première nécessité et que Duncan guettait le gyrophare du véhicule de secours.

Tom arriva dix minutes plus tard avec le matériel de réanimation cardiovasculaire. Il posa un masque à oxygène sur le visage de l'octogénaire et tendit les électrodes de l'électrocardiographe à Helen afin qu'elle les pose sur la poitrine de sa vieille amie.

Sur l'écran du moniteur portable, apparut un rythme cardiaque presque normal hormis une légère tachycardie. Tom enfila le manchon du sphygmomanomètre autour du bras décharné d'Elsie et le gonfla au moyen d'une commande automatique. Ils lurent les deux chiffres qui s'inscrivirent sur l'écran, correspondant à la pression sanguine systolique et diastolique. Anormalement élevés.

— Fait-elle de l'hypertension ?

Helen hocha la tête.

— Elle suit un traitement à base de bêtabloquants.

— Posez-lui une perfusion avant de la transporter, suggéra James.

Sans un regard pour ce dernier, Tom glissa habilement l'aiguille de l'intraveineuse dans le dos de la main gauche de la malade. Puis il la souleva pour la déposer sur le brancard qu'il transporta dans l'ambulance.

— Monte à l'arrière, proposa Helen à James.

Tom remarqua-t-il le tutoiement ? Toujours est-il que sa mine se rembrunit.

— Il vaudrait mieux que ce soit toi qui accompagnes Elsie, Helen, dit-il sèchement.

De toute évidence, il n'était guère enthousiaste à l'idée de transporter James dans son véhicule. La pauvre Elsie avait bien besoin d'un ambulancier jaloux !

— Je vais vous suivre. Réfléchis, Tom, ajouta-t-elle sur un ton de reproche, James est médecin. Et il a une jambe dans le plâtre. Il ne pourra pas conduire pour rentrer à Skye.

Tom en convint de mauvaise grâce, avant de retourner à la ferme chercher son matériel.

James adressa un clin d'œil à Helen.

— Il vaudrait mieux ne pas lui parler du baiser.

— Ce n'est pas drôle.

Une conversation s'imposait avec Tom pour remettre les pendules à l'heure, songea Helen. Une de plus.

— Non, bien sûr.

Il fit semblant d'être contrit puis lui adressa un sourire impénitent. Elle leva les yeux au ciel.

— Allez, monte dans cette ambulance.

— A vos ordres, chef.

— Je vais prendre tes béquilles dans la voiture.

— Bien, madame.

Dès qu'il fut installé sur la banquette, face à la civière, Helen s'empressa de refermer les portières. Pour résister à l'envie de s'asseoir à côté de lui et de reprendre là où ils s'étaient arrêtés.

« Va au diable, James Remington, pour me donner des idées pareilles. »

Quand Tom émergea de la maison avec le moniteur et la sacoche, elle avait toujours ses doigts sur la poignée de la porte.

— Ça va ? s'enquit-il en posant la main sur son bras.

Rien. Elle ne ressentait absolument rien, constata-t-elle. Alors qu'un seul regard de James lui faisait perdre ses moyens.

— Non, Tom, ça ne va pas du tout. Je vous retrouve à l'hôpital.

Helen et James rentrèrent vers 1 heure du matin. Ils avaient attendu les résultats du bilan sanguin et du scanner cérébral qui avait confirmé le diagnostic d'A.V.C. avec la présence d'un caillot dans la partie gauche du cerveau. Un traitement anticoagulant remédierait aux dégâts, Dieu merci peu étendus, de l'embolie.

L'odeur de café chatouilla leurs narines à leur retour. Ils avaient oublié d'éteindre le percolateur avant de partir. Dans la cuisine, leurs mugs à demi pleins traînaient sur la table. En se rappelant la raison pour laquelle ils ne les avaient pas finis, Helen sentit un frisson la parcourir.

— Un café ? proposa James.

Helen secoua la tête. Elle porta les mugs à l'évier, les vida et les remplit d'eau.

— Je vais me coucher.

Elle évitait son regard.

— Ça va, Helen ?

— Mais oui.

— Tu es sûre ?

— Je m'inquiète pour Elsie. Fière comme je la connais, elle va détester être privée de son autonomie. Imagine qu'elle ait besoin d'être lavée et nourrie comme une enfant... Elle ne le supportera pas.

— Duncan et Denise pourront-ils s'occuper d'elle à la ferme ?

— Je n'en sais rien. Ils travaillent du matin au soir. Cela dépendra des soins à administrer.

— Y a-t-il une liste d'attente pour la maison de repos ?

— Non. Nous sommes à Skye.

Helen s'essuya les mains.

— J'éteins la machine à café ?

— Laisse. Je vais prendre une dernière tasse.

Il s'approcha d'elle.

Cela aurait été tentant de poser la tête sur son épaule. Et de laisser couler ses larmes, en cherchant un peu de réconfort auprès de James.

Mais comment un homme qui se targuait d'être sans racines, libre de toutes attaches, pourrait-il comprendre son chagrin ?

James leva la main pour écarter une boucle de cheveux qui tombait sur le visage de Helen. Elle était très belle. Et si triste qu'il aurait voulu la prendre dans ses bras. Mais elle semblait si distante qu'il n'osa pas.

— Bonne nuit, James.

Et elle s'empressa de quitter la cuisine.

Après s'être versé un café, James s'assit. Ce soir, il avait vu les deux visages de Helen Franklin. Brûlante et passionnée puis grave et inquiète. Ces deux aspects de sa personnalité l'avaient conquis. Il avait envie de la connaître davantage.

Au grand soulagement de ses proches, Elsie se rétablit vite. En quinze jours, elle avait récupéré presque toute sa mobilité grâce à des séances intensives de kinésithérapie alliées à une volonté de fer. Ne subsistait qu'une légère faiblesse au niveau de la main et de la jambe droites. Sa locution, incompréhensible au départ, s'améliorait également tous les jours sous la direction de l'orthophoniste.

Au bout de deux semaines, les médecins lui accordèrent une permission de sortie de quelques heures afin de pouvoir fêter dignement son anniversaire. Le retour provisoire d'Elsie à la ferme fut fêté en grande pompe avec banderoles et ballons accrochés dans la cour.

A cause de la pluie, celle-ci était transformée en mare. Un véritable déluge s'abattait en effet sur la région depuis plusieurs jours. La rivière que la route enjambait, et qui n'était qu'un ruisseau à l'arrivée de James, coulait maintenant à gros bouillons et son niveau avait tellement monté que James était sûr de pouvoir toucher l'eau en se penchant par-dessus la balustrade.

Juste avant l'arrivée d'Elsie, le soleil revint miraculeusement. Les voisins applaudirent quand elle sortit de la voiture au bras de Helen. Une partie de la ville avait fait le déplacement pour l'occasion.

Une tente avait été dressée dans le jardin. Comme les villageois se dirigeaient vers la vieille dame, ils virent un arc-en ciel se former au-dessus d'eux. D'abord éthérées, ses couleurs s'affirmèrent au fil des minutes tandis que le bleu de l'azur gagnait tout autour. Ainsi couronnée, la maison d'Elsie ressemblait à une ferme de conte de fées avec ses frondaisons et ses fleurs ruisselantes. Les gouttes d'eau, accrochées aux toiles d'araignées, brillaient telles des diamants. Tout semblait renaître.

James observait la scène avec les yeux émerveillés d'un nouveau venu. Il n'y avait pas que l'arc-en-ciel qui l'intéressait. Une certaine infirmière vêtue d'une robe à damiers noirs et blancs retenait son attention. Sur toute autre femme, cette tenue aurait été disgracieuse. Mais elle allait à ravir à Helen, dont la silhouette menue et svelte dessinait des courbes parfaites. En la voyant dans cette robe moulante, il s'imagina des scénarios indécents. Il rêvait de défaire l'exaspérante queue-de-cheval pour libérer sur les épaules de sa belle son éblouissante chevelure acajou.

Sauf qu'elle n'était pas *sa* belle. Elle avait décliné cet honneur, très clairement, et il n'avait pas tenté de lui conter fleurette depuis cette soirée agitée.

La petite fête battait son plein. Debout, appuyé sur ses béquilles, James commençait à faiblir. Sa jambe se rappelait à lui.

Il réprima un grognement. Maudit plâtre qui l'immobilisait à Skye. Sans lui, il y a longtemps qu'il aurait visité les environs, durant ses jours de repos. Il y avait des sources thermales naturelles à quelques kilomètres et il se languissait de passer une nuit à la belle étoile comme jadis, avec sa moto et un feu de camp pour seule compagnie.

Helen avait proposé de l'emmener en promenade, mais il avait refusé. C'était sur sa moto qu'il voulait voir du pays, poussé par le vent. Coincé à l'étroit dans une voiture, ce ne serait pas pareil.

Que n'aurait-il pas donné pour voir la métamorphose du bush, après la pluie...

Dès qu'on lui ôterait son plâtre, il ne s'en priverait pas. Il roulerait jusqu'à l'horizon et prendrait des photos du désert devenu prairie, des fleurs surgies du néant à la beauté émouvante et sauvage.

Il contourna les groupes d'invités et se dirigea clopin-clopant vers l'avant de la maison.

Là il s'assit, à l'écart du bruit, et ferma les yeux. La douleur à sa jambe s'estompa.

Puis James entrouvrit les paupières et observa la mare qui s'étalait devant la véranda. Helen lui avait expliqué qu'autrefois, se dressait à cet endroit une grande fontaine — un gâchis d'eau, avaient estimé les ancêtres d'Elsie après plusieurs années de sécheresse. Et on avait enlevé la fontaine sans jamais combler le trou. Des générations de petits Desmond l'avaient ensuite utilisé comme bac à sable, fosse à trésors ou piste de course pour bolides en plastique.

Grands amateurs de skateboard, les garçons de Duncan l'avaient transformé en terrain d'entraînement. Le déluge de ces derniers jours avait rempli la fosse à ras bord et les seuls à en profiter étaient les canards.

Le regard de James se posa sur un objet qui dérivait au milieu.

Blanc, assez volumineux. Il lui fallut quelques secondes pour identifier sa nature. Son sang se glaça dans ses veines.

Il se leva. Cette tache blanche était un vêtement. Quelqu'un flottait sur le ventre.

Le cœur empli d'effroi, il descendit les marches de la véranda. Dans la cour, la terre détrempée rendit sa progression difficile. Les extrémités des béquilles s'enfonçaient dans la glaise.

Depuis combien de temps cette personne gisait-elle dans l'eau ? En approchant, il vit qu'il s'agissait d'un enfant. Etait-il trop tard ?

Arrivé au bord du trou, il laissa tomber ses béquilles et se tint en équilibre sur une jambe. A cet instant, Cameron, le fils aîné de Duncan, apparut au détour de l'allée.

— Un enfant est tombé dans la mare, lui hurla James. Va chercher Helen ! Et Tom !

Sans attendre de voir si Cameron lui obéissait, James sauta dans l'eau. S'aidant de ses mains qui touchaient le fond, il atteignit le noyé en quelques secondes.

Il retourna l'enfant et le remorqua vers le bord. L'eau s'était infiltré sous son plâtre qui pesait une tonne. Incapable de prendre appui sur sa jambe droite, il eut toutes les peines du monde à hisser le garçonnet sur la terre ferme avant de s'extraire lui-même de la mare.

L'enfant devait avoir cinq ou six ans. Sa peau était glacée, ses lèvres violacées. Sa survie dépendrait du temps qu'il avait passé sous l'eau, sans oxygène. S'il vivait encore.

James entreprit de le réanimer. Allongé sur le ventre à côté de lui, il souleva son menton et commença le bouche-à-bouche qu'il alterna avec le massage cardiaque.

Il en était à sa deuxième série de compressions thoraciques quand Helen accourut, suivie de plusieurs invités.

— Seigneur, c'est Josh, le petit-fils de Alf, dit-elle en s'agenouillant à côté d'eux. Que s'est-il passé ?

Josh était un garnement qui ne tenait pas en place. Il faisait toutes les bêtises possibles et imaginables. Helen se souvenait du jour où il était monté sur le toit du garage de son père pour « voler comme Superman. »

— Aucune idée, répondit James, je l'ai trouvé flottant dans la mare. Prends le relais pour le massage cardiaque.

D'une main tremblante, Helen ouvrit la chemise trempée de l'enfant et se mit au travail.

— Où est Tom ? On a besoin de son kit de réanimation.

— Il est allé le chercher, répondit Helen.

Au milieu de la foule, une femme sanglotait éperdument. « Sans doute la mère de Josh », songea James. Plusieurs personnes la retenaient pour l'empêcher de se précipiter vers eux.

Il essaya de se concentrer pour ne pas entendre les cris et les pleurs de la malheureuse et continua à insuffler de l'air dans la bouche de l'enfant.

— Denise, dit Helen, va nous chercher des couvertures.

— Sait-on depuis combien de temps il a quitté la fête ? demanda James.

— Val, sa maman, croit que cela fait une dizaine de minutes.

Pourvu que ce ne soit pas davantage, espéra James en reprenant ses efforts.

« Allez, Josh, respire. »

Tom venait de les rejoindre et de poser sa trousse dans la boue quand l'enfant se mit à hoqueter et à tousser. De l'eau sale jaillit de sa bouche et de son nez. Aussitôt, Helen et James le tournèrent en position latérale de sécurité.

Le petit inspira profondément avant d'ouvrir la bouche.

— Maman ! hurla-t-il en pleurant.

Une vague de soulagement parcourut la foule. La maman relâchée se précipita pour serrer son bambin contre elle.

Un cercle se forma autour de James pour le féliciter.

— Un héros, voilà ce que vous êtes, dit Alf en lui serrant chaleureusement la main.

Tom posa un masque à oxygène sur le visage de Josh et proposa à Val d'emmener le gamin à l'hôpital, pour plus de sécurité. Elle accepta, visiblement à contrecœur. Sans doute n'allait-elle plus laisser son petit risque-tout s'éloigner d'une semelle.

En retrait, Helen observa James. Il était en train de rire à une remarque d'Alf. Le tissu trempé de sa chemise collait à ses épaules et son torse et ne cachait rien de sa musculature. Même couvert de boue, il semblait beau comme un dieu. Et il venait de sauver la vie d'un enfant.

Pour la première fois, elle eut l'impression qu'il n'était plus l'étranger de passage. Il faisait partie de la communauté.

— Allez, ça suffit, dit-elle en s'avançant. Arrêtez les compliments. Sinon, sa tête ne passera plus la porte.

Ce qui provoqua un éclat de rire général.

Helen regarda la foule se disperser.

— Ils t'ont adopté. Et ils ne te laisseront plus repartir.

James rit. A sa grande surprise, cela ne le dérangeait pas. Sans doute était-ce dû à l'euphorie du moment. Ou à la présence de Helen, face à lui, échevelée, la robe maculée de terre. Un sourire radieux aux lèvres.

Aussi étonnant que cela paraisse, poser ses valises à Skye ne lui semblait plus une si mauvaise idée.

— Il y a pire punition.

— Prépare-toi à prendre quelques kilos.

Devant son air interrogateur, elle explicita.

— Skye aime nourrir ses héros. Nos concitoyens vont déposer toutes sortes de bons petits plats devant ta porte pour te témoigner leur reconnaissance. Je te parie que, d'ici demain soir, le réfrigérateur sera plein à craquer.

— Ça tombe bien. J'ai un appétit d'ogre.

Helen enfonça ses ongles dans ses paumes. Elle se souvenait de son appétit dans un autre domaine...

— En attendant, monsieur le héros, la scie orthopédique va

reprendre du service. Ton plâtre a rendu l'âme. Il faut te l'enlever pour t'en poser un autre.

— Tu seras prudente dans le maniement de la scie ?

Helen le regarda avec des yeux malicieux.

— Si tu n'es pas sage, je ne réponds de rien !

6

Helen et James n'eurent guère besoin de cuisiner pendant les deux semaines suivantes. Comme prévu, les habitants se relayèrent pour nourrir le médecin qui avait sauvé la vie d'un de leurs enfants. Matin et soir, on leur apportait ragoûts, poulets braisés, dindes farcies, et des desserts en veux-tu en voilà.

Par ses flatteries extravagantes aux auteurs de ces dons, James monta encore d'un cran dans l'estime de la population.

— Tu devrais avoir honte, dit Helen après l'avoir vu flirter un matin sans vergogne avec Lola, l'employée de la poste.

James huma la tarte aux pommes.

— Elle sort du four. Sens-moi cet arôme. Le moins que je puisse faire est de la remercier pour tant de générosité et de gentillesse.

— La remercier ! Si ce n'était que cela. Lola était toute retournée par ton numéro de charme.

— Est-il interdit de faire des compliments aux femmes ?

Pour toute réponse, Helen leva les yeux au ciel.

— Qu'y puis-je si j'ai l'art et la manière avec elles ?

— Rien ne t'arrête. Tu sors le grand jeu même avec les grands-mères. Et ton charme opère.

« Pas seulement auprès des grands-mères. »

— Il me semble me rappeler une certaine infirmière qui n'y était pas non plus insensible, un soir.

Helen sentit ses joues s'enflammer.

— Un moment d'égarement, je t'assure. Fais les yeux doux

aux autres tant que tu voudras, mais ne te fatigue pas avec moi. On ne me séduit pas aussi facilement.

— Tu m'en diras tant, dit-il avec un rire moqueur.

Helen ne sut comment interpréter cette remarque.

Témoignait-elle de son scepticisme ou se souciait-il peu de la séduire ou pas ?

James fut vite dépassé par son nouveau statut. Les gens l'arrêtaient dans la rue pour le remercier. Des inconnus lui payaient une bière au pub. Le *Skye Herald* publia un article sur lui. Les camarades de classe de Josh lui envoyèrent un dessin dont le motif central était sa photo découpée dans le journal, accompagnée de la légende suivante : « Notre Héros ». En lettres capitales.

Il ne s'était jamais senti autant aimé de sa vie. Tel un fils prodigue de retour au pays, il était choyé et porté aux nues par la population.

A Skye, il commençait à se sentir chez lui. Ici, il n'y avait ni rouerie ni calcul. Les sourires étaient toujours sincères. Partout où il allait, on l'accueillait désormais à bras ouverts, à la soirée de tombola dominicale, au match de foot du vendredi — auquel il assistait, hélas, en spectateur — ainsi qu'aux sessions de danse country.

Bien entendu, il était impatient de remonter sur sa moto pour foncer sur la route et sentir le vent fouetter son visage, mais ça ne tournait plus à l'obsession.

La réparation de la moto de James était devenue une priorité pour Alf. Dès réception des pièces de rechange, expédiées par un atelier spécialisé de Melbourne, il avait fermé son garage pour ne plus travailler que sur la Harley. Quand quelqu'un se plaignait de trouver porte close, il le faisait taire d'un lapidaire « C'est pour le doc ». Ce qui clouait le bec au protestataire.

Après ses consultations, James passait au garage voir où en étaient les réparations et bavarder avec Alf des modèles légendaires des constructeurs américains et japonais.

Oui, son séjour à Skye était des plus agréables. Il n'avait qu'un seul souci : Helen. Son attirance envers elle grandissait de jour en jour.

Le parfum de rose le poursuivait partout, s'accrochait même à ses vêtements. Le balancement de la queue-de-cheval l'hypnotisait plus que jamais et, bien que sa colocataire fût prudente, il l'avait surprise à une ou deux reprises en nuisette dans le couloir.

Un soir, alors qu'il revenait du garage, il l'avait vue sortir de la cuisine, enveloppée dans une serviette de bain, ses épaules nues couvertes de gouttelettes. Elle croquait une pomme.

Ils s'étaient figés sur place. Pendant quelques secondes, il l'avait dévorée du regard. Il lui avait fallu un effort surhumain pour ne pas aller vers elle. Puis il s'était excusé de la surprendre ainsi et elle s'était enfuie vers sa chambre. Ils n'en avaient pas reparlé, mais il y pensait souvent. Et il en rêvait la nuit.

Le jour était enfin venu pour James de retirer son plâtre à l'hôpital.

Après avoir découpé la résine à l'aide d'une scie, l'orthopédiste inséra les pinces pour la fendre puis en écarta les bords tandis que James sortait prudemment sa jambe de sa prison.

— Ah, ça fait du bien !

Il frotta son mollet et sa cuisse. La peau était blanche comme une aspirine ; il avait hâte de l'exposer au soleil.

— Tes muscles n'ont pas l'air atrophiés, dit Helen qui avait assisté à l'opération.

— James, ça fait du bien de te revoir, lança une infirmière depuis le seuil. Tu as l'air en forme.

« Encore une admiratrice du beau Dr Remington », songea Helen. Partout où il passait, cet homme faisait des ravages. Et sans doute étendrait-il son champ d'action maintenant qu'il était libre d'aller où il voulait.

A peine libéré de son plâtre, James proposa une promenade en moto à Helen. Pour l'occasion, elle ressortit de ses placards la combinaison en cuir qu'elle revêtait pour accompagner son père lors de ses escapades du week-end. Cela faisait deux ans qu'elle ne l'avait pas portée, c'est-à-dire depuis la dernière visite en coup de vent d'Owen.

Elle pouvait comprendre jusqu'à un point la passion que son père et James vouaient à leur moto adorée ; quand on avait goûté au plaisir de foncer au milieu des grands espaces, on ne pouvait sans doute plus s'en passer. Mais il était bien dommage que ce soit au détriment de sa famille. Owen Franklin semblait avoir oublié qu'il avait une fille.

Pendant les dix premières minutes du trajet, elle se cramponna au blouson de James tout en essayant de maintenir le plus de distance possible entre eux. Une position des plus inconfortables.

James se demanda combien de temps Helen allait tenir ainsi, raide comme un piquet, à s'agripper à lui avec des pincettes. En plus de gâcher l'aérodynamisme, elle devait probablement avoir mal au dos. Le passager était censé se coller au conducteur, épouser sa forme, non s'écarter de lui comme s'il voyageait derrière un porc-épic.

— Détends-toi ! hurla-t-il pour couvrir le bruit des cylindres et du vent qui rugissait tel un cyclone autour d'eux. Enroule tes bras autour de ma taille.

A contrecœur d'abord, elle obéit. Puis, au fil du trajet, son corps se décrispa et elle se laissa aller contre James.

Au moment où elle abandonna toute résistance, James sentit le poids de sa tête entre ses épaules. Bien que ce fût impossible, il crut même l'entendre soupirer. Il y avait quelque chose de primitif, et de jubilatoire, à rouler en moto sur une route déserte brûlée par le soleil et battue par les vents. Avec une femme blottie contre vous.

Ils franchirent les limites du parc national et abordèrent une route de montagne. James ralentit pour négocier les virages en épingle à cheveux. Les feuillages des séquoias cachaient le soleil.

Des véhicules de tourisme les rejoignirent car la visite des sources thermales figurait sur l'itinéraire des tours operators.

Au bout de deux heures de voyage, ils atteignirent enfin leur destination et se garèrent sur le parking.

— C'était formidable, dit Helen en mettant pied à terre et en enlevant son casque.

Elle secoua la tête pour démêler ses cheveux.

James était éperdu de gratitude. En faisant ce geste, Helen venait de réaliser l'un de ses fantasmes les plus forts. Conscient que son visage trahirait son émoi, il prit son temps pour ôter son casque.

— Rien de tel qu'une virée en moto pour vous réconcilier avec la vie.

Helen lui demanda avec enthousiasme :

— As-tu établi un programme pour la journée ?

A cette question innocente, James fut tenté de faire une réponse qui l'était moins. Bien entendu, il s'en abstint pour ne pas risquer de mettre Helen en colère.

— C'est toi, l'autochtone. Y a-t-il un endroit à voir en particulier ?

Elle lui tendit son sac à dos.

— Les deux bassins principaux sont les plus spectaculaires, mais le parc compte des centaines d'autres sources.

James balança le sac sur son épaule.

— Je te suis. Trouve-nous d'abord un endroit pour déjeuner.

Un sourire aux lèvres, Helen acquiesça. Sa dernière excursion en ce lieu remontait à des années et elle avait oublié à quel point le site était beau. On se serait cru au paradis au milieu de ces eucalyptus et de ces magnolias qui entouraient les sources.

Bien entendu, elle n'aurait pas l'imprudence de conduire James hors des sentiers battus car, si elle se retrouvait seule, en tête à tête avec lui, elle risquait de succomber à son charme.

Elle suivit les touristes qui se dirigeaient vers l'un des deux grands bassins. Au bord de l'eau, des tables de pique-nique accueillaient les familles.

— Arrêtons-nous là, ce sera parfait.

L'endroit était ombragé, un peu à l'écart, mais néanmoins en ligne de mire des pique-niqueurs.

Tandis que James entreprenait d'étaler une couverture sur le sol, elle défit la fermeture Eclair de sa combinaison de cuir.

— Je vais me baigner.

Ô combien consciente du regard de son compagnon, elle se dévêtit rapidement pour apparaître en maillot une pièce noir. Sans oser tourner la tête vers lui, elle fit quelques pas vers l'eau et plongea.

Pris de court, James la regarda disparaître sous l'eau. Elle s'était déshabillée en un temps record, mais le peu qu'il avait vu l'avait ébloui. Jamais un maillot de bain classique ne lui avait semblé aussi sexy.

Des gouttes d'eau perlèrent soudain sur ses manches. Elle l'éclaboussait.

— Viens te baigner. C'est divin.

Flottant sur le dos, elle attendit qu'il la rejoigne. La chaleur détendait ses muscles. Les yeux fixés sur les petits carrés de ciel bleu qu'on apercevait à travers les frondaisons, elle réfléchit aux vertus réputées purifiantes de ces sources. Selon la légende locale, elles étaient peuplées par des esprits.

Ils restèrent une heure dans l'eau, à bavarder. James écouta attentivement l'exposé qu'elle lui fit sur la région. Quand un ballon de plage atterrit entre eux, ils se laissèrent entraîner dans une partie improvisée de volley-ball.

— Je meurs de faim, dit Helen à la fin de la partie.

— Alors, mangeons. J'espère que les victuailles que j'ai emballées seront à ton goût.

A la seule force de ses biceps, il sortit du bassin, avec les cheveux ruisselants. Debout, au bord de l'eau, il la dominait de toute sa taille. Ses jambes paraissaient plus longues à Helen, les muscles de ses cuisses plus impressionnants, le torse plus large. Quant à ce maillot de bain qui ressemblait à une culotte de cycliste et qui moulait son anatomie, elle préférait ne pas le regarder.

— Tiens, dit-il en lui tendant la main.

Avec une facilité déconcertante, il la hissa sur la terre ferme. En essayant de reprendre son équilibre, elle le frôla et s'écarta comme si elle avait touché des charbons ardents.

Elle s'essuya. Son maillot et sa peau sècheraient vite, mais il n'en irait pas de même pour son épaisse chevelure.

James s'installa sur la couverture et ouvrit le sac pour en extraire leur pique-nique. Quand Helen le rejoignit, tout était déjà disposé dans des assiettes et des bols en plastique. Des miniquiches, des salades variées, des tomates, des tranches de jambon et de fromage, et des fruits. Ainsi que deux petites bouteilles de bière.

— Eh bien, il ne manque rien, dit-elle en enfilant son T-shirt.

Malgré la température estivale, elle n'aurait pas le cran de s'asseoir à côté de lui en maillot de bain.

Ils mangèrent en silence. Le médaillon de James montait et descendait à chaque mouvement de sa mâchoire. Fascinée, Helen ne pouvait en détacher les yeux.

Elle tendit le bras pour examiner le délicat bijou entre ses doigts.

— Est-ce une médaille de St Christophe ?

Il hocha la tête.

— Le saint patron des voyageurs.

Elle relâcha l'objet qui reprit sa place contre son torse.

— Est-ce un cadeau ?

Le regard de James s'assombrit.

— Cette médaille appartenait à mon père. Il me l'a laissée en même temps que sa moto.

« J'aurais juré qu'une femme la lui avait donnée. », songea Helen.

Tout autre homme aurait paru efféminé avec une telle breloque. Mais il était si viril qu'il pouvait la porter sans risque.

— Parle-moi de ton père.

James vida sa bouteille.

— Il n'y a pas grand-chose à en dire. Il a épousé ma mère lorsqu'elle est tombée enceinte. Et il est resté avec elle jusqu'à ce que je parte pour l'université. Ensuite, ils se sont séparés.

Les muscles de son cou et de ses épaules s'étaient tendus, les veines saillaient.

— Ils n'étaient pas heureux ?

Un rire amer échappa à James.

— C'est le moins qu'on puisse dire. Je ne me souviens pas de les avoir jamais vus heureux.

— Se disputaient-ils ?

— Pas plus que d'autres couples. En fait, ils vivaient sous le même toit en se supportant mutuellement. A cause d'un sens absurde du devoir, ils se sont mariés pour m'élever et se sont trouvés pris au piège. Cela a duré vingt ans. Ils n'avaient rien en commun. A part moi, dont ils semblaient parfois regretter la présence. Ils me communiquaient rarement leur affection, mais il est vrai qu'ils étaient peu démonstratifs.

Helen posa son menton sur ses genoux. Elle ressentait du chagrin pour James. Son enfance avait dû être très triste. Ses parents à elle aussi avaient été absents, mais au moins, elle avait reçu l'amour d'Elsie.

— Tu as dû te sentir bien seul…

— Oui.

— Excuse-moi. Je te dérange avec mes questions. Sans doute n'as-tu guère envie d'évoquer cette période.

La compassion luisait dans les yeux vert et ambre d'Helen. S'il y avait une personne à qui il pouvait se confier, songea James, c'était elle. Elle le comprenait.

— Ce n'est pas grave. Il y a prescription.

— Les familles, c'est… compliqué.

Nerveux, James commença à décoller l'étiquette de sa bouteille.

— J'avais toujours l'impression d'être un boulet pour eux, une obligation qu'ils traînaient et qui les empêchait de s'épanouir chacun de leur côté. Ne te méprends pas, ce n'étaient pas des parents indignes ; jamais, ils ne m'ont battu ni maltraité.

— Ils te négligeaient émotionnellement, c'est presque aussi grave.

Elle imagina le petit garçon qu'il avait été, errant dans la maison, en quête d'affection, d'un peu d'attention.

— Sans le vouloir. Ils étaient trop pris par leurs discordes et leur mésentente pour s'occuper de moi.

Après avoir dénudé sa bouteille, James s'attaqua à celle d'Helen. La médaille de St Christophe oscillait de droite à gauche.

— Je me sens tellement désolée pour toi.

— Il ne faut pas. Je n'ai même pas mal tourné !

Son ton d'autodérision ne trompa pas Helen. De toute évidence, James souffrait encore de son enfance malheureuse.

— Le mérite n'en revient pas à tes parents.

— Ils ont fait de leur mieux étant donné les circonstances.

Il lâcha la seconde bouteille qui alla s'entrechoquer contre sa jumelle.

Helen poussa un soupir. Cette conversation faisait resurgir en elle des souvenirs douloureux. Que de fois elle aussi s'était senti abandonnée ! La seule différence entre eux, c'est que ses prières pour avoir une vraie famille avaient fini par être entendues.

Un cri aigu les interrompit.

— Au secours ! Y a-t-il un médecin ou une sage-femme dans les environs ?

L'appel provenait d'un des sentiers qui convergeaient vers le bassin central.

Un couple émergea dans la clairière. L'homme soutenait une femme enceinte.

— Alec et Geneviève !

Helen et James bondirent sur leurs pieds et allèrent à leur rencontre. Le couple était accompagné de Don, un guide de randonnée.

— Helen, James ! s'écria Geneviève. Que faites-vous là ?

— C'est à toi qu'il faudrait le demander, répondit Helen. Tu as dépassé le terme de dix jours.

— Comme le bébé ne se décidait pas à montrer le bout de son nez, je me suis dit qu'une promenade d'un pas soutenu accélèrerait les choses. Elle les a tellement accélérées que j'ai perdu les eaux ! Le travail a commencé. Seigneur !

Elle se mordit la lèvre pour laisser passer une contraction.

— Il faut que je pousse !

James et Helen se regardèrent. Pour faire pareille déclaration, Geneviève devait sentir l'arrivée du bébé imminente.

— Je l'avais prévenue que ce n'était pas prudent de partir aussi loin, dit Alec. Comme d'habitude, elle n'en a fait qu'à sa tête.

Le futur papa semblait paniqué par la situation. C'était bien compréhensible, songea Helen. Il était botaniste, et son métier l'avait davantage habitué aux parthénogenèses qu'aux accouchements.

Un pique-niqueur leur offrit sa couverture et Helen aida son amie à s'y allonger.

— Quand les contractions ont-elles commencé ?

— On venait de débuter la promenade, répondit Alec tandis que sa femme se courbait de douleur sous l'effet d'une nouvelle contraction.

— Quelqu'un peut-il appeler une ambulance ? lança Helen à la ronde.

Elle n'était guère rassurée. Après s'être fait attendre pendant dix jours, ce bébé semblait soudain très pressé de faire son entrée au monde. Hélas, les secours mettraient au bas mot une heure pour parvenir au parc national. Si une complication survenait durant l'accouchement, les chances de survie de l'enfant seraient minces.

— Oh, il arrive ! hurla Geneviève. Je le sens !

James jeta un drap de bain sur les genoux de la future maman.

— Pourriez-vous vous écarter pour nous laisser un peu d'intimité ? demanda Helen aux curieux.

Les yeux toujours braqués sur la scène, les badauds s'éloignèrent de quelques mètres.

Helen aida Geneviève à enlever son short et ses sous-vêtements et jeta un coup d'œil sous la serviette. La tête du bébé apparaissait.

— La dilatation du col est maximale, murmura-t-elle à James. On aperçoit les cheveux.

— Combien de bébés as-tu mis au monde ?

Helen affecta un air bravache et haussa les épaules.

— Des centaines.

— Bien. De toute façon, on n'a pas le temps de transporter Geneviève à l'hôpital.

Il s'adressa à cette dernière.

— Votre petit a décidément les gènes de son père. Il a décidé de naître en pleine nature. Nous faites-vous confiance ?

La future maman les regarda à tour de rôle.

— Oui.

— Alors, à la prochaine contraction, poussez de toutes vos forces. Helen sera à l'autre bout pour recevoir le nouveau-né.

— Comment ? Mais c'est de la folie, bredouilla Alec. Elle ne peut pas accoucher ici. Il faut l'emmener à l'hôpital.

Helen s'accroupit, les mains tendues, prête à recueillir le bébé.

— On n'a pas le temps, Alec. Préparez-vous à faire la connaissance de votre enfant.

Trois minutes plus tard, William Redmond Jacob fit son entrée au monde en hurlant. Ses cris vigoureux rompirent le silence qui s'était établi autour du bassin.

Un soupir de soulagement parcourut la foule qui se mit à applaudir.

Le soupesant dans ses mains, Helen estima son poids à environ quatre kilos. Elle l'examina rapidement, le déclara en parfaite santé et le remit dans les bras impatients de sa mère.

Quelqu'un parmi la foule leur tendit une serviette propre dont ils enveloppèrent aussitôt le bébé.

James prit la main d'Helen et ils restèrent à observer les parents emplis de fierté qui contemplaient leur fils, en extase, béats devant tant de perfection.

Voilà un petit qui ne se sentirait jamais mal-aimé.

7

Helen ne put se résoudre à laisser Geneviève et le nouveau-né, et rentra avec eux à Skye.

James fit donc le trajet de retour, tout seul sur sa moto. Et il en profita pour songer au tour imprévu qu'avait pris cette journée, ainsi qu'à l'enseignement qu'il devait en tirer. L'émotion d'Helen face au bébé révélait une fibre maternelle très développée. Elle ne s'était d'ailleurs jamais cachée de vouloir des enfants. En dépit de l'attirance de plus en plus forte qu'il ressentait pour cette femme, il ne pouvait pas envisager une relation avec elle. Il ne souhaitait pas la décevoir : il ne se voyait pas père.

Helen méritait mieux que lui.

Un homme comme Tom lui conviendrait. Ou quelqu'un d'autre. Une chose était sûre, James était le dernier à pouvoir élever un enfant et à le rendre heureux. Il ne saurait pas comment faire.

Les jours suivants, leurs rapports devinrent un peu distants.

L'attirance que James éprouvait pour Helen ne diminuait pourtant pas, et il aurait pu jurer que celle d'Helen à son égard ne s'était pas non plus évaporée.

Pour échapper à son parfum enivrant, il passait le moins de temps possible à la maison. Il faisait de longues escapades à moto durant le week-end qui lui permettaient de visiter la région. Il prenait son sac de couchage et passait la nuit du samedi à la belle étoile. Pour revenir le dimanche soir, juste à temps pour le concours au pub.

Deux mois et demi s'écoulèrent ainsi. L'agence intérimaire qui l'employait lui avait déjà annoncé le lieu de sa prochaine mission, en plein cœur du Queensland, un peu plus au nord. Sa jambe était guérie. Dans un mois, son contrat s'achèverait et rien ne le retiendrait plus à Skye.

Ce serait un déchirement de partir, mais, en un sens, également un soulagement, car il ne voyait guère d'issue à sa situation avec Helen.

La voix de l'infirmière, qui retentit soudain dans l'Interphone, le rappela au présent.

— Ton patient suivant est là, James.

— Fais-le entrer.

Accompagné de Val, sa mère, le garçonnet qu'il avait sauvé de la noyade entra. James leur fit signe de s'asseoir.

— Alors, Josh, qu'est-ce qui t'arrive, mon grand ?

Depuis l'incident de la mare, on lui avait conté les « exploits » du garnement qui manifestait une véritable vocation de cascadeur.

Nullement intimidé, le petit blondinet soutint son regard.

— Il paraît que j'ai la respiration emmêlée.

— Encombrée, rectifia Val. Il renifle sans cesse.

James remarqua le filet de liquide qui s'écoulait de sa narine gauche.

— Eh bien, ça ne m'a pas l'air bien grave, tout ça.

— Mais ça ne s'arrange pas depuis une semaine, dit Val en tirant un mouchoir de son sac pour essuyer le nez de son rejeton qui ne lui facilita pas la tâche. Une seule narine… C'est étrange. Il ne peut s'agir d'un rhume car il ne tousse pas et n'a ni fièvre ni éternuement.

Le gamin sortit une petite voiture cabossée de sa poche et la fit courir le long du bureau, en mimant le bruit du moteur d'une voiture de course.

— Son œil gauche pleure aussi tout le temps, poursuivit sa mère. Peut-être est-ce une allergie.

James consulta le dossier du garçon. Aucune allergie n'y était signalée.

Entre-temps, Josh avait extrait une seconde voiture de son blouson et faisait s'entrechoquer les deux bolides avec des bruits de collision.

— A-t-il des démangeaisons ? Des zones de peau irritées ?

— Non.

— Allez, Josh, monte sur la table de soins. Je vais examiner ce nez.

Le garçonnet reprit ses jouets et se dirigea vers le tabouret sur lequel il grimpa pour se percher au bord de la table.

En plus de larmoyer, l'œil gauche de l'enfant était enflammé. James posa le stéthoscope sur sa poitrine. La gêne respiratoire ne venait pas des poumons.

Il bloqua d'un doigt la narine droite de Josh.

— Inspire profondément.

Non sans difficulté, Josh gonfla sa poitrine. La fosse nasale semblait obstruée.

James demanda à l'enfant de pencher sa tête en arrière. Puis, au moyen d'un stylo torche, il examina la cavité. Et vit une tache bleue. Un objet était coincé dans le nez.

— Josh, je vais boucher ta narine droite. Tu vas essayer d'expirer très fort par l'autre narine, comme si tu te mouchais le nez. Très fort, d'accord ?

Le garçonnet obéit. Rien.

— Encore.

Après deux autres tentatives, James ralluma son stylo torche. L'objet bleu n'avait pas bougé d'un pouce.

— Un corps étranger bloque la narine, Val. Il irrite la muqueuse et le sinus, ce qui provoque l'inflammation oculaire.

— Oh, non.

Val bondit sur ses pieds.

— Josh, as-tu introduit quelque chose dans ton nez ?

L'air coupable, le garçonnet regarda sa mère.

« Je suis dans de beaux draps », semblait-il se dire.

Il secoua la tête. Ni Val ni James ne furent bien sûr dupes.

— Qu'allons-nous faire ?

Les larmes brillaient dans les yeux de la pauvre maman épuisée.

— Ne vous inquiétez pas, Val. Il y a plusieurs solutions. Je vais d'abord essayer de retirer cet objet manuellement. Si je n'y parviens pas, je n'insisterai pas car il risquerait de s'enfoncer davantage dans les voies aériennes. Nous ferons alors une radio avant de procéder à l'extraction sous anesthésie générale.

— Seigneur.

— Pas de panique. Ce sera vraiment en dernier recours.

James appuya sur le bouton de l'Interphone.

— Helen, peux-tu venir un instant ?

Quatre semaines, songea Helen. Encore quatre semaines à sentir son cœur bondir chaque fois qu'elle entendrait cette voix.

Elle les rejoignit.

James lui expliqua la situation.

— J'aurais besoin d'une pince très fine à longues branches. Avons-nous cela en magasin ?

Avant de lui répondre, Helen secoua la tête en direction du garnement.

— Joshua Lutton, tu n'en rates pas une ! Ah, les hommes ! Je vais te chercher la pince, James. Ne bougez pas.

Deux minutes plus tard, elle revint avec l'instrument.

— As-tu besoin d'aide ?

— Oui. Pour maintenir Josh sur la table de soins au cas où il lui prendrait l'envie de gigoter.

— D'accord. Josh, pose ta tête sur l'oreiller. Ce sera fini avant que tu aies le temps de dire ouf.

Le gamin avait perdu son air fanfaron. Son menton tremblait comme s'il était sur le point de pleurer.

— Maman reste près de toi. Elle va te tenir la main. N'est-ce pas, maman ?

Val sécha ses yeux.

— Bien sûr, dit-elle en souriant à son fils.

James se pencha vers son patient.

— Prête ? demanda-t-il à Helen.

— Prête. Josh, il va falloir rester immobile.

Helen posa sa main sur le front de Josh et tint le stylo torche de l'autre. Lentement, James inséra la pince dans la narine. Quand le bout métallique effleura l'objet bleu, James ouvrit les branches de la pince pour le saisir.

— Je l'ai.

Millimètre par millimètre, il retira la pince. Il ignorait la nature et la forme du corps étranger ; peut-être avait-il des bords tranchants qui pourraient blesser la muqueuse nasale.

Enfin, la pince émergea avec sa prise. James l'examina à la lumière. C'était une petite figurine de plastique blanc en position assise.

— Elle vient de l'une de ses voitures ! s'écria Val.

Helen relâcha Josh. A peine eut-il le temps de se redresser que sa mère le serra contre elle.

— Ne refais plus jamais ça, Joshy. Tu entends ?

Elle se tourna vers James.

— Décidément, nous vous sommes encore redevables, docteur Remington.

— Je n'ai fait que mon travail.

Après avoir examiné l'enfant une dernière fois et constaté que la respiration était redevenue normale, il raccompagna Val et son garnement à la porte de la salle.

— Quel dommage que vous ne puissiez vous installer définitivement à Skye, déplora la mère de famille. Josh s'est habitué à vous, il refusera de voir un autre médecin.

— James n'est pas du genre à « s'installer », commenta sèchement Helen. Quatre mois, c'est sans doute déjà trop long pour lui.

James ne releva pas la remarque.

— Désolé, Val. J'ai déjà accepté un autre remplacement dans le nord de l'état. Il faut que j'y sois dans cinq semaines.

Il n'en avait pas encore informé Helen. Elle pâlit et encaissa la nouvelle en s'affairant autour de la table de soins pour cacher son émotion.

Ainsi, il s'en allait vraiment. Sans même vérifier si Geneviève prolongerait son congé maternité. Quatre mois, c'était la durée de son contrat. Et il ne resterait pas un jour de plus.

— Tant pis pour nous, dit Val. Dis au revoir au Dr Remington, Josh.

— Connaissant Josh, je suis certain de le revoir avant mon départ.

Val rit.

— Nous vous aimons beaucoup, docteur Remington. Et ce sera toujours un plaisir de vous croiser. Mais j'espère que nous n'aurons plus à vous voir dans ce cabinet.

— Je vous comprends.

Helen attendit que la mère et l'enfant se furent éloignés.

— Où ça, dans le nord ?

— Près des mines de diamants.

— C'est une région agréable… Ton prochain patient attend. Je te l'envoie.

James la regarda s'éloigner dans le couloir.

Ici aussi, c'était agréable.

Une semaine plus tard, en pleine nuit, le téléphone sonna. Helen qui dormait profondément ne l'entendit même pas. Ce fut James qui la réveilla en frappant à sa porte.

— Comment ?

Encore dans les brumes du sommeil, elle ne comprit pas un mot de ce qu'il lui disait à travers le battant.

— Un appel pour toi. C'est Duncan.

Il fallut encore quelques secondes à Helen pour rassembler ses esprits. Puis elle sauta hors du lit et se précipita vers la console du vestibule.

— Allo !

James s'approcha d'elle. Un coup de fil au milieu de la nuit n'augurait rien de bon. Il l'observa. Son visage, en partie caché par ses cheveux, ne livrait aucun indice tandis qu'elle écoutait son interlocuteur.

Elle raccrocha.

— Elsie a été emmenée à l'hôpital. Ils l'ont trouvée inconsciente, voici une demi-heure. Un arrêt cardiaque.

— Oh, Helen. Je suis désolé.

— Le médecin qui l'a examinée à son arrivée aux urgences pense qu'elle ne s'en remettra pas, ajouta-t-elle d'une voix blanche.

Il voulut la prendre dans ses bras, mais elle s'écarta.

— Ça ira. Il faut que je m'habille.

Quelques minutes plus tard, quand Helen sortit de sa chambre, James l'attendait, en jean et T-shirt.

— Retourne te coucher, James. Je n'ai pas besoin que tu m'accompagnes.

— Je te servirai de chauffeur. Tu n'es pas en état de conduire.

Elle ouvrit la bouche pour protester. Jusqu'à présent, elle s'en était toujours sortie par ses propres moyens. Ce serait dangereux de se reposer sur lui. Dans quelques semaines, il serait parti et que ferait-elle alors ?

Mais James avait raison. Bouleversée comme elle l'était, elle risquait d'avoir un accident. Et elle avait peur de ce qu'elle allait trouver là-bas. Et elle ne voulait pas être seule.

De crainte que sa voix ne se brise, elle se contenta d'acquiescer de la tête.

Le trajet se déroula en silence. En dix minutes, ils arrivèrent à l'hôpital.

A l'accueil des urgences, l'infirmière de nuit les informa qu'Elsie avait été transférée en soins intensifs. Ses heures étaient comptées.

Duncan se trouvait au chevet d'Elsie. Helen prit place en face de lui.

La vieille dame avait un visage livide. Helen effleura sa main. Le contact éveilla en elle des milliers de souvenirs.

Il ne lui suffisait pas. Elle aurait voulu grimper dans le lit et s'étendre à côté d'Elsie, comme au temps de son enfance, quand cette dernière lui chantait des berceuses, la câlinait, lui disait que tout finirait par s'arranger.

Les larmes qui brûlaient les paupières de Helen se mirent à couler. Elsie était sa seule famille. Quand elle serait partie, il ne lui resterait plus rien.

Elle essuya ses joues. Elsie n'aimait pas qu'on pleure.

« Quand on a fait son temps, il faut savoir tirer sa révérence », avait coutume de dire l'octogénaire. Depuis son accident vasculaire cérébral, elle savait sa fin proche.

Helen devait être forte, ne serait-ce que pour Duncan, qui s'effondrerait complètement à la mort de sa grand-mère.

Elle aurait voulu que son père soit là. Qu'il réponde présent une fois dans sa vie, quand elle avait besoin de lui. Par une étrange ironie du sort, c'était James qui lui offrait son épaule. L'homme qui lui apportait son soutien en cette funeste nuit était un nomade, tout comme Owen. Un voyageur sans attaches. En ce moment, il était à ses côtés, et elle lui en savait gré. Mais dans quelques semaines, il monterait sur sa Harley pour disparaître. Et elle se retrouverait plus que jamais seule.

La respiration d'Elsie embuait le masque à oxygène posé sur son visage. Fichée dans la veine de sa main, une perfusion diffusait une solution saline dans son organisme. Un moniteur égrenait ses bips. Sur le tracé systolique affiché sur l'écran, la longue période entre chaque battement des ventricules témoignait de la gravité de l'état d'Elsie. Son cœur n'en pouvait plus.

Assis de l'autre côté du lit, James feignait de s'intéresser à la lecture d'un magazine féminin.

— Va-t'en, James. Rentre te coucher.

— Ça ne me dérange pas de rester.

— C'est inutile. Duncan est là.

Ravagé de chagrin, Duncan serait bien incapable de lui apporter quelque soutien que ce soit.

Comme James ne bougeait pas de son siège, Helen renonça à le convaincre.

Elle rapprocha sa chaise de la tête du lit et posa sa tête sur le matelas, près de celle d'Elsie. Elle ne la reconnaissait plus. Son visage paraissait décharné, ses orbites étaient creuses, tandis que ses lèvres formaient une ligne livide d'où la vie semblait s'être déjà retirée.

Ça n'était pas Elsie. Helen serra sa main squelettique contre sa joue et laissa ses souvenirs la submerger.

Une heure plus tard, les caractères du magazine commencèrent à flotter devant les yeux de James. Malgré ses efforts, il avait de plus en plus de mal à ne pas piquer du nez.

Il frotta son cou endolori. Duncan s'était endormi. Tout comme Helen.

James se leva et s'étira.

A cause de l'air conditionné, il faisait un peu froid. Il se rendit au poste infirmier pour réclamer une couverture qu'il posa sur les épaules de Helen. Sans se réveiller, elle murmura quelque chose d'inintelligible en se blottissant dans la chaleur des plis.

Les bips du moniteur rompaient le silence. James avait pris connaissance du dossier d'Elsie. Cela faisait quelque temps qu'elle souffrait d'une pathologie cardiaque dont elle n'avait soufflé mot à quiconque. A ce stade, les médecins ne pouvaient plus rien pour elle. Les soins qu'on lui prodiguait étaient de nature palliative.

Aussi confortablement que possible, James s'installa sur sa chaise.

Une infirmière passait toutes les demi-heures. L'une d'elles lui apporta une tasse de café qui l'aida à garder les yeux ouverts.

Le jour commença à poindre. Bientôt, les rayons du soleil inondèrent la pièce de lumière.

Deux infirmières vinrent changer la position d'Elsie. Elles réveillèrent Helen dont les yeux se posèrent aussitôt sur le masque à oxygène. Il était embué, signe qu'Elsie vivait encore.

Elle se redressa lentement en bougeant le cou de droite à gauche et vit James en train de bâiller.

— Tu es resté, murmura-t-elle en se levant.

— Oui.

Une réponse laconique assortie d'un sourire qui effaça la fatigue du visage de James.

— Ce n'est pas raisonnable. Tu dois travailler aujourd'hui.

Il haussa les épaules.

— Je suis médecin. J'ai l'habitude des nuits de veille.

— Quelle heure est-il ?

— 6 heures. Allons prendre un café pour laisser la place libre à tes collègues.

Après avoir raccompagné Duncan à sa voiture — il rentrait à la ferme dormir un peu —, Helen retrouva James à la cafétéria de l'hôpital.

Il alla lui chercher un café au distributeur automatique et ils sirotèrent leurs boissons en silence.

— Je dois passer quelques coups de fil, dit enfin Helen. Si tu es d'accord, Donna me remplacera au cabinet.

James acquiesça. Donna leur servait parfois de réceptionniste lorsque Helen effectuait des soins à domicile à l'autre bout du comté.

— A condition qu'elle soit disponible.

— Je suis sûre qu'elle parviendra à se libérer quand je lui expliquerai la situation. De toute façon, ce n'est pas pour longtemps.

Helen n'essayait pas de se cacher la vérité, songea James. Ses mots témoignaient de sa lucidité. Elsie était mourante.

— Il faut aussi que j'appelle mon père. Afin de le mettre au courant.

— Où se trouve-t-il ? Pourra-t-il rentrer à temps ?

— Je n'en sais rien. Pour le joindre, je dispose du numéro d'un service, une sorte de poste restante téléphonique qu'il interroge à distance de temps en temps.

Sa voix ne trahissait aucune émotion. Elle avait de toute

évidence appris depuis longtemps à ne pas compter sur son père. A ne rien espérer de lui.

— Quand l'as-tu vu pour la dernière fois ?

— Il y a deux ans.

— Ça ne semble guère te chagriner…

— Elsie m'a enseigné la tolérance. Elle m'a toujours encouragée à conserver le contact avec papa, et à l'accepter tel qu'il était. A ne pas exiger davantage que ce qu'il pouvait me donner, c'est-à-dire une visite de temps en temps. Durant mon enfance, elle lui trouvait toujours des excuses. J'étais déjà suffisamment éprouvée par la maladie de ma mère et sans doute Elsie ne voulait-elle pas que je souffre davantage. Je l'ai crue quand elle me disait que certains hommes ne pouvaient rester en place, que c'était plus fort qu'eux, que ce n'était pas la faute de mon père…

— Tout de même. Tu n'étais qu'une enfant. Ton père a failli à ses devoirs.

— Malgré les efforts d'Elsie pour prendre sa défense, je savais qu'il me négligeait. Crois-moi, je lui en voulais parfois terriblement. Mais comme je l'aimais, je finissais toujours par lui pardonner.

Ils avaient connu la même enfance chaotique, songea James. Tous deux avaient été abandonnés par les personnes qui auraient dû les élever avec amour et guider leurs pas.

Helen finit son café et se leva.

— Rentre te préparer pour ta consultation. Je n'ai plus besoin de toi.

— Sûre ? Je n'aime pas te laisser seule.

Elle esquissa un triste sourire.

— Je connais tout le personnel de l'hôpital, James. A Skye, on se connaît tous et la solidarité n'est pas un vain mot. Je ne serai pas seule.

Malgré tout, il hésita.

— Je repasserai à midi. Entre-temps, appelle-moi s'il y a quoi que ce soit.

Elsie mourut le lendemain matin. Aux côtés d'Helen, James assista à son dernier soupir.

L'œil sec, Helen s'efforça de consoler Duncan, bouleversé. La femme de ce dernier, Denise, pleurait à chaudes larmes.

Afin de laisser les membres de la famille entre eux, James quitta la chambre.

Il revint en début d'après-midi, après avoir reçu un coup de fil inquiet d'une des infirmières.

Assise au chevet d'Elsie, sa main tenant celle de la morte, Helen n'avait pas bougé.

Quand James toucha son épaule, elle n'afficha aucune réaction.

— Je vais bien, dit-elle, le visage figé. Retourne au cabinet. J'ai un enterrement à organiser.

Elle muselait ses émotions. Elle s'interdisait de pleurer.

Helen allait, tout sauf bien.

8

La semaine suivante, Helen n'exprima pas davantage son chagrin. Les funérailles furent retardées dans l'espoir qu'Owen Franklin arrive à temps.

Elsie qui comprenait Owen mieux que quiconque avait toujours excusé ses absences, contrairement à certains habitants de Skye qui le jugeaient sévèrement. En retour, Owen avait montré de l'affection pour la fermière et Helen était persuadée qu'il voudrait assister à la cérémonie.

Depuis qu'elle avait laissé le message à la poste restante, il n'avait pas donné signe de vie. Helen n'espérait pas de coup de fil. Owen n'appelait jamais. Il surgissait à l'improviste.

Mais l'enterrement ne pouvait être retardé indéfiniment.

Le matin des funérailles, une semaine après le décès, Owen frappa à la porte d'Helen. James ouvrit et sut aussitôt qui c'était. Le fringant personnage en blouson de cuir n'avait guère changé depuis l'époque où avait été prise la photo qui trônait sur la table basse du salon. Ses cheveux étaient désormais grisonnants, ce qui n'ôtait rien à sa vitalité ni à son charisme.

Ils se serrèrent la main.

— Content de vous voir. Helen sera soulagée.

— J'arrive au dernier moment, dit Owen en promenant son regard dans la salle de séjour. J'étais à Broome. Je n'ai appris la nouvelle qu'il y a quelques jours.

« Il n'y a pas de téléphone à Broome ? »

Guère impressionné par la désinvolture du nouveau venu, James avait bien envie de lui dire sa façon de penser. Le comportement d'Helen le désespérait depuis une semaine. Farouchement déterminée à « aller bien », elle n'avait toujours pas versé une larme et vaquait à ses tâches, telle une somnambule.

Malgré les protestations de James et de Frank, elle avait insisté pour reprendre le travail dès le lendemain de la mort d'Elsie. Aurait-ce été trop demander à son père que de lui passer un coup de fil ? De lui apporter son soutien, une fois dans sa vie ?

— A quelle heure a lieu l'enterrement ?

— 11 heures.

— Ma fille est-elle dans les parages ?

— Elle se trouve sous la douche. Je vais l'avertir que vous êtes là.

Comme James passait à côté de lui, Owen posa une main sur son épaule.

— Etes-vous... lié de quelque manière que ce soit à ma fille ?

Owen se sentait-il soudain des instincts paternels, se demanda James avec irritation. A deux doigts de lui dire ses quatre vérités, il se retint pour l'amour d'Helen. Il se contenta de regarder d'un air appuyé la main d'Owen jusqu'à ce que celui-ci la laisse retomber.

« Non. Je ne suis qu'un ami qui l'a aidée dans l'adversité. »

— Non, je ne suis que le médecin remplaçant, dit-il en réprimant la réponse qui lui brûlait les lèvres. Helen supporte ma présence sous son toit depuis quelques mois.

Helen, qui venait de sortir de la salle de bains, entendit les paroles de James qui lui firent l'effet d'une trahison.

« Qu'espérais-tu ? se raisonna-t-elle. Il n'y a eu qu'un baiser entre nous, et encore, c'était pour relever un défi stupide. Jamais, il n'a été question d'amour ni de relation d'aucune sorte. »

A son entrée dans le salon, Helen trouva les deux hommes en train de se mesurer du regard. L'électricité était palpable dans l'air.

— Bonjour, papa.

Owen ouvrit les bras et elle s'y jeta.

— Enfin, te voilà.

Le visage enfoui dans sa chemise, elle respira l'odeur familière de sa lotion après-rasage. Elle se serra contre lui. Seigneur, comme il lui avait manqué.

— Désolé de n'avoir pu arriver plus tôt.

Une note de contrariété voilait sa voix. Helen comprit qu'à sa manière, il s'en voulait.

— Ce n'est pas grave. L'essentiel, c'est que tu sois là maintenant.

— Bravo. Je reconnais bien là ma petite fille courageuse. Elsie aimait rire et s'amuser. Elle détesterait nous voir pleurnicher.

Consterné par ce discours, James regarda Helen hocher la tête.

Il avait espéré que l'arrivée d'Owen libèrerait les larmes et les émotions qu'Helen retenait en elle depuis une semaine. Or, cet homme lui conseillait au contraire de ne pas manifester son chagrin comme s'il était honteux de pleurer la mort d'un être cher.

— Tiens, je t'ai apporté ceci.

De la poche de son blouson, Owen sortit un petit paquet blanc.

Helen le prit, défit l'emballage et découvrit son contenu.

— Oh, papa, c'est ravissant !

Un petit canard en nacre reposait dans du papier de soie.

Owen, en souriant, dévoila une rangée de dents à faire pâlir les stars de Hollywood.

— Je savais que ça te plairait. Je l'ai acheté à Broome.

Helen caressa la surface lisse et laiteuse du canard.

— Merci beaucoup.

Elle se haussa sur la pointe des pieds pour déposer un baiser sur la joue de son père, plaça l'objet sur l'étagère parmi ses congénères, puis se recula pour l'admirer.

C'était Owen qui, au hasard de ses voyages, lui avait rapporté la plupart des canards de sa collection.

— Viens dans la cuisine. Je parie que tu as roulé toute la nuit et que tu n'as même pas pris ton petit déjeuner. Je vais te préparer un repas comme tu les aimes.

— Ah, si tu me prends par les sentiments !

James les regarda s'éloigner, main dans la main. Ils se voyaient peu mais leur complicité était évidente.

Peut-être cette visite exercerait-elle un effet bénéfique sur Helen. Elle n'avait pu épancher son chagrin en présence de son père, mais elle semblait plus détendue. A la vue d'Owen, elle avait retrouvé son sourire, et ses yeux leur éclat.

Le cadeau l'avait sincèrement touchée. Et elle accueillait son père à bras ouverts, sans rancune ni reproche.

Des bribes de leur joyeux bavardage parvinrent à James de la cuisine. En quelques minutes, ils semblaient avoir déjà renoué leur intimité familiale.

Pourvu qu'Owen Franklin donne à sa fille ce dont elle avait besoin pour supporter son deuil, espéra James en fermant la porte de la maison derrière lui. Pas seulement un canard de pacotille.

En remontant l'allée vers le cabinet, il passa près de la moto d'Owen. S'il n'avait été aussi remonté contre lui, James se serait arrêté pour admirer les chromes et les cylindres rutilants de la Harley. Mais il ne pouvait comprendre un homme qui abandonnait sa femme malade et son enfant pour aller courir les routes. La moto lui sembla par conséquent dénuée d'intérêt.

Comparée aux épreuves qu'avait dû subir Helen, sa propre enfance solitaire lui parut soudainement enviable.

Le cabinet resta ouvert jusqu'à 10 h 30. Tous les patients y allèrent de leur commentaire sur l'arrivée d'Owen Franklin en ville. La plupart n'approuvait guère le comportement du père fantôme, mais convenait qu'il était difficile de détester un homme aussi charismatique. Par loyauté envers Helen, ceux qui étaient les plus sévères à son encontre gardèrent pour eux leurs remarques désobligeantes.

A ceux qui lui demandaient son opinion, James répondait qu'il n'en avait aucune — une neutralité de façade qui ne l'empêchait pas en son for intérieur de penser pis que pendre du personnage.

L'impassibilité d'Helen le préoccupait. Il aurait voulu être à ses côtés durant la cérémonie, mais elle n'avait plus besoin de lui maintenant que son père était de retour.

« Redescends sur terre. Elle n'a jamais eu besoin de toi. » Avec ou sans Owen. Ses voisins et amis l'entouraient, lui portaient ses repas, prenaient de ses nouvelles plusieurs fois par jour. Si elle l'avait voulu, elle n'aurait eu que l'embarras du choix pour trouver une oreille compatissante et un soutien. Elle n'avait que faire de lui.

Pourtant, James hésita à la sortie du cabinet. S'il s'était écouté, il serait passé au cottage proposer à Helen de l'accompagner aux funérailles. Mais il craignait de s'immiscer entre son père et elle. Elle avait sans doute besoin de passer du temps seule avec Owen. De renouer les liens. La présence d'une tierce personne les aurait dérangés.

En traversant les rues ce matin-là, James eut l'impression de marcher à travers une ville fantôme. Tous les commerces étaient fermés. Les habitants allaient tous assister aux funérailles d'Elsie.

A l'approche de l'église, il vit la foule massée sur le parvis dans l'attente de l'arrivée du corbillard.

Il adressa des signes de têtes aux gens qu'il connaissait, c'est-à-dire à presque tout le monde, avant de se diriger vers Frank, Alec et Geneviève.

— Comment va-t-elle ce matin ? s'enquit Geneviève.

Serré contre sa maman, le petit William gigotait dans un sac kangourou.

Geneviève faisait bien évidemment allusion à Helen.

— Rien de changé, répondit James en caressant la joue potelée du bébé.

La doctoresse claqua la langue.

— Elle va toujours « bien » ?

— C'est ce qu'elle prétend. J'espérais qu'elle pourrait s'épancher auprès de son père.

— Je n'ai pas l'impression qu'elle l'ait fait, dit Frank.

James suivit la direction de son regard et vit Helen et Owen monter les marches de l'église en compagnie de la famille d'Elsie. Helen soutenait Denise, en larmes. Ses yeux à elle étaient secs.

Elle adressa des sourires aux amis qui vinrent la saluer et des mots de réconfort à ceux qui semblaient bouleversés par la disparition d'Elsie.

Le corbillard s'arrêta devant l'entrée de l'église. Le cercueil était visible à travers la vitre.

— Le devoir m'appelle, dit Frank.

En compagnie de trois de ses camarades, il devait porter le cercueil.

La foule investit lentement l'église. James s'assit à côté de Geneviève et d'Alec, trois rangs derrière Helen. De son siège, il voyait le dos très droit de la jeune femme et sa nuque, balayée par sa queue-de-cheval. Son père avait passé le bras autour de ses épaules. Tout dans l'attitude d'Helen respirait le contrôle, la maîtrise des émotions. Il était évident qu'elle ne s'effondrerait pas au milieu de l'office pour laisser libre cours à son chagrin.

James le regrettait. Si quelqu'un avait besoin de libérer ses larmes, c'était bien elle.

Helen suivit le rituel de la cérémonie. Elle chanta au rythme de l'orgue, baissa la tête durant les prières du pasteur et dit « amen » aux bons moments. En entendant les hommages émouvants prononcés par les amis d'Elsie, elle sentit les larmes lui monter aux yeux.

Mais elle les retint, comme elle le faisait depuis des jours. Son père avait raison. Elsie n'aurait pas voulu qu'on pleure à ses funérailles. Et elle ne pleurerait pas.

La cérémonie prit fin. Les jambes tremblantes, Helen se leva et regarda le cercueil quitter la nef. Puis elle épaula Duncan jusqu'au cimetière. En chemin, elle croisa le regard de James.

Voici une semaine qu'il la soutenait. En silence, la plupart du temps, mais il était toujours présent. Il vérifiait qu'elle ne saute pas de repas et filtrait les visites. Elle savait qu'il s'inquiétait de son manque d'émotion. A quelques reprises, il avait tenté de lui en parler, sans insister quand il avait compris qu'elle ne souhaitait pas aborder le sujet.

La vérité, c'est qu'elle ne pouvait se laisser aller devant lui. Cela aurait bouleversé leur relation, et risqué de leur faire franchir la ligne, en les rapprochant. Et elle ne le souhaitait pas puisqu'il partait dans quelques semaines. Si elle pleurait dans ses bras, il la consolerait et elle voudrait davantage.

Lorsque l'on mit en terre le cercueil, Owen prit sa main. Helen puisa du courage dans sa force, sa solidité.

Entourée de tous les habitants de Skye, elle fit ses adieux à sa mère d'adoption.

Une réunion rassembla ensuite la famille et les amis de la défunte dans les locaux du Cercle Féminin. James y fit acte de présence avant de regagner le cabinet où les consultations reprenaient à 13 heures.

Debout à côté de Duncan, Denise et Rodney, Helen reçut les condoléances des villageois qui défilèrent devant eux en une file interminable. On l'embrassait, on lui souhaitait du courage… Mais elle se sentait fléchir. La cérémonie puis l'enterrement avaient eu raison de ses forces. Pourtant, son père était là, tout près, l'exhortant à relever le menton. Impossible de s'effondrer devant lui. Elle n'avait d'autre choix que de serrer les dents et de tenir.

9

Il y eut peu de patients cet après-midi-là. La plupart des gens qui avaient assisté à la cérémonie passèrent de la maison du Cercle au pub. Quelques rares magasins rouvrirent leurs portes.

L'agence d'intérim faxa à James le contrat pour sa prochaine mission. Entre deux patients, James le lut attentivement et décida de le signer plus tard. Etrange. Il ne se voyait pas quitter Skye. Pour la première fois de sa vie, il avait l'impression de faire partie d'une famille. Il avait noué des liens dans cette ville. Ce départ serait un déchirement.

A la fin de la consultation, il ne rentra pas au cottage. Helen et son père s'y trouvaient peut-être, auquel cas il ne souhaitait pas interrompre leur tête-à-tête.

Il se dirigea donc vers le pub. La salle était bondée. La plupart de ceux qui avaient assisté aux funérailles s'y trouvaient encore.

James s'installa à la table des « anciens » et écouta Alf et quelques autres évoquer leurs souvenirs d'Elsie. Ils burent de la bière et mangèrent d'épais steaks. La télévision diffusait un match de football.

— C'était une femme entre mille, dit Alf en levant sa chope.

Ils trinquèrent à la mémoire de la défunte.

— Avec une abnégation rare, elle a élevé ses petits-enfants après l'accident. Et comme si cela ne suffisait pas, elle a pris Helen...

— Une sainte ! renchérit Doug Philips qui était venu à plusieurs reprises consulter James pour un ulcère du pied causé par son diabète.

— Il fallait bien que quelqu'un se dévoue. Sinon, ç'aurait été l'orphelinat, dit Billy Dingle, un autre patient qui souffrait de problèmes de prostate.

— Elle va nous manquer.

Et tous d'acquiescer.

James resta pour regarder un deuxième match puis un troisième. Il était 22 heures passées quand il rentra. La moto d'Owen ne se trouvait pas dans l'allée. Peut-être l'avait-il remisée au garage.

Il s'attendait à trouver Helen et son père en train de bavarder dans le salon ou la cuisine. Or, un silence de mort l'accueillit à son entrée dans le vestibule.

Quelques albums photos ouverts sur la table basse témoignaient que la fille et son père étaient revenus au cottage après l'enterrement. Peut-être étaient-ils allés se coucher de bonne heure après une journée chargée d'émotions.

En passant devant la chambre de Helen, James entendit un bruit étrange. On aurait dit le gémissement d'une bête blessée.

A deux doigts de frapper à la porte, il se ravisa. Et si Owen était à l'intérieur, à consoler sa fille ?

Le gémissement se fit entendre de nouveau. James se résigna à frapper.

— Helen ?

Pas de réponse.

— Helen ?

— Je vais bien, murmura-t-elle d'une voix sourde.

C'était la réponse qu'elle lui servait invariablement depuis une semaine. Et qu'il ne supportait plus. Il ouvrit la porte.

La chambre était plongée dans l'obscurité. A la lumière du couloir, il distingua la silhouette d'Helen sur son lit. Vêtue d'une nuisette noire, elle était allongée en position fœtale, les genoux serrés contre sa poitrine.

— Je vais bien.

Telle une poupée dont on remonte le mécanisme, elle répétait cette phrase d'une voix totalement dénuée d'expression.

Le regard vide, elle fixait le mur.

James avança dans la pièce. Mais où était passé Owen ? Comment avait-il pu aller se coucher alors que sa fille délirait de chagrin ?

— Helen...

— Je vais bien.

James s'agenouilla près du lit.

— Où est ton père ?

— Parti.

« Comment cela, parti ? »

— Parti se coucher ?

Elle eut un rire si surprenant qu'il sursauta.

— Parti. Pour de bon. Il y a une heure. Il ne pouvait rester. C'était plus fort que lui. Cet endroit lui rappelait trop de souvenirs déprimants. Maman, sa maladie...

Incrédule, James la regarda. Ses poings se serrèrent contre la moquette. Le sang afflua à son visage tandis qu'une vague de colère le submergeait. Comment cet individu pouvait-il abandonner sa fille, en un moment pareil ?

S'il s'était écouté, il se serait lancé sur-le-champ à sa poursuite pour le ramener par la peau du cou et l'obliger à se conduire comme un père. Il l'aurait alors secoué pour le faire souffrir à son tour, lui faire comprendre à quel point il était égoïste. Et il se serait fait un plaisir d'abimer au passage sa belle dentition.

Un nouveau gémissement le tira de ses pensées vengeresses.

Choqué par la violence de sa propre réaction, James s'efforça de se calmer. Ce bon à rien d'Owen était parti. Qu'il aille au diable.

Helen avait besoin de lui. Il fallait absolument qu'elle se libère de ce chagrin qui l'étouffait depuis des jours.

— Helen, dit-il d'une voix douce en posant la main sur son mollet. Il n'y a pas de honte à pleurer, tu sais. Au contraire, ça te fera du bien.

Helen secoua la tête.

— Elsie n'aurait pas voulu que je pleure.

Peut-être. Au cours de ses pérégrinations, James avait appris que les femmes du bush ne montraient pas facilement leurs émotions.

— Ce qui n'empêche pas de souffrir, n'est-ce pas ?

James se sentit soudain à court d'argument. Comment faire pour l'aider ?

— Helen.

Il secoua sa jambe. Aucune réaction.

— Regarde-moi, Helen !

Les yeux vert jade plongèrent dans les siens.

— Tu aimais Elsie. Tu as le droit de pleurer, de crier. De brandir le poing au ciel, de hurler ta colère et ton chagrin.

Des larmes perlèrent aux paupières de Helen.

— Non. Il faut que je sois forte, courageuse.

Un juron échappa à James.

— Sottises. Elsie t'a élevée. A présent, elle est morte. Tu es une femme adulte. Libre. Personne ne peut t'imposer quoi que ce soit. Si tu as envie de pleurer, ne t'en prive pas.

Sous sa main, James la sentit trembler tandis qu'elle luttait désespérément pour retenir ses larmes.

— Ça... ça fait tellement mal.

Sa voix exprimait une douleur aiguë.

— Bien sûr. Quand mon père est mort, j'ai cru perdre la raison...

Pourtant, ils n'avaient pas été aussi proches qu'Helen et Elsie, songea-t-il, avant d'ajouter :

— Ça fera mal longtemps.

— Je ne veux plus me sentir aussi malheureuse.

— Tu souffres d'autant plus que tu as tout gardé en toi. Laisse-toi aller, Helen. Elsie est morte. Tu as le droit de la pleurer.

Incapable de résister à la vague d'émotions qui la submergeait, Helen ouvrit la bouche. Elle émit un petit cri angoissé, si faible qu'on aurait cru un miaulement, suivi d'un autre qui ressemblait à une plainte. La plainte devint un pleur qui se mua en sanglot.

Un torrent de larmes l'aveugla enfin.

James la rejoignit sur le lit et la prit doucement dans ses bras. Elle n'opposa pas de résistance. La douleur était trop intense. S'il pouvait l'en soulager, tant mieux.

Ses larmes continuaient de ruisseler sur ses joues. Ses émotions rompaient soudain le barrage qu'elle avait pris tant de peine à ériger tout au long de ces années pour déferler avec une violence inouïe.

Elle ne pleurait pas seulement pour Elsie, mais aussi pour sa mère malade, pour son père qui avait préféré la fuite, et pour sa propre enfance si précaire.

Serrée contre la solide poitrine de James, elle sanglota éperdument tandis qu'il lui murmurait des paroles apaisantes.

— Désolée, dit-elle enfin, presque aphone.

— Pas moi.

Il s'allongea sur le dos et l'attira contre lui. Comme il caressait sa main repliée, elle l'ouvrit pour la poser à plat sur son torse. James sentit alors un objet froid contre sa chemise. Il souleva la main d'Helen et y découvrit le canard d'Owen. Le bibelot provoqua en lui une nouvelle flambée de colère.

Son père n'avait-il donc aucun cœur pour débarquer en ville, le jour où Helen enterrait sa mère d'adoption, se montrer aux funérailles, et repartir le soir même, en laissant à sa fille cette babiole pour toute consolation ?

James prit l'objet et se souleva sur le coude pour le glisser derrière la lampe de chevet. Sa vue lui était insupportable.

Heureusement, Helen ne protesta pas. Il la reprit dans ses bras et déposa un baiser sur son front.

Il s'en voulait d'avoir passé sa soirée au pub alors qu'elle était folle de douleur pendant ce temps-là.

Les minutes passèrent. Il perdit la notion du temps. Immobile, il se contenta de la tenir dans ses bras. Jusqu'à ce qu'elle s'endorme. Alors, il s'accorda le droit de fermer les yeux à son tour.

Helen se réveilla en pleine nuit. Elle tourna la tête vers son réveil. Les aiguilles fluorescentes indiquaient 3 h 20. Sa bouche était pâteuse. Une fatigue intense l'habitait. Chaque mouvement lui coûtait un effort.

Comme les souvenirs de la veille lui revenaient, elle sentit les pectoraux de James sous son oreille. Le parfum de sa lotion après-rasage traversait le tissu de la chemise. Cela faisait des mois que cette odeur l'enivrait. Qu'elle rêvait de James. Et cette nuit, il était bel et bien là, sur son lit, en chair et en os.

Elle se souvint de la manière dont il l'avait tenue dans ses bras, distribuant caresses apaisantes et baisers sur ses cheveux. Grâce à son insistance, elle avait enfin pu se libérer de son chagrin.

Tout lui revenait à présent.

Quand son père lui avait annoncé qu'il partait, Helen avait été désespérée. Elle avait cru qu'il resterait un peu, quelques jours au moins. Mais il avait ce regard lointain et elle n'avait pas essayé de le retenir. De toute façon, cela aurait été vain et elle n'aurait pas supporté son rejet.

La lumière du couloir éclairait le profil de James qu'elle contempla longuement. Les traits détendus, en plein sommeil, il semblait encore plus beau. Son menton carré saillait dans la pénombre et sa bouche généreuse était légèrement entrouverte, exposant des lèvres douces, innocentes. Et qui pouvaient à l'occasion devenir fermes et brûlantes...

Au souvenir de leur baiser, elle sentit son pouls s'emballer.

La poitrine de son compagnon s'élevait au rythme de sa respiration tranquille. Posée sur son ventre, la main d'Helen pouvait sentir les muscles de ses abdominaux et la chaleur de son torse.

Un frisson de désir la parcourut.

Lentement, elle glissa une jambe sur celle de James.

Elle savait qu'elle ne devait pas faire ça. Elle venait d'enterrer Elsie, de dire adieu à son père et de pleurer toutes les larmes de son corps. Elle devait faire peur à voir, c'était certain. Voudrait-il d'elle avec cette mine horrible ? Et puis, elle lui avait assuré que rien ne serait possible entre eux.

Mais cette nuit, ce qu'elle lui avait dit ne comptait pas. Bien sûr, il serait parti dans quelques semaines. Elle ne nourrissait guère d'illusions. Mais elle voulait lui appartenir une fois, une seule.

Cela l'aiderait à exorciser son chagrin, à oublier sa tristesse. Une coucherie sans lendemain, ce n'était pourtant pas son genre... Peu importe. Une fois dans sa vie, elle ferait une entorse à ses principes.

Ses doigts cherchèrent les lèvres de James pour leur imprimer une furtive caresse.

James se réveilla avec l'impression qu'une plume chatouillait sa bouche. Il ouvrit les yeux et comprit ce qui se passait.

Helen s'immobilisa, sans pour autant retirer sa main. James la souleva et embrassa le bout de ses doigts avant de la reposer sur sa poitrine. Pour la tapoter d'une manière apaisante. Comme si elle était une enfant.

Ne comprenait-il pas qu'elle voulait autre chose ?

Comme elle esquissait un geste pour toucher ses cheveux, il remit la main vagabonde sagement en place.

— Comment te sens-tu ?

Dans l'obscurité, il vit les yeux ambre d'Helen briller de désir. Et il sut qu'il allait devoir faire appel à tout son sang-froid.

En temps ordinaire, il aurait répondu à son attente sans se faire prier, mais elle venait de subir un choc émotionnel intense et n'était sans doute pas dans son état normal.

Pas question de profiter de la situation.

— Je me sens mieux, répondit-elle d'une voix grave.

— A la bonne heure.

La jambe d'Helen touchait désormais le haut de sa cuisse. Il devait réagir avant de perdre le contrôle de ses sens et de commettre l'irréparable.

Ils avaient eu raison de conserver leur relation platonique. Helen n'était pas une femme pour lui. Elle ne se contenterait pas d'une nuit de passion, elle exigerait plus. Et il ne voulait pas la décevoir.

— Euh... Je ferais mieux de regagner ma chambre.

« Pas si vite », s'exclama en elle une voix impérieuse.

Comme il faisait mine de se lever, elle le repoussa sur le dos et commença à déboutonner sa chemise.

— Non, attends. Je t'avais dit un jour qu'il ne se passerait rien entre nous. Et je le pensais vraiment. Mais ce soir... Ce soir, j'aimerais exercer ma prérogative féminine de changer d'avis.

— Ça ne me semble pas une bonne idée, Helen.

— Tu ne veux pas ?

— La question n'est pas là. Tu viens de vivre des moments dramatiques, tu ne raisonnes plus correctement...

— Ne me traite pas comme une enfant, James.

Elle s'allongea sur lui et noua ses bras autour de son cou.

— Tu ne vas tout de même pas m'obliger à te supplier ?

— Helen, murmura-t-il, bouleversé par la sensualité provocante de la jeune femme.

— Ce soir, je me suis mise à nu émotionnellement. Je t'ai dévoilé mon âme. Tu m'as vue vulnérable, pathétique. A présent, je veux que tu me voies comme une femme.

Serrée ainsi contre lui, elle sentait l'intensité de son désir. Il était à sa merci.

James fit une ultime tentative.

— Je veux que notre première fois soit parfaite, Helen. Je veux prendre mon temps, te ménager, te caresser avant de...

Elle le fit taire en s'emparant de sa bouche.

— Je ne suis pas en porcelaine, James. Je ne vais pas me casser.

— On a tous besoin de tendresse.

— Tu m'en as prodigué largement tout à l'heure. A présent, je te demande autre chose.

Elle se redressa et ôta sa nuisette.

— Je suis une femme, avec des désirs de femme. Penses-tu pouvoir les satisfaire, James Remington ?

James n'avait jamais su résister à un défi. Et il ne résista pas à celui-ci.

10

Quand Helen se réveilla, James n'était plus à ses côtés dans le lit mais il n'était pas loin. Elle l'entendait bouger dans la maison et sentait l'arôme du café flotter dans la maison.

Un autre parfum imprégnait ses draps froissés. Celui de James.

Elle rougit au souvenir de leurs ébats qui avaient duré jusqu'au petit matin.

Que pensait-il ? se demanda-t-elle. Se sentait-il pris au piège ? Etait-il en train de répéter son discours de rupture ?

« Je suis un nomade. Ne nourris pas de faux espoirs. Je ne suis pas de l'étoffe dont on fait les maris... »

Elle le trouva assis dans le salon. Torse nu, avec un pantalon pour seul vêtement, il était en train de boire son café tout en feuilletant un album de photos.

A son entrée, il leva la tête.

James retint son souffle. Elle était belle comme le péché dans sa chemise dont elle n'avait boutonné que le milieu et qui laissait entrevoir la peau crémeuse de son ventre et ses dessous en dentelle. Ses cheveux en bataille encadraient son ravissant visage.

Posé sur la table, à côté des albums, le contrat qu'il n'avait pas encore signé semblait le narguer.

Après ce qui venait de se passer entre eux, partir semblait une très mauvaise idée. Et pourtant, il n'envisageait pas de rester. Les hommes comme lui ne restaient pas.

— Bonjour.

Ils échangèrent un regard torride.

— Le café sent bon.

— Je vais t'en chercher une tasse.

Elle le suivit dans la cuisine et se percha sur le comptoir sans se soucier de sa tenue.

C'était à cet endroit qu'ils s'étaient embrassés pour la première fois — un souvenir bien inopportun alors qu'il tentait de garder la tête froide.

— Alors ? s'enquit-elle.

— Alors, quoi ?

— Es-tu en train de t'inquiéter au sujet de la nuit dernière ?

« M'inquiéter ? songea James. Le mot est faible. Paniquer décrirait mieux mon état d'esprit actuel. »

— Un peu. Et toi ?

Un sourire lui répondit.

— Pas du tout.

James admira son calme.

— Bravo.

— Je sais ce que tu penses. Tu te dis que c'était malhonnête et bien peu chevaleresque d'avoir profité de moi en un moment où j'étais folle de chagrin... Et tu imagines sans doute que je t'en veux à mort.

— Et... ?

— Tu te trompes sur toute la ligne. Je t'ai demandé de me faire l'amour. En fait, je crois me souvenir de t'avoir pratiquement forcé. Alors, tu n'as pas à te sentir coupable. Considère-le comme un service que tu m'as rendu. J'ai eu ce que je voulais. C'était parfait. Et ça ne se renouvellera pas.

Il lui restait encore trois semaines à Skye et elle croyait vraiment qu'ils allaient pouvoir vivre sous le même toit sans être tentés de répéter l'expérience ?

— C'est une provocation de me tenir ce discours alors tu es pratiquement nue sous ma chemise. Je trouve que nous devrions aller nous habiller avant de poursuivre cette conversation.

Une lueur espiègle s'alluma dans les yeux verts.

— Tu veux que je te rende ta chemise ?

La diablesse s'amusait à ses dépens. Il se devait de reprendre le contrôle de la situation.

— Non.

En deux pas, il fut près d'elle. Sans ménagement, il lui leva le menton et entreprit de boutonner entièrement la chemise, en commençant par le haut.

Ensuite, il recula pour observer le résultat.

— Voilà, c'est mieux.

Le rire d'Helen le poursuivit dans le couloir.

— Jamais, je ne vous aurais cru aussi puritain, docteur Remington !

Quelques minutes plus tard, sa tasse à la main, elle le rejoignit dans le salon, d'humeur toujours taquine. Le torrent de larmes qu'elle avait versé la veille semblait avoir effacé des années de tristesse et de chagrin. Jamais, elle ne s'était sentie aussi… légère.

— Tu ne m'avais pas dit que tu avais voyagé autant, remarqua-t-il en rouvrant un album de photos.

Elle haussa les épaules.

— Tu étais tellement persuadé d'avoir affaire à une provinciale qui n'avait jamais mis les pieds hors de son village que j'ai voulu te donner une leçon.

— Méritée, reconnut James. Je plaide coupable, votre honneur.

— Dans ce cas, je te pardonne. Jadis, avec mon père, nous avons sillonné l'Europe à moto. Et ça me plaisait. Je ne suis pas sa fille pour rien…

Il regarda une photo d'Helen adolescente, au pied de la Tour Eiffel.

— Quelle est ta ville préférée ?

— Venise. Il y flotte un parfum spécial dans l'air…

— C'est vrai.

Assis côte à côte, ils tournèrent en silence les pages de l'album. James était un peu perdu. La nuit dernière avait complètement changé la donne. Elle rendait son départ encore plus difficile.

Son goût de l'aventure lui soufflait de reprendre la route ; mais, comme Venise, Helen avait quelque chose de spécial.

— Helen...

Sa voix était grave.

— James, dit-elle en se tournant vers lui.

— Au sujet de la nuit dernière...

— Oui ?

— Je ne suis pas sûr de pouvoir reprendre la cohabitation en « bons camarades » après ce que nous avons vécu. Chaque fois que je te verrai, je n'aurai qu'une envie, recommencer.

Le sourire d'Helen se figea. Aussi tentant que cela fût, elle devait refuser. Si elle voulait conserver sa dignité au moment de lui dire adieu, sans cris déchirants ni pleurs, il fallait absolument faire l'impasse sur l'amour physique.

— Considère-le comme une nuit sans lendemain. Cela t'est déjà arrivé, n'est-ce pas ?

— Oui.

— Alors, où est le problème ? Inutile d'épiloguer là-dessus cent sept ans.

Etait-elle sincère ?

— Tu oublies juste un détail. D'habitude, je ne côtoie pas quotidiennement ma partenaire d'une nuit. Et je ne partage pas sa salle de bains ni sa cuisine.

Espérant donner le change, Helen afficha son air le plus désinvolte.

— On s'en accommodera.

L'air sceptique, il haussa les sourcils.

— Ça risque d'être moins facile que tu ne le penses...

Son regard brûlant ne laissait aucun doute sur le sens de la remarque.

Helen sentit une onde de désir se propager en elle. Il lui fallut quelques secondes pour retrouver sa voix.

— Ecoute, tu pars dans trois semaines. Et je l'accepte. L'appel de la route, je sais ce que c'est... Le moment venu, je me tiendrai à cette porte et te dirai adieu en te souhaitant bon vent. Mais si nous passons les trois semaines qui restent à… parfaire notre intimité, je ne peux te promettre de me comporter aussi sereinement. Je m'accrocherai à toi, peut-être pleurerai-je. Une chose est sûre, je te demanderai de rester.

« Et je ne veux pas te le demander. Je veux que tu restes de ton plein gré. »

— Crois-moi, ce ne sera pas beau à voir. J'essaie de me comporter en adulte, James. Il faut m'aider.

— Et si tu venais avec moi ?

Helen faillit s'étrangler en avalant sa gorgée de café. Elle reposa lentement sa tasse sur la table.

— Pourquoi ?

— Je ne veux pas avoir à te quitter. Il y a quelque chose de fort entre nous. Tu le sens, toi aussi ?

Elle hocha la tête.

— Pourtant, moi, je ne te demande pas de rester. Jamais, je n'exigerai de ta part quelque chose qui irait contre ta volonté.

— Tu réagis comme si je te réclamais un sacrifice. Or, tu as toi-même admis que tu aimais voyager. La preuve, dit-il en jetant l'album photos sur ses genoux. C'est dans tes gènes, Helen. Et maintenant qu'Elsie est morte, plus rien ne te retient à Skye.

Helen avait du mal à en croire ses oreilles. L'amertume et la colère l'envahirent soudain. Cette proposition de James montrait qu'il ne la connaissait pas aussi bien qu'elle l'avait cru. Ses liens avec Skye allaient bien au-delà de son attachement pour Elsie.

Il la regardait d'un air perplexe.

Pas étonnant qu'il ne la comprenne pas. Pour les nomades et les bohémiens, maison rimait avec prison.

Mais elle n'était pas comme James. Ses racines se trouvaient à Skye. Bien entendu, elle aimait voyager, mais elle adorait plus que tout rentrer chez elle, là où elle avait ses souvenirs. Son âme.

— Rien ne m'a jamais *retenue* à Skye. J'y reste parce que je m'y plais et parce que c'est tout simplement chez moi.

James sentit qu'il avait touché un point sensible. La flamme coquine avait disparu des yeux d'Helen qui s'était redressée pour s'asseoir, droite comme un i.

— Alors, tu vas passer toute ta vie ici ?

Une note d'incrédulité teintait sa voix. Voilà pourquoi il valait mieux qu'il parte dans trois semaines, songea-t-elle. Jamais, elle ne pourrait vivre avec un homme qui ne partageait pas ses valeurs, qui serait toujours tenté par l'appel du large.

— Oui. Est-ce si difficile à concevoir ?

« Pas tant que ça, en fait », dut-il reconnaître intérieurement. A Skye, il avait eu pour la première fois de sa vie l'impression d'être chez lui, d'avoir trouvé le foyer et la sécurité qu'il cherchait depuis l'enfance. Il n'avait pratiquement pas bougé pendant plusieurs semaines à cause de sa jambe dans le plâtre, mais au fond, celle-ci lui avait servi d'alibi. Auprès d'Helen et de ses concitoyens, il avait trouvé sa place. Pour quatre mois.

— Je comprends parfaitement ta vision des choses, mais ne me demande pas d'y adhérer, c'est tout. J'ai choisi cette vie nomade car j'avais passé mon enfance pris en otage entre des parents qui se déchiraient. Jamais plus, je ne me laisserai prendre au piège, nulle part.

Helen se leva. Cette conversation ne menait nulle part.

— Message reçu. Si tu veux passer ta vie sur les routes, libre à toi.

— Ce n'est pas une vie désagréable, rétorqua-t-il sur la défensive.

— Personne ne prétend le contraire. Mais t'es-tu jamais dit que tu pourrais avoir les deux, les voyages et la maison ? Rien ne t'oblige à choisir.

C'était tentant. Rester avec Helen et prendre sa moto de temps en temps pour s'offrir une virée dans les grands espaces. Mais il avait peur. Peur de ne pas être à la hauteur, de ne savoir lui donner ce qu'elle méritait.

Et il avait également peur de souffrir. Le vide affectif de son enfance l'avait tellement marqué qu'il craignait d'ouvrir son cœur et de le regretter un jour.

— Non, Helen, je n'ai pas l'étoffe d'un mari ni d'un compagnon. Je te ferais du mal. Mon passé n'est jamais loin...

— Le mien non plus. Mais on ne peut pas continuellement invoquer notre enfance comme excuse pour s'empêcher de vivre et d'aimer. Owen est ce qu'il est. Je m'y suis résignée et pour rien au monde, je ne laisserais le passé gâcher mes chances de bonheur. Tu devrais suivre mon exemple.

— Tu parles de mon enfance sans savoir comment c'était.

— C'est vrai. Mais je me doute que tu as été malheureux. Les enfants ne devraient pas l'être. Tes parents ont été en dessous de tout...

Elle haussa les épaules.

— Les miens aussi. Et alors ? Repartons de zéro. Formons notre propre famille. Laisse-moi être ta famille, James.

C'était tentant de rester ici, bien au chaud dans les bras d'Helen...

— Je ne sais pas.

Le cœur d'Helen se brisa. S'il ne savait pas, elle avait bien tort de continuer à insister. Il fallait qu'il le veuille, lui aussi, et ce n'était apparemment pas le cas.

Pas question qu'elle lui révèle son amour pour se voir opposer un refus.

Poussée par le désespoir, elle ramassa un stylo qui traînait sur la table basse.

— Alors, signe ce contrat, dit-elle en lui tendant le stylo. Puisque rien ne te retient ici.

Puis elle tourna les talons et regagna sa chambre. Pour ne pas s'effondrer en sanglots devant lui.

James resta assis, à réfléchir. L'euphorie causée par leur nuit de passion et l'humeur enjouée d'Helen en début de matinée n'avaient pas résisté longtemps aux réalités de leurs modes de vie différents.

Son regard tomba sur le contrat. Helen avait voulu le convaincre qu'il saurait concilier les deux modes de vie, sédentaire et nomade. Une chimère. Quand il serait à la maison, il étoufferait et ne rêverait que de grands espaces. Elle méritait quelqu'un de solide, de fiable, de constant. Qui saurait comment faire pour la rendre heureuse.

Il prit le stylo et signa sur la ligne en pointillé. Plus tard, elle le remercierait.

11

Courtoise et distante. Ces deux adjectifs qualifiaient le mieux la relation entre James et Helen pendant les trois semaines suivantes. Un peu comme au début. Sauf qu'il flottait de l'amertume dans l'air. James avait l'impression que Helen comptait les jours, impatiente d'être libérée de sa présence.

Les habitants de Skye donnèrent une fête d'adieu en l'honneur de James après la dernière consultation. Elle se tint dans les locaux du Cercle Féminin.

Tout le monde y assista. Y compris Helen. Elle essayait de faire bonne figure, en s'appliquant à sourire.

Al fit un discours dithyrambique et Josh lui offrit un dessin de lui, couronné de la mention « Meilleur Médecin de Skye. »

— N'y a-t-il donc aucun moyen de vous persuader de rester ? demanda Geneviève en berçant son bébé endormi contre elle. J'ai pris goût à mon congé maternité et cela ne me dérangerait pas de le prolonger, au moins jusqu'à ce que William soit en âge d'aller à la maternelle.

James se sentait coupable. Envers Geneviève et son bébé qu'il avait mis au monde, mais aussi envers tous ces braves gens qui avaient pris une place dans son cœur. Et qui réclamaient qu'il reste.

Peut-être aurait-il dû consulter Geneviève avant de fixer la date définitive de son départ. Une prolongation de quatre mois aurait été envisageable. Sauf qu'à présent, il était soulagé de partir pour ne plus affronter le regard froid et réprobateur d'Helen chaque matin.

La route l'appelait. Il avait hâte de se laisser porter par le vent.

— Désolé. Je commence ma nouvelle mission dans une semaine.

— Quel dommage. Je croyais que vous et Helen...

— Non.

— Sans doute ressemblez-vous un peu trop à son père, à son goût.

James voulut protester, dire qu'il n'était en rien comme Owen. Mais, à la réflexion, ils étaient bien du même acabit.

Tom vint lui dire au revoir avec, une fois n'était pas coutume, un sourire aux lèvres.

— Bonne chance, James. Alors, vous partez pour de bon ?

Il aurait bien voulu répondre par la négative, ne serait-ce que pour voir le désarroi se peindre sur le visage de l'ambulancier. Mais il n'avait pas le cœur à s'amuser.

— Eh oui.

Le sourire de Tom s'accentua. La place était libre.

James serra les dents. Imaginer Tom et Helen ensemble lui était insupportable.

— Eh bien, soyez prudent. Bonne route.

James le regarda s'éloigner. En se retournant, il aperçut Helen derrière lui, en train de câliner le bébé de Geneviève qu'elle avait pris dans ses bras pour permettre à la doctoresse de se rafraîchir.

— Promets-moi de ne pas te mettre en ménage avec Tom, lui chuchota-t-il à l'oreille tout en saluant aimablement un groupe de matrones du Cercle Féminin.

— Va au diable, James, murmura-t-elle, tout sourire à l'intention de ces dames, avant de lui tourner le dos.

L'odeur de café filtrait sous la porte de la chambre. Incapable de se lever, Helen enfouit la tête dans l'oreiller. L'homme qu'elle aimait allait partir ce matin.

Elle aurait dû s'en sentir soulagée car la tension de ces dernières semaines de cohabitation avait mis ses nerfs à rude épreuve.

Dans quelques minutes, tout serait terminé. Et elle tiendrait bon jusqu'au bout, sans pleurer ni tempêter.

Quel gâchis. Elle n'avait jamais été amoureuse auparavant. Quelle mouche l'avait piquée de jeter son dévolu sur la copie conforme de son père ?

Avec le temps, elle l'oublierait. Du moins fallait-il l'espérer.

Elle enfila les premiers vêtements qui lui tombèrent sous la main et se dirigea vers la cuisine.

Une tasse de café à la main, James avait le regard perdu vers la fenêtre. Il ne se retourna pas à son entrée.

— Quand pars-tu ?

— Dès que j'aurai fini mon café.

Les jambes flageolantes, Helen remplit sa tasse puis alla s'écrouler sur le canapé du salon. Quelques minutes plus tard, il passa près d'elle pour disparaître dans la chambre.

« Non, je ne le supplierai pas de rester, se répéta Helen. Je ne craquerai pas au dernier moment. »

Il revint, son sac à la main.

— J'y vais.

— D'accord, dit-elle en se levant.

Elle le suivit à la porte.

— Merci pour tout, Helen. Je suis désolé pour...

D'un doigt posé sur ses lèvres, elle le fit taire.

— Chut. Inutile de ressasser les vieilles querelles. Disons-nous au revoir et quittons-nous bons amis.

Les lèvres de James avaient frémi à son contact. Elle semblait si froide, si maîtresse d'elle-même, mais il était résolu à obtenir un dernier baiser.

Quand sa bouche se posa sur celle d'Helen, elle ne résista pas. Elle lui rendit son baiser avec passion. Il plongea les doigts dans ses cheveux et arracha l'élastique de sa queue-de-cheval.

Le cœur battant à tout rompre, Helen s'abandonna dans ses bras. C'était de la folie, elle le savait.

— Demande-moi de rester.

Les larmes montèrent aux yeux de Helen.

« Reste. »

— Non. Il faut que tu le veuilles.

James se sentait déchiré. Il avait envie de rester. Mais les chaînes de son passé étaient trop lourdes.

— Helen...

C'était une supplique. Mais elle ne céda pas.

— Va-t'en, James.

Il prit son sac et franchit le seuil.

Helen le regarda s'éloigner dans l'allée puis referma la porte. Appuyée contre le battant, pantelante, elle entendit le moteur de la Harley rugir puis s'éloigner.

— Reste, dit-elle.

Le soir, quand James s'arrêta dans un motel pour y passer la nuit, il se rendit compte qu'il n'avait cessé de regarder derrière lui, toute la journée. Une première pour lui.

Cela s'imposait comme une évidence. Il devait rebrousser chemin. Ces quelques heures sans Helen lui paraissaient déjà une éternité.

« Admets-le. Tu l'aimes. »

Cette pensée l'effrayait un peu. Ça n'avait pas été au programme.

Il regarda le téléphone posé sur la table de chevet. Il brûlait de l'envie de l'appeler. D'entendre sa voix.

Quel imbécile. Elle avait proposé d'être sa famille et il avait refusé. Imbécile et lâche.

Il était 4 heures du matin quand James revint à Skye. Résistant à l'envie de tourner la poignée et d'entrer car la maison n'était jamais fermée à clé, il s'obligea à frapper.

Helen s'éveilla en sursaut.

— Ouvre, Helen. C'est James.

A moitié endormie, elle parcourut le couloir en se cognant au mur tandis que les coups frappés à la porte faisaient écho aux battements de son cœur.

James s'impatientait.

— Alors, Helen, c'est pour aujourd'hui ou pour demain ?

Elle ouvrit.

— Tu cherches à ameuter le voisinage ?

Elle le tira par le bras et le fit entrer dans le vestibule.

— Il est 4 heures du matin, James.

Elle portait la nuisette rose et ses cheveux couvraient ses épaules en une somptueuse cascade acajou.

— Je t'aime, dit-il. Il a fallu que je parte pour m'en rendre compte. Toute ma vie, j'ai cherché quelqu'un qui pourrait m'aider à exorciser mon passé et à construire un avenir. Ensemble. Et ce quelqu'un, c'est toi. J'avais trop peur pour le comprendre. Dès le jour où tu t'es portée à mon secours dans le bush, j'ai su que tu étais différente.

Tandis que James lui ouvrait son âme, Helen était en proie à des émotions contradictoires. Elle était partagée entre la joie, l'espoir et l'incrédulité. Etait-elle en train de rêver ?

— Et le voyageur qui ne pose jamais ses valises, qu'en fais-tu ? Sauras-tu résister à l'appel du large ?

— J'ai réfléchi. Je crois comprendre pourquoi j'ai la bougeotte. Mon incapacité à demeurer au même endroit traduit une peur viscérale de l'engagement. J'ai peur d'aimer et de ne pas être aimé en retour. Tu m'as proposé d'être ma famille, Helen. Si l'offre tient toujours, je l'accepte ! S'il te plaît, dis-moi que tu m'aimes, que ce n'est pas trop tard, que je n'ai pas tout gâché...

Malgré l'effort que cela lui coûtait, Helen résista à l'envie de se jeter dans ses bras. Elle devait être sûre.

— Voudras-tu des enfants ?

Des enfants ? Il n'y avait pas pensé. Et cela le paniquait presque autant que le reste.

— Tu désires avoir des enfants ?

— Bien sûr. Mais toi ?

Elle retint son souffle. Aucun d'eux n'ayant eu de modèle parental digne de ce nom, ce serait un défi d'élever des enfants.

Avec Helen à son côté, il se sentait capable de soulever des montagnes. Et même d'avoir des enfants. Et de les rendre heureux.

— Moi aussi. Mais ne me fais pas languir, ma chérie. Tu ne m'as pas répondu...

— Peux-tu me rappeler la question ? dit-elle, malicieuse.

— Est-ce que tu m'aimes ?

Emportée dans un tourbillon d'allégresse, Helen se contenta de hocher la tête.

James la prit dans ses bras.

— Merci, merci, merci, dit-il en faisant pleuvoir des baisers sur son visage. Je ne te quitterai jamais. Où voudras-tu aller pour notre lune de miel ?

— Comment ? Mais tu ne m'as même pas demandé de t'épouser !

— Pardonne-moi, le bonheur m'égare. Helen Franklin, me ferez-vous l'honneur de devenir ma femme ?

— J'accepte, James Remington, dit-elle sur le même ton solennel avant d'éclater de rire. Et pour répondre à ta question, Venise me semble tout indiquée.

— Bien sûr, Venise.

Et ils scellèrent leur amour d'un baiser.